Ariadne Krimis: Inwiefern anders?
Ariadnes Spezialität ist spannender Lesestoff mit literarischem *und* aufrührerischem Anspruch. Für uns muss ein *guter* Krimi folgende Kriterien erfüllen: Der Suspense muss auf mehreren Ebenen stattfinden. Also nicht nur: wer hat gekillt bzw. wird er oder sie überführt?, sondern zusätzliche Rätsel, Fragen, Unklarheiten, Gefahren, Ängste und Nöte. Der Erzählkosmos darf keine heile Welt sein, die nur durch ein einsames Verbrechen gestört und mit der Lösung des Falls wieder blitzsauber wird – vielmehr zieht ein guter Krimi seine Spannung auch aus den Lücken, Grauzonen und Fehlern herrschender Moral und Rechtsvorstellung. Gerade hier sehen wir die Herausforderung einer zeitgemäßen Krimikultur: eingängig und spannend Geschichten zu erzählen, die gesellschaftliche Widersprüche und Ungerechtigkeiten ausleuchten, Zweifel an kulturellen, moralischen, sozialen Selbstverständlichkeiten wecken, kritischen Argwohn gegenüber den gängigen Glücks-, Erfolgs- und Wohlstandsversprechungen schüren, zum Misstrauen gegen blinde Ideologien, Dogmen und Normen anregen.

Ariadne Krimis neigen zum Subversiven. Dass Frauen darin stets die Hauptrollen besetzen, war vor zwölf Jahren ein mittlerer Skandal, heute stehen wir damit nicht mehr so allein. Dass die Hälfte unserer Protagonistinnen Sex mit Frauen bevorzugt, ist schon weniger gängig und entspricht dem Off-Mainstream-Anspruch der Ariadne Krimis. Die Heldinnen und Antiheldinnen sind meist Figuren, die an den üblichen Rollenmustern rütteln und neue Wege zu gehen versuchen. Bei den deutschsprachigen Autorinnen suchen und fördern wir diejenigen, die mit dem Genre experimentieren, über den Tellerrand spähen, sich dreist auf neues Terrain wagen. Krimis sind für uns eine Art Widerstandskultur. Das muss man natürlich nicht genauso sehen, man kann auch einfach die spannenden Bücher genießen, die wir verlegen.

Zu diesem Buch
Die Kurzkrimis spielen in Stuttgart und allerlei idyllischen Städtchen in Baden-Württemberg: in Esslingen, Berkheim, Reutlingen, Brackenheim, Waiblingen und in Schönbronn im Elchenbachtal, beim Hasenwirt in Stuttgart-Uhlbach, am Feuerseeplatz, im Restaurant des Stuttgarter Fernsehturms und auf der Schwäbleskling e.

Lisa Kuppler, geboren 1963 in Esslingen am Neckar und aufgewachsen in Schwaben, studierte in Tübingen, USA und Berlin. Seit 1996 ist sie freie Krimi-Lektorin, Übersetzerin, Autorin und Ghostwriterin und leitet das Krimibüro *Wels Productions*. Seit 2002 macht sie die »Reihe M« (Militzke); sie ist Herausgeberin der Krimi-Anthologien *Aszendent Mord: Astrokrimis* (Eichborn 2000), *Queer Crime* (Querverlag 2001) und *Erotische Krimis mit Schuss* (Europa 2003).

Lisa Kuppler (Hg.)

Mord isch hald a Gschäft

Ariadne Krimi 1154
Argument Verlag

Ariadne Krimis
Herausgegeben von Else Laudan
www.ariadnekrimis.de

Deutsche Erstausgabe

Eppendorfer Weg 95, 20259 Hamburg
Telefon 040/4018000 – Fax 040/40180020
www.argument.de
Satz: Iris Konopik
Umschlaggestaltung: Else Laudan & Iris Konopik
Druck: Oldenbourg Taschenbuch GmbH, Kirchheim
Gedruckt auf säure- und chlorfreiem Papier
ISBN 3-88619-884-7
Erste Auflage 2004

Inhalt

Tatjana Kruse

Kleine schwäbische Sprachkunde – garniert mit einer Schurkerei

1. Grüß Gott!

Mit diesem schwäbischen Allroundgruß heiße ich zu meiner kleinen schwäbischen Sprachkunde herzlich willkommen. Für das ungeübte Ohr klingt der schwäbische Dialekt komisch, langsam und derb. Man schließt von der Sprache leicht auf die Sprecherin, aber das verbitte ich mir. Mein IQ ist so hoch wie mein Blutdruck und ich bin Deutschlands gefährlichste Privatdetektivin!

Okay, ich heiße Petra und ich gehe mit glühender Leidenschaft auf die Jagd nach dem Verbrechen. Wenn ich mich erst einmal in einen Fall verbissen habe, bin ich rein rechtlich schon fast der Kampfhundeverordnung zuzuordnen. Denn ich entstamme einer legendären schwäbischen Dynastie an Detektiven. Und ich bin gut. Ach was, ich bin mehr als gut: Ich bin eine Nägele!

2. Mir könnet älles …

… auch Hochdeutsch. Aber wir wollen nicht!

Es verwunderte mich daher nicht, dass sich Gerald Sölbel, Staatssekretär im Wirtschaftsministerium, an meine traditionsreiche, aber doch eher bescheidene Ein-Frau-Detektei wandte, als seine 18-jährige Tochter entführt wurde.

»Die Polizei ist selbstverständlich eingeschaltet.« Sölbel saß eingefallen auf meinem besten Besucherstuhl. Er war ferkelrosahäutig, kartoffelnasig, segelohrig und wirkte sehr viel kleiner als auf dem Fernsehbildschirm.

»Selbstverständlich!« Ich nickte und betrachtete das Hochglanzfoto, das er mir in die Hand gedrückt hatte. Das Schönheitsdiktat der gängigen Frauenzeitschriften ging mir zwar am ausladenden Po vorbei, aber selbst ich fand, dass Sölbels Tochter, wo immer sie sein mochte, der Göttin auf Knien danken sollte, dass sie nicht nach ihrem Vater kam.

»Ich will jedoch nichts unversucht lassen«, fuhr er fort. »Meine Tochter bedeutet mir alles!« Sölbel wirkte wie ein gebrochener Mann. Seine ebenfalls anwesende Gattin spielte derweil mit dem Verschluss ihres Papillontäschchens von Louis Vuitton. Da sie kaum volljährig schien, schloss ich messerscharf, dass es sich bei ihr um die Zweit-, wenn nicht gar Drittgattin des Staatssekretärs handelte und auf gar keinen Fall um die Mutter der Entführten.

»Keine Sorge, Herr Sölbel, ich finde Ihre Tochter!«, versprach ich vollmundig.

Regel Nummer eins aus dem Detektivhandbuch, das ich dereinst im Ruhestand schreiben werde: *Dem Klienten gegenüber immer zuversichtlich klingen, auch wenn der Fall eigentlich eine Nummer zu groß ist und du ahnst, dass du mit Pauken und Trompeten untergehen wirst.*

3. Schaffa, butza, schbara

Anders ausgedrückt: arbeiten wie blöd, putzen wie eine Besessene und verbissen sparen (vorzugsweise aufs eigene Häusle) – so lautet das gängige Vorurteil, mit dem man uns Schwäbinnen außerhalb der Landesgrenzen begegnet. Dabei arbeite ich nur, wenn ich Geld brauche, in meiner Chaoswohnung halte ich mir als Haustiere Schimmelpilze im Badezimmer und eine Spinne über dem Bücherregal, und gespart habe ich zuletzt zwei Mark beim Weltspartag 1972, weil es da in unserer Sparkasse zur Belohnung eine Billig-Barbie gab. Und ich bin hier in Stuttgart beileibe kein Einzelfall!

Ich würde die Entführte finden! Großmäulig versprochen, aber aus tiefstem Herzen ernst gemeint. Als Erstes nahm ich mir vor, den Tatort aufzusuchen: das *Shiseido Day Spa* im *Hotel Graf Zeppelin* mitten in Benztown. Natürlich ging ich nicht als

Petra Nägele. Ich bin eine Meisterin der Verkleidung und ging als elegante *Day Spa*-Kundin: schwarzer Stringbikini, Strohhut, puschelige Sex-and-the-City-Pumps.

»Nein, was Sie nicht sagen!« Nach meiner Thalasso-Straffungstherapie (die 75 Euro würden Sölbel auf die Spesenabrechnung geklatscht) saß ich mehr oder weniger nackt, nur mit meiner blondierten Perücke mit dem CDU-Schleifchen auf dem Kopf und in ein weißes Hotelbadetuch gehüllt, auf einem Holzstuhl des kleinen, begrünten Freiluftbalkons der Wellnesszone, neben mir eine angegraute Stammkundin dieses edlen Etablissements, vor mir der Blick über die Stuttgarter Innenstadt. Im Hochhaus gegenüber arbeiteten Menschen an ihren Computern, und das gläserne Radiostudio von BIG FM hatte auf Freiluftbeschallung geschaltet und berieselte uns mit den neuesten Klängen der Fanta 4. Über uns zog ein Hubschrauber seine Runden.

»Doch!«, gelobte der straff gezurrte Seniorinnenmund und blies etwas Zigarettenrauch aus. »Ich war an dem verhängnisvollen Tag hier im Day Spa. Zur Vitalvollmassage mit anschließender Komplettenthaarung.«

»Dann haben Sie das grausige Verbrechen hautnah miterlebt?«, hauchte ich bewundernd. An mir ist eine Oscar-Preisträgerin verloren gegangen. Regel Nummer zwei aus meinem Detektivhandbuch in spe: *Eine gute Ermittlerin muss keine Polizeiausbildung haben, sie muss weder Spuren lesen noch schießen können, sie darf jedoch Absolventinnen der Schauspielschule in nichts nachstehen.*

»Na ja, das eigentlich nicht«, räumte die angejahrte Honoratiorin ein. »Aber ich war noch kurz zuvor anwesend. Und ich habe mit der jungen Frau auch ein paar Worte gewechselt.«

»Nein!« Jetzt wurde ich wirklich neugierig.

Die Alte nickte. »Ich bin mit ihrer Mutter recht gut bekannt. Stiefmutter, meine ich. Wir rauchen beide. Als Raucherin fühlt man sich heutzutage ja richtiggehend geächtet. Das verbindet. Wir sind immer dienstags ins Day Spa und haben dann hier auf dem Raucherbalkon geplaudert. Esther Sölbel kenne ich natürlich von Fotos aus der Zeitung. Ich habe sie an jenem Dienstag gleich angesprochen und mich nach ihrer Mutter erkundigt.«

»Ach ja?«

»Ja. Es war eigentlich der Termin ihrer Stiefmutter. Die junge Esther Sölbel war zum ersten Mal hier. Vertretungsweise. Ihre Stiefmutter war wohl verhindert.«

4. S'gibt sottiche und sottiche.

Es gibt solche und solche – und noch ganz andere.

Als Nächstes warf ich mich in meine unansehnlichsten, ausgebeultesten Schnäppchenklamotten vom Second-Hand-Flohmarkt und fuhr zur Villa der Sölbels auf dem Killesberg. Die anwesende Polizei schreckte mich nicht – ich war ab sofort die Putze.

Okay, es störte ein klein wenig, dass bei meinem Eintreffen bereits eine kompakte Endvierzigerin aus dem ehemaligen Jugoslawien den Linoleumboden wienerte, aber der eilends herbeigerufene Herr Sölbel bürgte für mich. »Doch ... äh ... ja ... das ist Frau ... genau ... sie kommt immer fürs Grobe.« Hoffentlich log er auf dem politischen Parkett etwas versierter.

Immerhin, man ließ mich ein. In der riesigen Villa, deren Innenausstattung ziemlich puristisch nur aus weißen Wänden und Stahlrohrmöbeln bestand, verloren sich die Menschenmassen. Ein Großaufgebot an Zivilbullen hatte diverse Abhöranlagen aufgebaut und machte sich auch in der Küche breit, wo die von der Firma *Böhm-Catering* angelieferten Delikatesshappen ihrer Vernichtung durch Beamtenmünder harrten.

Ich schnappte mir einen Putzlappen und wischte mich durch das Gebäude. Mein Ziel war das Zimmer von Esther Sölbel, die noch zu Hause wohnte. Aber auf dem Weg in den ersten Stock hielt ich abrupt inne. Während der verängstigte Vater mit sorgenzerfurchter Stirn in seinem Arbeitszimmer kauerte und eine Million Stuttgarter Polizisten rund um sein schnurloses Telefon lauerten, sah ich durch das runde Bullaugenfenster im Treppenhaus die Stiefmutter, die auf dem hauseigenen englischen Rasen Golfstunden bei einem Personal Trainer nahm. Er zeigte ihr wohl gerade den Abschlag. Nur dass seine Hände nicht auf ihren Armen, sondern ihren Brüsten lagen. Madame hatte dagegen augenscheinlich nichts einzuwenden.

»Du Schlampe!«, zischelte es mir da plötzlich ins Ohr. Ich schreckte zusammen.

Die kompakte Ex-Jugoslawin riss mir den Putzlappen aus der Hand. »Ich weiß, was du wolle. Du mir wolle nehmen weg Arbeit. Aber das ich nicht zulasse!«

Sie wrang den Lappen aus. Auch ohne die Kombinationsgabe eines Sherlock Holmes war mir klar, dass sie lieber meinen Hals als den Wischmopp umgedreht hätte.

5. Nô koi Hektik – s'pressiert net.

Nur keine unschöne Panikmache – wir haben alle Zeit der Welt. Schwäbisch für: In der Ruhe liegt die Kraft!

»Sie verlangen fünf Millionen Euro!«

Ich rieb mir den Schlaf aus den Augen. »Was?«

»Fünf Millionen!«, wiederholte Staatssekretär Sölbel. »Eine exorbitante Summe für einen Staatsdiener. Aber ich kann meine Antiquitäten und Gemälde verkaufen und eine Hypothek auf mein Haus aufnehmen. Und ich habe soeben mit meinem Chef, dem Wirtschaftsminister, telefoniert. Er will ein paar Beziehungen spielen lassen und mir für die Restsumme einen Bankkredit ermöglichen. Es wird schon gehen.«

»Wie spät ist es?« Ich wischte mir den Sabber aus den Mundwinkeln und sah auf den Wecker auf meinem Nachttisch. Er war schon seit drei Jahren kaputt und zeigte konstant auf sechs Minuten vor zwölf.

»Halb acht. Ich bin hier auf der Herrentoilette im Wirtschaftsministerium und rufe vom Handy aus an. Die Polizei muss ja nicht mitkriegen, dass wir in Kontakt stehen. Was werden Sie jetzt unternehmen?«

»Keine Sorge, Herr Sölbel. Ich habe bereits einen Verdacht. Wann ist die Geldübergabe?«

»Morgen.«

6. Lompamensch, Saudackel, Granatabachel, Sempel

Liebevolle schwäbische Kosenamen für Mitmenschen, die wir nicht gerade als Seelenverwandte betrachten … im Zeitalter der politischen Korrektheit leider etwas aus der Mode gekommen.

Schon eine Stunde später saß ich in meinem alten, verrosteten Käfer auf der Lauer. Ich war zwar ungeduscht, aber meine Thermoskanne war randvoll mit Wachmacherkaffee und im Handschuhfach stapelten sich die Schokoriegel. Regel Nummer drei: *Beim Beschatten darf man ruhig stinken wie ein Iltis, aber die Versorgung mit Grundnahrungsmitteln muss gesichert sein.*

Ich hatte herausgefunden, wie der Golflehrer von Frau Sölbel hieß: Leonhard Tröchte. Ein ehemaliger Profi, allerdings selbst zu seiner Bestzeit nur Platz 286 auf der Weltrangliste. Er ähnelte ein wenig dem jungen Robert Redford. Auch jetzt, als er joggenderweise aus dem Hochhaus an der Hölderlinstraße, gegenüber der Russisch-Orthodoxen Kirche, getrabt kam, in dem er wohnte. Ich überlegte mir gerade, ob ich ihm im Auto oder zu Fuß folgen sollte, als ein cremefarbenes Mercedes-Cabrio angebraust kam. Am Steuer Frau Sölbel.

Tröchte stieg ein und sie fuhren davon. Ich hinterher.

Stuttgart hat viel zu bieten: Hiphop-Hochburg Deutschlands, Edelkarossenhochburg der Welt und eine der idyllischsten Joggerstrecken des Universums: rund ums Bärenschlössle. Genau dahin fuhren die Sölbel und ihr Lover. Profi, die ich bin, bot mein Kofferraum auch für diesen Fall das nötige Rüstzeug.

Kurz darauf joggten drei Gestalten durch den Wald: eine schicke Mittzwanzigerin in einem pinkfarbenen Laufanzug von Bogner, ein Adonisverschnitt Mitte dreißig in knackigen Hotpants von Nike und ein Sikh im Joggingdress von Aldi. Die Masche mit dem Sikh zieht immer: etwas braune Schuhwichse ins Gesicht und ein Turban auf dem Kopf. Wenn man nicht näher als auf zwanzig Meter kommt, bleibt man für das Zielobjekt garantiert unerkennbar.

Wir liefen einmal um den Bärensee, der an diesem Werktagvormittag relativ menschenleer war, und machten dann einen Schlenker zum Rotwildgehege. Dort legten Blondie und ihr Lover eine Stretchingpause ein. Ich konnte mich hinter einer Baumgruppe unsichtbar machen und fütterte zur Tarnung, falls sie mich doch entdecken sollten, die Rehe mit den Resten eines Schokoriegels. Der Wind war auf meiner Seite. Er trug Wortfetzen ihres Gesprächs astrein an mein linkes Ohr.

»... zwei Jahre gebraucht, bis er mich ins Testament aufgenommen hat ...«

Blondie hatte eine nervig-schrille Kopfstimme. Sie sollte mal Sprechunterricht nehmen.

»... werde ich mir das jetzt nicht von irgendwelchen dämlichen Kidnappern vermasseln lassen ...«

Ihr Gekeife verschreckte die Rehe. Sie ergriffen die Flucht.

»... wir müssen ihn noch vor der Geldübergabe umbringen ...«

Bingo!

7. Heilandssack, aber au!

Passender Fluch, wenn es anders kommt, als man denkt ...

Als ich in mein Büro kam, an dessen Wänden die Fotos meiner detektivischen Vorfahren hingen – Uropa Gottfried Nägele, Opa Reinhold und Tante Frieda –, wartete bereits Staatssekretär Sölbel auf mich. Die Geschäfte waren in letzter Zeit etwas flau gelaufen, darum konnte ich mir keine Sekretärin leisten. Hin und wieder übernahm mein Vetter Ludwig kleinere Arbeiten: das Briefmarkenaufkleben auf die Akquisebriefe, die ich an Firmen der Umgebung schickte, um meine Dienste bei Versicherungsbetrug, Spesenmanipulation, Betriebsspionage oder missbräuchlicher Lohnfortzahlung anzubieten. Aber Ludwig half derzeit unserem Patenonkel im Badischen bei der Spargelernte, deswegen war Sölbel nicht ins Allerheiligste eingelassen worden, sondern thronte bei meinem Eintreffen in seinem kastanienbraunen Brioni-Anzug auf der knarzenden Holztreppe.

»Herr Sölbel«, fing ich an und wischte mir mit dem Ärmel die Reste der Schuhwichse aus dem Gesicht. »Ich habe Ihnen etwas mitzuteilen ...«

»Das wird warten müssen. Die Entführer haben die Geldübergabe vorgezogen!«

»Wie bitte?«

Er nickte. »Die Polizei weiß es noch nicht. Sie denkt, die Übergabe steigt morgen früh. Aber vorhin habe ich eine SMS bekommen: Ich soll das Geld schon in einer Stunde auf dem Fernsehturm deponieren.«

Er klopfte auf den Aktenkoffer in seinem Schoß.

»Da sind fünf Millionen Euro drin?«

Er nickte. »In großen Scheinen. Die fortlaufenden Nummern hat sich die Polizei noch nicht notiert, das wollte sie heute Abend und heute Nacht tun.« Schwankend stand er auf. »Bitte, Frau Nägele, würden Sie das für mich übernehmen? Ich kann nicht mehr!« Seine Kartoffelnasenflügel bebten, seine Segelohren auch. Er hatte etwas von einem sehr, sehr hässlichen Welpen. Aber ein Welpe ist ein Welpe ist ein Welpe. Ich schmolz.

»Natürlich!«, hörte ich mich sagen. »Geben Sie her.«

Keine fünf Minuten später saß ich mit fünf Millionen Euro im Porsche von Staatssekretär Sölbel und preschte hügelaufwärts in Richtung Stuttgart-Degerloch.

8. S'isch nemme dees.

Es ist einfach nicht mehr so wie früher. Und dafür sollten wir der Göttin eigentlich alle auf Knien danken …

Die schwäbische Metropole hat viele eindrucksvolle Bauten zu bieten: die gotische Stiftskirche aus dem 15. Jahrhundert, das alte Schloss aus dem 16. Jahrhundert, das neue Schloss aus dem 18. Jahrhundert und den Fernsehturm aus … ähm … dem Jahre 1957. Oder so.

Von meinem Wohnbüro im sechsten Stock in der Firnhaberstraße, zwischen dem katholischen *St. Agnes*-Gymnasium und meinem Stammcafé *Conditorei*, kann ich bei Nacht den Fernsehturm sehen, vier rote Lichtstreifen und ein dicker weißer, wo sich das Turmrestaurant befindet.

Das Restaurant war an diesem Nachmittag geschlossen, aber auf der Aussichtsplattform tummelten sich eine japanische Touristengruppe und ein Mann in einem Burberry-Trenchcoat. Da die SMS nicht in japanischen Schriftzeichen eingegangen war, konzentrierte ich mich auf den Trench.

Die Japaner wurden durch eine Gruppe Bayern ersetzt. Der Trench blieb. Das Wetter schlug um. Ein kalter Wind blies mir um die Nase, die immer noch leicht nach Schuhwichse duftete.

Die Aufzugstür spuckte eine Gruppe Amerikaner aus und

schluckte die Bayern. Der Trench und ich hielten wacker die Stellung.

Schließlich verzogen sich die Amerikaner.

Wir waren allein.

Ich ging mit dem Koffer auf den Trench zu. »Hier«, sagte ich. »Das Geld. Aber erst will ich wissen, wo Esther ist.«

Der Trench drehte sich zu mir um. Von nahem sah er viel älter aus. Bestimmt schon über siebzig. Sein Blick war leer. Was daran liegen mochte, dass er zwei Glasaugen hatte. Jetzt erst entdeckte ich die Behindertenbinde an seinem Arm.

»Verzeihung? Ich warte hier auf meine Frau. Sie wollte nur kurz Geld in die Parkuhr werfen. Allmählich mache ich mir Sorgen.«

Ich tätschelte ihm die Schulter. »Sie kommt bestimmt gleich. Entschuldigen Sie bitte. Ein Versehen.«

»Sie da!«, kreischte es plötzlich aus Richtung Aufzug. »Nehmet Se sofort Ihre Händ von meim Mô.« Ein kleines Hutzelweibchen stürmte auf mich zu und versetzte mir mit ihrem Regenschirm einen kräftigen Hieb.

Regel Nummer vier aus meinem Klassiker für angehende DetektivInnen: *Nur nicht die Heldin spielen – in Gefahrensituationen ist der geordnete Rückzug stets der Konfrontation vorzuziehen!*

9. Dô hent Se aber Glick g'het!

Da haben Sie aber Glück gehabt. Weil s'hätt au andersch komma könne …

Da war wohl etwas schief gelaufen. Die Entführer waren nicht aufgetaucht. Ich saß im Porsche von Sölbel und brauste die Neue Weinsteige hinunter.

Normalerweise zeichnet sich die Neue Weinsteige nicht nur durch den fantastischen Blick hinunter in den Stuttgarter Kessel und über die Dächer der faszinierenden schwäbischen Metropole aus, sondern vor allem dadurch, dass sich vom höchsten Punkt im Stadtteil Degerloch bis hinunter ins Tal und zum Charlottenplatz ein Dauerstau zieht. Nur an diesem Nachmittag war es nicht so. Jedenfalls hatte ich fast freie Fahrt und somit reichlich Gelegenheit festzustellen, dass sich irgendjemand – Frau Sölbel und ihr Lover kamen mir da spontan in den Sinn – an dem Wagen zu schaffen gemacht hatte: die Bremsen funktionierten nicht!

In einem Affentempo schlitterte ich die Straße hinunter, rechts der Berg, links der Abgrund. Um mich herum das Hupkonzert vereinzelter Autos, denen ich gefährlich nahe kam. Hinter mir ein knallroter Ferrari, der mich noch überholen wollte.

Mein Herz pochte. Mein Verstand raste.

Regel Nummer fünf des Handbuchs: *Ruhe bewahren!*

Regel Nummer sechs: *Die Bremse mit leichten Trittbewegungen aktivieren.*

An der Ecke Hohenheimer Straße, in Höhe des Massageclubs, donnerte ich mit Schmackes in eine Hecke. Ich hatte den Höllentrip gut überstanden, der Porsche würde jedoch auf die Intensivstation einer Vertragswerkstatt verbracht werden müssen.

Ja, das war gefährlich gewesen. Doch mit der Gefahr war ich auf Du und Du. Die Verbrecher hatten allerdings einen fatalen Fehler begangen: Sie hatten meinen Zorn entfacht! Als ich wieder einigermaßen ruhig atmen konnte, schnappte ich mir den Koffer. Und sah zum ersten Mal hinein. Heraus sahen keine fünf Millionen Euro in großen Scheinen, sondern die letzten zehn Ausgaben der *Stuttgarter Zeitung.*

Na bravo!

10. So isch's nô au wieder.

Die Schwäbin sieht immer alle Seiten der Medaille: Vorderseite, Kehrseite und den Rand, auf dem Münzen bisweilen stehen bleiben. In meinem Falle kommt diese Einsicht nur leider oft zu spät.

»Wo ist Herr Sölbel?«, herrschte ich den Polizisten an, der mir die Tür zur Villa geöffnet hatte.

»Darf ich zuerst fragen, wer Sie sind?«

Ich zupfte mir das schwarz-weiß karierte Chaneljäckchen zurecht. »Carmen Müller, die persönliche Assistentin der Chefsekretärin von Herrn Sölbel«, herrschte ich befehlsgewohnt. »In einer dringlichen Angelegenheit des Wirtschaftsministeriums.«

Meine Aufmachung war astrein. Das Kostüm hatte ich von meiner Nachbarin ausgeliehen, einer ehemaligen Opernsängerin. Es war mir etwas zu groß, aber der Aktenkoffer kaschierte etwaige Dellen und Beulen. Außerdem achten Männer, auch Männer mit Spezialausbildung im Kriminellenschnappen, ohnehin nicht auf solche Kleinigkeiten. Der Polizist sah nur die Schmetterlingsbrille und das Sekretärinnengehabe.

»Herr Sölbel ist nicht da.«

»Wissen Sie, wo er ist?«

»Auf der Trauerfeier für Staatssekretär Pfleiderer.«

Plötzlich ein markerschütternder Schrei.

»Ah! Du böse Frau! Ich dich gleich erkenne. Du hier nichts verlore. Du gehen. Sofort!«

Mit einem spritzenden Feuchttuch hieb die stämmige ex-jugoslawische Putzfrau der Sölbels auf mich ein.

11. Wart's nô ab, 's wird ällweil onta zammazählt.

Gemach, gemach, es ist noch nicht aller Tage Abend ...

Die Trauerfeier für den ehemaligen Staatssekretär Pfleiderer, der vor einigen Tagen einem Stuttgarter Schönheitschirurgen bei einer Fettabsaugung unter der Hand weggestorben war, fand im Beerdigungsinstitut *Lebewohl* statt. Das *Lebewohl*, ein alteingesessenes Unternehmen, das schon in fünfter Generation tote StuttgarterInnen unter die Erde brachte, warb mit eigenen Kühl- und Abschiedsräumen mitten in Stuttgart, gleich hinter dem gigantischen Kaufpalast *Breuninger.* Die derzeitige Leiterin hieß Heidi Wurster (geschiedene Schrömp, verwitwete Lauchau, geborene Lebewohl).

Frau Wurster nahm mich auch höchstselbst in Empfang, als ich eine Stunde später im kleinen Schwarzen mit Perlenkette die feierliche Stätte betrat. Das kleine Schwarze war knitterfreies Polyester von C&A und die Perlenkette so falsch wie meine grau melierte Kurzhaarperücke, aber das sah man in dem Dämmerlicht der Feierhalle nicht. Ich gab mich als »Ehemalige« aus, mehr musste ich nicht sagen.

»Die hinteren Bankreihen sind für Sie reserviert«, teilte mir Frau Wurster salbungsvoll mit.

Ex-Staatssekretär Pfleiderer hatte es sich selbst zuzuschreiben, dass er nur im *Lebewohl* aufgebahrt lag und nicht in der Eberhardskirche an der Königsstraße, umgeben von hochrangigen Politikern. Er war unehrenhaft aus dem Staatsdienst entlassen worden, nachdem ruchbar wurde, dass er seine Dienstreisen grundsätzlich in – bezahlter – Damenbegleitung absolvierte. Seine Frau hatte sich scheiden lassen, seine Kinder hatten sich von ihm losgesagt, aber immerhin bezog er sein Gehalt aus dem baden-württembergischen Staatssäckel ungekürzt weiter und konnte sich einen schönen Lebensabend bereiten.

Die vorderen Reihen in der Trauerhalle waren fast menschenleer. Ich erkannte in den drei einzigen Hinterköpfen den stellvertretenden Automobil- und Verkehrsbürgermeister, Staatssekretär Sölbel und den Promi-Fotografen der *Stuttgarter Nachrichten,* der sich mangels Promis eine Pause gönnte und eine Milchschnitte verspeiste, obwohl es noch nicht halb zehn in Deutschland war. In den letzten Bankreihen saßen wir eng an eng: lauter Damen aus der Halbwelt und ich. Das süßliche Billigparfüm, das die Halle schwängerte, raubte mir fast den Atem. Die Wut über meine eigene Dummheit auch.

Sölbel! Natürlich hatte er mir nicht einfach fünf Millionen Euro und seinen Porsche anvertraut. Er wollte mich verarschen. Wahrscheinlich vermutete er mich immer noch auf dem Fernsehturm, brav auf die Entführer wartend. Nur weil er nicht wissen konnte, dass mich eine eifersüchtige Greisin vorzeitig vertrieben hatte, saß er da vorn so ruhig und plauderte lachend mit dem Verkehrsfuzzi.

Doch wo war das Geld?

Bestimmt nicht bei ihm zu Hause. Einem Zuhause, in dem es übrigens keine Gemälde und Antiquitäten gegeben hatte, nur weiße Wände und Stahlrohrmöbel. Der Mann hatte mich frech angelogen. Da war gar nichts, was er hätte verkaufen können!

»Wo ist die Kohle?!«, kreischte es in diesem Augenblick.

Der Schrei stammte nicht aus meiner Kehle.

Alle Köpfe drehten sich.

Frau Sölbel kam zur Tür herein. Selbst in ihrem Zorn sah sie berückend schön aus, nur ihr eingeknüpftes Haarteil war etwas verrutscht und baumelte wie ein totes Angorakaninchen über ihrem linken Ohr. Bestattungsunternehmerin Wurster hatte sich, »Pssst!«

zischelnd, in Frau Sölbels champagnerfarbenen *Dolce & Gabbana*-Hosenanzug verkrallt. Aber die Welt kennt keine Kraft, die so mächtig wäre wie eine geldgeile Blondine.

»Wo ist die Kohle?!«, wetterte sie erneut und stampfte, die Wurster im Schlepptau, nach vorn.

Sölbel sprang auf.

Die Damen um mich herum quietschten verzückt auf. Endlich Stoff für Erzählungen.

»Du Schuft«, plärrte Frau Sölbel und schlug mit ihren beringten Fäustchen auf den Gatten ein. Der stellvertretende Automobilbürgermeister stand mit segnender Geste daneben. Der Promi-Fotograf klickte ein Foto nach dem anderen. Auch er strahlte beseelt.

Ich machte mir dieses Tohuwabohu zunutze und schlich mich in die Garderobe. Sölbels Mantel war unschwer auszumachen. Es gab nur zwei Herrenmäntel und seiner trug ein personalisiertes Wäschezeichen. Ich kramte in den Taschen. Draußen tobte das Chaos. Von fern hörte man ein Martinshorn.

Ich fand einen Brief mit dem Logo des *Lebewohl*-Instituts. Darin versicherte Frau Wurster meinem Staatssekretär, dass er selbstverständlich den Sarg mit seinem alten Schulfreund Pfleiderer auf der Überführung nach Bonnenuit bei Marseille begleiten könne, wo der Leichnam im kleinsten Kreise auf dem Dorffriedhof seines Alterssitzes begraben würde.

Marseille! Mittelmeerhafen. Tor nach Afrika. Oder Südamerika. Hauptsache, irgendein Land, das keinen Auslieferungsvertrag mit Deutschland hatte und in dem Sölbel die fünf Millionen in aller Ruhe verbraten konnte. Aber nicht, solange ich noch ein Wörtchen mitzureden hatte.

Der Sarg! Natürlich hatte er das Geld im Sarg versteckt. Der würde hier in Deutschland versiegelt und bei keiner Grenzkontrolle geöffnet. Wahrscheinlich hatte er die Scheine hinter der Innenauskleidung versteckt. Pfleiderer lag momentan noch auf einer mit Seidentüchern und Frühlingsblumen geschmückten Bahre. Wo war also sein Sarg?

Während in der Trauerhalle eine Massenschlägerei zwischen den Sölbels, Bestattungsbediensteten, Prostituierten und Streifenbeamten im Gange war, schlich ich mich in den Keller, wo – laut einem von der Chefin offenbar selbst designten und ausgedruckten Papieraushang – die *Lebewohl*-Sargshow zu sehen war.

Ich trat in einen länglichen Raum mit diversen Massivholzsärgen. Auf einem Spruchband quer über dem Raum stand: Dienst an den Lebenden – Ehre für die Toten.

Wo waren hier die vorgemerkten Särge? Ich sah mir die Aufkleber auf den Holzkisten an: *Modell Ruhe sanft, Kiefer astfrei, antik patiniert, Griffe altkupfer galvanisch, Ausschlag Baumwolle oder Krepp* – war da zu lesen. Oder *Designermodell Cheruskerfürst, weiß gebeizt, Gussgriffe schwarz lackiert, Ausschlag künstlerisch gestalteter Seidensatin mit Perlmuttglanz*. Und dann kam mir die Erleuchtung. Die Einheitsgröße von 2000 x 670 x 640 konnte für Ex-Staatssekretär Pfleiderer unmöglich passen. Er war schon von Natur aus ein bulliger Kerl und das süße Leben hatte seinen Umfang locker verdreifacht, weswegen er sich die Fettmassen hatte absaugen lassen wollen, wobei allerdings sein frühpensioniertes Herz den Geist aufgab. Pfleiderer brauchte ohne Frage einen Sarg in XXL.

Im Nebenraum wurde ich fündig. *Modell Barock, Eiche geschnitzt, altdeutsch patiniert, Ausschlag Velvet, reserviert für H.P.*

Hermann Pfleiderer.

Heureka!

In diesem Moment hörte ich Schritte, die sich mir näherten.

Mit einem olympiareifen Sprung hechtete ich in den Sarg und schloss den Deckel.

12. Des wär aber doch net nötig gwä.

Das wäre doch nicht nötig gewesen, sagt man als wohlerzogene Schwäbin, wenn einem etwas geschenkt wird. Oder wenn ein zweites Stück Kuchen angeboten wird, worauf man nach ausgedehntem Zögern mit »Nô bin i halt so frei« antwortet. »Des wär aber doch net nötig gwä« trifft aber auch auf Schicksalsschläge zu …

Siebte Regel des unentbehrlichen Ratgebers für angehende DetektivInnen: *Niemals in einen Sarg klettern, bevor nicht sicher ist, ob er sich von innen auch wieder öffnen lässt.*

Ich bekam keine Platzangst in meinem weichen Velvetversteck, dazu war es viel zu geräumig. Auch der Sauerstoff würde locker ein paar Tage reichen, rechnete ich mir aus. Zumal irgendjemand kleine Luftlöcher in die rechte Seitenwand gebohrt hatte. Dennoch stieg langsam Panik auf. Geräusche von außen drangen nur sehr gedämpft ins Innere und irgendwie hatte ich Angst, jeden Moment könnte die Leiche in den Sarg geworfen werden, ohne dass jemand bemerkte, dass dieser schon besetzt war. Begraben unter einer Tonne Ex-Staatssekretär. Eigentlich wünschte ich mir einen würdigeren Abgang.

Die Zeit verstrich. Ich malte mir noch schlimmere Katastrophenszenarien aus. Was, wenn HP gar nicht Hermann Pfleiderer hieß, sondern Hulda Pfannenstiel? Und was, wenn Frau Pfannenstil krematisiert würde? Ich sah mich schon bei 1000 Grad zu Asche verkokeln.

Zur Ablenkung zählte ich auf hundert. Von außen war nichts mehr zu hören. Ich wagte einen Vorstoß. Doch so sehr ich mich auch bemühte, der Deckel ließ sich nicht anheben. Ist er zu stark, bist du zu schwach. Ich warf eine *Fisherman's Friend*-Halspastille ein, aber das half auch nichts.

Gefangen!

Just in dem Augenblick, als mir der Gedanke kam, dass ich mich mit beiden Beinen gegen den Deckel stemmen und ihn auf diese Weise aufdrücken könnte, wurde er von außen angehoben. Ich hielt die Luft an. Und sah in die angstgeweiteten Augen von Esther Sölbel.

Sie sehen und packen war eines.

Der Deckel knallte mit Schmackes auf unsere Rücken herab, aber ich ließ nicht los. Sie zeterte wie ein Waschweib – sage ich mal so, ich kenne kein Waschweib und weiß nicht, wie die zetern, aber es war lautstark und ordinär. Ich war gut und gern zwei Kopf größer als die zierliche Staatssekretärstochter und wog bestimmt fast das Doppelte. Sie hatte keine Chance. Und da sie mich nicht herausziehen konnte, zog ich sie herein. Mit einem dumpfen Plumps schloss sich der Sargdeckel im Barockschnitzdesign über uns.

»Sie machen also gemeinsame Sache mit Ihrem Vater!«, herrschte ich sie in der Finsternis an.

»Rutschen Sie mir doch den Buckel runter!«, kläffte sie wie ein beißwütiger Chihuahua zurück. Bestimmt streckte sie mir auch die Zunge heraus, aber das sah ich in der Dunkelheit ja nicht.

»Ich wette, Ihre Stiefmutter hat Ihren Vater durch ihre Ansprüche ruiniert. Und da wollte er sich mit Ihnen absetzen. Mit dem Geld, das er durch Vermittlung des Wirtschaftsministers von den Banken bekam. Auch ohne Sicherheiten. Stimmt's?«

Ein leichter Lufthauch wehte durch den Sarg. Wahrscheinlich nickte die Kleine mit dem Kopf.

»Sie und Ihr Vater ... Sie dachten wohl, ich würde nicht dahinter kommen, wie? Ich wäre der Herausforderung nicht gewachsen? Falsch gedacht!« Ich boxte auf gut Glück ins Dunkel hinein. Sie knuffte zurück und erwischte mit voller Breitseite meine Nase. Aber eine Indianerin kennt keinen Schmerz.

»Die vorgezogene Geldübergabe war nur ein Täuschungsmanöver. Die Polizei durfte nicht die Gelegenheit bekommen, die Seriennummern zu notieren. Oder einen Sender im Geldkoffer zu platzieren. Ich sollte dann später den Sündenbock spielen. Und jetzt wollten Sie das Geld im Sarg nach Frankreich schmuggeln. Mit Hilfe des lieben Verstorbenen!«

»Papa!«, bellte Esther. »Zu Hilfe!«

Und das war dann der Moment, in dem uns klar wurde, dass sich der Sarg in Bewegung gesetzt hatte.

Als sich der Deckel drei Stunden später öffnete, atmeten wir würzige, französische Luft.

13. Sodele!

Schwäbisch für: Es ist vollbracht! Nach dem Wie frôget Se besser net ...

Es war nicht Marseille, es war der Grenzübergang Straßburg-Kehl. Die Stuttgarter Polizei, echte Freunde und Helfer in der Not, hatte das Kennzeichen des gestohlenen Leichenwagens in die Welt posaunt. Ihre französischen Kollegen, wackere Genossen, einer wie der andere, hatten das Kennzeichen ausfindig gemacht, den Fahrer in Gewahrsam genommen und uns befreit.

Am Steuer saß Staatssekretär Sölbel – zwölf Stunden, bevor er zum Ex-Staatssekretär ohne weitere Bezüge degradiert wurde. Er meinte, im Sarg lägen seine Tochter und fünf Millionen. Als er meiner ansichtig wurde und erfahren musste, dass Esther den Geldkoffer hatte fallen lassen, bevor ich sie in den Sarg ziehen konnte, entschwand seine rosige Gesichtsfarbe auf Nimmerwiedersehen.

Der Koffer wurde eine Woche später gefunden. Leer. In dem gestohlenen Mercedes Cabrio von Frau Sölbel, die zu diesem Zeitpunkt bereits die Scheidung eingereicht hatte und wegen Mordversuch an ihrem Gatten – sie hatte Arsen in das Lieblings-Gsälz ihres Mannes gegeben – in Untersuchungshaft saß. Man gab auch eine Fahndung heraus: nach Leonhard Tröchte, dem Ex-Golf-Profi. Interpol war zuversichtlich, ihn auf einem der vielen Golfplätze weltweit ausfindig zu machen. Was dann noch von den fünf Millionen übrig sein würde, stand allerdings in den Sternen.

Ich selbst blieb auf den Spesen sitzen. Von Honorar ganz zu schweigen.

Regel sieben meines Jahrhundertwerks über die Arbeit von DetektivInnen: *Wenn du glaubst, das Schicksal würde das Füllhorn des Glücks über dir ausgießen, warte erst mal geduldig ab – womöglich erweist sich das Ganze als Jauche-Dusche …*

Katrin Kremmler

Herthas Kuchen

Im ICE von Stuttgart nach Zürich, 23. September, früher Nachmittag

> *Stuttgarter Nachrichten* vom Dienstag, 23. September.
> EHEMALIGER LEITER DES HEIMATMUSEUMS ERMORDET!
> Von unserem Redakteur Marco Grieber.
> Dr. Georg Baer, 56, ehemaliger Leiter des Neckarstetter Heimatmuseums, ist in der Nacht zum Sonntag ermordet worden. Seine Leiche wurde Sonntagabend von seiner Frau Veronika in ihrem gemeinsamen Haus in Knöringen entdeckt.

Neunzehn Messerstiche.

Ich weiß nicht, was ich darüber denken soll.

Ich weiß auch nicht, wieso ich im Zug meinen eigenen Zeitungsartikel lese. Ich weiß überhaupt nicht, wo mir der Kopf steht. Letzte Woche hab ich ihn noch getroffen, Georg »Schorschi« Baer.

So viel ist passiert in dieser einen Woche. Du hast mich verlassen. Einfach so. »Es ist aus, such nicht nach mir«, eine SMS auf meinem Handy.

Mein ICE gleitet aus dem Stuttgarter Hauptbahnhof. In drei Stunden bin ich in Zürich. Etwas Zeit zum Nachdenken. Um sich die Dinge mit etwas Abstand anzusehen. Dann puzzeln sie sich vielleicht in meinem müden Hirn zu einer Perspektive zusammen, mit der ich etwas anfangen kann. Übermorgen bin ich wieder zurück, und dann werde ich wissen, was ich mache.

Hertha hat gesagt, ich soll dir Zeit geben.

Hertha hat gut reden. Sie kennt dich kaum.

Ich weiß noch genau, wo ich dich das erste Mal sah. Du erschienst über einem Quadratmeter Zwetschgendatschi mit Schlagsahne in Hertha Lochers Küche, wo ich sie gerade das zweite Mal befragte. Neben mir ein Inder, der nur lächelnd dasaß und Kuchen aß und uns nicht störte, weil er kein Wort verstand.

Aber als sie dich bemerkte, brach sie das Interview sofort ab. Du wolltest keinen Zwetschgendatschi von Hertha, sondern Informationen. Bekamst sie aber nicht. Und mir sahst du in die Augen wie jemand, der am Ertrinken ist. Herthas Lebensgeschichte war für dich eine Frage von Leben und Tod.

»Was hat sie Ihnen über den Pfarrer erzählt«, fragtest du, als wir anschließend zusammen durch strömenden Regen zu meinem Auto liefen. Du hattest darauf bestanden, mit mir in die Stadt hinunterzufahren, und später bei Wein und Pizza hast du alles aus mir herausgeholt. Sogar die Aufnahmen hast du dir von mir vorspielen lassen.

Seit unser Herr Pfarrer im Ruheschtand isch, hammer koin richtiga Pfarrer meh, bloß zur Vertretung. Der Herr Pfarrer Jah aus Indien hammer ghet, desch der dôhanna, sehet Se, wiesm schmeckt. Jô, irgendwie verschtandamr uns schô, au ohne Englisch gell, des hat immer gut klappt. Herr Pfarrer Jah, î pack Ihne an Kuacha ei, brauchet Se koi Angscht han, dasse bei mir z'kurz kommet, gell! Î gib Ihne au wieder a Päckle mit wie letschtmôl. Der Herr Pfarrer Jah isch immer so gut und nimmt mr Sacha mit für mei Kusine in Karlsruhe. Letschtjôhr hammer an Pfarrer aus Ghana ghett, un oin aus Korea, des sin immer junge Pfarrer, die bleibet immer bloß paar Wocha dô. Î frei mi immer, wemmar wenigschtnsno so oine grieget. Paschtoralreferent hammer ja au scho lang koin meh, für dia paar alte Leit.

Herthas schwer verständliches Oberschwäbisch aus meinem Diktiergerät umspülte unsere Pizzen, und es war nichts auf dem Band, das dir auch nur im Geringsten weitergeholfen hätte. Du warst enttäuscht.

»Hertha Locher ist meine leibliche Mutter«, sagtest du. »Ich habe sie erst vor zwei Wochen wiedergefunden. Fragen Sie mich nicht, wie lange das gedauert hat – Jahre.« Deine Augen waren groß und grün, dein Lächeln gequält. Ob ich mir vorstellen könnte, wie frustrierend deine Lage sei. Nach einer Kindheit und Jugend geprägt von schweren Konflikten mit den Eltern und daraus rührenden psychologischen Problemen, nach etlichen gescheiterten Beziehungen, einer gebrochenen beruflichen Biografie, Drogenerfahrungen und jahrelanger Therapie dann endlich mit Anfang dreißig herauszufinden, dass du ein Adoptivkind warst. Dadurch wurde vieles in deinem Leben plötzlich klarer. Dann die lange Suche nach den leiblichen Eltern und das unverhoffte Wiedersehen mit der Mutter. »Und sie sagt mir nicht, wer mein Vater ist.«

Es war ein Schock, sagtest du. Ein Unding. Eine katholische Pfarrhaushälterin. Die dich mit knapp siebzehn geboren hat, noch minderjährig. Eine Fehlgetretene, eine ledige Mutter, die ihr Kind zur Adoption freigibt und nach wie vor im Pfarrhaus arbeiten darf. Wie passt das zusammen?

Du warst das erste Mal bei ihr in der Küche gesessen und hattest auf die vergilbte Blümchentapete gestarrt, und plötzlich hatte sich für dich eines zum anderen gefügt, das Szenario lag dir so klar vor Augen, dass es wehtat.

Du warst nicht in irgendeinem Stuttgarter Spital geboren worden, sondern im Marienhospital, dem katholischen. Du warst nicht zu irgendwelchen Adoptiveltern gegeben worden, sondern zu gut katholischen. Irgendjemandem waren diese Details offenbar wichtig gewesen. Dass Hertha 1966 trotzdem Pfarrhaushälterin in Großäpfingen blieb, war absolut ungewöhnlich. Normalerweise, sagtest du, würden »in solchen Fällen« Kind *und* Mutter diskret entsorgt.

Moischtns kommt halt der Herr Pfarrer Bächtle aus dar Kreisschtadt am Sonntag zur Mess, aber der muss immer glei weiter auf d'Albnauf. Früher hanî'm immerno a Veschper gricht, oder an Kaffeh, und bissle gschwätzt hammer, hater verzehlt, was in dar Diözehs passiert, aber jetzt sagter immer bloß, Fralla Locher, heit gôhz it, î muss renna, î mussno nôch Kleinengschtinga auf d'Albnauf, und wenn's Wetter so schlecht isch auf dar Alb ôba, ischer eh immer zschpät drâ.

Du bemühst dich so, es zu begreifen. Dieses Loch in deinem Leben, an dessen Umriss das Etikett »Mutter« hängt, mit dieser Fremden in Deckungsgleichheit zu bringen, die nach außen so leutselig und herzlich ist und so absolut unnachgiebig auf deine Fragen schweigt. Zu sehen, wo etwas überlappt und wo Lücken sind, und wohl immer bleiben werden. Dieses Loch, dessen Umriss deinem eigenen so ähnelt und dessen Leere deine eigene ist.

»Ich weiß doch, wie ungelegen ich ihr kommen muss«, sagtest du. »Sie hat ein Leben verleugnet. Mein Leben. Ich bin das Skelett im Schrank, die Leiche im Keller, die jetzt plötzlich vor ihr steht und alte Wunden aufreißt. Sie sagt mir nicht, wer mein Vater ist, weil sie nicht daran erinnert werden will. Sie hat ihr ganzes Leben damit verbracht, es zu vergessen.«

Ich hatte dir geraten, trotz der Indizienlage keine voreiligen Schlüsse zu ziehen. Aber dein Kummer und deine grünen Augen hatten es mir angetan. Und ich konnte dir tatsächlich weiterhelfen. Am nächsten Tag hatte ich vor, den ehemaligen Großäpfinger Pfarrer in seinem Pflegeheim für ein Interview aufzusuchen, und würde dich gerne dorthin mitnehmen. Wenn du wolltest.

Was ich denn meinerseits von dem Pfarrer wollte, fragtest du mich erst anderntags im Auto.

Seit der Großäpfinger Pfarrer nach einem Schlaganfall vor drei Jahren stationär betreut wird, ist auch seine Pfarrhaushälterin überflüssig. Hertha Locher, zu jung für die Rente und (wie sie sagt) für einen Ortswechsel zu alt, hat umgesattelt und managt nun die kleine katholische Sozialstation. Ihre Arbeit füllt sie völlig aus, und doch findet sie Zeit für ihr Steckenpferd, die Vereinsarbeit. Wöchentlich fährt sie in die Kreisstadt, wo sie langjähriges Mitglied der Altenbegegnungsstätte »Rössle« ist, soziale Kontakte pflegt, das kulturelle Leben der Kreisstadt genießt und sich weiterbildet.

So optimistisch sie auch sonst ist, für die Zukunft ihrer Gemeinde sieht sie schwarz. Jungen Pendlerfamilien ist der kleine Ort zu abgelegen, sagt sie, und die Alten sterben weg. In Zeiten von Diaspora und Pfarrermangel sind die Tage der katholischen Kirchengemeinde Großäpfingen gezählt.

»Und das interessiert irgendwen?«, fragtest du spöttisch.

Ich grinste, jetzt kam mein großer Moment. Ich ließ mir von dir Diskretion schwören und fragte dich, ob du vom hiesigen Museumsskandal gehört hattest. Du warst aus Mannheim und hattest nichts vom hiesigen Lokalgeschehen mitgekriegt.

Ein Mitarbeiter des Heimatmuseums hatte sich jahrelang an Depotbeständen vergriffen und selbige verhökert. Der war nun aufgeflogen, die Gerichtsverhandlung lief.

Meine Story mit Hertha, sagte ich und hoffte, das würde bei dir Eindruck machen, war nur Tarnung für eine andere Recherche.

Es hatte nämlich einen Hinweis gegeben auf einen Pfarrer als Hehler. Ein Zeuge hatte sich erinnert, dass der Angeklagte sich einmal verplaudert und Andeutungen über seine guten Beziehungen zum Klerus gemacht hätte. Der Angeklagte bestritt jegliche Mittäterschaft von Dritten, Beweise gab es keine, niemand interessierte sich weiter für das Gerücht. Bei Sakralkunst hätte man ja noch Zusammenhänge sehen können, sagte ich, aber es war nur die Rede gewesen von alten Verbindungsseideln und Militaria aus dem Deutsch-Französischen Krieg, an denen er sich vergriffen hatte, bevor er die Dummheit beging, ausgerechnet das silberne Prunkstück der Sammlung, ein Handwaschbecken aus dem sechzehnten Jahrhundert, zu klauen. Und nicht etwa ins Ausland zu verhökern, sondern einem Stuttgarter Auktionshaus anzubieten, quasi in der unmittelbaren Nachbarschaft. Das war im Winter gewesen. Und im Frühjahr hatte die hinzugezogene Spezialistin dann ihr Gutachten über die Bestandslücken fertig und herausgefunden, dass die weitaus wertvollsten geklauten Gegenstände fünf expressionistische Aquarelle waren. Bunte Wasserfarbenkleckse auf Papier, im Wert einer fünfstelligen Summe.

Und ich dachte, hoppla. Kann Altmetall nicht von echtem Silber unterscheiden, aber aus Hunderten von Grafiken und Ölgemälden aus dem Depot pickt er sich die wertvollsten heraus. Da muss ihm doch wer einen Tipp gegeben haben.

Ich kenne einen Mitarbeiter der Museumsverwaltung, der hat mich in seine Personalakte sehen lassen. Geboren und aufgewachsen in Großäpfingen im Neckartal.

Ich kenne auch eine Dame im Finanzamt, die hatte mir mal eben nachgeschaut, wohin der Mann seine Kirchensteuer abführt, und siehe da, er ist römisch-katholisch. Das vereinfachte die Sache ein wenig. Ich dachte, schau ich doch mal in der Großäpfinger Pfarrei vorbei, um ein wenig zum Leben in der ländlichen Diaspora zu recherchieren. Vielleicht finde ich ja irgendwas.

So landete ich an Hertha Lochers Küchentisch. Sie war Feuer und Flamme für mein Interviewprojekt. Die robuste Endfünfzigerin dürstete nach der Gesellschaft von Auswärtigen und war äußerst mitteilsam. Das erste Mal, als ich bei ihr war, saß eben ein schwarzer Geistlicher an ihrem Kaffeetisch und spachtelte *Kirschaplotzer.* Pfarrer Daniel aus Ghana, ehemalige Aushilfe, derzeit ebenso übergangsweise in Ludwigsburg tätig. Er war schon am Gehen, sie drückte ihm Päckchen in die Hand. Mit mehr *Kirschaplotzer* vermutlich.

Mir hatte Hertha gegeben, womit sie dir gegenüber nicht herausrücken wollte: die Adresse des Pflegeheims, wo ich ihren ehemaligen Pfarrer finden würde.

Seltsame Situation. Zwei Fremde unterwegs zu einem todkranken Pfarrer, den beide aus unterschiedlichen Gründen für einen Gauner hielten.

Pfarrer i.R. Siegfried Forster war ein freundlicher, geduldiger Mensch, der sich damit abgefunden hatte, seine letzten paar Jahre an Schläuchen in einem Heim zu verbringen. Er freute sich über Besuch. Du wurdest als meine Bekannte vorgestellt und sahst ihn die ganze Zeit an wie den Beelzebub persönlich. Als ich meine unverfänglichen Fragen gestellt und herausgefunden hatte, dass der gute Pfarrer seit drei Jahren ans Bett gefesselt war und seither von selbigem aus nicht aktiv gehehlt haben konnte, hast du es nicht mehr ausgehalten und ihn geraderaus gefragt. Ihm gesagt, wann und wo du geboren warst und wie deine Mutter hieß. Du hattest dir Wirkung erhofft, und du hast sie bekommen.

Der Mann, der dir betroffen eine knotige Hand vom Krankenbett reichte, war allem Anschein nach doch nicht dein Erzeuger, sondern dein Großonkel mütterlicherseits. Seine Schwester Anna, geborene Forster, war Herthas Mutter gewesen. Die Familie stammte aus Pfingstweid im Bodenseekreis. In den 50ern hatte Siegfried seine erste Pfarrstelle in Großäpfingen im vornehmlich evangelischen *wiaschtglaibiga* Unterland bekommen. 1966 holte er seine junge Nichte als Haushälterin nach und brach, genau wie sie selbst, den Kontakt zum Rest der Familie ab. Denn die lieben Eltern in Pfingstweid hatten das gefallene Mädchen ohne einen Pfennig Geld vor die Tür gesetzt.

Mit den Umständen deiner Adoption hattest du ganz richtig gelegen. Das hatte er in die Wege geleitet. Und zwar so diskret, dass Großäpfingen erst gar nichts von deiner Existenz erfuhr. Das war leider der Preis für Herthas Existenz in Großäpfingen.

Was zunächst als Übergangslösung für einen mittellosen Teenager ohne Ausbildung gedacht gewesen war, wurde mit den Jahren zur Institution. Hertha hatte nicht vor zu heiraten, wusste auch sonst nicht wohin und blieb Pfarrhaushälterin.

Pfarrer Siegfried hatte sich durch seine Quellen immer wieder nach dir erkundigt. Er wusste von deiner schwierigen Jugend und war sich bewusst, sagte er, sich an dir schuldig gemacht zu haben, ein Kind sollte bei seiner Mutter aufwachsen. Aber damals sahen sie keine andere Möglichkeit als dich wegzugeben. Damals war das die richtige Entscheidung. Für einen katholischen Landpfarrer in den bigotten 60ern war Siegfried Forster erstaunlich liberal. Der Mann gefiel mir.

Du hörtest seinen Eröffnungen zu wie vom Donner gerührt. Dann fragtest du zaghaft nach weiterer Familie.

Pfarrer Siegfried bedauerte sehr. Er war außer Hertha dein einziger lebender Verwandter mütterlicherseits, als Letzte war seine Schwester Anna vor fünf Jahren gestorben.

Was deinen Vater anging, schwieg er sich aus. Das war Herthas Sache.

Nach drei Stunden verabschiedeten wir uns. Du versprachst ihm, ihn wieder zu besuchen, und dann gingen wir und wussten beide erst mal nicht weiter.

Unsere Nachforschungen waren im Sande verlaufen. Aber immerhin hatten *wir* uns besser kennen gelernt. Wir fuhren in die Stadt zurück, tranken ein paar Biere, und dann kamst du mit zu mir.

Unsere erste Nacht. Ich glaube, du warst schrecklich aufgewühlt und durcheinander und hast einfach jemanden zum Festhalten gebraucht.

Dieser Jemand wollte ich gerne für dich sein.

Danach machtest du dir eine Zigarette an und redetest über Hertha.

»Warst du mal oben bei ihr?«, hattest du gefragt. »Ich werd nicht schlau aus ihr.«

Hertha wohnt nach wie vor zu günstigen Bedingungen in ihrer kleinen Wohnung im ersten Stock des katholischen Pfarrhauses von Großäpfingen. Die Pfarrerwohnung im Erdgeschoss wird von ihr bei Bedarf für die Übergangspfarrer hergerichtet, ansonsten steht sie leer. Ihre große Küche jedoch ist Herthas zweites Wohnzimmer. Da empfängt sie Besuch.

»Sie wirkt so harmlos und unbedarft, als könnte sie nichts als beten und Kuchen backen, diese alte Jungfer in ihrem abgelegenen Kaff, aber ich war mal oben bei ihr, da sieht es ganz anders aus als man vermuten könnte. Sie hat Unmengen von Büchern. Ich dachte zuerst, die sind vom alten Pfarrer, von Onkel Siegfried. Dann hab ich mal genauer geschaut, Philosophie, Sprachen, Kunstgeschichte, BWL, eine astreine Krimisammlung, und einen PC hat sie und Internet. Nicht schlecht! Und dann ist sie ständig in der Stadt unterwegs und trifft sich da mit Hinz und Kunz. Ihr ist absolut nie langweilig.«

Da konnte ich ein paar Informationen beisteuern. »Sie hat in den 70ern über den zweiten Bildungsweg das Abitur nachgemacht und 1992 ein geisteswissenschaftliches Studium an der Fernuni Hagen angefangen«, meinte ich. »Nicht etwa Sozialarbeit oder irgendwas Christliches, sondern Geisteswissenschaften – Kunstgeschichte und Philosophie. Zuerst nur so nebenbei, und als dein Großonkel dann vor drei Jahren in Rente ging, hat sie sich richtig reingekniet und ihren Abschluss gemacht.«

»Da ist sie ja besser qualifiziert als ich«, meintest du verblüfft, und dann hattest du das Thema gewechselt.

Deine Mutter ist ein absolutes Enigma.

Vor mein inneres Auge schiebt sich immer wieder Georg Baer. Neunzehn Messerstiche. Nichts gestohlen, keine Zeichen von gewalttätigem Eindringen.

Samstagabend ließ »Schorschi« Baer jemanden in sein Haus, der ihn mit neunzehn Messerstichen regelrecht zerhackte, die Leiche und den Tatort sorgfältig reinigte und dann verschwand, ohne Spuren zu hinterlassen. Das Haus liegt in einem Dorf, die Einfamilienhäuser stehen weit auseinander auf Grundstücken mit relativ dichtem Baumbestand, es war dunkel, niemand hat etwas gehört oder gesehen. Die Polizei steht vor einem Rätsel.

Der promovierte Kulturwissenschaftler, ein »reingeschmeckter« Bauernsohn, hatte eine wissenschaftliche Bilderbuchkarriere hinter sich. In seinem Fachgebiet galt er als absolute Koryphäe. Dazu sah er gut aus, pflegte gute Kontakte zur Lokalprominenz, umgab sich gerne mit jungen Studentinnen. Die Ehe mit seiner Frau Veronika, Professorin für Sozialpädagogik aus einer alteingesessenen Familie, hatte ihm den Weg in die oberen Zehntausend geebnet. Seit zwölf Jahren Leiter des Heimatmuseums, und im Juli dann der Absturz. Das politische Klima hat sich seit den Wahlen geändert, der Rotstift verschont auch langjährige kulturelle Institutionen nicht mehr. Im Rathaus war man mit Baer seit längerem zunehmend unzufrieden. Den Ausschlag für seinen Rausschmiss gab der Skandal um die Diebstähle aus dem Depot.

Und jetzt, zwei Monate nach dieser Affäre, ist er tot.

Man merkte es ihm von außen nicht so ohne weiteres an, aber die Sache machte Baer gewaltig zu schaffen. Freunde der Familie berichteten von zunehmenden Depressionen und dass der seit jeher einem guten Tropfen nicht abgeneigte »Schorschi« nun ein ernsthaftes Alkoholproblem entwickelte. Mit seiner Ehe stand es schon länger nicht zum Besten, die Zerwürfnisse zwischen ihm und seiner Frau wurden immer häufiger, letzten Monat reichte Veronika Baer die Scheidung ein. Kinder Markus und Franziska, Studierende in New York und Rom, bekundeten ihre Solidarität mit der Mutter und brachen den Kontakt zu ihm ab. Baer wurde die letzten paar Wochen immer häufiger mit zweifelhaften Damen im Etablissement *Mylord* gesehen.

Ein arbeitsloser saufender Don Juan in der Midlifecrisis. Der Mann war doch fertig. Seine Feinde lachten sich schon seit Juli ins Fäustchen. Nichts war gestohlen worden. Wer wollte den nur umbringen?

Der ICE ist wie eine Raumkapsel. Wenn ich die Augen schließe, bin ich im Weltraum. Die Zeitung rutscht mir vom Schoß.

Letzte Woche saßen wir am Holzmarkt in der *Tangente Jour*, er kam den Platz hoch und quatschte mich an. Baer und ich hatten immer ein gutes professionelles Verhältnis gehabt. Er sah so aus wie immer, machte auf smart und gut gelaunt, nur wenn man genau hinsah, merkte man, dass er seine Hemden jetzt selber bügelte. Und der smarte Baer, der es so gut mit den Frauen konnte, sah dich da sitzen und bekam seinen Raubtierblick. Ich wusste, du gefällst ihm. Und ich wusste auch, die Frauen, die er wollte, kriegte er meistens.

Hertha sagte, ich soll mir keine Sorgen machen. Stellte mir duftenden Marmorkuchen hin und sagte: »Dia kommt schô wieder.«

Ich fragte mich, wie sie sich da so sicher sein konnte. Und ob sie dachte, dass sie alle Probleme dieser Welt mit duftendem Marmorkuchen lösen konnte.

Nach diesem Zusammentreffen mit Baer fragtest du mich über den Museumsskandal aus. Bist mit mir in die Redaktion gefahren und hast dir meine Notizen, Fotos und Pressematerial angesehen. Jedes Detail interessierte dich plötzlich brennend. Dann wolltest du zu Hertha.

Seither habe ich dich nicht mehr gesehen.

Und kein Auge zubekommen.

Der ICE reduziert die Herbstlandschaft auf verwischte Striche und Flächen. Sein eintöniges Rauschen betäubt. Geschwindigkeit betäubt. Wir denken, wir kommen voran, wenn die Umwelt im Fahrtwind verwischt. Aber Mobilität ist nur eine Illusion. Wir denken, nur unser Ziel ist wichtig, und sehen nie, wo wir gerade sind. Das ist ein Fehler. Irgendetwas nagt in meinem Hinterkopf, etwas Wichtiges, und ich weiß nicht was.

Quietschende Räder, der Herr mit dem Wägelchen kommt durch den Gang. Ich lasse mir einen Becher Kaffee reichen.

Heute Vormittag hab ich es nicht mehr ausgehalten und bin bei Hertha hereingeplatzt. Du warst verschwunden. Sie ist deine Mutter. Vielleicht hattest du ihr ja gesagt, wo du warst. Ich suchte sie zuerst an ihrem Arbeitsplatz, aber in der Sozialstation sagte man mir, Hertha sei heute krankgeschrieben.

Das Haustor war offen wie immer, wenn Hertha zu Hause war, aber die Küche im Erdgeschoss lag verwaist. Ich ging nach oben.

Hertha lag angezogen auf ihrem Bett. Sie sah sehr, sehr müde aus. Auf meine Frage hin meinte sie, es sei nichts Schlimmes, sie wollte sowieso gerade aufstehen und käme gleich, ich solle unten auf sie warten.

Im Durchgehen registrierte ich, dass ihre kleine Wohnung tatsächlich voller Bücher war. Aber irgendetwas fehlte, was war es nur?

Einige Minuten später war Hertha heruntergekommen, hatte Kaffee gemacht, Marmorkuchen aus dem Schrank geholt und sich die Lage erklären lassen. Mit gerunzelter Stirn zugehört und dann gemeint, nein, sie wüsste auch nicht, wo du seist. Ihr kanntet euch ja erst kurze Zeit, aber sie hätte schon bemerkt, dass du ziemlich impulsiv veranlagt seist, du wärst deswegen ja auch schon in Behandlung gewesen. Vermutlich sei dir diese ganze seltsame Situation momentan einfach zu viel geworden. Wenn sie etwas von dir höre, würde sie es mich auf jeden Fall wissen lassen.

Ich war enttäuscht. Der Marmorkuchen schmeckte mir heute nicht.

Dafür aber dem strahlenden jungen Asiaten mit dem weißen Kragen, der plötzlich in der Küche stand und Hertha begeistert umarmte. Hertha rief: »Pfarrer Lieh! A sô a Freid!« Sie ging mit ihm in den hinteren Teil der Wohnung, dort blieben sie etwa eine Viertelstunde, dann kamen sie wieder in die Küche und Hertha bewirtete ihn betulich mit *Kaffeh.* Ich fühlte mich fehl am Platz und wollte gehen, aber sie winkte mir, sitzen zu bleiben, während sie dem Gast etwas herrichtete. »Kommet Se, î pack Ihne au an Kuacha ei. Langet Ihne drei Schtück für da Bus? Dô gucket Se, Kim, î hans Ihne gut eipackt, tragetses vorsichtig, dasses it bricht.«

Man konnte sehen, Herthas Herz schlug für ihre durchreisenden Gastpfarrer.

Nachdem der junge Lee gespeist, getränkt, in Besitz diverser Päckchen und zum Abschied noch fünfmal umarmt worden war, tätigte Hertha ein schnelles Telefongespräch und setzte sich dann wieder zu mir hin.

Der ICE nähert sich der Schweizer Grenze, und mir knurrt der Magen. Ich habe heute den ganzen Tag noch nichts Richtiges gegessen.

Verlassen zu werden, ohne zu wissen warum. Ein elendes Gefühl. Ich weiß, sagte ich zu Hertha, wir waren nach zwei Monaten noch gar nicht an dem Punkt, an dem wir entscheiden konnten, ob das mit uns nun was Längeres würde. Wir hatten es unverbindlich gehalten. Aber ich hatte doch mehr erwartet als eine schnöde SMS. Und was mir Kopfzerbrechen machte, war das Timing.

Ich weiß nämlich, dass du am Samstagabend mit Georg Baer verabredet warst. Und ich weiß, dass ich damit zur Polizei gehen sollte.

Hertha hat mir vorhin ein Päckchen mit Marmorkuchen mitgegeben, von dem ich mir sicher war, dass ich ihn nicht essen würde. Aber jetzt stürzt mein Blutzucker ab, und die Fürsorglichkeitsgeste ist doch willkommen. Willkommen, Marco, im Club der reisenden Gastpfarrer.

Woher ich das denn wisse, hatte Hertha gefragt. Ob ich mir ganz sicher sei. Natürlich war ich das. Ich war heute früh noch schnell bei dir in der Wohnung gewesen und hatte deinen AB abgehört. Die letzte Nachricht, vom Samstag, die etwas sagte von Abendessen in Stuttgart und es bleibt doch dabei, heute um acht, ich freu mich drauf, war eindeutig von Georg Baer.

Vielleicht war es ganz gut, dass ich ausgerechnet jetzt auf diese Tagung nach Zürich musste, sagte ich Hertha. Etwas Zeit zum Nachdenken. Um sich die Dinge mit etwas Abstand anzusehen. Dann puzzeln sie sich vielleicht in meinem müden Hirn zu einer Perspektive zusammen, mit der ich etwas anfangen kann. Übermorgen bin ich wieder zurück, und dann werde ich wissen, was ich mache.

Der Schweizer Grenzer arbeitet sich den Großraumwagen entlang. Ich suche nach meinem Ausweis.

Was hat da nur gefehlt in Herthas Wohnung?, denke ich, das war doch irgendwie wichtig.

Der Schweizer Grenzer nimmt mit einem Nicken meinen Ausweis entgegen.

Herthas Wohnung ist klein, freundlich, bequem, aber ohne Schnickschnack, überraschend modern mit leichten Kiefernholzmöbeln, bunten Flickenteppichen, Handgetöpfertem aus ihrem Kreativkurs im »Rössle«. Eigentlich eine Wohnung, wie sie auch zu einer allein stehenden Krankenschwester oder Grundschullehrerin gepasst hätte, nur dass zu viele Bücher drin sind. Für eine ehemalige Pfarrhaushälterin war die Wohnung recht … weltlich.

Genau.

Jetzt weiß ich es wieder. Anders als im Erdgeschoss gibt es oben bei Hertha keinerlei Kreuze oder Devotionalien. Kein Gekreuzigter über der Tür, kein Herrgottswinkel überm Fernsehgerät im Wohnzimmer, keine Heilige Jungfrau mit offenem Herzen im Schlafzimmer, kein C+M+B 2004 in Kreide überm Eingang.

Und noch etwas ist komisch. Wieso bekommt Hertha eigentlich auswärtigen Besuch von Pfarrer Lee an einem Werktag, wo sie normalerweise gar nicht zu Hause ist?

Der Schweizer Grenzer schaut meinen Ausweis an, stutzt und winkt seinem Kollegen drei Reihen hinter ihm. Der kommt, wirft einen Blick auf den Ausweis und nickt.

»Herr Grieber, wenn wir das bitte mal ansehen dürften.«

Mein ehemals gut verschnürtes Päckchen ist schon fast leer, klebrige Kuchenkrümel in Klarsichtfolie auf einer Unterlage aus steifem, doppelt gelegtem Karton. Diese biegt der Grenzer nun vorsichtig auseinander.

Eine A4-Prospekthülle rutscht heraus, und darin, zwischen einer Lage Seidenpapier, liegt etwas.

Bunte Wasserfarbenkleckse auf Papier.

Ein Schriftzug in Tusche in der rechten unteren Ecke.

Ich kneife die Augen zusammen, um lesen zu können, was da steht.

Da steht Chagall.

Ein Brief, 18. September

Liebe Bettina,
wer dein Vater ist, willst du wissen. Das ist dein gutes Recht. Aber die Sache ist nicht ganz einfach. Ich wollte, dass wir uns erst etwas besser kennen lernen. Was wissen wir schon voneinander? In deiner Not denkst du, sind alle Mittel recht, um

mich zum Reden zu bringen. Nun gut, aber ich warne dich. Es ist keine schöne Geschichte.
Am ersten Mai war es bei uns daheim keine gute Idee, nachmittags allein übers Feld zu gehen. Die Männer waren schon seit dem Vormittag damit beschäftigt, sich in laubgeschmückten Langwägen vom Traktor durch die Gegend ziehen zu lassen, grölend auf ihren Bierbänken hielten sie den Pegel aus dem Fass, das der jeweilige Bauer spendiert hatte. Am ersten Mai nachmittags um drei war damals in Pfingstweid kein Mann zwischen sechzehn und siebzig mehr nüchtern.
Ich war im Ort gewesen und lief nach Hause, das war damals ein Feldweg über den Tettnanger Schlossberg hinunter durch die Streuwiesen, der kreuzte auf halber Strecke die Fahrstraße. Dort kam so ein Wagen an. Sie sahen mich und winkten und grölten mir zu, das beeindruckte mich aber nicht besonders. Ich überquerte die Straße und ging weiter den Hopfengarten entlang, und da hörte ich etwas und drehte mich um. Zwei Jungen waren vom Wagen gesprungen und rannten mir hinterher. Ich kannte sie, wir waren zusammen auf der Grundschule gewesen, es waren Bauernsöhne aus der Gegend, etwas jünger als ich, der eine ging inzwischen nach Ravensburg aufs Gymnasium. Ich rechnete noch nicht mit Schwierigkeiten. Aber dann holten sie mich ein.
Sie rochen nach Bier. Und sahen mich auf eine Art an, dass ich Gänsehaut bekam.
Hinter dem Hopfengarten war ein Geräteschuppen, der schon lange leer stand. Auf seinem modrigen Boden ausgebleichte Knochenstücke, übrig gelassen von Wachhunden früherer Jahre. Die Splitter stachen mir in den Rücken.
Zwei kräftige, vom Alkohol mutige Burschen, die endlich mal wissen wollten, was bei einem Mädchen unter den Röcken ist und was man damit machen kann, wenn nur einer gut festhält. Der Zweite kam nicht mehr zum Zug, aus der Ferne wurde schon nach ihnen gerufen.
Ich habe es niemandem erzählt. Den guten Mädchen bei uns passierte so etwas nicht. Mein Wort gegen ihres, ich hätte keine Chance gehabt. Als dann meine Periode ausblieb, wusste ich,

jetzt ist alles aus. Du weißt nicht, wie das war damals. Du kanntest meine Eltern nicht.

Ein paar Monate später war Onkel Siegfried zu Besuch. Ich ging zu ihm beichten. Onkel Siegfried war anders als die anderen. Er hat mir geglaubt.

Wie es dann weiterging, weißt du ja. In Großäpfingen kannte mich niemand. Ich hatte Ruhe vor der Familie. Besonders gläubig war ich nie gewesen, aber Onkel Siegfried gab mir eine Perspektive. Ich war froh, dass ich mich nicht mit Männern abgeben musste. Nach einer Heirat hätte ich nie mein Abitur gemacht. Onkel Siegfried hat es immer unterstützt, dass ich lernen und studieren wollte. Es war, wie es immer im Fernsehen heißt, ein guter Deal.

Was den Jungen angeht, hätte ich nicht gedacht, dass ich ihn je wiedersehe.

Und irgendwann, das war viele Jahre später, fand ich heraus, dass ich ihn sogar fast jede Woche sah. Sein Büro in der Stadt lag meinem Verein »Im Rössle« fast direkt gegenüber. Bei Kulturveranstaltungen in der Stadt war er ständig da. Mein Patensohn Klaus arbeitete sogar für ihn.

Klaus war schon immer ein Problemkind gewesen. Mit bestimmten Aspekten des Lebens kam er einfach nicht zurecht. Wenn ich in der Stadt war, besuchte ich ihn ab und zu auf der Arbeit. Mir war schon länger klar gewesen, was da lief, denn trotz etwas ausufernder Konsumgewohnheiten hatte Klaus immer Geld. Einmal zeigte er mir, wie das Depot inventarisiert wird. Nix mit EDV, das waren einfache Ringbücher mit gelochten Bestandszetteln drin, die konnten ohne weiteres herausgenommen werden, ohne dass es auffiel. Als ich dann eines Tages zu ihm nach Hause kam und ihn dabei ertappte, wie er am Küchentisch saß und eine Ordensammlung aus dem Deutsch-Französischen Krieg polierte, sagte ich, das müsse jetzt aufhören. Er versprach es mir. Ich sagte, ich wollte mich davon überzeugen, dass man ihm nichts nachweisen konnte, und seine Bestandslisten sehen. Wies ihn darauf hin, dass er vergessen hatte, diverse Dokumente verschwinden zu lassen. Darauf ließ er mich immer wieder im Depot alleine, wo ich Beweise

gegen ihn vernichtete und mir dabei einen Überblick verschaffte. So habe ich diskret fünf Aquarelle mitgehen lassen. Zwei Kirchner, zwei Nolde, einen Chagall. Die sechs Semester Kunstgeschichte haben sich gelohnt.
Jahrelang merkte niemand etwas. Die Tatsache, dass die besten Stücke aus Baers Grafiksammlung bei mir im Pfarrhaus in Großäpfingen im Nachtschränkchen lagen, war einfach ein gutes Gefühl.
Nach den OB-Wahlen letzten Herbst war Baer dann plötzlich in der Opposition. Die im Rathaus warteten nur darauf, ihm ein Bein stellen zu können. Da kam mir die Idee, Klaus gegenüber immer wieder die guten Preise zu erwähnen, die das bewusste Auktionshaus in Stuttgart für altes Silber zahlte. Mir war klar, dass er nach wie vor weiterklaute und es nur eine Frage der Zeit war, bis man ihn schnappte. Jetzt muss er für seine Taten eben geradestehen.
Und alles lief wie am Schnürchen. Der Museumsleiter flog im hohen Bogen. Seine Karriere war ruiniert. Seine Familie wandte sich von ihm ab. Jetzt weiß er, wie das ist.
Und dann kamst plötzlich du.
Dein Freund Marco hatte Onkel Siegfried im Visier. Als du mir das erzählt hast, war es schon zu spät, um Klaus' Foto im Wohnzimmer abzuhängen, das hattest du schon gesehen, und als Marco dir sein Prozessmaterial zeigte, hast du die richtigen Schlüsse gezogen. Und denkst jetzt, du kannst mich erpressen, damit ich dir sage, wer dein Vater ist. Das hätte ich dir mit ein wenig mehr Zeit vielleicht sowieso gesagt. Vielleicht auch nicht. Jetzt hast du deinen Willen. Beweisen kann man mir jedenfalls nichts.
Bist du jetzt zufrieden? Dein Vater heißt Georg Baer. Ohne Zweifel wirst du ihn jetzt sehen und mit ihm sprechen wollen. Das wird sicher nicht leicht, du hast gerade enorm viel durchzumachen, und ich wünsche dir viel Glück. Aber wenn ich dir einen Rat geben darf, versprich dir nicht zu viel von dieser Begegnung.

Deine Mutter Hertha

– Isch alles guat ganga?

– Heiß ist es hier. Ja, ist alles gut gelaufen ... wie lange muss ich jetzt hier bleiben?

– So lang, wie's Geld langt. Nimm dia Tabletta, die î dir eipackt han. Dia sin rein pflanzlich und vertraget sich mit deine Psychopharmaka. Schlôfsch besser.

– Wie, woher weißt du ...?

– Î kenn dia Nebewirkunga von dem Zeig, î han dia au môl gnomma. Hôsch deutsches Fernsäh im Hotel? Guck d'Nôchrichta heit und morga. Aber î glaub it, dass dia was findet. Î han alles wegputzt.

– Weißt du, er hat einfach, er hat ...

– Î woiß. Er hôt die Situation falsch eigschätzt und du hôsch di gwehrt. War doch so?

– So ungefähr ... wie gut, dass ich deine Telefonnummer mithatte ... die hätten mich doch sofort gefunden ... wenn ich wieder in die Geschlossene zurückgemusst hätte, hätte ich mich umgebracht!! Das hätte ich nicht ausgehalten!!! Dahin geh ich nie zurück. Nicht, Hertha? Hertha, du hilfst mir doch??

– Sicher. Nimm jetz dia Tabletta und leg di nâ. Î komm nôch, so schnell wie's nur irgend gôht. I muss nô auf da letschte Scheck warta.

– Wie machst du das nur so schnell mit dem Geld? Das alles hier kostet doch ein Vermögen.

– D'Hälfte im Voraus, der Rescht vierazwanzig Schtunda nôch Lieferung. Mei Käuferin hôts heit Nochmittag beim Pfarrer Lieh in Betzinga abgholt. Han î a Glück ghett, dass der so nah wohnt und so gschwind hat komma kenna. Frau Hertha krank! Frau Hertha will beichten! Pfarrer Lee kommt.

– Ich hätte gleich stutzig werden sollen, als du auf dem ersten Band gesagt hast, du hast eine Cousine genau in dem Ort, wo der indische Pfarrer wohnt.

– Ja, mei Käuferin hôt ziemlich rumfahra müssa im Ländle, Poscht war uns zu riskant. Aber mein Kucha hôtra gschmeckt. Mir kennat uns zwar bloß ausm Internet, aber's hôt nie a Problem gäba, sie isch sehr korrekt. So a Gschäft isch halt Vertrauenssache.

– Und Marco?

– Den hand d'Schweizer Grenzer mitm Schagall gschnappt. I han âgrufa, anonym. Bis der hoimkommt, han î dein AB glöscht und bin weg. Mein Flug han î schô bûcht.«

– Ach Gott. Armer Marco.

– Zur Polizei wär der uns grennt, du wärsch dô no ittamôl im Flugzeig gsessa!

– Ich muss ihn anrufen.

– Wenn de unbedingt riskiera willsch, dasse dî schnappet, rufschn halt â! Mensch, dia höret doch sei Händi ab!! Pass auf. Uns fällt schô was ei, aber jetzt derfschn erschtmôl it ârufa. Verschprichsch mers?

– …

– Verschprichsch mers?!

– Ja gut, okay.

– Übermorga bin î dô. Dann sähmer weiter.

– In Ordnung.

– Bettina.

– Ja?

– Pass auf auf dî. Hörsch?

– Du auch auf dich.

– Machsch koin Bledsinn, bis î dô bin. Hörsch?

– Ja.

– Nimm dia Tabletta und leg di nâ.

– Mach ich.

– Bettina?

– Ja?

– Machs guat, Kind.

– Du auch … bis bald … Mama.

Diese Geschichte ist ein Produkt der Fantasie der Autorin, das aber natürlich nicht ohne die Inspiration durch reale Geschehnisse entstanden wäre. Ähnlichkeiten mit lebenden oder toten Personen, lokalpolitischen Ereignissen oder Statements sind aber rein zufällig und absolut nicht beabsichtigt. KK.

Verena Mahlow

Allein unter Schwaben

Gesine verstand nur Bruchstücke, aber statt sich um wenigstens eine Annäherung ans Hochdeutsche zu bemühen, schraubte Frau Hörbel lediglich ihre Stimme hoch.

»Der Mô isch ihr davo g'laufa«, brüllte sie in ihrem Vorzimmer.

»Nicht so laut. Sie wird Sie hören.«

Frau Hörbel formte einen Trichter aus ihren Händen. »S'hoißt, er hedd älls Geld midg'nomma, und jetzt muss se schaffa, damit se s'Haus halda kô.«

»Ich bitte Sie, Frau Hörbel, sprechen Sie leiser.«

Dabei wusste Gesine natürlich, dass Frau Hörbels Dialektpflege ein Trick war. Ebenso wie der Schweizer Geheimdienst das Schweizerische als Agentencode benutzte, schienen die Reutlinger, mit denen sie bislang zu tun hatte, sich darauf verständigt zu haben, sie, die »Reigschmeckte«, kommunikativ auflaufen zu lassen. Und das, obwohl Gesine es vermied zu berlinern, und sich bemühte, keine Abneigung gegen den Ort ihrer Zwangsversetzung zu zeigen. Wobei der Begriff nicht ganz richtig war: Schließlich war sie selbst es gewesen, die den Scherbenhaufen in Berlin verursacht hatte und davongelaufen war, ohne ihn zusammenzukehren. Der Wunsch einer Kollegin aus dem Fachanwaltslehrgang, die sich schon lange bemühte, von Reutlingen nach Berlin zu wechseln, kam ihr gerade recht. Gesine zahlte die Geldstrafe, die das Anwaltsgericht ihr aufbrummte, und tauschte. Sie war nur um Haaresbreite davon entfernt gewesen war, ihre Zulassung zu verlieren. Kollegen, denen sie im Gericht begegnete, bogen in unsinnige Richtungen ab, nur um sie nicht grüßen zu müssen. Mandanten blieben aus. Dennoch waren das nicht die wahren Gründe für Gesines Flucht. Sie wäre auch hinter den Mond gezogen, um möglichst weit weg zu sein … Sie war Rimbaud und das Schwabenland ihr Steinbruch. Also beschwerte Gesine sich weder über die Sprache, die ihr abweisend wie eine Felswand vorkam, noch über die Zwei-Zimmer-Souterrain-Wohnung, die Kollege Dr. Erwin Persch ihr völlig uneigennützig – im Haus seiner Tante Maria – für neunhundert Euro plus Nebenkosten besorgt hatte.

»Aber dô hend au schô Schenere Mischd g'lada«, sagte Frau Hörbel kryptisch in einem Bühnenflüstern, das auf Gesines Arm eine Gänsehaut wachsen ließ. Frau Hörbel ging zur Tür und bat die Mandantin in fast perfektem Hochdeutsch herein. »Kommet Sie, Frau Beuler.«

Gesine hatte nie eine schönere Frau gesehen. Trotz der dunklen Schatten unter den Augen und des biederen Kostüms, das ihre Figur nur ahnen ließ, sah Solveig Beuler wie die zur Fürstin gereifte Grace Kelly aus. Sie hatte Klasse. Distanziert, umwerfend elegant, ein Gesicht für Titelseiten. Und dennoch war sie, wie Gesine dank Frau Hörbel wusste, die es wiederum brandheiß von der ehemaligen Beuler'schen Zugehfrau hatte, von ihrem Ehemann Reinhard sitzen gelassen worden. Von einem Tag auf den anderen hatte er seine Anteile aus der Firma gezogen und war seitdem verschwunden.

Gesine hatte sich auf Solveigs Besuch vorbereitet. Sie wusste, dass Reinhard Beuler Chef einer auf Unterkleidung in Rippenbaumwollstrick spezialisierten Firma gewesen war, die trotz des etwas unglücklichen Gründernamens steinreich wurde, als »Beuler« im Zuge von *Grunge* zur Kultmarke made in Germany avancierte. Solveig selbst war vor fünfzehn Jahren als Sekretärin in das Unternehmen eingestiegen und hatte ein Jahr später ihren Schreibtischstuhl gegen Reinhards Villa eingetauscht. *Dia hôt sich der Schef g'angeld*, wie Frau Hörbel es ausdrückte.

»Nehmen Sie Platz, Frau Beuler«, sagte Gesine.

Solveig Beuler gab mit keiner Miene zu verstehen, ob sie die Worte der Sekretärin mitbekommen hatte. »Guten Tag, Frau Bliss«, sagte sie in glasklarem Hochdeutsch, das in Gesines Ohren klang wie die Worte des ersten Menschen, den man nach langer Verbannung trifft.

»Sie kennen meine Situation, nehme ich an«, sagte sie.

»Nun ja. Ihr Mann …«

Solveig Beuler machte eine unwillige Geste. »Meine finanzielle Situation. Es ist ein halbes Jahr her, dass Reinhard verschwunden ist. Herr Geyser von der Sparkasse kann Ihnen bestätigen, dass alles, was ich habe, auf seiner Bank liegt. Die Stadtwerke drohen, dass sie mir den Strom abstellen. Die Nebenkosten für das Haus, die Grundbesitzabgaben, nichts wird mehr bezahlt. Aber ohne Reinhards Unterschrift kann ich es nicht verkaufen.«

»Haben Sie versucht, mit Ihrem Mann in Kontakt zu treten?«

»Er hat mir keine Adresse hinterlassen.«

»Haben Sie eine Vermutung, wo er ist? Oder bei wem?«

»Sie meinen eine andere Frau? Das ist nur Gerede. Warum hätte er eine andere Frau haben wollen?«

Solveig Beuler sah Gesine direkt in die Augen. Ihr Gesicht war von so perfekter Symmetrie, dass man an der Willkür der Natur zweifeln mochte. Die gerade Nase, die weit, aber nicht zu weit auseinander liegenden, dunkelblauen Augen, dramatisch unterlegt von dunklen Schatten, die genau spiegelbildlichen Augenbrauen, alles wirkte wie nach dem goldenen Schnitt berechnet. Auch der Mund sah aus, als habe ein perfektionistischer Gesichtsplaner sie geschaffen: geschwungene, volle Lippen, um Sinnlichkeit anzudeuten, aber bloß nicht zu viel davon. Die zarte Längsfalte am rechten Mundwinkel sah aus wie ein Ausrufezeichen hinter all dem Schönen.

»Er müsste verrückt sein«, gab Gesine zu.

Solveig Beuler hielt ihre Handtasche wie einen Schutzschild auf den Knien und wirkte so abweisend und ruhig, als habe sie am Morgen Beruhigungstabletten gefrühstückt. Nur die kalkweißen Fingerknöchel auf der Tasche verrieten ihre Anspannung.

»Bevor mein Mann … gegangen ist«, sagte sie, »hat er meine Vollmachten über die Konten löschen lassen. An unser Sparbuch komme ich auch nicht mehr ran.«

»Was ist mit einem Ehevertrag? Haben Sie jemals einen unterschrieben?«

»Nein. Übernehmen Sie die Sache?«

»Eigenes Vermögen?«

Frau Beuler zuckte mit den Schultern.

»Aber ein eigenes Konto haben Sie.«

Wieder traf Gesine dieser dunkelblaue Blick. »Sie halten es vermutlich für altmodisch, Frau Bliss«, sagte Solveig Beuler leise, »aber bei unserer Heirat haben Reinhard und ich beschlossen, dass wir alles im Leben gemeinsam machen werden. Und so war es auch.«

Zumindest eine Zeit lang, dachte Gesine und merkte im selben Augenblick, dass sie die Worte laut gesagt hatte. Sie spürte, wie sie rot wurde. »Ich meine ... Pardon, Sie wissen schon.«

Etwas an der stillen, madonnenhaften Art ihrer Besucherin machte Gesine wütend. »Wenn Sie keinen Ehevertrag haben, steht Ihnen grundsätzlich die Hälfte des in der Ehe erwirtschafteten Vermögens zu.«

Solveig Beuler nickte.

»Aber wenn Ihr Mann Ihnen diese Hälfte geben wollte, hätte er wohl kaum die Konten gesperrt.« Gesine versuchte, es nicht allzu hart klingen zu lassen: »Wir müssen davon ausgehen, dass er nichts vom Teilen hält.«

Frau Beuler guckte so indigniert, als sei das so ungefähr das Letzte, was sie sich vorstellen könne. Als verhindere irgendein äußerer Umstand, dass sie an ihr Geld kam, nicht der Mann, der sie nach vierzehn Jahren Ehe verlassen hatte und ihr obendrein die simpelsten Rechte streitig machte. Gesine fragte sich, wann dieser Typ Frau endlich ausgestorben sein würde. Die ewigen Illusionistinnen! Die duldsamen Weibchen, die die linke Wange hinhalten, wenn der liebe Ehemann ihnen die rechte bereits grün und blau geschlagen hatte.

»Wir müssen realistisch sein«, sagte sie bewusst hart. »So wie Ihr Mann sich verhält, will er Sie schädigen.«

Solveig Beulers Stimmer klang zaghaft. »Was soll ich denn tun?« Ihre Wahnsinnsaugen schimmerten feucht.

»Ich helfe Ihnen. Das ist mein Job. Kommt noch Post für ihn an Ihre Adresse?«

Solveig Beuler schüttelte stumm den Kopf.

»Gut. Dann können wir eine Postanfrage stellen. Vermutlich lässt er sich die Post an seine neue Adresse nachsenden. Hat er jemals erwähnt, dass er gerne woanders leben würde?«

»Reinhard ist Schwabe, durch und durch. In Stuttgart war er manchmal. Aber eigentlich ist er kein Großstadtmensch.«

Gesine machte sich eine Notiz, beim Einwohnermeldeamt nachzufragen. Wobei ihr die achtzig Kilometer Distanz eigentlich zu knapp vorkamen. Reinhard Beuler konnte längst in Grönland oder der Südsee sein; als wahrer Schwabe ging er bei seiner Flucht aus Job und Ehe vermutlich genauso akribisch wie beim Häuslebau vor.

»Was mache ich, wenn wir ihn nicht finden?«, fragte Solveig.

»Da gibt es immer noch das Sozialamt.«

»Ich soll Sozialhilfe beantragen?« Frau Beuler sagte das in einem Tonfall, als habe Gesine ihr vorgeschlagen, sich als Prostituierte zu verdingen. »Wie sieht das denn aus?«

»Besser als verhungern, nehme ich an.« Gesine bemühte sich, sachlich zu bleiben. »Dünkel, Frau Beuler«, sagte sie dennoch ziemlich scharf, »können Sie sich jetzt wirklich nicht leisten.«

Als Solveig Beuler gegangen war, lud Frau Hörbel, deren Ohren durch Wände und geschlossene Türen hören konnten, nach: »Ônserois würd eba schaffa ganga, ond ned der Schdaad ôzapfa.«

Gesine zählte in Gedanken bis drei. »Frau Hörbel, was haben Sie eigentlich gegen die Frau?«

»Nix. Sekredärin war se und bloß druff aus, wia se sich der Schef am beschda schnabbd.«

»Woher wollen Sie das wissen? Es kann Liebe gewesen sein.« Gesine dachte an die Blicke, die Frau Hörbel Dr. Erwin Persch nachwarf, dem Strafrechtler, der sein Büro auf der anderen Seite des Ganges hatte. Wenn sie gebackenen Hefezopf mitbrachte, bekam Dr. Persch immer ein Riesenstück von Frau Hörbel persönlich auf den Tisch gestellt, während Gesine sich höchstens selbst ein Scheibchen abschneiden durfte, ein nicht zu dickes, wie sie Frau Hörbels prüfenden Blicken entnahm. »So was könnte selbst Ihnen passieren.«

Frau Hörbel stemmte die Arme in die Hüfte. »Wia nô«, sagte sie so beleidigt, als habe man ihr ein Grundrecht entzogen, »wia nô, wo ausg'rechned mei Schef a Frau sei muss.«

Danach verzichtete Gesine rücksichtsvoll darauf, ihre Sekretärin die Arbeit tun zu lassen, für die sie bezahlt wurde, und rief selbst beim Sozialamt an, um für Solveig Beuler Sozialhilfe darlehnsweise zu beantragen. Anschließend erledigte sie die Postanfrage und die beim Einwohnermeldeamt und rief als Letztes bei der Sparkasse Reutlingen an. Eine überforderte Vorzimmerdame versuchte sie mit einem Termin in vier Tagen abzuspeisen. Erst als Gesine so tat, als suche sie dringend eine Geldanlage für ihre angeblich geerbte Million Euro, erklärte sie sich bereit, ihr noch am selben Nachmittag einen Termin beim Direktor einzuräumen.

Hildebrandt Geyser hatte einen dicken Bauch, den er wie viele unsympathische Männer mit durchgedrücktem Kreuz stolz vor sich hertrug. Als Gesine hereinkam, drückte er hastig auf seine Computertastatur, sodass sich der Bildschirm verdunkelte, und sprang auf. Das gerahmte Foto einer graumausigen Dauerwellen-Gattin auf dem Schreibtisch passte diametral genau zu der falschblonden Tittenmaus von Sekretärin.

»Willkommen«, juchzte er ihr zu, und zur Sekretärin gewandt sagte er: »Kindchen, holen Sie mir und der Frau Bliss einen Kaffee.«

Kindchen rauschte ab, ohne dass Gesine die Chance hatte, »für mich keinen« zu sagen. Hildebrandt Geyser bot Gesine den Besucherstuhl an und legte die Fingerspitzen aneinander. Vermutlich aus Geschäftssinn hielt er sein Schwäbisch dezent.

»Frau Bliss, Sie suchen eine lukrative Geldanlage. Da sind Sie bei mir genau richtig. Sie wissen: Wenn's um Geld geht …«

»Auch«, sagte Gesine. »Aber erst bräuchte ich eine Auskunft.«

»Selbstverständlich. Ich denke bei Ihnen spontan an Immobilien. Wir hätten da eine Superkapitalanlage in der Innenstadt. Vierstöckig, derzeit nicht vermietet, ein Schnäppchen.«

Gesine gruselte es in Gedanken an die trostlose Innenstadt mit den vielen leer stehenden Gebäuden, an die Läden mit dem Schild im Schaufenster: *Geschäftsaufgabe wegen Insolvenz.*

»Ich bin Anwältin, Herr Geyser. Es geht um meine Klientin Solveig Beuler und ihren Anspruch auf Unterhaltszahlung. Die Konten, zu denen Frau Beuler der Zugang gesperrt wurde, werden von Ihnen betreut.«

Von einem Moment zum nächsten fror Geysers Leutseligkeit ein. Seine Hände verschwanden unter der Schreibtischplatte. »Da kann ich Ihnen leider nicht weiterhelfen, Frau Bliss.«

»Oh doch, ich bin sicher, das können Sie.«

»Ich bin nicht befugt, Auskünfte über die Konten von Herrn Beuler zu geben.«

»Und wie begründen Sie das?«

»Bankgeheimnis.« Geyser plusterte sich regelrecht auf.

Die Sekretärin kam wieder herein und stellte ungeschickt zwei Tassen Kaffee auf dem Schreibtisch ab. Gesine schob ihre zurück. »Danke. Ich trinke nur Tee.«

»Kindchen, Sie können Frau Bliss jetzt hinausbegleiten.«

Gesine grinste. »Noch nicht, Kindchen. Herr Geyer …«

»Geyser, wenn ich bitten darf.«

»Sie wissen so gut wie ich, dass der Begriff Bankgeheimnis dazu dient, lästige Bürger abzuschrecken. Ich bin Anwältin.«

»Ich kann doch nicht jedem hergelaufenen …«

»Natürlich nicht. Aber mir.« Gesine lehnte sich zurück und legte wie vorhin der Sparkassenchef die Fingerspitzen aneinander. »Sie kennen Frau Beulers Situation. Wir gehen zum Sozialamt, die machen eine Grundschuld auf die ihr zustehende Hälfte des Vermögens geltend, wir leiten einen Unterhaltsprozess ein. Spätestens dann müssen Sie sich eh zu einer Offenlegung bequemen.« Gesine fragte sich, was Geysers Hände unter der Tischplatte wohl taten. »Reinhard Beuler, eine Stütze der Reutlinger Gesellschaft, haut ab und lässt seine Frau darben. Soll die Öffentlichkeit denn erfahren, dass Sie, Herr Geyer, mitverhindert haben, dass die Frau zu ihrem Recht kommt?«

»Ich genieße das volle Vertrauen meiner Kunden.«

»Die Ärmsten werden schockiert sein, wenn sie erfahren, dass Sie das Gesetz behindert haben, um einen alten Freund zu schützen.«

Geyser wusste, wann er verloren hatte. Seine Hände tauchten wieder auf und machten sich an der PC-Tastatur zu schaffen.

»Selbstverständlich halte ich mich an das Recht«, sagte er.

Gesine lächelte. »Dachte ich mir. Was glauben Sie denn, was in Beuler gefahren ist? Es heißt, Sie seien sehr vertraut.«

Gesine hatte keine Ahnung, ob das stimmte. Aber der Sparkassenchef fiel aufs Menscheln wie aufs Bluffen herein. »Das ist wahr«, sagte er. »Ich kenn den Reinhard noch, als der so klein war. Wenn der so was macht, dann hat das auch einen Grund.«

»Aber so eine schöne Frau. Das versteht doch kein Mensch.«

Geyser tippte wild auf die Tastatur. »Ja, sie sieht schon gut aus.

Aber ein richtiger Mann braucht halt auch noch was anderes. Eine rechte Frau, wenn Sie wissen, was ich meine.«

»Sie wollen damit sagen …«

»Die Frau ist frigide, sorry. Die lässt keinen ran.«

So jemanden wie dich vielleicht nicht, dachte Gesine. Laut sagte sie: »Dann ist es verständlich, dass er eine Freundin hat.«

Hildebrandt Geyser scheute keine Intimität mehr. »Die Elfie.«

»Die Elfie, die jetzt in Stuttgart wohnt. Wie heißt sie noch weiter …«

»Neubauer, Elfriede Neubauer. Der Reinhard hätt gleich eine wie die heiraten sollen. Woher kommt die Solveig schon?

»Ja, woher eigentlich?«

»Zonengrenze«, sagte Hildebrandt Geyser im Tonfall tiefsten Abscheus. »Aus dem Osten.«

Und dann öffnete er den Zugang zu Reinhard Beulers Konten. Auf dem Sparbuch waren fünfhundertunddrei Euro und vierundzwanzig Cent angespart. Auf einem Tagesgeldkonto lagen fast fünfhunderttausend. Und auf dem Girokonto warfen rund vierhundertfünfzigtausend Euro keinerlei Zinsen ab.

»Ist das zu begreifen?«, fragte Gesine. »Er ist doch Schwabe.«

»Das Geld auf dem Giro sind die Anteile von Beuler. Und das Festgeld … Wenn er weniger Zinsen in Kauf nimmt und es dafür täglich abheben kann, dann braucht er das Geld kurzfristig. Ich denke mal, der Reinhard wird sich ein neues Leben aufbauen wollen.«

»Sieht so aus. Und seine Frau soll dabei leer ausgehen.« Aber warum, dachte Gesine, wartet Reinhard ein halbes Jahr damit, sich dieses neue Leben aufzubauen? Vor allem, wenn man bedachte, was er in der Zeit allein an Zinsen verdient hätte.

»Danke für Ihre Hilfe«, sagte sie. »Ich denke mal über das Haus in der Innenstadt nach. Was meinen Sie, Herr Geyer, reicht da meine Million?«

»Geyser«, sagte Herr Geyser schwach.

Vor drei Monaten hatte Gesine ihre Berliner Wohnung leer geräumt, und die Hausgemeinschaft hatte ein Abschiedsfest für sie organisiert. Höhepunkt des Abends war die feierliche Übergabe des gemeinsamen Abschiedsgeschenks, das aus einem Eimer, einem

Schrubber und einem Wischtuch bestanden hatte. Während ihre langjährigen Nachbarn, mit denen Gesine sich immer gut verstanden hatte, ihr versicherten, dass sie nun echt gerüstet für die Zukunft im Schwabenland sei, sinnierte Gesine über den Verlust jeglicher Menschlichkeit, eines Gags wegen, und schwor sich, das Wort »Kehrwoche« niemals auch nur zu denken, egal wie diese Zukunft aussehen würde. Aber kaum war sie in Reutlingen angekommen, stolperte sie sogleich über diese urschwäbische Institution, die in ihrem Mietvertrag als unbedingte Pflicht vermerkt war. Da Gesine in Berlin niemals auf die Idee gekommen wäre, die geborstenen Platten des Gehwegs oder den Hausflur zu putzen, dessen Wände mit »Fuck«-Botschaften zugesprayt waren, vergaß sie notorisch, wann sie dran war, die heilige Pflicht zu erfüllen.

Als Gesine nach dem Termin bei Geyser den Flur ihres Kellerlochs betrat, sah sie als Erstes das Holzschild mit dem eingebrannten »Kehrdienst!« an ihrer Kellertür baumeln. Als Zweites hörte sie in ihrem Rücken Maria Persch aus der gegenüberliegenden Waschküche kommen. Sie trug einen Wäschekorb mit blütenweißem Inhalt.

»Ich denk diesmal dran«, kam Gesine ihr zuvor. Zu ihrem Erstaunen war die Vermieterin jedoch mit einem anderen Thema beschäftigt.

»D'Frau Beuler war bei Ihne. Jetzd will se ans Geld, oder?«

Ja und? »Frau Persch«, sagte Gesine streng, »Frau Beuler will nichts als ihr Recht.«

»Was sagd se nô so? Über der Reinhard?«

»Schweigepflicht, tut mir Leid.«

Frau Persch ließ noch nicht locker. »Jetzt treibt se sich im Raba rôm. Î sag's Ihne, dia sucht schô en Ersatz. D'Schweschder von der Frau Melschik, des isch d'Metzgere, bei der die Beuler immer einkaufd, dia sagd, dass se jeden Ôbend im *Raba* isch.«

»Im *Raben?*« Gesine war schon einmal in der Kneipe gewesen, einer verrauchten Spelunke in der Kaiserstraße, wo bis um vier Uhr in der Nacht fettes, schwäbisches Essen serviert wurde. Gesine hatte sich dort in ihrem ersten Monat in Reutlingen die schlaflosen Nächte mit Weizenbier verkürzt.

»Und was treibt die Schwester von der Metzgerin da?«

»Des isch a ôschdändigs Mädle«, sagte Frau Persch empört.

»Ach so.« Gesine schloss ihre Wohnung auf, da fiel ihr noch etwas ein. »Sagen Sie mal, Frau Persch, kennen Sie eigentlich die Elfriede Neubauer? Die jetzt in Stuttgart wohnt?«

»Die send früher mideinander ganga, dia Elfie und der Reinhard. Und nô hôd er se sidza lasse, wegen der ...« Frau Persch konnte ihre Neugierde nicht bremsen. »Dann schdemmd des also, dass er mit dera weg isch?«

»Weiß ich nicht. Tschö dann.« Gesine ging in ihre Wohnung.

Als sie die Tür zustieß, hörte sie, wie draußen das Holzschild mit dem »Kehrdienst« von der Klinke fiel und wie ihre Vermieterin sich ächzend bückte und es wieder aufhängte.

Gesine ließ sich aufs Bett fallen und starrte an die Betondecke. Solveig Beuler begann ihr allmählich Leid zu tun, Weibchen hin oder her. Niemand, mit dem sie bisher über sie geredet hatte, konnte sie leiden. Warum war eigentlich Reinhard abgehauen und nicht seine Frau, bei ihr hätte es viel näher gelegen. Konnte es sein, dass man hier nach fünfzehn Jahren immer noch die unerwünschte »Reigschmeckte« war? Tolle Aussichten! Sie würde sich anstrengen, Solveig von nun an zu mögen, und sei es nur in einem Akt von Außenseitersolidarität. Als Erstes würde sie sie anrufen und ihr die frohe Kunde von dem noch erhaltenen Vermögen überbringen. Dumm nur, dass Reinhard aus seinem Versteck heraus das Geld jederzeit abheben konnte. Sie mussten schnell sein, um Solveig zu helfen.

Gesine stand auf und wollte zum Telefon gehen, da spürte sie eine leichte Wellenbewegung durch ihren Körper gehen; es fühlte sich an, als sei ihr urplötzlich schwindelig. Doch die Welle kam von außerhalb ihres Körpersystems. Verblüfft setzte sie sich aufs Bett zurück und sah zu, wie der Stapel Bücher, der auf dem Nachttisch lag, zu rutschen begann, ein Buch fiel auf den Boden – und schon war der Spuk wieder vorbei. Ein Erdbeben, dachte Gesine; sie hatte gehört, dass die Erde im Schwabenland häufiger bebte, und das trug nicht dazu bei, dass sie sich in ihrem Exil sicher fühlte. Selbst die Natur erschien ihr feindlich. Kurz darauf meldete das Radio tatsächlich, dass ein Beben der Stärke 4,8 auf der Richterskala den Hohenzollerngraben erschüttert hatte. Menschen seien nicht zu

Schaden gekommen, hieß es, doch hatte der Erdstoß im Naturschutzgebiet Lache/Breitenbach erhebliche Rutschungen am Albtrauf verursacht.

Gesine wählte zum wiederholten Male Solveig Beulers Nummer, doch wieder kam nur das Freizeichen. Plötzlich kam ihr ein Gedanke. Sie machte ihren Laptop auf und ging auf die Telefonbuch-Seite. Es war ganz einfach, Elfriede Neubauer in Stuttgart zu finden. Es gab nur eine einzige. Gesine wählte, hörte den Anrufbeantworter ein »Hallooo« hauchen und dass Elfie gerne zurückrufen würde. Gesine schaute auf die Uhr: schon neun. Plötzlich hatte sie Lust auf ein Weizenbier. Wenn Frau Persch beziehungsweise die Schwester dieser Metzgerfrau Recht hatte, würde sie ihre Mandantin im *Raben* treffen.

»Whole lotta love« fetzte durch den Qualm, ein paar Gestalten mit ungesunder Körperhaltung spielten Billard, an einem Tisch kämpfte sich eine Bautruppe in Blaumännern schmatzend durch Massen undefinierbaren Fleischs. Eine Schiefertafel gab als Tagesgericht Rostbraten mit Spätzle an. Gesine ließ sich auf einem Barhocker nieder und bestellte bei der Frau hinter der Theke ein Weizenbier. Schwer vorstellbar, was die makellose Solveig Beuler in diesem Laden verloren hatte.

Doch dann sah sie sie. Sie trug ein blaues Kleid und ein großes Küchentuch um die Hüfte, das ihre Figur versteckte. Trotzdem kniff ihr einer vom Bautrupp, vor dem sie gerade ein Bier abstellte, ungeniert in den Hintern. An ihrer Stelle hätte Gesine ihm eine geknallt, doch Solveig räumte einfach nur leere Teller vom Tisch.

»Wie isch's mit Geld, Mädle?«, sagte der Mann. »Î geb dir en Fuffzger, wenn de liab zu mir bisch.«

Solveigs Antwort hörte Gesine nicht, doch bevor sie mit dem Stapel Teller in der Küchentür verschwand, trafen sich ihre Blicke. Ein paar Minuten später tauchte Solveig neben ihr auf. Gesine starrte sie an. Solveig war verschwitzt, ihr hochgestecktes Haar ringelte sich feucht im Nacken und an den Schläfen. Sie war noch schöner, als Gesine sie in Erinnerung hatte.

»Sie arbeiten hier?« Unwillkürlich betonte Gesine alle drei Worte nacheinander.

»Guten Abend, Frau Bliss. Ja, ich jobbe hier. Sekretärinnen werden in Reutlingen und Umgebung offenbar nicht benötigt.«

Vermutlich hatte jede Schwäbin ihrem Mann verboten, Solveig Beuler einzustellen. Schließlich hatte sie sich schon mal einen Chef geschnappt. »Das tut mir Leid. Hoffentlich geben die Kerle wenigstens ordentlich Trinkgeld.«

»Sie runden auf. Und Sie haben ja gerade gehört, unter welchen Umständen sie zu mehr bereit wären. Vielleicht sollte ich mit einem mitgehen«, sagte Solveig bitter. »Am besten mit einem nach dem anderen. Dann könnte ich anschließend die Stromrechnung zahlen.«

Gesine räusperte sich. »Ich denke, Sie kommen bald an Ihr Geld. Wir machen Druck ...«

»Solveich, was schwätsch du dô rôm? Tisch vierzehn.« Die Thekenwirtin knallte zwei Teller mit Rostbraten so heftig vor Solveig auf den Tresen, das Bratensaft auf das blaue Kleid spritzte. Gesine fuhr hoch, doch Solveig warf ihr einen warnenden Blick zu. »Schon gut«, murmelte sie. Dann nahm sie die Teller und ging an einen Tisch. Gesine schaute ihr hinterher. Was für eine Strafe Schönheit sein konnte!

Drei Weizenbiere später war es Mitternacht, und Solveig hatte Feierabend. Die ganze Zeit hatte die Wirtin sie so auf Trab gehalten, dass sie kein Wort mehr mit Gesine wechseln konnte, doch Gesine wartete geduldig. Zusammen verließen sie das Lokal, doch weder schauten sie sich an, noch sprachen sie miteinander, bis sie die Straße hinuntergelaufen waren und Gesine von Reinhards Kontostand berichtete. Solveig nahm die Nachricht erstaunlich kühl auf.

»Das sind über vierhunderttausend mehr, als ich dachte.«

»Er hat sich in der Firma auszahlen lassen. Wir müssen jetzt nur schneller sein als er. Schade, dass Sie sich nicht früher gemeldet haben.«

»Ich habe immer noch gedacht, er kommt zurück.«

Es fing an zu regnen. Gesine blieb vor ihrem alten Mazda stehen. Der Regen begann die Worte aufzulösen, die jemand mit der Fingerspitze auf die staubige Kühlerhaube geschrieben hatte: *It's not nice to be a Preiss – but it's top to be a Schwob.*

»Wie kommen Sie heim?«

»Zu Fuß.«

Gesine verdrängte die drei Weizen. »Steigen Sie ein«, sagte sie, »ich fahr Sie.«

»Aber das ist nicht nötig.« Doch der Regen war jetzt so stark, dass Gesines Kühlerhaube bereits völlig blank war.

»Kommen Sie schon.«

»Na gut. Vielen Dank.«

Sie fuhren schweigend durch die Innenstadt und über die Karlstraße den Serpentinenweg auf die Achalm hinauf. Hier regte sich um diese Uhrzeit kein menschliches Leben mehr, ab und zu bellte ein Hund, manchmal ging eine automatische Lichtanlage an, wenn sie an einer Villeneinfahrt vorbeifuhren. Nur ein paar Serpentinen weiter unten sah man die Schweinwerfer eines anderen Autos, das den Berg heraufkroch. Zumindest ein anderer Mensch war also auch noch wach. Gesine stellte sich vor, wie Solveig hier alleine im Regen durch die Nacht gelaufen wäre.

»Zu Fuß kann man abkürzen, es gibt eine Treppe«, sagte Solveig, als habe sie Gesines Gedanken erraten.

Jetzt stellte sich Gesine eine stockdunkle Treppe vor, auf der zwielichtige Gestalten lungerten. »Haben Sie denn kein Auto?«, fragte sie.

»Reinhard hat es mitgenommen. Hier können Sie mich rauslassen.«

Gesine stoppte vor einem Tor. Das Auto unter ihnen kam näher. »Der Mann ist ein Schwein«, sagte sie schlicht.

Solveig, die Hand schon am Türgriff, wandte sich zu ihr um. »Das kann ich nicht akzeptieren. Schließlich *ist* er mein Mann.« Sie öffnete die Tür. »Gute Nacht, Frau Bliss. Und vielen Dank«

»Gute Nacht, Frau Beuler.«

Das Auto bremste direkt hinter ihnen, die Scheinwerfer blendeten ab, eine Tür öffnete sich. Solveig sprang mit einem Satz aus dem Auto. »Reinhard«, schrie sie.

Doch der Mann, der auf sie zutrat, war nicht Reinhard Beuler. Gesine erkannte sofort Kommissar Funke. Sie hatte ihn von ihrem ersten Reutlinger Mandat her als freundlichen Ermittler in Erinnerung, dessen schwäbischer Akzent lediglich den melodiösen Bodensatz seiner Sprache bildete. Er nickte Gesine überrascht zu und wandte sich dann an Solveig. »Frau Beuler«, sagte er, »Frau Solveig Beuler?«

»Was ist mit Reinhard?«

»Wir haben ihn gefunden. Es tut mir sehr Leid. Er ist ...«

»Tot?«, fragten Solveig und Gesine gleichzeitig.

Der Kommissar nickte. Gesine machte einen Schritt auf Solveig zu und konnte sie gerade noch auffangen.

Eine Stunde später hatte der Notarzt Solveig mit einem Beruhigungsmittel versorgt. Sie lag jetzt im Bett und schlief hoffentlich. Gesine hatte Kommissar Funke klar gemacht, dass sie als Solveig Beulers Anwältin auskunftsberechtigt war. Am frühen Abend hatte das unerwartet starke Erdbeben im Naturschutzgebiet Lache/Breitenbach einen Erdrutsch verursacht, bei dem ein paar Erdlöcher und Höhlen, die es in der Region zuhauf gab, freigelegt worden waren. Ein Trupp des Technischen Hilfswerks, der den Trauf an einer Stelle absichern wollte, wo der Erdrutsch die Landstraße nach Pfullingen bedrohte, hatte inmitten von Lehm und Geröll die Leiche eines Mannes gefunden, der bereits Verwesungserscheinungen zeigte. Er trug keine Papiere, nicht mal eine Brieftasche bei sich, doch in seine Unterhose mit dem magentaroten Etikett Beuler war zusätzlich ein Wäschezeichen eingenäht, das in geschwungenen Lettern den Namen »Reinhard Beuler« trug. Solveigs Mann hatte zu Lebzeiten eine offensichtlich übertriebene Meinung von der eigenen Wichtigkeit gehabt: Auch sein Hemd zierte ein eingesticktes »R.B«, ebenso sein Leinentaschentuch. Die Pfullinger Polizisten schalteten schnell und alarmierten die Reutlinger Kollegen, und jetzt lag Reinhard Beuler im Leichenschauhaus seiner Heimatstadt und musste so bald wie möglich von seiner Ehefrau identifiziert werden.

»Er ist es, eindeutig«, sagte Kommissar Funke und gähnte. »Ich kenne ihn schon ewig. Wir haben früher zusammen im Jugendorchester gespielt, er war die Posaune. Eigentlich war er zu zart dafür ...«

Der Kommissar stand auf und betrachtete ein großes Ölgemälde, das über dem Sofa hing und Reinhard Beuler zeigte. Gesine war bereits aufgefallen, wie viele Bilder des Mannes hier herumhingen, manche mit Ehefrau, meist jedoch zeigten sie Reinhard alleine. Er war ein hagerer Mann mit hervorspringendem Kehlkopf, schütterem Haar und seltsam undefinierten Gesichtszügen gewesen. Auf allen Bildern waren seine Hemdkragen messerscharf, seine Jacketts tadellos, einige mit albernen Goldknöpfen versehen wie Kapitänsuniformen. Auf einem Foto trug er einen dunklen Hut, vielleicht eine Art Borsalino, in die Stirn gedrückt, seine Augen blickten wässrig, und die Hand, die eine Zigarre hielt, war dürr und gekrümmt wie eine Kralle. Hässlich wie der Tod, dachte Gesine, er sieht bereits da aus wie der Tod in Sonntagskleidung. Der ganze Kerl konnte maximal siebzig Kilo gewogen haben.

»Aber der Reinhard, den wir gefunden haben, war richtig fett«, sagte Kommissar Funke, »aufgeschwemmt und fett. Sein Hemd war ihm zu eng und an den Nähten aufgeplatzt. Reinhard hat gerne und gut gegessen, aber er war immer sehr auf seine Figur bedacht. Ich hätte nie gedacht, dass er sich mal so gehen lassen würde.«

»Vielleicht wollte er eine andere Identität annehmen. Wissen Sie schon, woran er gestorben ist?«

Funke schüttelte den Kopf. »Die Situation riecht prinzipiell nach Fremdverschulden, er kann aber auch beim Spazierengehen abgestürzt oder zusammengebrochen sein.«

»Was war das bloß für ein Typ? Einer, der seiner Frau die Konten sperrt und ohne Brieftasche wandern geht?«

»Eher nicht. Reinhard Beuler war Segler und Hobbyflieger, kein Wanderer. Wir müssen auf den Bericht warten.« Funke stand auf. »Ich geh dann mal. Und Sie? Sie sind …?«

»Ich bin nur Frau Beulers Anwältin«, betonte Gesine noch einmal. »Aber ich kümmere mich heute Nacht um sie. Sonst scheint das ja niemand zu tun.«

Als der Kommissar gegangen war, nahm Gesine eines der Fotos von Reinhard und Solveig Beuler in die Hand. Er hatte eine Kralle so um ihren Leib gelegt, als wolle er ihre Brüste anheben und den Betrachter damit auf sie aufmerksam machen. Seine Haltung und sein Blick drückten Besitzerstolz aus, während Solveigs ernst und unnahbar in die Kamera schaute. Als Gesine das Foto wieder zurückstellen wollte, fiel ihr Blick auf ein in festes blaues Papier geschlagenes Magazin, das ganz oben im Regal lag und ihr bekannt vorkam. Ihre letzte Mandantin in Berlin, deren Namen Gesine nicht einmal mehr zu denken wagte, hatte wegen solch eines Heftes die Scheidung eingereicht. Ihr Mann hatte sich darin seine Spielgefährtinnen zusammengesucht, die möglichst jung und zu allem bereit sein sollten. Gesine schlug das Heft auf: lauter verschwommene, unprofessionell geschossene Fotos von halbnackten und nackten Männern und Frauen, die sich in allen nur denkbaren Posen dem Betrachter anboten. Die Männer hielten stets ihre erigierten Schwänze hoch und machten dumpf-geile Gesichter, die Frauen bewiesen mehr Fantasie, bissen sich selbst in die Brustwarzen, fummelten mit Dildos und allen möglichen phallischen Gegenständen herum und behaupteten im nebenstehenden Text, mit absolut jedem ficken zu wollen, manche auch gerne mit mehreren auf einmal. Eine Reihe der Angebote war mit Filzstift markiert.

»Ich glaube, Sie haben doch Recht. Was das Schwein betrifft.«

Gesine fuhr zusammen, als sie Solveigs Stimme hinter sich hörte. Sie stand mitten im Raum, in einen langen Morgenrock gehüllt.

Gesine legte das Magazin schnell zurück. »Sie sollten sich ausruhen, Frau Beuler.«

»Könnten Sie das jetzt?« Solveig machte eine Schranktür auf, holte eine Flasche Rotwein und zwei Gläser heraus und setzte sich damit auf die Couch. Der Morgenmantel rutschte über ihren Knien zur Seite und enthüllte ihre langen, sehnigen Beine. »Wollen Sie auch ein Glas?«

»Rotwein und Beruhigungsmittel …«

»Macht mich hoffentlich doch noch müde.« Solveig goss beide Gläser halb voll. »Er hat sie alle besucht, die in dem Heft.«

»Und das haben Sie ertragen? Ich hätte ihn umgebracht.«

Solveig trank ihr halbes Glas in einem Zug leer und schenkte sich erneut ein. »Er sagte, dass alle Männer Lügner seien, die behaupten, sie bräuchten das nicht. Dass er mir letztlich dadurch treu bleiben würde. Als Ehemann.«

Als Versorgungswerk, das dann doch ausfiel?

»Ich mochte das natürlich nicht besonders«, fügte Solveig hinzu.

Gesine hoffte, dass sie jetzt keinen Fehler machte, aber sie musste die Frage stellen. »Was ist mit Elfriede Neubauer?«

Solveig sprang auf, riss das Porno-Magazin aus dem Regal und blätterte es an einer Stelle auf. »Das ist nur eine alte Nutte«, sagte sie grob und reichte das Heft Gesine. Die Frau auf der Seite war groß und fleischig mit Riesenbrüsten. Sie trug nur eine Sonnenbrille und reckte den fetten Hintern auffordernd in die Höhe. »Eine, die früher mal hier gelebt hat. Als er sie besuchte, hat er sie wiedererkannt.«

»Und dann ist er ganz geblieben?«

»Bei der? Gucken Sie sich die doch an.« In Solveigs Stimme schwang Verzweiflung mit. »Das kann doch nicht sein.«

»Nein.« Aber wenn Reinhard im letzten halben Jahr tatsächlich so aus dem Leim gegangen war, wie Kommissar Funke meinte, dann hatte er sich seiner neuen Partnerin sogar bereits äußerlich angepasst. Wieder musste Gesine an ihr letztes Mandat in Berlin denken. Nicht nur hatte der swingende Ehemann das Vermögen seiner Frau für sein Hobby verprasst, er war sogar so weit gegangen, dass er sie im Scheidungsverfahren als die Schuldige oder doch zumindest Verwirrte hinstellte. Schließlich war seine Frau ja ein Verhältnis mit ihrer Anwältin eingegangen, wie sollte der arme Mann da anders? Dass er bereits seit Jahren in Exzessen schwelgte, die nichts mit zarter Liebe zu tun hatten, wog diesen Tatbestand nicht auf. Als Gesine ihn dann in einem Anfall von Hass und jäher Wut auf einem Parkplatz fast zusammenfuhr, gab auch die Presse ihm Recht. Und am Ende – das war das Schlimmste – wandte sich sogar die Frau von ihr ab. *Eva* war zu diesem Ekel von einem Ehemann zurückgekehrt. Gesine war nur die Flucht geblieben.

»Ich versteh das einfach nicht.«

Gesine auch nicht. Sie setzte sich neben Solveig auf die Couch. »Halten Sie mich bitte nicht für gefühllos, aber zumindest dürften Sie jetzt bald an Ihr Geld kommen.«

»Ja. Es ist vorbei.«

»Und«, seufzte Gesine, »Sie können das Haus verkaufen, wegziehen und alles hinter sich lassen.«

»Warum sind Sie eigentlich hier? Ich meinc: Warum sind Sie in Reutlingen?«

»Ich will auch etwas hinter mir lassen.«

»Eine Liebesgeschichte.«

»Könnte man so sagen«, sagte Gesine. »Und weshalb Sie?«

»Wegen Arbeit. Die Liebe ist später gekommen. Was ist Ihnen passiert?«

Statt zu antworten, trank Gesine lieber Wein. »Wenn Sie gehen, bin ich allein unter Schwaben.«

»Das war ich fünfzehn Jahre lang.«

»Ich kann's Ihnen nicht verdenken, wenn Sie gehen.«

Solveig legte eine Hand auf Gesines Knie. Die Finger waren schmal und feingliedrig und schienen eine Tonne auf Gesines Knie zu wiegen. »Ich weiß noch nicht. Aber es ist schön, frei zu sein.«

Der Tod ihres Mannes schien schon weit entfernt zu sein. Das Schwein war tot, bald würde es verscharrt sein. Und Solveig, die bildschöne Solveig, konnte ihre Rüstung aus Unnahbarkeit fallen lassen und ein neuer Mensch werden. Wieder die sein, die sie vielleicht früher einmal gewesen war. Zum ersten Mal seit Monaten fragte Gesine sich, wie es Eva wohl ging. Sie hatte nicht so ein Glück wie Solveig gehabt.

Eine Kirchturmuhr schlug fünf, als Gesine den Mazda vor ihrem Haus parkte, doch Frau Persch streckte bereits den mit Lockenwicklern gespickten Kopf aus dem Fenster und wollte wissen, wo sie herkam. Gesine verweigerte die Aussage.

»Î hann mer Sorga um Sie g'macht«, behauptete Frau Persch.

»Meine liebe Frau Persch, ich bin siebenunddreißig Jahre alt.«

»Eba drom.« Die Vermieterin machte ein Gesicht, als seien späte Mädchen in Reutlingen besonders gefährdet, einem Unhold zum Opfer zu fallen.

Gesine rollte die Augen. »Ich war bei meiner Mandantin.«

»Bis om sechs in der Fria? Was sollet au d'Nachber denka? Mir send fei a ôschdändigs Haus«, rief Frau Persch so laut, dass irgendein Nachbar jetzt garantiert aufwachte.

Gesine schlief bis um elf und erntete im Büro weitere missbilligende Blicke von Frau Hörbel, obwohl am Morgen eh niemand ihre Dienste verlangt hatte. Einzig das Einwohnermeldeamt Reutlingen hatte angerufen; Reinhard Beuler hatte sich noch nicht umgemeldet. Gesine fragte sich, wie lange er wohl schon tot war. Sie rief Kommissar Funke an und erkundigte sich nach dem Obduktionsbericht.

Der Kommissar zögerte. »Ich will gerade … Haben Sie schon zu Mittag gegessen?«

»Nein.«

»Was halten Sie davon, wenn wir uns in der Alten Kanzlei treffen? In einer Viertelstunde?«

»Zwanzig Minuten.« Gesine schaute auf die Uhr. Kurz vor eins. Um sieben Uhr war sie mit Solveig verabredet, die sie zum Abendessen eingeladen hatte. Gesine lächelte in sich hinein. Es sah ganz so aus, als würde sie allmählich wieder ein soziales Leben führen.

Funke wartete schon, als Gesine das Lokal betrat. Sie bestellten das Tagesgericht, dann kam er zur Sache.

»Wir haben den Bericht. Sieht aus, als wäre Beuler eines natürlichen Todes gestorben.«

»Na bitte. Dann liegt der Totenschein vor?«

»Wieso haben Sie es so eilig damit?«

Gesine erklärte Funke, dass Solveig Beuler jeden Tag der Strom abgestellt werden konnte. Und nur mit dem Totenschein konnte sie sich auf dem Amtsgericht den Erbschein ausstellen lassen. Erst dann würde sie an das dringend benötigte Geld kommen.

Den Kommissar schien die Erklärung zufrieden zu stellen. »Reinhard Beuler«, sagte er, »ist an einem kardiovaskulären Ereignis gestorben. Auf Deutsch: plötzlicher Herztod. Sein Blutfettwert war so hoch, dass das Blut kaum mehr durch die Gefäße zum Herzen vordringen konnte.«

»Und dann ist er noch wandern gegangen?«

»Wir haben eine Untersuchung eingeleitet. Es gibt mehrere Auffälligkeiten bei diesem Fall.«

»Wieso? Sie haben doch gesagt, er habe stark zugenommen. Da liegt ein zu hoher Cholesterinwert nahe.«

»Sicher. Aber Reinhard hat immer besonders auf sich geachtet. Kurz vor seinem Verschwinden hat er noch mal einen Check-up machen lassen, und da war alles tipptopp: Schilddrüse, Nieren, Leber, Cholesterin bei einem sauberen zweihundert-Milligramm-Wert.«

»Das ist wirklich seltsam. Wann ist er eigentlich gestorben?«

»Der Doc meint, das kann nicht länger her als zweiundsiebzig Stunden vor der Fundzeit sein.«

»Noch seltsamer.«

»Warum?«

»Weil er in der ganzen Zeit keinen Cent von seinem Konto abgehoben hat.« Gesine berichtete von ihrem Gespräch mit Hildebrandt Geyser. »Sich dick zu fressen, kostet schließlich was.« Plötzlich fiel es ihr wieder ein. »Die fette Frau …«

»Wie bitte?«

»Ich denke – ich meine, das denken doch alle hier –, dass Beuler zu einer anderen Frau ist. Vielleicht haben die beiden zusammen das große Fressen gespielt, und aus irgendeinem Grund hat sie alles bezahlt, und dann ist er mit vollem Magen über die Alb gehüpft.«

Kommissar Funke schüttelte den Kopf. »Das wohl kaum.«

»Aber ich habe sogar einen Namen und eine Adresse.«

»Ich meine: Reinhard wird wohl kaum allein auf dem Albtrauf herumgehüpft sein. Nach dem, was der Doc aus den Leichenflecken liest, ist er woanders gestorben.«

Gesine starrte ihn an. »Das heißt, jemand hat ihn dahin geschafft.«

»Wie heißt die Frau?«

»El–« Gesine bremste sich. »Wenn Sie mich mitnehmen, sage ich es Ihnen.«

»Sie wollen Detektiv spielen?« Der Kommissar grinste. »Ist Ihnen etwa langweilig im schönen Reutlingen?«

»Ich möchte meiner Mandantin so schnell wie möglich helfen. Vier Augen, Ohren und zwei Münder sehen, hören und sagen mehr als zwei. Äh … mehr als einer, meine ich.«

Funke lachte laut. »Das ist wohl wahr, mein lieber Watson. Aber das Reden überlassen Sie mir. Ich heiße übrigens Felix.«

Der glückliche Funke. Gesine musste grinsen. »Gesine, angenehm. Ich spiele gerne Ihre Assistentin. Und außerdem«, fügte sie hinzu, »hat man als reigschmeckte Anwältin hier tatsächlich nicht viel zu tun.«

Elfriede Neubauer wohnte in der Goldbergstraße in Stuttgart-Luginsland, einer beschaulichen Wohngegend, wo Kinder in den Gärten spielten und nichts darauf hinwies, dass Frauen aus der Nachbarschaft in Porno-Magazinen nach Sex-Kontakten suchten. Gesine und Felix stiegen die drei Stufen zu der Dachwohnung hinauf und klingelten an einer Tür, an der auf einem Salzteig-Schild »Neubauer« stand. Nach kurzer Zeit öffnete eine Frau mit dunklem Haar und verhärmten Zügen. Elfriede Neubauer wog gute zehn Kilo weniger, als Gesine von ihrem Aufreiß-Foto in Erinnerung hatte, und sie sah eher bieder als verrucht aus.

»Frau Neubauer? Wir bräuchten eine Auskunft.«

Felix ließ seine Polizeimarke aufblitzen und stellte Gesine vor.

Elfriede Neubauer erschrak sichtlich. »Kommen Sie rein. Was ist denn passiert? Doch nichts mit den Kindern?«

»Nein, nein. Sie sind verheiratet?«, fragte Funke.

»Verwitwet. Wieso?« Elfriede machte eine einladende Bewegung in Richtung Couch. Ihr Wohnzimmer war geradezu klinisch sauber und musterhaft bourgeois eingerichtet. Schwäbisch eben, dachte Gesine.

»Möchten Sie etwas trinken?«

»Nein, danke.« Funke fackelte nicht lange. »Es geht um einen Ihrer Bekannten, Reinhard Beuler.«

Ein ungesundes Rot begann vom Hals der Frau aus nach oben zu wachsen. »Ein ehemaliger Bekannter«, sagte sie leise.

»Wann haben Sie ihn das letzte Mal gesehen?«

»Das ist ... lange her.«

»Sind Sie sicher?«

Elfriede Neubauer log stur – »über fünfzehn Jahre« – und zupfte das Zierdeckchen auf dem Couchtisch glatt. Gesine konnte das Reden beim besten Willen nicht länger dem Kommissar überlassen.

»Frau Neubauer«, sagte sie scharf, »müssen wir Ihnen en detail nacherzählen, unter welchen Umständen Sie Beuler letztens wiedergetroffen haben?«

Elfriede Neubauer riss das Zierdeckchen vor Schreck fast vom Tisch. Ihre Gesicht war jetzt blutrot. »Was?«

»Wir reden von einer Kontaktanzeige der ... speziellen Art.«

Die Frau wand sich vor Scham. »Ich bin Witwe. Ich kann treffen, wen ich will und wo ich will«, sagte sie.

»Sicher.« Funke warf Gesine einen warnenden Blick zu. »Uns interessiert auch mehr, wann das war. Wann Sie Beuler das letzte Mal gesehen haben.«

»Weiß nicht. Das ist Monate her.«

»Wann genau? Denken Sie nach.«

»Ungefähr vor einem halben Jahr.«

»Wir können auch die Nachbarn fragen, Frau Neubauer.«

Das half. »Anfang März ist er zum ersten Mal gekommen. In den folgenden Wochen war er sieben Mal da, und das war's.«

»Was heißt, das war's?«, mischte Gesine sich wieder ein. »Er hat schließlich seine Frau für Sie verlassen.«

Elfriede Neubauer wirkte plötzlich erschöpft. »Er hat gesagt, dass er das tun will«, sagte sie matt. »Weil ich die Beste für ihn wäre. Das hat er gesagt. Wir wollten zusammen nach Kanada gehen. Wir hatten sogar schon die Flugtickets gekauft. Aber dann ist er nicht mehr gekommen. Und ich hab die Stornogebühr für beide Tickets zahlen müssen.«

»Sie wissen, dass wir das nachprüfen«, sagte Funke.

Die Frau nickte nur. »Reisebüro Gehlert am Bahnhof.« Doch dann stellte sie die Frage, auf die Gesine schon die ganze Zeit wartete. »Warum wollen Sie das alles überhaupt wissen?«

»Weil Reinhard Beuler tot ist«, sagte Funke. »Und wir wüssten gerne, wo und unter welchen Umständen er gestorben ist. Kennen Sie das Naturschutzgebiet Lache/Breitenbach?«

»Natürlich. Er ist tot?« Erstaunlicherweise erweckte die Nachricht Elfriede Neubauer zu neuem Leben. »Dann ist er deshalb nicht gekommen! Weil er gestorben ist.«

»Waren Sie in letzter Zeit einmal am Albtrauf?«

»Nein. Was ist denn passiert?«

Gesine fand Funkes Verhörmethode entsetzlich lasch. Er plauderte, statt der Verdächtigen Daumenschrauben anzulegen.

»Wissen Sie das wirklich nicht, Frau Neubauer?«, fragte sie dazwischen. »Oder ist es nicht so, dass Reinhard Beuler hier gestorben ist? Sie wussten nicht, wohin mit der Leiche, hatten Angst vor den Nachbarn, dem Gerede, nicht wahr? Da haben Sie ihn auf der Alb, sagen wir mal, entsorgt. Die Spurensicherung findet das in null Komma nix heraus, nicht wahr, Kommissar Funke?«

»Sind Sie verrückt oder was?«, schrie Elfriede Neubauer.

Der Kommissar beschloss, seine übereifrige Assistentin aus dem Verkehr zu ziehen.

»Ich habe Ihnen gesagt, Sie sollen das Reden mir überlassen«, schäumte Kommissar Felix Funke, als sie wieder im Wagen und auf dem Weg zurück nach Reutlingen waren.

»Sie hätten sie verhörtechnisch festnageln müssen. Vielleicht hätten wir dann schon ein Geständnis!«

»Das war kein Verhör. Nicht mal eine Vernehmung …«

»Das habe ich gemerkt!«

»… sondern eine Befragung. Gegen Frau Neubauer liegt nicht mal ein Anfangsverdacht vor.«

»Sie verstecken sich hinter Beamtenfloskeln. Die Frau hat von Anfang an gelogen. Fünfzehn Jahre nicht gesehen, ha-ha.«

»Das heißt aber nicht, dass alles gelogen war, was sie gesagt hat.«

»Schließlich muss Beuler das halbe Jahr vor seinem Tod irgendwo gewesen sein.«

»Da gibt es tausend Möglichkeiten.«

»Und wie die auf die Nachricht von Beulers Tod reagiert hat! Cool. So, als hätte sie es bereits gewusst.«

Der Kommissar wiegte den Kopf hin und her.

»Geben Sie zu, das ist Ihnen auch aufgefallen«, sagte Gesine.

»Vielleicht war sie wirklich erleichtert. Es gibt Frauen, denen ist es wichtiger, dass sie nicht verlassen wurden, als dass der Mann noch am Leben ist.«

»Vielleicht hat unsere Elfie sogar selbst für diesen Umstand gesorgt. Er wollte zu seiner Frau zurück, und sie …«

»Interessante Idee. Abgesehen von der Tatsache, dass Beuler an einem Herzinfarkt gestorben ist.«

»… hat ihn beispielsweise zu Tode erschreckt. Oder vergiftet. Es gibt Medikamente, die machen ein gesundes Herz in kurzer Zeit kaputt. Und als er zu stinken begann, hat sie ihn weggeschafft. Große Kehrwoche, sozusagen. Den Schwaben trau ich alles zu.«

»Kann es sein, dass Sie Vorurteile haben? Preußische Vorurteile, sozusagen?«

Statt zu antworten, schnaubte Gesine nur. Sie waren in Reutlingen angekommen. Als Funke in Gesines Straße einbog, begann sein Handy zu piepen. Er stoppte den Wagen, hielt es ans Ohr und machte gleichzeitig Handbewegungen zu Gesine, sie solle schon mal aussteigen. Gesine tat so, als verstehe sie seine Zeichen nicht.

»Nein«, sagte Funke in sein Handy, »ich bin schon wieder in Reutlingen … Was? Beulers Wagen? Wo?«

Gesine rutschte näher, konnte den Anrufer aber nicht verstehen.

»Ja, stimmt«, sagte Funke, »das ist auch in Luginsland. Ich drehe sofort um. Bis dann.« Er steckte sein Handy ein und blickte in Gesines triumphierendes Gesicht.

»Lassen Sie mich raten«, sagte sie. »Beulers Wagen ist gefunden worden. In Luginsland, irgendwo in der Nähe der Goldbergstraße. Und jetzt müssen Sie Ihre Meinung von der sauberen Frau Neubauer überdenken.«

»Das muss noch gar nichts heißen.« Funke beugte sich über Gesine und stieß die Beifahrertür auf. »Wenn Sie mich jetzt freundlicherweise meine Arbeit tun lassen.«

Gesine stieg aus. »Selbstverständlich, Herr Kommissar«, sagte sie grinsend und winkte ihm nach.

Solveig erwartete sie an der Tür und begrüßte sie mit einem zarten Kuss auf die Wange. Sie hatte in der Wohnküche gedeckt, die der gemütlichste Raum im Haus sein musste, mit Regalen voller Eingemachtem, üppigen Obstschalen und Würsten und Schinken, die von der Decke hingen. Durchs Fenster hatte man einen gigantischen Blick auf die Schwäbische Alb. »Weißt du, warum die Achalm Achalm heißt?«, fragte Solveig.

Gesine freute sich über das spontane Du. »Keine Ahnung.«

»Im neunzehnten Jahrhundert ist hier mal ein Adeliger spazieren gegangen, da hat ihn ein Pfeil aus dem Hinterhalt getroffen. Er wollte noch ›Ach, Allmächtiger!‹ sagen, hat aber nur den Anfang herausgebracht – ›Ach, Alm‹. Dann ist er gestorben.«

Gesine lachte. »Sparsam, wie die Schwaben sind, verwerten sie selbst einen Wortanfang.«

Solveig reichte ihr ein Glas Weißwein. »Bloß nichts verkommen lassen. ›A hausiges Weib isch d'beschde Schparkass‹, hat Reinhard immer gesagt.«

Gesine fand es süß, wie sie zu schwäbeln versuchte. Solveig wirkte erstaunlich fröhlich, wie ausgetauscht. Dabei hatte sie am Nachmittag ihren verwesten Ehemann identifizieren müssen. Keine Spur mehr von der unnahbaren Kühle, die sie in Gesines Büro umgeben hatte. Sie benahm sich wie eine beste Freundin mit viel Lebenslust.

Solveig fing Gesines Blick auf und deutete ihn richtig. »Es ist wirklich seltsam«, sagte sie, »wie einfach plötzlich alles ist. Die Gewissheit, dass er tot ist, ist viel leichter zu ertragen als die Frage, warum er weggegangen ist und wo er steckt.«

»Ich find es großartig, wie du damit umgehst.«

Solveig verzog das Gesicht. »Er hat furchtbar ausgesehen.«

Sie stellte ein Schälchen mit einer duftenden Karotten-Ingwer-Suppe vor Gesine ab. »Ich bin Vegetarierin. Ich hoffe, du magst das.« Als Gesine nickte und »Unbedingt!« sagte, lächelte sie. »Reinhard konnte ich damit nicht kommen. Für ihn hat's immer nur Fleisch, Fleisch, Fleisch gegeben.« Sie prostete Gesine zu. »Es ist schön, dass ich dich kennen gelernt habe, Frau Anwältin.«

Gesine prostete zurück. »Gleichfalls. Apropos: Hast du den Totenschein bekommen?«

Solveig nickte.

»Dann geh gleich morgen zum Amtsgericht und beantrage den Erbschein. Weißt du, ob es noch andere Erben gibt?«

»Seine Mutter. Sie hat schon angerufen und mich dran erinnert. Und sie tut so, als sei ich schuld an Reinhards Tod.«

»Vergiss es. Aber vermutlich wird sie die Hälfte bekommen.«

Solveig zuckte die Achseln. »Von mir aus.« Sie setzte sich Gesine gegenüber. »Ich bin doch nicht schuld. Ich habe mich bemüht, es ihm so bequem wie möglich zu machen.«

»Und das hatte er gar nicht verdient. Mach dir bloß keine Vorwürfe. Guten Appetit.«

Solveig lächelte Gesine auf eine Art an, dass ihr ganz warm wurde. »Guten Appetit. Ich bin froh, dass du da bist.«

»Ich … auch.« Und auf einmal stimmte es. Zum ersten Mal war Gesine froh, nach Reutlingen gegangen zu sein. Und daran war Solveig schuld.

Dennoch stimmte etwas nicht. Als Gesine um ein Uhr nachts mit viel zu viel Wein intus und der Erinnerung an Solveigs Wangenkuss heimfuhr, hätte sie eigentlich glücklich sein müssen. Denn der Wangenkuss war für einen gewöhnlichen Abschiedskuss einen deutlichen Takt zu lang ausgefallen, und Solveig hatte geflüstert: »Bis morgen, liebe Freundin«, obwohl sie gar nicht verabredet waren. Dennoch rumorte irgendetwas in Gesines Hinterkopf und ließ sich weder hervorholen noch erklären noch wegschieben. Sie hasste Frau Persch dafür, dass sie um ein Uhr nachts noch in der Waschküche herumnervte.

»Waret Se schô wieder bei dr Beuler?«, fragte sie streng. »Des gôhd doch ned. D'Leid redet schô.«

»Guten Abend, Frau Persch. Was gehen mich die Leute an? Und Sie sind nicht meine Mutter.«

Frau Persch guckte aber genauso wie Gesines Mutter. »Die Schweschder von der Frau Melschik, des isch d'Metzgere …«

Plötzlich wusste Gesine, was nicht stimmte. Sie packte Frau Persch am Arm und schob sie zur Seite.

»Verzeihung«, sagte sie, »ich muss noch mal weg.« Dann stürmte sie los und ließ Frau Persch mit offenem Mund zurück.

Die Achalm lag dunkel und still, als Gesine wieder vor Solveig Beulers Haus hielt. Sie klingelte, und nach einer kurzen Weile öffnete Solveig die Tür. Sie trug ein tief ausgeschnittenes Hemdchen, einen weißen Slip und sah mit dem offenen blonden Haar wie zwanzig aus.

»Gesine«, sagte sie, »meine Liebe. Du hättest erst gar nicht wegfahren sollen.«

Gesines Zunge lag wie ein trockener Stein in ihrem Mund. Sie schob Solveig zur Seite und ging wortlos in die Küche. Da standen die Reste des Abendessens, eine noch halb volle Flasche Wein auf dem Tisch; da hingen die Würste und Schinken. Gesine machte die Kühlschranktür auf und holte einen nicht mehr ganz frischen Rostbraten heraus.

»Ich muss ihn wegschmeißen. Er ist jetzt nicht mehr gut«, sagte Solveig hinter ihr.

Gesine drehte sich langsam zu ihr um. »Solveig«, sagte sie verzweifelt. »Du bist doch Vegetarierin.«

Solveig goss Wein in die zwei Weingläser, die auch noch auf dem Tisch standen.

»Hier, den können wir leer machen. Ja, ich bin Vegetarierin.«

»Für wen hast du das Fleisch gekauft?«

Solveig setzte sich langsam und breitete ihre Hände wie Fächer vor sich aus.

Gesine nahm einen tiefen Schluck Wein. »Für deinen Mann, Solveig? Für Reinhard?«

»Ich konnte nicht dulden, dass er mich verlässt. Verstehst du, wir haben uns versprochen, dass wir zusammenbleiben, bis dass der Tod uns scheidet.«

»Aber wie ...?«

»Ich hab ihn überredet, dass er noch einmal herkommt. Ich habe gesagt, ich würde unterschreiben, dass ich keinen Unterhalt von ihm will; darauf ist er reingefallen. Und dann habe ich ihn gebeten, mich anzuschauen. Ich bin doch viel hübscher als die andere, dieses dicke Weib ...«

»Und dann?«

»Er hat mich ausgelacht. Er sagte, dass er ihr geiles Fleisch allem an mir vorziehen würde. Verstehst du?«

Gesine starrte sie an.

»Und dann musste ich eben dafür sorgen, dass er bleibt. Wir haben da diesen Kellerraum, in dem er früher Posaune geübt hat, der ist schalldicht. Ich habe ihm jeden Tag seine Lieblingsgerichte gekocht. So viel Fleisch, dass mir ganz schlecht geworden ist, und Massen von Kuchen und Wein.«

»Du hast ihn ein halbes Jahr gefangen gehalten?«

»Ich wollte nur, dass er zur Besinnung kommt. Aber er ist immer dicker und stiller geworden, und auf einmal war er tot.«

»Aber wie hast du ihn ... weggeschafft?«

»Sein Auto hat in der Garage gestanden. Nachts ist hier kein

Mensch unterwegs. Danach habe ich den Wagen irgendwo in Stuttgart abgestellt und bin mit der Bahn heim.«

Gesine leerte ihr Glas und stand mühsam auf. »Als deine Anwältin dürfte ich das nicht mal der Polizei melden. Aber genau das werde ich jetzt tun.«

Solveigs wunderschöne Augen zogen sich zu Schlitzen zusammen. »Das kannst du nicht. Wir sind Freundinnen.«

Plötzlich drehte sich alles vor Gesines Augen. Sie versuchte einen Schritt in Richtung Tür zu machen. »Wie … wie hast du ihn in den Keller gelockt?«, brachte sie noch heraus. Solveigs Antwort bekam sie kaum mehr mit.

»Schlaftabletten im Wein.«

Der Raum war gemütlich eingerichtet, Bücherregale an den Wänden, ein Fernseher, Eisenstäbe vor dem hohen länglichen Kellerfenster, das nach außen hin zusätzlich abgedunkelt war. Gesines rechter Arm war mit einer Handschelle an den Metallrahmen des Bettes gefesselt, und sie fühlte sich schwindelig und matt. Sie wusste nicht, wie lange sie geschlafen hatte. Auf dem Nachttisch stand ein Tablett mit Wein, ein paar bunt garnierten Schnittchen und Vollkornplätzchen.

»Kaffee kann ich dir leider nicht geben«, sagte Solveig, die auf der Bettkante saß. »Der macht zu wach.«

»Mach mich los, verdammt noch mal.«

»Das sind keine von Reinhards Sexspielzeugen, die Fesseln, sondern echte. Die hat er auch nicht aufgekriegt.«

Hier war Reinhard Beuler gestorben, in genau dieser Handschelle, die sie jetzt trug. »Bitte, Solveig, mach mich los. Ich verrate dich auch nicht. Der Mann war ein Schwein.«

»Ich glaube dir nicht. Mit dem Trick hat er's auch versucht. Ich will nicht, dass du mich auch im Stich lässt, das verstehst du doch. Du hast selbst gesagt: Wir sind allein unter Schwaben.«

Gesine trat mit dem Bein nach ihr, worauf Solveig aufstand und sich außerhalb Gesines Reichweite stellte. »Du wirst sehen, man gewöhnt sich dran. Ich mache alles, damit du es bequem hast. Ich koch dir deine Lieblingsspeisen, wir können zusammen Fernsehen gucken und Wein trinken.«

»Du bist wahnsinnig.«

»... und wenn ich jetzt das Geld kriege, kann ich uns wieder die feinsten Sachen kaufen«, sagte Solveig schwärmerisch, »das war schlimm bei Reinhard. Am Ende musste ich in der Kneipe jobben, damit ich das ganze Fleisch besorgen konnte.« Sie warf Gesine eine Kusshand zu und ging zur Tür. »Ich muss jetzt zum Amtsgericht. Tschüss, mein Schatz, bis später.«

Minuten wie Stunden und Stunden wie Ewigkeiten lagen hinter Gesine. Ihr Handgelenk war wund gescheuert von ihren verzweifelten Versuchen, sich aus der Handschelle zu befreien. Ihr Magen knurrte, doch noch weigerte sie sich, etwas von dem zu essen, was Solveig ihr immer neu und duftend auf den Nachttisch stellte. Sie wusste nicht, ob Tag oder Nacht war, sie wusste nicht, wie viel Zeit vergangen war, als sie plötzlich dieses Kratzen an der Tür hörte. Ein Klirren, und dann sprang die Tür auf. In der Ferne hörte sie Solveig kreischen.

Frau Persch stand in der Tür, die Rettung in Kittelschürze, mit demselben indignierten Gesichtsausdruck, den Gesines Mutter immer hatte, wenn sie Gesine beim heimlichen Rauchen oder einer anderen Schandtat erwischte. Kommissar Funke hinter ihr guckte irgendwie überfordert. Vermutlich war er schon lange nicht mehr zu Wort gekommen.

»Wia î Sia am nägschda Morga immr nô ned kehrd hen, dô han î gwisst, dass was bassierd isch«, sagte Frau Persch. Und im vollen Triumph ihres Scharfsinns fügte sie hinzu: »Î habs doch schô allweil gsagd, dass dia Beuler a richdigs Luader isch.«

Und ein Wunder geschah: Schwäbisch kam Gesine plötzlich wie Engelsgeläut vor.

Martina Fiess

Wer nicht hören will

Die astronomische Uhr am Alten Esslinger Rathaus zeigte drei Minuten vor zwölf. Nina schirmte ihre Augen gegen die Sonne ab und sah zu dem mehrstöckigen Wohnhaus gegenüber. Vor einer Stunde war der Anzugträger mit Aktenkoffer und Erektion in dem Gebäude verschwunden, das sie von der Caféterrasse aus gut im Blick hatte. Bald würde er wieder auf das Kopfsteinpflaster treten, sich vergewissern, ob der Reißverschluss seiner Hose hochgezogen war, sich hastig umsehen und in der Webergasse verschwinden. Genau wie am vergangenen Mittwoch. Und in der Woche davor, als ihr der Mann im grauen Anzug das erste Mal aufgefallen war.

Nina schob die Cappuccino-Tasse zur Seite und griff nach ihrem Fotoapparat. Wie eine Touristin auf Motivsuche schwenkte sie über den Rathausplatz und den filigranen Turmhelm der Frauenkirche, der sich hinter dem Neuen Rathaus in den vergissmeinnichtblauen Himmel reckte. Die steil zur Burg hinaufführende Stadtmauer mit ihrem spitzen Dach über dem Wehrgang kam in ihr Blickfeld und schließlich das Gebäude mit den nach oben immer breiteren Stockwerken, in dem sich der Diplomingenieur mit einem bauchnabelgepiercten Teenager vergnügte, der besten Freundin seiner vierzehnjährigen Tochter.

Nina hatte den Mann einige Tage lang beobachtet und wusste, dass seine Frau ihren Beruf aufgegeben hatte, um sein Haus zu putzen, seine Kinder zu erziehen und seine Hemden zu bügeln, damit er sich auf seine Karriere konzentrieren konnte. Aber wie es aussah, war ihm der allzeit gedeckte Tisch seiner Reihenhausidylle fade geworden, weshalb er sich ein amouröses Appetithäppchen vor der Mittagspause gönnte.

Nina seufzte leise. Wiederholten sich tatsächlich immer die gleichen Geschichten? Früher hatte sie das Beobachten und Auskundschaften genossen, aber nun langweilte es sie. Die meisten Menschen waren so berechenbar. Es wurde Zeit, ein neues Leben zu beginnen. Weit weg von Kehrwochenschildern, von mit der Wasserwaage in Form gestutzten Ligusterhecken und gestärkten Rüschenvorhängen in der Dichte von Stützstrumpfhosen, die verhindern sollten, dass die Nachbarn mitbekamen, was sie nichts anging. Nina hatte sich bis heute nicht an die Eigentümlichkeiten der Schwaben gewöhnt. Vermutlich wurden auch woanders die Mülltonnen penibel geschrubbt, jeden Samstag der Rasen auf Golfplatzniveau gemäht und montags hinter vorgehaltener Hand diskutiert, wer am heiligen Sonntag die Wäsche hatte draußen hängen lassen. Was Nina irritierte, war das schwäbische Sendungsbewusstsein. Jeder hier schien genau zu wissen, was sich gehörte. Außer wenn es ihn selbst anging. Handle stets so, dass dein Nachbar nichts Böses über dich denkt. Oder zumindest nicht merkt, wie gerissen du in Wirklichkeit bist. Wenn heute Mittag alles nach Plan lief, würde Nina dieser schwäbischen Variante des kategorischen Imperativs endlich den Rücken kehren.

Am Nebentisch ereiferten sich zwei solariumgebräunte Weizenbiertrinker über die technischen Features ihrer Handys. Dachte man sich die Dreitagestoppeln und die Stirnfalten weg, hatte sich der Gesichtsausdruck der beiden vermutlich kaum verändert, seit sie mit ebenso glänzenden Augen ihre Spielzeugeisenbahnen und die Größe ihrer Geschlechtsteile verglichen hatten.

Vom Marktplatz drang Stimmengewirr herüber. Nina sah zu dem von mittelalterlichen Häusern und Kirchen gesäumten Platz. Hinter dem schmalen, spitzen Turm von St. Paul überzog das saftig grüne Laub der Weinreben die Hügel mit einem grafischen Muster, das so kleinteilig wirkte wie das Maßwerk des Kielmeyer-Hauses, vor dem sich unter gestreiften Sonnenschirmen mit Einkaufskörben bewaffnete Hausfrauen, Mütter und Rentner zwischen Blumen- und Gemüsehändlern drängten.

Zwölf Uhr. Bei jedem Glockenton schlug der Adler im Renaissancegiebel des Alten Rathauses die Flügel zusammen, als wolle er Beifall klatschen. Nina stützte sich mit den Ellbogen auf den Tisch und fixierte die Tür des gegenüberliegenden Hauses durchs Objektiv. Wie sie erwartet hatte, erschien kurz nach dem letzten Glockenton der Diplomingenieur in der Tür, strich sich das Haar glatt und ließ den Blick über den Rathausplatz schweifen. Nina drückte auf den Auslöser, als er aktenkofferschwingend und sichtlich entspannt in die Webergasse eilte. Am Landolinsplatz würde er in den Familienvan steigen und zu seinem Arbeitgeber, einem weltbekannten Automobilkonzern, zurückkehren. Nina legte drei Euro für den Cappuccino auf den Tisch, packte den Fotoapparat in ihre Umhängetasche und machte sich auf den Weg zum Marktplatz.

Der süßliche Geruch blühender Kastanien schnörkelte sich über den großen Platz im Schatten der doppeltürmigen Stadtkirche St. Dionys. Nina strich über die zarten Blütenblätter burgunderroter Pfingstrosen, die von einigen Händlern angeboten wurden, und trat zum Marktstand einer Filderbäuerin. Die stämmige Frau in der braungelb gemusterten Kittelschürze unterhielt sich mit einem älteren Ehepaar. Ihr von Wind und Sonne gegerbtes Gesicht faltete sich beim Lächeln wie ein Origami-Kunstwerk. Nina begutachtete Kopfsalat, Lollo-Rosso und Feldsalat in Holzkisten und die pyramidenförmig aufgestapelten Rettiche. Geduldig wartete sie, bis das Ehepaar zum nächsten Stand ging.

»Einen Kopfsalat. Wie immer«, sagte Nina.

Das Gesicht der Bäuerin schien trotz der Frühlingssonne einzufrieren. Sie griff nach einem Salat und schlug ihn in Zeitungspapier ein. Ihre Hand fasste in die abgegriffene Pappkiste, die als Kasse diente, nestelte noch einmal das Zeitungspapier zurecht und reichte Nina wortlos den Salatkopf.

Nina verstaute ihn in ihrer Umhängetasche. Auf der kleinen Fußgängerbrücke, die vor St. Dionys über den Rossneckar zu einem Wohnhaus führte, stellte sie die Tasche auf dem Geländer ab, zog den Zwanzig-Euro-Schein aus der Zeitungsverpackung und warf den Kopfsalat in den Neckarkanal, wo sich die Enten mit lautem Kreischen auf die vermeintliche Leckerei stürzten. Die zwanzig

Euro, die die Marktfrau ihr jeden Mittwoch zusteckte, waren nicht gerade ein üppiges Schweigegeld. Allerdings hatte die Bäuerin auch keine Leichen im Keller, sondern legte den Begriff Erzeugeranbau lediglich etwas zu großzügig aus. Nina hatte sie dabei beobachtet, wie sie den angeblich selbst angebauten Kopfsalat in der Großmarkthalle von einem holländischen Erzeuger gekauft hatte. Sie wusste nicht, ob die Marktfrau auf den Pfad der Tugend zurückgekehrt war und ihr Gemüse nun tatsächlich aus eigenem Anbau stammte. Es war ihr auch egal. Hauptsache, die Kasse stimmte. Und heute Mittag würde sie stimmen. Nina hatte für die Geldübergabe um fünfzehn Uhr einen Ort in der Fußgängerzone gewählt, an dem sich viele Menschen tummelten und sie schnell untertauchen konnte, falls es nötig werden sollte.

Vor dem Eiscafé im Schelztor stand eine lange Schlange Eishungriger an. Am Haus gegenüber bewegte ein Blinder seinen Stock in gleichmäßigen Halbkreisen über den Boden. Seine Linke tastete sich an der Glasfassade entlang auf der Suche nach dem Eingang des Drogeriemarktes. Nina hatte den Mann mit der gelben Armbinde schon öfter in der Fußgängerzone oder im Park betteln gesehen. Früher hätte sie den Bettler angesprochen und ihm geholfen. Heute ging sie achtlos an ihm vorüber. Jeder war sich selbst der Nächste, diese Lektion hatte sie inzwischen gelernt. Sie schüttelte den Kopf, als sie daran dachte, wie naiv sie früher gewesen war. Bevor ihr Mann sie verlassen hatte und sie von einem Tag auf den anderen auf der Straße gestanden war. Ohne Dach über dem Kopf, ohne Arbeit, ohne Zukunft. Heute war ihr klar, dass nicht nur ihr Exmann ein Doppelleben geführt hatte. Jeder Mensch hatte ein Geheimnis. Man musste ihn nur lange genug beobachten. Diese junge Mutter zum Beispiel. Nina sah der schlanken Frau in Jeans und Sonnentop hinterher, die ihren Kinderwagen in Richtung Bahnhofstraße schob. Hatte sie ihrem Mann schon gestanden, dass die Zweijährige mit den Sommersprossen, die ihm so zu ähneln schien, nicht seine Tochter war? Und der Junge mit dem Skateboard, der eben eine Orange von der Auslage des Gemüsehändlers klaute: Verprügelte er immer noch seine kleine Schwester, damit sie ihm ihr Taschengeld gab? Jeder Mensch hatte eine dunkle Stelle.

Verschwieg seine Vergangenheit. Belog Menschen, die ihm vertrauten. Genau wie der Kommunalpolitiker, der Nina heute für ihr Schweigen bezahlen würde.

Sie sah auf ihre Armbanduhr. Kurz nach eins. Noch fast zwei Stunden. Sie ließ den Rossmarkt hinter sich und durchquerte die belebte Innere Brücke. An der Nikolauskapelle ging sie die Treppe zur Maille hinunter. Wie immer an warmen Tagen war der Stadtpark, eine grüne Insel zwischen den beiden Neckar-Seitenkanälen, voller Menschen. Nina zwang sich, nicht zu den Mülleimern zu sehen, in denen das Geld deponiert werden sollte. Ihr Herz schlug schneller bei dem Gedanken an die zwanzigtausend Euro, die sie bald in Händen halten würde. Ein geringer Preis angesichts der etwas pikanten Vorliebe des Kommunalpolitikers für die Tabledance-Dame eines Stuttgarter Nachtklubs, dessen Besitzer ihn bei seinem letzten Wahlkampf großzügig unterstützt hatte. Vermutlich würde der Politiker zwar nicht den Geldgeber, aber dafür das Bundesland wechseln müssen, wenn er auf der Karriereleiter vorankommen wollte. Hier würde ihm das kaum gelingen, dafür war er zu eloquent und zu smart, zeichnete doch viele der hiesigen Amtsträger ihr fast rührendes Unvermögen aus, in der Öffentlichkeit souverän aufzutreten.

Genauso rührend fand Nina die Schwabenstreiche, die ihren meist eckigen Köpfen entsprangen. Die Stuttgarter Aktion *Let's putz* erregte zwar wie geplant bundesweit Aufsehen, hatte allerdings weniger Respekt geerntet oder gar Investoren aus der Reinigungsbranche nach Stuttgart gelockt als vielmehr Gelächter ausgelöst. Und zeugte es wirklich von staatsmännischem Weitblick, eine viele Millionen teure Imagekampagne für Baden-Württemberg von Werbern aus dem hohen Norden entwerfen zu lassen? Schließlich gab es doch auch »im Ländle« weltoffene Visionäre, die freilich als Dauer-Aushängeschild herhalten mussten. Nina konnte das wiederkäuende Gerede von Schiller, Hegel, dem Stuttgarter Ballett und den genialen hiesigen Erfindern, auch »Käpsele« genannt, nicht mehr hören. Für sie waren diese großen Geister reine Schönung der Statistik.

Sie folgte dem kastaniengesäumten Weg entlang des Wehrneckarkanals bis zur Terrasse des Maille-Cafés. In den Fontänen des

Wasserbeckens spritzten sich zwei Jungs in Badehosen gegenseitig nass. Hundehalter gönnten verbotenerweise ihren Hunden, Mütter erlaubterweise ihren Kinder Auslauf. Auf den Bänken schlugen Rentner mit Boulevardblättern ihren schwer erarbeiteten Lebensabend tot und in der Wiese demonstrierten Jugendliche auf Isomatten Unangepasstheit. Die entspannte Atmosphäre ließ sich nur schwer mit der pietistischen und puristischen Einstellung vieler Schwaben vereinbaren. Nina vermutete, dass diese Momente lässiger Lebensart den türkischen, italienischen und griechischen Mitbürgern zu verdanken waren, die sich zwar bei der Automarke und der Vorliebe für Schrebergärten integriert hatten, aber nach wie vor ihr südländisches Dolce Vita zelebrierten.

Apropos Dolce Vita. Nina sah zur Terrasse des italienischen Cafés in einem der barocken Häuschen, die selbstbewusst auf den Pfeilern der Inneren Brücke balancierten. Von dort aus würde sie verfolgen, wie der Politiker das Geld deponierte. Nina war sicher, dass er selbst kommen würde. Denn wie hätte er seinem Referenten oder seiner Sekretärin diesen ungewöhnlichen Auftrag erklären sollen?

Einige Straßen weiter betrat Nina eine Bäckerei und reihte sich in die Schlange vor der Verkaufstheke ein. Eine junge Aushilfe bediente. Nina sah sich nach der Verkäuferin mit den kurzen roten Haaren um und entdeckte sie im Nebenraum vor dem Backofen. Jetzt kam die Rothaarige mit einem Backblech noch dampfender Brezeln in den Verkaufsraum. Als ihr Blick Nina streifte, duckte die sich hinter die breiten Schultern des Mannes vor ihr. Dann fiel Nina ein, dass die Verkäuferin sie nur als Kundin kannte. Und selbst wenn sie Nina mit dem Erpresserbrief in Zusammenhang brachte, würde sie schweigen. Sonst würde doch noch jemand erfahren, dass die Verkäuferin sich regelmäßig aus der Ladenkasse bediente. Als allein erziehende Mutter von Zwillingen arbeitete sie, um das Geld zu verdienen, das sie brauchte, damit sie ihre Tagesmutter bezahlen und arbeiten gehen konnte. Ein Teufelskreis. Nina kaufte sich eine Brezel, rubbelte die Salzkörner von dem Gebäck und verließ den Laden. Sie war nicht Mutter Theresa, und so klang ihr Mitleid schnell wieder ab. Schließlich musste auch sie ihren Lebensunterhalt verdienen.

Noch eine Stunde bis zur Geldübergabe. Vor einem Geschäftshaus saß der Blinde mit der gelben Armbinde, den sie vorhin am Schelztor beobachtet hatte. Nina warf ihm einige Münzen in den Hut. Als der Mann das Klimpern der Geldstücke hörte, bedankte er sich mit einem knappen Nicken. Nina gab ihm regelmäßig Geld. Auch sie hätte leicht als Sozialhilfeempfängerin enden können, wenn sie nicht die Idee zu ihrer ungewöhnlichen Existenzgründung gehabt hätte.

Sie hielt ihr Gesicht in die Sonne und genoss das warme Prickeln auf der Haut. Als sie die Augen wieder öffnete, entdeckte sie die mollige Politesse auf der anderen Straßenseite. Ob sie immer noch Strafzettel gegen eine kleine Aufwandsentschädigung in bar verschwinden ließ, die nicht der Stadtkasse zugute kam? Nina zuckte mit den Schultern. Es war ihr egal, denn wenn die Geldübergabe wie geplant lief, würde sie die Politesse nie wiedersehen. Genauso wenig wie den Diplomingenieur mit der pädophilen Vorliebe, der allerdings ein lukratives Opfer gewesen wäre. Er hätte tief in die Tasche greifen müssen, um zu verhindern, dass seine Frau einen Hinweis auf seinen Fastfoodsex mit einer Minderjährigen im Briefkasten fand. Wie so viele andere hatte sich der Diplomingenieur in den Sachzwängen des Wohlstands verfangen: Sein Häusle musste abbezahlt werden. Endlich war ihm ein Dienstwagen mit allen Ausstattungsraffinessen genehmigt worden. Und sein hoch dotierter Job bei einem großen Unternehmen, dessen Name nicht nur die Augen von Schwaben aufleuchten ließ, verschaffte ihm einen sozialen Status, auf den er nicht mehr verzichten wollte. So verbrachte er jeden Tag nach dem gleichen Muster. Wie ein Hamster im Laufrad. Abgesehen von dem Kick, den er sich verschaffte, indem er eine Vierzehnjährige vögelte. Außen hui, innen pfui. Es war immer dasselbe.

Nina machte sich auf den Weg zurück zur Maille. Der Himmel hatte sich bewölkt und erste Windböen kündigten Regen an. An einem verputzten Fachwerkhaus, von dessen renovierungsbedürftigem Zustand auch die roten Geranien in den Balkonkästen kaum ablenken konnten, schrubbte eine Frau die Eingangstreppe so hingebungsvoll, als könne sie sich damit ihren Platz im Paradies sichern. Sie kniete auf der untersten Stufe, reckte ihr ausladendes

Hinterteil den Passanten entgegen und bearbeitete mit dem Putzlappen einen hartnäckigen Schmutzfleck.

Nina kannte dieses Ritual des Schauputzens nur zu gut. Sie hatte schon Stunden damit verbracht, die Putzaktionen ihrer Nachbarn durch den Türspion zu verfolgen. Jeder Nachbar hatte seine eigene Methode entwickelt, wobei die Hausbesitzerin besonders raffiniert vorging. Sie legte unauffällige Wollfusseln aus und ließ, wenn sie mit der Kehrwoche an der Reihe war, immer absichtlich ein, zwei Flecke übrig, um zu testen, ob derjenige, der nach ihr putzte, auch wirklich gründlich war. Die Studentin von gegenüber wischte nur nachlässig über die Treppe, vertauschte aber die Fußmatten vor den Wohnungstüren oder platzierte sie auffallend anders, damit jeder sah, dass sie ihre Kehrwoche erledigt hatte. War der allein stehende Herr aus dem Dachgeschoss an der Reihe, klapperte er pünktlich Samstagmittag, wenn alle Nachbarn vom Einkaufen und Autowaschen zurück waren, mit Kehrschaufel, Besen und Putzeimer in einer Lautstärke durchs Treppenhaus, als würde das Jüngste Gericht anbrechen. Um nicht nur einen hörbaren, sondern auch einen sichtbaren Beweis zu hinterlassen, überflutete er die Kellerräume. Nina hatte sich angewöhnt, eine Überdosis Duftöl ins Putzwasser zu träufeln, damit es noch tagelang im Treppenhaus nach Zitrone roch. Bei der Kehrwoche, beim Fensterputzen und anderen Pflichten, die in der Hausordnung Paragraf für Paragraf aufgeführt waren, war sie sehr gewissenhaft. Sie hatte gelernt, an welche Regeln man sich unter Schwaben halten musste, um keine Angriffsfläche zu bieten, und welche Regeln man etwas großzügiger auslegen konnte.

Sie lief die Stufen an der Nikolauskapelle hinunter und warf bei ihrem zweiten Kontrollgang durch den Park einen Blick in die Mülltonne, in der das Geld deponiert werden sollte. Der Behälter war fast bis obenhin voll. Nina setzte sich auf die Terrasse des italienischen Cafés in einem der Brückenhäuschen, schlug eine Zeitschrift auf und bestellte Kaffee und Mineralwasser. Während sie vorgab, sich für das Liebesleben von Oliver Kahn zu interessieren, sondierte sie unauffällig das Terrain. Noch eine Viertelstunde.

Kurz vor drei baute sich ein älterer Herr mit Glatze, Gehstock und Dackel vor den Mülltonnen auf und studierte interessiert den Inhalt der vier Behälter. Nina strich nervös über den Rand ihrer Kaffeetasse. War das etwa der Geldbote des Politikers? Jetzt beugte sich der Mann über den linken Behälter, zögerte und fasste in die Tonne. Nina schoss ein beunruhigender Gedanke durch den Kopf. Vielleicht war das Geld schon längst in der Mülltonne deponiert worden? Was sollte sie tun, wenn der Opa nun ihr Geld fand und es für sich beanspruchte? In Zeitlupe zog der Mann die Hand wieder aus der Tonne. Nina hielt die Luft an. Dann sah sie, dass er eine zusammengerollte Zeitung hielt, die jemand fälschlicherweise im Glasbehälter entsorgt hatte. Erleichtert ließ Nina die Schultern sinken und atmete durch.

Eine Gruppe Touristen kam unter einem Brückenbogen hervor und lief an der Terrasse vorbei, auf der Nina saß. Bei der Nikolauskapelle blieben die Touristen stehen und lauschten den Erläuterungen der Stadtführerin zur Baugeschichte. Als die Gruppe an den Mülltonnen vorbeischlenderte und sich direkt daneben vor dem Bronzedenkmal eines deutschen Turnvaters verteilte, rutschte Nina nervös auf ihrem Stuhl hin und her. Eine Minute vor drei. Die Stadtführerin deutete auf das Denkmal. Alle wandten sich zum Bronzekopf. Alle bis auf einen großgewachsenen Mann im Mantel, der Sonnenhut und Sonnenbrille trug, obwohl der Himmel sich mit Regenwolken überzogen hatte. Jetzt löste er sich aus der Gruppe, warf ein orange-blaues Paket in die linke Mülltonne, eilte die Stufen zur Kapelle hinauf und verschwand aus Ninas Blickfeld. Das musste der Kommunalpolitiker gewesen sein! Wie clever von ihm, sich in einer Touristengruppe zu verstecken.

Nina winkte die Bedienung herbei und zahlte. Normalerweise wartete sie ungefähr eine Stunde und überwachte die Umgebung, bevor sie die Beute abholte. Aber die Gelegenheit war zu günstig. Gut getarnt von den Touristen eilte sie zu den Mülltonnen, zog die Aldi-Plastiktüte aus dem Müllbehälter, stopfte sie in ihre Tasche und kehrte zur Inneren Brücke zurück, wo sie in der Menge untertauchte.

Nina drückte die Umhängetasche enger an sich, bis sie die beruhigende Ausbuchtung der Tüte mit dem Geld durch das Leder spürte. Zwanzigtausend Euro. Ihr Startkapital für ein neues Leben. Sie hatte es tatsächlich geschafft. Obwohl es leicht zu nieseln begann, hätte sie am liebsten laut gesungen. Beschwingt überquerte sie den Postmichelplatz, ging vorbei an dem verzierten Brunnen und den liebevoll restaurierten Häusern mit ihren Schmuckfriesen und geschweiften Giebeln. Morgen würde sie zum Flugplatz fahren und einen Platz in der ersten Maschine nehmen, die nach Süden flog. Sie hatte schon immer davon geträumt, am Meer zu leben, wo der Horizont weit und die Menschen besser gelaunt waren.

Als sie in die Küferstraße einbiegen wollte, an deren Ende der hoch aufragende Turm des Wolfstors die Fußgängerzone bewachte, überquerte vor ihr ein Mann in einem grauen Anzug die Straße. Nina war sofort hellwach. Wieso saß der Diplomingenieur nicht an seinem Schreibtisch und mehrte das Bruttosozialprodukt? Hatte er außer seiner Affäre mit der Vierzehnjährigen etwa noch andere dunkle Geheimnisse, die sich für sie in barer Münze auszahlen könnten? Ninas Jagdlust erwachte. Sie beschloss, dem Mann noch einmal hinterherzuspionieren, und folgte ihm in die Kanalstraße. Ihr Herz pochte aufgeregt gegen die Rippen. Der Wind zog an ihren Haaren wie ein übermütiger Liebhaber, und Regentropfen explodierten auf ihrer von der Sonne noch warmen Haut. Sie fühlte sich so lebendig wie schon lange nicht mehr. Gegenüber der Technischen Hochschule reihten sich verwohnte, heruntergekommene Häuser entlang des Kanals. Es roch nach Hundekot und in der Sonne gärendem Müll. Zwischen Gokarts und Fahrrädern spielten Kinder auf der verkehrsberuhigten Straße Fußball. Auf dem Asphalt lagen die Reste eines Fladenbrotes, daneben eine Chipstüte, Pfirsichkerne und Zigarettenkippen. Das ungezwungene Verhältnis der Bewohner zur Kehrwoche hatte sich bis zu den Tauben herumgesprochen, die schnabelhackend ihren Kampf um die Brösel in der Chipstüte und die Verwertungsrechte des Fladenbrotes austrugen.

Je näher Nina der Neckarstraße kam, desto lauter wurde der Verkehrslärm. Der Ingenieur eilte am Hammerkanal entlang. Die prächtigen Stadthäuser mit ihren Gärten, Terrassen und Pavillons an diesem idyllischen Kanal waren von Esslinger Bürgern gebaut worden, die durch die frühe Industrialisierung zu Wohlstand gekommen waren. Nina suchte unter den ausladenden Kronen der mächtigen Bäume, die ebenso alt und ehrwürdig wirkten wie die repräsentativen Villen, Schutz vor dem stärker werdenden Regen. Als sie in das Dunkel der Unterführung unter der Ulmer Straße und den Bahngleisen tauchte, donnerte ein Schnellzug über ihren Kopf und ließ die mit bunten Graffitis verzierten Betonwände beben. Der Ingenieur lief an den Pulverwiesen vorbei, am Landratsamt und dem mittelalterlichen Fachwerkbau des Stauwehrs. Auf der kleinen Landzunge am Schnittpunkt von Hammerkanal und Neckar verschwand er aus Ninas Blickfeld.

Im Regen wirkte dieser Teil des Parks noch trostloser als sonst. Verlassenes Niemandsland. Der Wind peitschte Regentropfen wie kleine Geschosse gegen Ninas Gesicht. Sie fröstelte. Abends mied sie diese Gegend wegen der finsteren Gestalten, die hier zwischen Büschen, Bänken und der Schleuse lauerten. Nina musste lachen, denn genau genommen gehörte sie auch zu den finsteren Gestalten. Grau in Grau lag der Neckar vor ihr, selbst der spärliche Rasen wirkte weniger grün als grau und verschmolz mit dem Farbton des Betons der Schleusenanlage. Weit und breit keine Spur von dem Ingenieur. Nina zögerte. Sollte sie umkehren? Sie war bis auf die Haut nass. Bei jedem Schritt quoll Wasser aus ihren durchweichten Turnschuhen. Sie beschloss, noch bis zum Uferweg weiterzugehen, der direkt am Neckar entlangführte.

Nina folgte dem schmalen Weg hinunter zum Neckar, wo das aufgestaute Wasser mit solcher Wucht über das Wehr in die Tiefe stürzte, dass vom Verkehrslärm der B 10 am anderen Ufer nichts zu hören war. Plötzlich spürte sie einen Ruck am Arm und wurde zu Boden gerissen. Ihre Hüfte knallte auf den asphaltierten Weg. Nina schrie vor Schmerz auf. Im nächsten Moment hatte sie den Geschmack von staubigem, altem Stoff im Mund und ihre Zunge wurde gegen den Unterkiefer gepresst. Sie würgte und holte durch die Nase tief Luft. Klebeband wurde von einer Rolle gezogen und um ihre Hand- und Fußknöchel gewickelt. Sie wurde einige Meter über den Boden gezerrt, auf die Füße gestellt und an ein Geländer gelehnt, dessen Kanten sich in ihr Gesäß und die Oberschenkel drückten.

Vor ihr stand der Mann, der sie überwältigt hatte. Nina blinzelte ungläubig. Es war der Ingenieur. Sein grauer Anzug war nass und wirkte fast schwarz. Die Haare klebten ihm am Kopf. Der hochgewachsene Mann im Mantel neben ihm trug trotz des Regens eine Sonnenbrille. Nina konnte ihn zuerst nicht einordnen, doch dann erkannte sie den Politiker, dessen Schweigegeld sie in ihrer Tasche trug. Zu ihrer Rechten erhob sich die Wand des Schleusengebäudes, links der Stützpfeiler des Betonstegs, der über ihren Köpfen verlief. Hinter dem Geländer, an dem sie lehnte, wühlte das über das Wehr herabstürzende Wasser weiß schäumende Wirbel im farblosen Neckar auf. Nur wenige Meter vor ihr verlief der bei schönem Wetter viel befahrene Radweg. Doch die Stelle, an der Nina und die Männer standen, wurde von Büschen verdeckt.

Nina versuchte, ihre Finger zu bewegen. Das braune Klebeband spannte sich so fest um ihre Gelenke, dass sich das Blut in ihren Händen staute. Sie schluckte mühsam und stieß mit der Zunge gegen den Stofffetzen.

Der Ingenieur zog den Knebel aus ihrem Mund. »Jetzt kannst du schreien, so viel du willst. Hier hört dich niemand.«

Nina spuckte Fasern aus. »Was wollt ihr von mir?« Ihre Stimme klang mutiger, als sie sich fühlte.

Der Diplomingenieur musterte sie. »Uns gefällt nicht, was du hier tust.«

»Ich habe keine Ahnung, wovon Sie sprechen«, gab Nina trotzig zurück.

»Du hast doch nicht geglaubt, dein Treiben würde in einer so kleinen Stadt verborgen bleiben?« Der Ingenieur schüttelte den Kopf. »Wir kennen dein Geheimnis.«

Der Politiker beugte sich zu Nina herunter. »Meinst du etwa, wir haben nicht bemerkt, wie du uns verfolgt hast? Dein Pech, dass wir regelmäßig zusammen joggen.« Er nahm die Sonnenbrille ab und sah ihr in die Augen. Sein Blick war kalt und arrogant. Nina ließ den Kopf sinken, doch der Politiker packte ihr Kinn, riss es hoch und zwang sie, ihm ins Gesicht zu sehen. »Wir werden nicht zulassen, dass du unser Leben zerstörst«, fauchte er. »Alles, wofür wir jahrelang gearbeitet haben.«

»Du hast dich mit uns angelegt. Ein gewaltiger Fehler«, stimmte der Ingenieur zu.

»Das sagt der Richtige«, rief Nina. »Sie treiben es mit einer Vierzehnjährigen in der Mittagspause!«

»Na und? Das geht dich einen Dreck an.« Der Ingenieur schob Ninas Tasche mit dem erpressten Geld zur Seite. »Die brauchst du jetzt nicht mehr.« Unter den Büschen holte er eine rostige Eisenkette hervor. Die beiden Männer hoben Nina auf das Geländer und schlangen die Kette um ihre Knöchel.

Das Gewicht der Kette zog Nina nach unten. Als ihre Knie nachgaben und sie die Balance zu verlieren drohte, lehnte sie sich gegen die Hände der beiden Männer, die sie von hinten stützten. »Oh Gott, nein. Lasst mich runter. Bitte!«, flehte sie. Unter ihr schäumten die Strudel des Neckars, als freuten sie sich auf ihre Beute. Nina verlor die Kontrolle über ihre Blase. Eine warme Flüssigkeit lief an ihren Schenkeln hinunter. Sie sah nach oben zum Schleusengebäude. Es wirkte genauso menschenleer wie der Steg über ihr. Regen prasselte auf ihr Gesicht und lief ihr in die Augen. »Hilfe, Hilfe«, schrie sie, so laut sie konnte, in Richtung Uferweg. »Die wollen mich umbringen!« Vielleicht hörte sie einer der Angler, die sich hier an der Schleuse gern trafen. Doch der Uferweg war wie ausgestorben.

Nina spürte, wie sich die stützenden Hände von der Rückseite ihrer Schenkel lösten. Sie krümmte die Zehen um die Metallstange, die nun ihr einziger Halt war, und starrte in die Wasserstrudel unter ihr. Weder sie noch die beiden Männer bemerkten die dunkle Gestalt, die sich hinter die Büsche duckte und das Geschehen mit einer Kamera in der Hand verfolgte.

Der Ingenieur gab Nina einen Stoß. Ihre Füße rutschten vom nassen Geländer. Panisch hielt sie die Luft an, während sie mit den Füßen voraus fiel. Sie schlug hart auf der Oberfläche des Neckars auf und tauchte sofort unter. Das Wasser war kalt wie Eis. Ninas Darm krampfte sich zusammen, als das Wasser sich über ihr schloss und das Geräusch des in die Tiefe donnernden Flusses abriss. Verzweifelt ruderte sie mit ihren zusammengebundenen Armen und Beinen, um nicht von den Strudeln hinabgerissen zu werden. Ihr Knie knallte gegen etwas Hartes. Das musste die Betonmauer der Uferbefestigung sein. Nina stieß sich mit den Füßen von der Mauer ab und schnellte nach oben. Noch zwei, drei Delfinstöße mit den

Beinen, dann gelang es ihr, den Kopf aus dem Wasser zu heben. Sie schnappte nach Luft und bewegte Arme und Beine, so gut es ging. Die Strömung zog sie schnell von der Schleuse weg in Richtung Alicensteg.

Dann brüllte über ihr jemand: »Heb deine Arme hoch, damit ich die Fesseln durchschneiden kann.«

Nina riss die Arme nach oben. Ihr Kopf sank unter Wasser. Es wurde still. Ihre Lunge fühlte sich an, als wolle sie platzen. Nina presste Luft heraus und beobachtete die Blasen, die wie eine Girlande aufstiegen. Wie schön das aussieht, dachte sie. Seifenblasen. Schillernde Seifenblasen. Sie war müde. So müde. Plötzlich spürte sie einen schmerzhaften Ruck an den Handgelenken. Jetzt konnte sie die Arme frei bewegen. Automatisch begann sie mit Schwimmbewegungen und arbeitete sich nach oben. Endlich konnte sie ihr Gesicht aus dem Wasser schieben. Hastig saugte sie Luft in ihre Lunge.

In diesem Moment sah sie den Mann, der sich über das Geländer beugte und ihr einen weißen Stock entgegenstreckte, um den ein roter, reflektierender Streifen lief. »Hier, halte dich fest!«

Nina krallte ihre Finger um den Stock. Der Mann zog sie so weit aus dem Wasser, dass er ihre Handgelenke packen konnte. Sie ließ den Stock los und stützte sich mit den Füßen an der Betonwand ab, während der Mann sie auf die Uferpromenade zerrte. Erschöpft würgte sie eine Mischung aus halb verdauten Brezelresten und Wasser heraus. Als sie wieder Luft bekam, musterte sie ihren Retter. Er trug eine gelbe Armbinde.

»Willkommen unter den Lebenden«, sagte der Bettler aus der Fußgängerzone und schnitt die Fesseln um ihre Fußgelenke durch.

»Du bist nicht …«

Er grinste. »Nein, ich bin nicht blind. Ich wusste, dass du das als Erstes fragen würdest.«

»Wieso hast du …« Nina brach hustend ab. Ihr Rachen fühlte sich an, als hätte ihn jemand mit Schleifpapier bearbeitet.

»Warum ich dich aus dem Neckar gefischt habe?«, fragte der Bettler. Wortlos deutete er hinter sich.

Nina entdeckte ihre Tasche an der Böschung. Der Bettler musste sie den beiden Männern gestohlen haben.

»Das Schweigegeld.« Nina nickte, doch dann stutzte sie. »Aber dafür brauchtest du mich doch nicht zu retten?«

»Dafür schon.« Der Bettler hob die Kamera hoch, die um seinen Hals hing. »Ich habe alles gefilmt. Findest du nicht, wir beide wären ein unschlagbares Team?«

Nina sah zurück zur Schleuse, wo der Diplomingenieur und der Politiker sie überwältigt hatten. Wie es aussah, musste ihr neues Leben am Meer noch etwas warten.

Sie nickte dem Bettler grimmig zu. »Wie heißt es doch so schön? Rache ist süß.«

Christine Lehmann

Der Frauenkopfmord

Das Messer fuhr leicht durch den Schnee. Aber so wurde es nicht sauber. Er musste Schnee in der Hand nass pressen und damit die Klinge abreiben. Schwärzliche Klümpchen rieselten hinab. Er verwischte die Einschläge im Weiß, aber je mehr er wischte, desto mehr Spuren blieben. Der Schnee gebar Spuren. Dunkel schnürten seine Schnitte unter den Waldbäumen hervor auf ihn zu – nein, auf mich.

Das war ich, das war meine Hand, von der es Pechpunkte tropfte. Es war meine Flucht. Aber statt durch den Wald hätte ich auf den schwarzen Asphalt einer schneefreien Straße fliehen müssen. Doch wer floh, wenn er fliehen musste, auf öffentliche Straßen? Flucht, das bedeutete, seinen Schatten unter den der Bäume mischen, die der Mond warf.

Ich war auf die Tat nicht vorbereitet gewesen. Auf diesen Hass, solche Liebe. Ich hatte doch nur eine Freundin haben wollen, eine Familie gründen. Das war das, wovon ich in den tatenlosen Stunden meines Lebens träumte: Kinderzimmer einrichten, Schlafzimmer kaufen, Hecke schneiden, Sommerfest im Garten, ich mit Bierflasche und Fleischzange am Grill den Rostbraten drehen. Und Ilse stellte lächelnd den Nudelsalat hin, schon wieder schwanger. Stets sorgte sie dafür, dass ich Taschentücher in der Jackentasche hatte.

Ich verließ den zertrampelten Platz zwischen den Bäumen und legte neue Spuren bis zu den Häusern. Es schneite wieder. Unberührte Fußwege. In meinem Kopf bildete sich das Wort Jungfräulichkeit. Doch der Geruch von Blut ließ sich nicht aus meinen Nebenhöhlen schnauben. Er machte Kopfschmerzen.

Rosengartenstraße stand auf dem Straßenschild. Der Frauenkopf, eine adventstille Gegend, eingeschlossen von Wäldern, die das Wohngebiet von der nahen Stadt isolierten. Fast nur Villen mit Blick übers Bußbachtal bis hinüber nach Heumaden.

Hatte ich so weit gehen müssen? Jetzt würde man immer schon gewusst haben, dass etwas nicht stimmte mit mir, als man uns Hand in Hand hatte spazieren gehen sehen, in den Schrebergärten von Rohracker oder am Böpserle ins Bußbachtal hinab, als noch die Sonne schien. Dass Ilse so einen wie mich geliebt hatte!

Wenigstens das Messer wegwerfen. Über irgendeinen Zaun in irgendeinen Garten. Aber vielleicht brauchte ich es noch. Und es wegwerfen rettete mich nicht mehr. Meine Spur, von schwarzen Tropfen markiert, schwänzelte hinter mir her durch den Wald, wohin ich auch floh. Und wozu also überhaupt die Flucht? Weil ein Mensch Aufschub suchte. Abhauen war innere Logik, Flucht die letzte Möglichkeit zu handeln, ich zu sagen. Konnte ich mir doch nicht erklären, warum ich meine Freundin abgestochen hatte. Auf meinen Lippen schwelte noch ihr Kuss. Gelächter glühte mir in den Ohren. Sie hatte mich ausgelacht. »Was willst du von mir?« War mein Traum von Hochzeit, Kinderzimmer und Rasenmäher so lächerlich? Oder taugte ich so wenig für diesen Traum? Die Liebe liebt das Bäumchenwechsle-dich, Probe und Spott und … den Tod.

Im Schein der Straßenlaternen tanzten wie Mücken die Flocken. Wohin jetzt? Alle Fußwege makellos, spurenlos, jungfräulich eben.

»Kann ich Ihnen helfen?«

Es war ein Großer in Lederjacke, der unvermutet neben mir aus dem Boden gewachsen war, nein, aus einem Auto, dessen Kühler knisterte. In der Hand hielt er eine Viertelliterpackung Milch, die andere legte er auf das nächste hölzerne Gartentor. Dahinter ein altes Haus, klein mit Rundbogentür und Laterne darüber. »Was ist mit Ihrer Hand? Sie bluten.«

»Ach, das ist nichts.«

Dunkle Augen, ein dunkler Schopf. »Das sollte man aber verbinden. Kommen Sie. Meine Frau ist Krankenschwester. Sie kann sich das mal ansehen.«

Ich fühlte eine kräftige Hand an meinem Arm. »Nein, ich muss … wie spät ist es?«

»Halb neun. Kommen Sie. Meine Frau legt Ihnen schnell einen Verband an.« Sein Griff war unnachgiebig. »Sie tropfen doch hier alles voll.«

Ja, Schwaben sorgten sich sogar um Fußwege. Musste man ja hinterher alles sauber machen. Sah morgen früh gar nicht gut aus, wenn der geschippte Schnee fleckig war.

Ein Rodelschlitten stand im engen Garten, wo im Frühjahr sicherlich Narzissen und Tulpen blühten. Kinder also. Es gab schöne Abhänge, nach Rohracker hinunter, die Weinberge. Wo nicht Wald steht, ist Stuttgart ein einziger Weinberg.

»Ich bin Thomas Pfeifer«, sagte der Mann, während er die Haustür aufschloss. »Meine Frau und ich, wir verbringen mit den Kindern Weihnachten hier bei meinen Eltern. Wir leben in Dresden. Für meine Frau und die Kinder sind es die ersten Weihnachten in Schwaben.«

»Ah.«

»Und Sie?«

»Wie?«

»Wer sind Sie?«

Wer ich war? Eine viel zu große Frage. Aber vermutlich fragte er mich nur nach meinem Namen. »Meik.«

»Meike?«

Meine Eingeweide zuckten. »Nein, Meik!« Solche Verwechslungen waren schmerzlich. Mein zu weiches Gesicht.

Im Korridor roch es nach nassen Mänteln, Kindern und rausgelüftetem Abendessen. In fernen Tiefen rumorte ein Fernseher, ganz leise.

»Madlen«, rief Thomas. »Da bin ich wieder.« In seiner Stimme lag der gewisse Ton, mit dem sich Eheleute verständigten, wenn sich Außerordentliches ereignete, beispielsweise wenn man Fremde einschleppte, damit die Frau, falls sie es sich schon bequem gemacht hatte, die Kleider ordnete.

Aber sie war perfekt, so wie sie aus einer Tür mit Riffelglas kam, hinter der gelbes Licht dämmerte. Sie trug Rock, Bluse und Stiefel, ausgehfertig. Ihr langes Haar floss wie geschmolzenes Bienenwachs über die Schultern und Arme bis zum Po. Ein Wintersonnenaufgang neben diesem großen dunkelhaarigen Kerl. Der hielt ihr die

Milchpackung hin. »Was anderes habe ich an der Tankstelle nicht bekommen.«

Sie nahm ihm die Milch ab und lächelte. »Hat sich zum Glück erübrigt. Sie ist eingeschlafen, kaum warst du aus dem Haus. Sie schlafen beide jetzt.« Dabei musterte sie mich fragend mit ihren hellblauen Augen. Nicht unfreundlich, sogar interessiert.

Mein Seelengerüst schwankte. *Heile, heile Segen,* summte es in meinem Kopf.

»Das ist meine Frau, Madlen«, sagte Thomas. »Und das ist Meik. Seine Hand …«

»Oje, was haben Sie denn da angestellt?« Die schöne Madlen stellte die Milch aufs Telefontischchen, zog mich unter den Deckenstrahler und zupfte das Taschentuch locker. »Das sieht aber gar nicht gut aus.«

Im Licht des Korridors offenbarte sich, was draußen schwarz herumgetropft hatte, als rotes Blut. Mir brach der Schweiß aus.

»Kommen Sie.« Madlen drängte mich in ein Badezimmer. Im nächsten Moment saß ich auf einem Badewannenrand, und Madlen faltete vorsichtig meine zusammengekrümmte Hand auseinander. »Tut's arg weh?«

Ich schüttelte den Kopf. Zu viel Adrenalin im Blut.

»Sieht aus wie ein Messerstich.«

Schwelte da etwa ein Verdacht in Madlens blauer Iris? Nein, sie blickte konzentriert. Doch zwischen den Augenbrauen ihres Mannes, der die Türfüllung blockierte, saß eine dicke Falte Misstrauen. Madlen nahm das blanke Wasserglas von der Spiegelkonsole und füllte es unter dem Wasserhahn. »Trinken Sie! Nicht dass Sie uns noch umkippen. Sie haben Blut verloren.«

Ich fühlte, wie sich belebende Kühle in meinem Magen ausbreitete. Der Nebel in meinem Kopf lichtete sich etwas. Ich saß in der Falle.

»Ich gehe nur schnell Verbandzeug holen«, teilte Madlen mit. »Ziehen Sie doch inzwischen Ihre Jacke aus.« Sie huschte hinaus. Ihr Mann schloss sofort die Lücke und blockierte erneut die Badezimmertür.

»Ich habe …«, versuchte ich ihm zu erklären, »ich habe mich mit einem Messer … ich bin abgerutscht. Ich wollte einen Ast …«

»Dann sind Sie Linkshänder?«, bemerkte er.

Ach ja? Tatsächlich, es war meine Rechte, in der ein Schnitt klaffte, meine Schreibhand. Meine Geschichte konnte nicht stimmen.

»Warten Sie, ich helfe Ihnen«, sagte Thomas. Ein Schritt ins Badezimmer hinein reichte, damit er den Kragen meiner Jacke packen und sie mir abnehmen konnte. »Wo kommen Sie eigentlich her, jetzt um diese Zeit?«

»Aber, Tom!«, ließ sich da seine Frau von der Tür her vernehmen. »Sie müssen schon entschuldigen, Meik, aber mein Mann ist Polizist. Und er vergisst leider allzu gern, dass er nicht unentwegt im Dienst ist. Wir verbringen Weihnachten hier bei seinen Eltern. Wir leben in Dresden. Es sind meine ersten Weihnachten in Schwaben.«

Das war ehelicher Gleichklang der Seelen, wenn beide nacheinander dasselbe sagten, ohne den anderen vorher gehört zu haben. Mit den Zähnen riss Madlen die Plastikverpackung der Mullbinde auf, während sie sich an Thomas vorbeidrängelte. Nur ungern schien er sie wieder ins Badezimmer hineinzulassen.

»Ich habe nichts getan!«, hörte ich mich murmeln. Als ob der Bulle mir die Worte in den Kopf gezwängt hätte, damit er ein Verhör durchführen konnte.

»Was denn?«, fragte er. »Was hast du nicht getan?«

Hatte ich mich verhört, oder hatte er mich geduzt, weil Bullen Mörder immer duzten? Toms schwarze Augen wurden von langen Wimpern beschattet, der Blick war abwartend. Ein Gesicht, das nicht viel verriet. Ein wachsamer Hüter der Seinen. Oben im Haus schliefen seine Kinder ihren emsigen Unschuldsschlaf. Seine schöne Frau säuberte mit leichten Fingern meine Wunde. Es brannte. Zum ersten Mal spürte ich Schmerzen. Und den inneren Verfall, unendliche Müdigkeit.

»Was haben Sie nicht getan?«, wiederholte der Bulle die Frage. Mit dem Du musste ich mich verhört haben.

»Jetzt lass mich den Jungen doch erst einmal verbinden«, begehrte Madlen auf. Der Schnitt in meiner Handfläche war, wie ich jetzt sah, etwa drei Zentimeter lang und klaffte. »Das müssen Sie nähen lassen. Ich kann Sie jetzt nur notdürftig verbinden. Sie sollten gleich ins Krankenhaus.«

»Ich war es nicht«, sagte ich starrsinnig. Als wollte ich dafür sorgen, dass der Polizist nicht nachließ mit seinen Fragen. Damit ich leugnen konnte, von jetzt an in alle Ewigkeit. Nein, so einer war ich nicht, der seine Freundin umbrachte. Kein Grund dazu. Mich lachte man nicht aus. Mich schimpfte man nicht Mädchenbacke, nur weil mein Bart nicht wuchs. Und Ilse schon gar nicht, der ich es jede Nacht besorgt hatte. Fein Liebchen, gute Nacht.

»Ich bin nun mal Polizist«, sagte Thomas in der Tür mit meiner Jacke in der Hand. »Und ich stelle mir eben Fragen. Seit Stunden ist es stockfinster draußen. Wo kommen Sie also jetzt her? Und sagen Sie nicht, Sie hätten sich im Wald verlaufen. So groß ist kein Wald hier, dass man nicht binnen einer Viertelstunde wieder auf Häuser stößt und auf öffentliche Verkehrsmittel. Und wo ist denn das Messer, mit dem Sie sich geschnitten haben wollen?« Seine Hand tauchte in die Taschen meiner Jacke. Eine lederne Motorradjacke mit Innentaschen.

»Lassen Sie das!«, fuhr ich auf. »Das dürfen Sie nicht.«

»Gefahr im Verzuge. Ah, was haben wir denn da?«

Es war mein Geldbeutel. »Sie haben nicht das Recht, meine Personalien festzustellen. Sie sind nicht im Dienst!«

Auch Madlen warf ihm einen vorwurfsvollen Blick zu. »Hat das nicht Zeit bis später, Tom? Und Sie, Meik, halten Sie endlich Ihre Hand still.«

Aber Thomas hatte schon den Geldbeutel aufgeklappt und meinen Personalausweis herausgefischt. Zum ersten Mal flackerte so etwas wie blanke Verblüffung über sein Bullengesicht. Dann streckte er den Arm aus, sodass Madlen und ich einen Blick auf den Ausweis werfen konnten.

»Lisa Nerz«, sagte er. »Das sind doch Sie?«

»Finden Sie wirklich, das Bild sieht mir ähnlich?«

»Der Ausweis ist seit vier Jahren abgelaufen. Entsprechend dürfte das Foto an die fünfzehn Jahre alt sein.« Er klang zunehmend streifenbulliger.

»Ein Autounfall?«, fragte Madlen.

»Was?«

»Die Narben in Ihrem Gesicht.«

»Ach so, ja. Eine Windschutzscheibe. Ist lange her.«

»Zehn Jahre vielleicht?« Madlen blickte vom Verband hoch und zu ihrem Mann hinüber. Die beiden verständigten sich mit Blicken, ich wusste nur nicht, worauf. Unerwartet schmerzhafter Neid überfiel mich. Wusste Madlen, was für einen Prachtbullen sie da besaß, der so schnell die Hörner senkte, sich aber jederzeit von ihr am Nasenring wegführen ließ? Und wie stolz durfte er auf seine schöne Frau sein, die Krankenschwester mit dem klugen Blick, die ihm die Kinder gebar und großzog. In ein paar Tagen würde es Würstchen und Kartoffelsalat geben und dann Bescherung für die Kinder. Oma und Opa würden viel zu viel schenken, Fahrrad, Schlittschuhe, eine Puppenstube.

»Und seit dem Unfall«, fuhr Madlen sanft fort, »kokettieren Sie damit, dass man Sie mit einem Jungen verwechseln könnte. Hm? Aber so eitel sind Sie doch, dass Sie sich keinen neuen Ausweis mit aktuellem Foto haben anfertigen lassen.« Sie lächelte mir ins Gesicht. »Sie sind doch Lisa Nerz, richtig?«

Ich nickte. Kam es noch darauf an, wer ich war oder zu sein versucht hatte? Im Wald auf dem Frauenkopf lag eine Leiche.

Madlen riss das Ende der Mullbinde in zwei Streifen und knüpfte einen Knoten. »Und nun sagen Sie uns, Lisa, was ist passiert?«

Der Verband fühlte sich fest und sauber an. So als ob die Welt in Ordnung käme, als ob Mord verheilte.

»Nichts«, antwortete ich. »Und jetzt muss ich gehen. Vielen Dank, aber …« Alles drehte sich, als ich mich vom Wannenrand erhob. Wieder spürte ich Toms Klammergriff an meinem Arm. Er drückte mich auf den Wannenrand zurück.

»Frau Nerz. Ich frage Sie noch einmal: Wo kommen Sie her? Wo haben Sie sich diese Verletzung zugezogen? Wenn Sie nichts sagen wollen, kann ich auch die Kollegen rufen.«

»Sie sollte sofort in ein Krankenhaus«, hörte ich Madlens Worte ehefraulich leise und mahnend und wie nicht für meine Ohren bestimmt. »Sie steht unter Schock.«

Ehestreit. Ich hätte lachen wollen.

Entschlossen versenkte Thomas erneut seine Hand in meiner Jacke, einer Herrenjacke, die ich schätzte wegen der Innentaschen. Diesmal fand er das Messer. Er hielt es zwischen Daumen und Zeigefinger, einerseits, um keine Spuren zu zerstören, andererseits, weil der Griff blutverschmiert war. Es wirkte klein in seiner Hand, obgleich es ein Jagdmesser war, wie ich jetzt erkannte, die Solinger Klinge bestimmt elf Zentimeter lang und damit tödlich, wenn man aufs Herz zielte. »Ist das Ihr Messer, Frau Nerz? Sie wissen, dass Sie so ein Messer nicht mit sich führen dürfen? Es sei denn, Sie haben einen Jagdschein. Haben Sie einen Jagdschein?«

»Es gehört mir nicht. Ich habe ... ich habe es gefunden. Ich bin ausgerutscht und habe direkt in die Klinge gelangt.«

»Vorhin haben Sie aber noch etwas ganz anderes erzählt.«

Jetzt blickte auch Madlen mich vorwurfsvoll an.

Mit ihr würde ich leicht fertig werden. Ich musste nur zuerst den Bullen entwaffnen und kampfunfähig machen.

»Lisa«, sagte sie mit dem Unterton, den nur Frauen zuwege bringen, fragend und verstehend zugleich, »ich glaube, Sie haben etwas sehr Schlimmes erlebt, etwas ganz Schreckliches ... Etwas, das Sie nicht wahrhaben wollen, das Sie verdrängen.«

»Was denn?« So heftig pochte das Blut durch meine Adern, dass ich fürchtete, es werde mich vom Badewannenrand schütteln.

»Sie verstecken sich hinter einer anderen Identität, glaube ich. Sie haben als Frau etwas erlebt ... eine Demütigung.«

»Nein, ich habe ...«, sprudelte es unversehens aus mir hervor. »Ich habe sie getötet. Ich habe eine Frau getötet.«

Ich musste mir die Hände vors Gesicht geschlagen haben, denn der Geruch des Gazeverbands stieg mir in die Nase, überirdisch fremd. Still war es auf einmal um mich herum. Madlens Augen ruhten auf mir, groß, aber eigenartig unerschrocken. Toms Augen dagegen waren zu Schlitzen geworden, scharf und mit langen Wimpern, aber nicht bestialisch.

»Ich habe sie erstochen. Mit diesem Messer. Sie hat so fürchterlich gelacht. ›Hast du wirklich geglaubt, dass ich dich liebe?‹, hat sie gehöhnt.«

Auf einmal sah Madlen aus, als lausche sie nach den Kindern. Schrie auch keines? Sie hatte Recht. Eine Bestie wie ich durfte nicht der Kinder Träume stören mit Blutgeschichten. Aber sie schliefen.

»Ich habe es nicht gewollt, aber das Messer ...« Die Worte kamen wie von selbst, wie seit dem Urmenschen ins männliche Denken gehämmert. »Ich weiß nicht wieso ... es war, als ob ich ... das war ich nicht. Sie war das. Sie ist schuld. Es ist die innere Logik. Man kann nicht wählen, wenn es so weit ist. Es ist einfach stärker. Es muss einfach sein. Das Blut muss spritzen! Das Unweib muss sterben. Sie hat es so gewollt. Sie hat es provoziert.«

Madlen schüttelte den Kopf.

Augenblicklich spürte ich erneut Toms harten Griff an meinem Ellbogen. »Damit sollten sich jetzt wohl doch besser die Kollegen befassen«, sagte er langsam und griff sich unter die Jacke, die er nie ausgezogen hatte, vermutlich, weil er doch eigentlich mit seiner Frau hatte ausgehen wollen.

Mir schauderte.

»Nein, warte, Tom!«, sagte Madlen, die Gutgläubige oder Wahnsinnige. »Sie steht unter Schock. Wir sollten einen Arzt ... Man sollte sie untersuchen.«

Thomas zog die Hand leer wieder aus seiner Jacke. »Dann sagen Sie mir jetzt aber, wo es passiert ist, Frau Nerz.«

Warum hätte ich es ihm sagen sollen, wenn er mich dann der Polizei auslieferte? Aber Madlens Blick war ruhig und aufmunternd. Eine wie sie konnte mich vielleicht zurückholen aus der fremden Galaxie. Womöglich war ich wirklich endlich verrückt geworden. Hatte mich verstrickt in meinen Rollen, hatte als Mann gemordet und war als weiblicher Bluthund auf der Suche nach dem Täter, den es nicht gab, war gar keiner Spur gefolgt, sondern hatte lediglich meine eigene gelegt durch den Wald bis hierher.

»Wenn ich nicht völlig übergeschnappt bin«, sagte ich, »dann liegt im Wald am Funkturm auf dem Frauenkopf eine ... eine Leiche, eine junge Frau. Ilse heißt sie.«

Toms Griff wurde zum Schraubstock an meinem Oberarm, knapp über dem Ellbogen. »Da werden Sie mich jetzt hinführen.«

»Ich komme mit«, sagte Madlen.

»Nein.« Er schüttelte energisch den Kopf. »Auf keinen Fall!«

»Es ist besser, Tom, glaub mir!« Die beiden verständigten sich wieder über meinen Kopf hinweg mit Blicken. Schließlich senkte Thomas die Lider.

»Ich sag nur schnell der Oma Bescheid, dass wir jetzt gehen«, sagte sie und huschte den Korridor entlang. Der Fernseher wurde vorübergehend lauter, als sie irgendwo eine Tür öffnete und wieder schloss.

Thomas zog mich aus dem Badezimmer in den Korridor und half mir in die Jacke. Das Messer tütete er in einen Spurensicherungsbeutel, den er irgendwoher hatte. Er war wirklich immer Polizist. Dann ließ er es zusammen mit meinem Geldbeutel und Ausweis in seiner Jacke verschwinden. Der Gedanke an Flucht verlor völlig seinen Sinn. Da kam Madlen auch schon und nahm einen langen schwarzen Wintermantel von der Garderobe. Er betonte ihre schlanke Gestalt und ließ ihr Haar aufleuchten wie Lametta. Thomas fasste mich wieder am Ellbogen und stieß mich zur Tür. Mir schwindelte erneut.

Niemals würde ich eine Frau besitzen wie Madlen, die Fee. Und niemals einen Mann wie den Bullen Tom. Ich war falsch zur Welt gekommen. Meine Mutter hatte ihre Schuldgefühle an mir ausgelassen, mit Bigotterie und Prügeln, mein Vater war verbittert weggestorben. Und die Mädchen im Dorf waren mir, als sie merkten, was für eine ich war, aus dem Weg gegangen. Alle bis auf eine. Mein Herzschlag beschleunigte schreckhaft. Hatte ich die vielleicht auch … War nicht der Mord an einer Frau immer einer in einer unendlichen Reihe vorangegangener und nachfolgender?

Thomas ließ die Zentralverriegelung eines nagelneuen VW-Passat schnarren. Madlen setzte sich hinters Steuer, während er die Kindersitze in den Kofferraum verfrachtete. Dann schob er mich auf die Rückbank und setzte sich neben mich. Darum also hatte er die Augen niedergeschlagen, als Madlen darauf bestand mitzukommen. Er brauchte eine Fahrerin. So sehr war er in jeder Sekunde seines Lebens Polizist, dass er nicht vergaß, dass er sich gegen mich nicht wehren konnte, wenn er allein mit mir am Steuer saß.

»Wohin fahren wir denn?«, fragte Madlen.

Der Passat schlingerte beim Anfahren. Wie Lemminge stürzten sich dicke Schneeflocken in die Scheinwerfer. Die Reifen malten schwarze Bänder auf die Rosengartenstraße, die hinter uns zurückblieben. Neue Spuren, während die anderen, denen ich gefolgt war und die ich gelegt hatte, unwiederbringlich unterm Schnee verschwanden. Ich spürte Toms Anspannung neben mir. Wieder griff er sich unter die Jacke und versicherte sich, dass er … ja, was? … eine Waffe dabeihatte oder doch nur das Handy?

Wir rollten auf die weiß verschneite Kreuzung an der Bushaltestelle mit Wendesträßchen beim Sportplatz, wo die Rosengartenstraße auf die Frauenkopfstraße stieß und die Abfahrt steil nach Rohracker hinunterschwang.

»Ich bin seiner Spur gefolgt«, sagte ich. »Er muss hier wohnen, hier auf dem Frauenkopf. Vermutlich bei seiner Mutter.«

»Wer?« Tom klang, als würde er gleich die Geduld verlieren. »Wovon reden Sie?«

»Von Meik, Ilses Freund. Ich habe versucht, mich in ihn hineinzuversetzen. Wie tickt einer, der so etwas tut? Wohin flieht einer, der das getötet hat, was er liebt. Er muss sich reinigen. Er braucht eine Waschmaschine. Er muss nach Hause. Zu seiner Mutter. Hätten Sie mich vorhin nicht von der Straße geholt …«

»Was dann?«, fragte Madlen ruhig von vorn. Sie drehte sich um dabei. Gefährlich, denn es gab Fahrbahnverengungen zur Verkehrsberuhigung.

»Dann hätte ich seine Spur vielleicht nicht verloren. Ich hatte ihn fast. Aber jetzt ist es zu spät. Die Waschmaschine arbeitet. Sein Messer habe ich … es sind meine Abdrücke dran, nur meine. Denn ich war sein Handlanger … seine Handlangerin, besser gesagt. Ich habe sie für ihn getötet.« Es schüttelte mich. »Wenn ich ihn nicht finde, wer glaubt mir denn, dass es eigentlich er war, nicht ich?«

»Hat er Sie gezwungen?«, fragte Madlen, wie man Kinder nach fantastischen Geschichten fragt.

»Vorsicht!«, schrie Tom.

Der Passat schlitterte, stellte sich sogleich quer und rumste mit dem Hinterrad gegen den Bordstein einer Verkehrsberuhigung. Der Motor soff ab. Schneestille. Ich stieß die Tür auf und stürzte hinaus. Tom fluchte. Im nächsten Moment hatte er mich wieder am Kragen. Es störte nicht weiter. Ich hätte mich trotzdem in aller Ruhe übergeben können. Aber anscheinend gab es einen Ekel, der verhinderte, dass man noch kotzen konnte.

Ich war mit ihr spazieren gewesen. Seit zwei Wochen war sie Praktikantin bei uns im *Stuttgarter Anzeiger.* Sie kam aus Reutlingen und studierte in Hohenheim seit kaum ein paar Semestern Medienwissenschaften. Eine Blonde im ländlichen Schick letzter Mode, preiswert und adrett, auf ihren Vorteil aus, stadtgierig und von gefährlicher Naivität, denn ihr trotziger Traum war kein geringerer als eines Tages *heute*-Moderatorin zu werden. Doch eigentlich fehlte ihr der Biss, den man für den Journalismus brauchte, allemal bei einer Zeitung mit ihrer überalterten Männerriege und den Jungredakteuren ohne Selbsteinschätzung. Ein paar Tipps taten Not, hatte ich mir gesagt. Frauensolidarität.

Wir trafen uns am Bubenbad, stiegen die Gänsheidestraße hoch in den Wald und stapften auf dem Frauenkopf herum. Ich schwadronierte.

»Darf ich dich mal was fragen?«, nutzte Ilse schließlich eine Redepause. »Aber bitte, du darfst nicht sauer sein, ja? Der vom Feuilleton – wie heißt der doch gleich wieder? – der hat gesagt … na ja, und mein Freund meint das auch …«

»Was denn?«

Sie kicherte. »Stimmt das, dass du lesbisch bist?«

Ich musste lachen.

»Du bist doch nicht sauer, oder?«

»Nein, natürlich nicht.« Zumal sie ein kleines Flirtglitzern in den Augen hatte. Eindeutig.

»In der Schule«, plauderte sie, die Hände in den Taschen ihrer rosafarbenen Winterjacke, »da gab es eine Mitschülerin, in die war ich …«, sie lachte verlegen, »in die war ich richtig verknallt. Ich hab mir nichts dabei gedacht. Aber dann habe ich gemerkt, dass meine Freundinnen irgendwie anders drauf sind als ich. Sie haben geschwärmt von Richard Gere in *Pretty Woman*. Ich habe den Film bestimmt zwanzig Mal gesehen, aber nicht wegen Richard Gere, sondern wegen Julia Roberts.«

Wie Julia Roberts sah ich nun ganz und gar nicht aus.

»Ich habe lange nicht kapiert, was mit mir los ist. Lesben, das waren für mich immer …«, blondes Gelächter, »na ja, verkappte Buben. Verstehst du.«

»So wie ich?«

»Nein, ehrlich, ich finde, du siehst super aus. Die kurzen Haare machen dein Gesicht erst weich und weiblich, finde ich. Trotz der ...«

»Der Narben? Tja, weißt du, wenn man so ein Gesicht hat wie ich, dann tut man gut daran, nicht auf langhaarig und damenhaft zu machen. Sonst denken die anderen immer nur: Gott, die Arme!«

»Ich denke das nicht!«

»Eben!« Ich hakte mich bei ihr unter. »Aber vielleicht sollte ich eines klarstellen: Ich bin derzeit in festen Händen. Mein Freund ist Staatsanwalt.«

»Ach so.« Zwar klang sie ein bisschen enttäuscht, aber auch erleichtert. Ersparte es ihr doch ein Abenteuer, das ich vielleicht nicht hätte vermeiden wollen. Schließlich experimentierte auch sie mit einem Freund herum.

»Ich kenne Meik ja erst seit drei Monaten«, plauderte sie weiter. »Aber er hat ...« Sie kicherte. »Er hat auch weibliche Züge, finde ich. Er ärgert sich zwar immer, wenn ich das sage. Aber eigentlich ist es doch ein Kompliment, finde ich.«

Jeden Abend stand er auf dem Parkplatz vorm Pressehaus neben einem silberfarbenen Kleinwagen, einem Frauenauto, um sein Mädchen abzuholen. Einmal hatte Ilse mich ihm vorgestellt. Er hatte den Arm um sie gelegt, bevor er mir die Hand gab. So viel fürsorgliche Liebe! Dabei reichte ein Blick, um zu sehen, dass die stadtgeile Ilse ihm den Laufpass geben würde, sobald sich Besseres bot. Eben schon hatte sie mit mir geflirtet.

Wie ein Teller mit Bullaugen auf dickem Betonstamm saß der Funkturm im Wald. »Sieht aus wie ein Ufo«, bemerkte Ilse. »Gerade gelandet.« Sie lachte, rutschte aus und klammerte sich an mir fest. Wir kicherten. Sie wollte es wohl doch genauer wissen.

»Kehren wir um«, schlug ich vor. »Es wird langsam dunkel.«

Schon vor längerer Zeit waren die Väter mit Kindern auf Schlitten, die Gassigänger mit Hunden und die Mütter mit Kinderwagen aus dem Winterwald verschwunden. Das Waldheim lag mit erblindeten Fenstern zwischen Zäunen und Bäumen.

»Hier habe ich Meik zum ersten Mal getroffen«, erzählte Ilse. »Er hat mich einfach angesprochen. Normalerweise spricht er keine Frauen im Wald an, sagt er, aber in meinem Fall war es eben Liebe auf den ersten Blick. Fast schon unheimlich, nicht? Stell dir vor, ich weiß nicht einmal, wo er wohnt. Er holt mich immer ab und dann gehen wir zu mir. Wir essen, wir schauen fern und dann schlafen wir miteinander. Und immer nachts um eins steht er auf, zieht sich an und geht.«

Ich musste lachen. »Dann lebt er bei seiner Mutter und macht ihr vor, er ginge arbeiten, von fünf bis eins. Und in Wahrheit ist er arbeitslos.«

»Meinst du?«

»Und was findest du an ihm so unheimlich?«

»Ach, ich weiß nicht.« Ilse klang wie ertappt, ein bisschen nach Herzklopfen im Hals. »Manchmal sagt er so krasse Sachen. Frauen sollten … O Gott, Meik!«

Ich kapierte es erst eine halbe Sekunde später, als ich der Blickrichtung von Ilses erschreckten Augen folgte. Da stand er, wie aus einem Holzstapel geboren, als Dämon auf dem verschneiten Weg.

»Hab ich mir's doch gedacht«, sagte er, die Hände in den Taschen. »Du lesbische Sau!« Langsam zog er die rechte Hand aus der Jackentasche.

Ilse lachte los, glockenhell und schneidend scharf. »Was willst du denn mit dem Messer, Meik? Das ist eine Kollegin. Sei nicht kindisch. Das bringt doch nichts.«

Der Passat holperte über die im Schnee unsichtbare Mittelplatte des kleinen Kreisverkehrs am Ausgang des Stadtteils Frauenkopf. Inzwischen saß Thomas am Steuer. »Verdammter Kreisverkehr. Da gewöhne ich mich nie dran«, murmelte er gar nicht polizeigemäß.

Angst vereiste mich innerlich. Ich saß neben ihm, Madlen hinten. Wir rollten die Waldstraße entlang. In Placken fiel nasser Schnee von den Buchenzweigen. Die Bäume rückten dichter und dichter. Über den kahlen Kronen kreiselte der Scheinwerfer des Fernsehturms. Der Strahl versickerte in den Schneeflocken, die auf uns herabstürzten. Kurz bevor die Waldstraße sich an der großen Kreuzung zur Talabfahrt öffnete, bog Thomas nach rechts in den Wald ab. Die Bäume sprangen uns förmlich vor den Kühler. Aber Thomas fand die Spur im jungfräulichen Weiß. »Bin jahrelang hier Streife gefahren«, murmelte er. Es ging sachte bergauf. »Und wo genau soll das nun sein?«

Zwischen den Wipfeln blinkten die Lichter des Ufos.

»Dahinter, am Waldheim«, sagte ich.

Thomas umrundete das Funkturmgelände auf einem Waldweg, der durch keinerlei Begrenzung oder Graben gekennzeichnet war. Aus dem Stadtkessel leuchtete orangefarbenes Licht herauf. Hinter dem Ufo versperrte uns eine rotweiße Schranke den Weg. Obgleich wir nur krochen, schlitterte der Wagen, ehe er stillstand.

»Da vorn am Holzstoß«, flüsterte ich.

Thomas zog eine leistungsstarke Taschenlampe unter dem Sitz hervor und stieg aus. Wahrscheinlich hatte er Madlen und mich angewiesen, im Auto zu bleiben. Ich hatte nichts gehört, meine Ohren waren von Angst verklebt. Schneeflocken schmolzen auf der Windschutzscheibe. Das Standlicht verkümmerte in Schneeflocken. In Schlieren sah ich Toms Gestalt. Der Lichtkreis flatterte über Schneegespenster.

»Hat er was gefunden?«, wisperte Madlen.

In einem Wirbel tanzender Flocken erschien Thomas auf einmal wieder am Auto und riss meine Tür auf. »Steigen Sie aus.« Wieder fühlte ich seine unnachgiebige Hand an meinem Ellbogen. »Und jetzt zeigen Sie mir mal die Stelle.«

»Haben Sie nichts gefunden?« Hoffnung zuckte.

»Zeigen Sie mir einfach die Stelle!«

Überall Schnee und nur noch eine einzige Spur, Toms Spur, die zu einem Holzstapel führte, der zwei Meter neben dem mutmaßlichen Waldpfad stand. Jungfräuliches Weiß. Wenn ich jetzt nickte – ich kann auch nichts entdecken –, dann konnte der Polizist, der immer im Dienst war, mich laufen lassen und endlich mit seiner Frau essen gehen. Wenn sie klug waren, unterhielten sie sich nur noch kurz über die Verrückte mit dem Messerstich. »Borderline vielleicht«, würde Madlen abschließend diagnostizieren.

Aber es ging nicht. Der Ekel verdichtete sich zur bösen Gewissheit. Ich musste nur einen Schritte über den hinaus machen, den Thomas gemacht hatte, nur einen Schritt hinter den Holzstoß, und stieß unterm Schnee mit der Fußspitze gegen etwas. Den lockeren Schnee fortgewedelt, und im Schein von Toms Lampe leuchtete rosafarbener Stoff auf.

Thomas griff sich in die Jacke.

Ich schaufelte weiter mit klammen Fingern Schnee fort. Ein Arm kam zum Vorschein, eine Hand, Finger. Torfbraun schimmerte im Licht der Lampe, was einmal Fleisch gewesen war und jetzt in erdigen Fetzen von den Knochen hing. Auch der Arm war bereits skelettiert.

In meinem Kopf knackte es gefährlich.

»Hören Sie auf«, sagte Thomas. Er hielt inzwischen ein Handy in der Hand. »Kommen Sie da weg. Was auch immer hier geschehen ist, es war nicht heute.«

In der Tat, ich war längst verrückt geworden. Vor Monaten schon. Vielleicht kehrte ich seit Monaten immer wieder an den Tatort zurück. Ich war in eine Zeitschleife geraten. Immer wieder dieselbe Runde um das Ufo herum auf der Suche nach demselben Täter, der ich selbst war. Wahrscheinlich musste ich mich glücklich schätzen, dass ich heute endlich in die Hände dieses Weihnachtsbullen und seiner Fee gefallen war. Oder waren sie auch nur Teil der Zeitschleife?

Inzwischen war Madlen ausgestiegen und herbeigekommen. »Oh!«, sagte sie und legte den Arm um mich. »Kommen Sie da weg, Lisa. Sie zittern. Wenn man plötzlich eine halb verweste Leiche entdeckt, dann kann das schon einen Schock auslösen.«

»Nein, Madlen.« Ich schüttelte sie sanft ab. »Ich habe schon schlimmere Leichen gesehen. Ich bin Polizeireporterin. Sagen Sie Ihrem Mann, die besten Spurensicherer müssen hier ran. Unterm Neuschnee, im alten Schnee sind wichtige Spuren. Ich kann mir auch nicht erklären, wieso hier eine verweste Leiche liegt. Aber heute hat hier ein Kampf stattgefunden. Ich konnte Meik das Messer abnehmen, aber dann hat er Ilse gepackt und gegen mich gestoßen, ins Messer. ›Da hast du sie, du lesbische Sau.‹ Ich muss gefallen sein, mit dem Kopf gegen diesen Holzstoß, denn ich erinnere mich nicht, was danach geschah. Als ich aufwachte, war es stockdunkel. Da lag die Jacke. Ich konnte sie sehen und spüren, auch den Körper darunter, eiskalt. Da dachte ich natürlich, es sei …«

»Keine Sorge«, sagte Thomas, der sein Telefonat in diesem Moment beendet hatte, »die Kollegen werden gleich hier sein und alle nötigen Maßnahmen ergreifen.«

»Aber ich bin nicht verrückt!«

»Und woher wussten Sie, dass hier eine Leiche liegt, und zwar seit Monaten? Sie haben mich gezielt zu ihr geführt.«

»Nicht ich. Ich habe Sie nicht geführt. Es war ... es war Meik.«

»Lisa ...«, ermahnte mich Madlen.

»Nein, ich halte mich nicht für Meik. Ich versuche nur zu denken wie er, ich versuche, seine Wege nachzuvollziehen. Er kam hinter dem Holzstoß hervor. Es ist seine Leiche. Wir müssen ihn finden. Er ... er hat Ilse.«

»Schluss jetzt. Das werden die Kollegen klären«, knurrte Thomas.

»Wenn Lisa aber Recht hätte?«, wandte Madlen leise, aber keineswegs schüchtern ein. Ihre Augen waren auf mich gerichtet, pfützwasserhell im Licht der Lampe. Sie schien mir förmlich alles aus dem Kopf zu trinken, was ich nicht sagen wollte, solange ich nicht wirklich wusste, was ich sagte. Ich hatte keine andere Wahl.

»Sie kannte ihn doch erst drei Monate. Sie wusste nicht, woher er kommt, nicht, wohin er geht, wenn er ihr Bett verlässt. Vielleicht hat er gehofft, Ilse und er könnten eine ganz normale Beziehung führen, heiraten, Kinder kriegen. Sie könne ihn befreien vom Zwang zu töten. Doch dann kam ich, die Lesbe. Das Unweib. Seine Ilse an meinem Arm. Ihr Gelächter, als er das Messer zog. Da hat er rot gesehen. Er hat sie mir ins Messer gestoßen, aber sie muss ja nicht tot gewesen sein. Jedenfalls da noch nicht. Er hat sie mitgenommen. Ich bin einer Blutspur gefolgt. Da entlang.« Ich zeigte auf den Weg, der unter dem Kühler, der knisternd abkühlte, hindurch zum Funkturm führte. »Durch den Wald bis zu den Häusern von Frauenkopf. Wir müssen zurück. Er ist Ihr Nachbar, Herr Pfeifer. Ein unauffälliger junger Mann, der bei seiner Mutter wohnt.«

»Ich kenne keinen Meik.«, sagte Thomas.

»Dann fragen Sie Ihre Mutter. Die wird die Nachbarschaft besser kennen als Sie.«

»Das reicht jetzt, Frau Nerz. Wir warten, bis die Kollegen kommen. Ah, da sind sie schon.«

Blaulicht geisterte zwischen den Bäumen heran und irrlichterte über die schneegebeugten Äste.

Eine halbe Stunde später streifte der Polizeiwagen die unsichtbare Mittelplatte des kleinen Kreisverkehrs und bog in die Rosengartenstraße ein. Eine Beamtin fuhr. Ein Polizeihauptmeister saß neben mir auf dem Rücksitz. Thomas folgte uns im Passat, diesmal ohne über die Mittelplatte zu holpern. Madlen saß neben ihm. Ich konnte sie durchs Rückfenster sehen. Toms wagemutige Seite. Aus irgendeinem Grund glaubte sie mir und hatte erst die Beamtin angestiftet und dann ihren Mann und den Hauptmeister, mich an der Stelle wieder auszusetzen, wo Thomas mich aufgelesen hatte mit seinem »Kann ich Ihnen helfen?«

Das Haus der Pfeifers schien das älteste in dieser Ecke, schmal und spitz schlief es zwischen alten Bäumen. Ein Kinderhaus mit Schlitten im Vorgarten. Die anderen Häuser jenseits der Zäune und Mauern waren Villen, die breit am Hang überm Bußbachtal hockten. Einfahrten vom Gartenarchitekten gestaltet. Garagen.

»Zu spät«, wisperte es in mir. Mein Kopf war zu müde, noch einmal die Identität zu wechseln und die perverse Logik eines Mörders aufzubauen.

»Wahrscheinlich ist er jünger als Sie, Thomas«, sagte ich. »Er war der, den Sie und Ihre Spielkameraden immer verspottet haben. Kinderpopo, Mädchenbacke, Memme.«

Thomas zuckte mit den Schultern, die Hände tief in den Taschen. Madlen fröstelte an seiner Seite. Die Beamtin hielt ein Funkgerät fest in der Faust. Der Polizeihauptmeister hatte die Hände in die Hüften gestemmt, den kleinen Finger der Rechten in Kontakt mit der Dienstpistole. Ich musste mich bewegen. Auch wenn ich nicht wusste, wohin. Die Straße gab den Weg vor. An der Ecke eines Seitensträßchens stand ein Kleinwagen, schneefrei, noch warm, wenn man die Hand auf den Kühler legte. Ein Frauenauto, ein Clio.

»Fahrzeughalter überprüfen«, sagte der Polizeihauptmeister, als auch Thomas die Hand auf den Kühler legte. Die Beamtin fragte per Funk nach. »Halterin eine gewisse Marianne Roloff, wohnhaft im Rohreckweg, Nummer …« Sie blickte zum Straßenschild hoch. »Das Haus da drüben.«

Eine Frau Ende fünfzig öffnete. »Der Bue isch ned dô«, antwortete sie auf die Frage nach dem Auto. »Der isch uff Arbeit.« Ihre Augen fluppten hin und her. »Isch ebbes bassiert?«

»Frau Roloff«, fragte die Beamtin. »Wie heißt Ihr Sohn?« Es schien ausgemacht, dass der Hauptmeister ihr das Reden überließ. Sie klang verbindlicher.

»Meik hoißt er. Aber der isch ned dô.«

Frau Rolloff stützte sich auf einen Stock. Die Lesebrille am Bändel auf der Brust, die Füße in Hausschlappen. Hinten im Haus röhrte ein Fernseher auf Schwerhörigenniveau. Sie blockierte einen Windfang, der als Flur für zwei Treppen diente, eine nach oben, eine nach unten. Ein Schwerthieb sauste mir durch den Kopf. Ich schnaubte unwillkürlich. Da war er wieder, der Geruch nach Blut, der mir seit Stunden Kopfschmerzen machte. »Die Waschmaschine«, murmelte ich.

Madlen legte den Kopf lauschend schief. »Läuft da nicht eine Waschmaschine?«, fragte sie laut.

»Des ka ned sei. Der Bue macht die Wäsch. Weil, î ka ja nemme sô, wie î will.« Sie hob den Stock. »Und der Bue isch ned dô.«

»Vielleicht haben Sie ihn nicht kommen hören«, sagte die Beamtin. »Dürfen wir reinkommen, Frau Roloff?«

Thomas war schon losgelaufen, die Treppe hinab. Madlen hinterher. Ich auch. In einer rot geziegelten Waschküche pumpte die Waschmaschine. Madlen fand den Ausknopf als Erste. In der Trommel pendelten sich Schaumwasser und Textilien zum Stillstand. »Vielleicht ist es ja doch noch nicht zu spät«, sagte Madlen. »Obwohl … gerade die modernen Waschmittel zersetzen Blut sehr schnell.«

»Wo hat Meik sein Zimmer?«, fragte die junge Beamtin, als wir wieder hinaufkamen.

Die Mutter deutete die nächste Treppe hoch. »Aber î ka Sie ned nuff bringa.«

Ideale Bedingungen für einen Bub mit Geheimnissen.

Er saß auf der Bettkante, als wir ins Zimmer platzten. Er hatte sich gerade aufgerichtet, hatte uns wohl kommen hören. Er war noch blasser, als ich ihn in Erinnerung hatte. Er war käseweiß.

»Wo ist Ilse?«, wisperte ich. »Was hast du mit ihr gemacht?«

»Ich habe sie eben heimgefahren.« Er blinzelte an mir vorbei, suchte den Blickkontakt zum Hauptmeister und zu Thomas.

»Du lügst! Du hast sie –«

Thomas hielt mich am Arm zurück.

Mit einem käsigen Lächeln, das Verbrüderung suchte, hob Meik die Hände. »Aber, meine Herren! Was soll das werden? Ich ...« Kalter Schweiß stand ihm auf der Stirn.

»Herr Meik Roloff«, unterbrach die Beamtin ungnädig. »Sie sind vorläufig festgenommen.«

Als sie ihm die Hände auf dem Rücken schließen wollte, kippte er von der Bettkante. Er hatte sich die Stichwunde im Bauch nur notdürftig zugepflastert.

»Das waren Sie«, sagte Madlen. »Sie haben wirklich zugestochen. Aber Sie haben ihm auch das Leben gerettet. Mit dieser Verletzung hätte er die Nacht allein da oben in seinem Zimmer kaum überlebt.«

Drei Morde konnte man Meik Roloff mithilfe gentechnischer Untersuchungen nachweisen. Zu drei in den vergangenen fünf Jahren in den Wäldern gefundenen Frauenleichen passten die Spuren. Aber womöglich waren es noch mehr, nur dass man sie noch nicht gefunden hatte. Meik schwieg bis zur Gerichtsverhandlung und räumte dort auch nur die Morde ein, die man ihm nachweisen konnte. Seine Opfer waren Frauen mit dem gewissen Etwas gewesen, Kurzhaarige in Herrenjacken mit Innentaschen, mit Biss, mit Freiheit im Blick. Meik wurde zu »lebenslänglich« mit anschließender Sicherungsverwahrung verurteilt.

Ilse überlebte unverletzt. Aber ich habe sie nie wiedergesehen. Es war Madlen, die mich nach den Feiertagen anrief, um sich von mir zu verabschieden und mich wärmstens nach Dresden einzuladen. Sie erzählte auch, dass die Polizei Ilse bei sich zu Hause angetroffen hatte. Mich hatte man ja nicht mehr mitgenommen zu ihr. Das war jetzt reine Polizeisache geworden, und ich war nur noch Zeugin.

»Er hatte es auf Sie abgesehen, Lisa«, sagte sie. »Er wollte Sie vergewaltigen. Sie haben sich gewehrt und ihm das Messer in den Bauch gerammt. An den Kampf erinnern Sie sich nur nicht, weil Sie gleich darauf das Bewusstsein verloren haben. Sie wussten nur noch, dass Ilse dabei war. Sie hat sie womöglich ursprünglich sogar warnen wollen. Deshalb hat sie gefragt, ob Sie lesbisch sind. Anscheinend sind Sie und Meik sich mal begegnet.«

»Nur kurz.«

»Ilse hat ausgesagt, dass er Sie von Anfang an gehasst hat. Er wollte ihr sogar den Umgang mit Ihnen verbieten, auch den Spaziergang, zu dem Sie sich verabredet hatten. Sie hat ihn ausgelacht. In aller Freundschaft, sagt sie. Er muss Ihnen beiden gefolgt sein. Am Holzstoß hat er Sie gestellt. Dort hatte er schon mal gemordet. Ein bewährter Tatort. Für Ilse sah es wie Zufall aus. Sie bestreitet sogar, dass Meik Sie mit dem Messer bedroht hat. Es sei irgendwie eskaliert, sagt sie. Sie seien aggressiv geworden. Sie hätten sich verletzt. Das habe Sie so wütend gemacht, dass Sie mit dem Messer auf ihn losgegangen seien ...«

»Das kann doch nicht wahr sein!«, fuhr ich auf.

»Keine Sorge. Es ist sein Messer, das steht fest. Ilse behauptet, sie habe sich dazwischengeworfen. Glücklicherweise sei ihr nichts geschehen. Sie seien ausgerutscht und gegen den Holzstoß gefallen. Das war für Meik und sie das Signal abzuhauen. Die Jacke hat sie allerdings noch ausgezogen, weil sie voller Blut war. Davor hat sie sich geekelt.«

»Wie kann sie so etwas sagen? Sie schützt ihn doch.«

»Verdrängung, würde ich sagen.« In Madlens Stimme schwang ein weises Lächeln mit. »Welche Frau gibt schon gern zu, dass ihr erster Freund in der Stadt ein Mörder war? Bis vor die Türen des Pressehauses hat er sie gebracht. Er war Ilses Sprungbrett in die Karriere und die Betten anderer Männer. Morgen hätte sie ihn verlassen. Sie will es nicht kapieren. Sie hat nicht einmal mitgekriegt, dass Meik schwer verletzt war. Sie hat sich ihre Story zurechtgelegt, eine saubere. Es müsse alles ein großer Irrtum sein, meint sie.«

Bei solch schöner Begabung zur Realitätsverschiebung, dachte ich, werden wir die kleine Ilse eines Tages vielleicht doch noch als Nachrichtenmoderatorin im Fernsehen sehen. Die geht über Leichen.

Uta-Maria Heim

Und überall sind Segelboote

I ain't crying … I swear it.
Colum McCann, This Side of Brightness

Früher durfte Emil immer mitspielen, wenn Tobi rüberkam zu Elke. Jetzt hat sich Elke in Tobi verliebt, und sie küssen sich dauernd. Jetzt machen sie Spiele, die Emil nicht versteht. Sie sind groß, und er ist klein. Emil ist sauer. Seine Schwester hat ihn verraten. Tobi hat ihn verraten. Sie sind einfach nach Hause gegangen, und er war allein im Zelt auf dem Dorfplatz. Bei so einer Hocketse gibt es Kinderklauer. Immer, wenn in Schönbronn ein Festle ist, dann kommen die extra von außerhalb. Natürlich gehen sie auch nach Gäufelden oder nach Bischofsweiler. Sie fahren mit schnellen Autos oder mit dem Motorrad, und eh du dich versiehst – wutsch! –, nehmen sie dich mit in die Stadt. Kinderklauer wohnen immer in der Stadt. Oder sie leben im Ausland. Dann haben sie manchmal sogar einen Lastwagen. Elke und Tobi sind schuld an allem. Wenn sie Emil nicht verlassen hätten, wäre er nicht in den Lastwagen gekommen.

ok ich lass ihn jetzt raus
dann kommen die bullen du arsch
wir hätten ihn nicht hier einsperren sollen
das mit dem hausboot war deine idee

du spinnst wohl mir ist übel der scheissneckar ist zum kotzen
ich wollt ihn nur erschrecken damit er nicht quatscht das grossmaul
du hast mich überredet jetzt kneifst du komm her
gib ihm heute abend was zu essen setz ihn aufs klo wasch ihn

Emil weiß nicht, wie viele Tage und Nächte er nun schon hier drin ist. Er hat zu zählen aufgehört. Er kann bis zwanzig zählen. Zwanzig sind es noch nicht. Emil liegt auf seiner schmalen Matratze. Die Zeit ist ein zäher Brei. Tag und Nacht verschwimmen. Emil starrt ins Halbdunkel. Jemand hat ihm einen Eimer mit warmem Wasser gebracht, Seife, Waschlappen und ein Handtuch. Er musste sich ausziehen und waschen. Als er sich abgetrocknet hatte, bekam er neue Kleider. Er kriegte Unterwäsche, Socken, Jeans und ein Sweatshirt. Es ist gelb und hat einen Spiderman-Aufdruck, und es ist viel wärmer als das dünne Hemd, das sie ihm vorher gegeben hatten. Die neuen Sachen sind ihm zu groß. Sie gehören einem Jungen, der schon sieben ist oder acht. Emil wünscht sich, der Junge wäre hier. Es ist öde, allein zu sein. Dabei ist er gar nicht allein. Doch der Kinderklauer, der auf ihn aufpasst, ist schon zu alt, um mit ihm zu spielen. Er spielt lieber mit seinem Handy. Der Kinderklauer trägt Mega-Turnschuhe und riesige, ausgebeulte Jeans. Dazu eine graue Kapuzenjacke. Die Kapuze behält er auf. Sein Gesicht hat er mit einem schwarzen Tuch verhängt. Er will nicht, dass Emil ihn erkennt. Deshalb redet er sogar mit verstellter Stimme. Er brummt wie ein Bär, weil er das Schweigen selbst nicht mehr aushält.

Emil will nach Hause zu seinem Papa. Das ist alles, was er will. Das hat er dem Kapuzenmann auch gesagt, als der ihm vor ein paar Stunden Spaghetti mit roter Soße gebracht hat. Das Essen war kalt. »Iss das auf«, befahl der Kinderklauer, »es schmeckt genau wie zu Hause.«

Woher weiß der Kinderklauer, wie sein Papa die rote Soße macht? Die Spaghetti schmeckten wirklich wie daheim. Emil nahm sie einzeln auf die Gabel und kaute sie sorgfältig. Es machte ihm nichts aus, dass sie kalt waren. Der Kapuzenmann seufzte, er zog sein Handy aus der Tasche und ging hinaus. Jetzt hat Emil schon wieder Hunger.

der kleine tut mir leid er kommt mir vor wie ein tier
du musst da jetzt durch schatz
er macht mich fertig er heult nicht ich krieg langsam panik
egal halt ihn bei laune lies ihm was vor
ach leck mich kümmer dich gefälligst selbst um deinen bruder
mach keinen scheiss alter sonst hängst du mit drin

Es ist immer noch dunkel im Lastwagen, aber nicht mehr so dunkel wie am Anfang. Emil kann die Umrisse von Kisten erkennen, und es gibt auch ein paar Möbel. Die Ladefläche ist zu einem Wohnmobil ausgebaut, und an den Fenstern hängen sogar Vorhänge. Die Läden links vom Bett sind verriegelt. Man kann nicht hinaussehen. Gegenüber ist die Tür. Der Kapuzenmann schließt sie immer ab, auch wenn er bei Emil im Zimmer bleibt.

Doch selbst wenn der Kinderklauer das Wohnmobil verlässt, kann er nicht weit weggehen, denn sie rollen schon seit Tagen nicht mehr über Land. Sie sind auf dem Wasser unterwegs. Auf einem großen Wasser. Es plätschert und schaukelt viel stärker als auf dem Neckar. Der Neckar ist langweilig. Dort hat Emils Oma ein Hausboot. Dort drin ist alles sauber. Man darf keinen Dreck machen, sonst fängt die Oma sofort an zu wischen. Das Hausboot ist blöd. Es ist festgebunden. Man kann nicht einmal damit fahren. Jetzt aber fahren sie. Und sie sind schnell! Emil spürt, wie unter ihm die Wellen tanzen. Möwen kreischen. Oder sind es keine Möwen? Sind es womöglich Tauben? Oder Grillen? Grillen sind es nicht. Der Lastwagen steht auf einer Fähre. Vielleicht befinden sie sich auf dem offenen Meer. Dann fahren sie von Italien nach Griechenland. In Griechenland ist es schön. Dort ist es viel schöner als in Schönbronn, wo es oft regnet, und im Herbst geht ein Wind. Bald macht das Bädle zu, weil es schon kalt wird, und dann wird es Winter. In Griechenland scheint immer die Sonne, und man kann im blauen Meer baden. Das Planschbecken ist zwar auch blau, aber es ist nur blau angestrichen, und im Bädle gibt es nur Pommes. Die sind ganz gut, aber in Griechenland schmeckt das Essen viel besser. Den ganzen Tag gibt's Melone und Eis, und am Abend Kartoffelbrei mit Hackfleischsoße. Wenn Emil die Wahl hätte zwischen Schönbronn und Griechenland, dann wüsste er sofort, wie er sich entscheidet. Denn Emil weiß eine Menge über Griechenland. Er ist im Sommer drei Wochen lang dort gewesen. Mit Gerd und Elke hat er die Ferien am Strand verbracht. Sie schliefen im Wohnwagen auf dem Campingplatz.

»Ich will zu meinem Papa«, sagt Emil, als der Kapuzenmann irgendwann später wieder die Tür aufschließt. Emils Mutter ist im Himmel. Emils Vater ist der Doktor im Dorf. Er kann bestimmen, ob Menschen krank oder gesund sind. Damit ist er mächtiger als ein Polizist. Und mächtiger als die Kinderklauer. Er wird sie bestrafen, wenn Emil wieder frei ist. Emils Muskeln sind steif. Er hat lange auf der Matratze gelegen. Mit dem Handrücken wischt er sich übers Gesicht. Er richtet sich auf und blinzelt. Sein Magen knurrt, er ist hungrig. »Ich will zu Gerd.« Er hat eine ganz piepsige Stimme. Gleich wird er zu weinen anfangen.

Der Kapuzenmann setzt sich auf den Stuhl. Er trägt schwarze Fleecehandschuhe. Damit streicht er Emil über den Kopf. Er hat eine Papiertüte mitgebracht, die er auf den Tisch legt. Solche Papiertüten gibt es bei Toni's Imbiss in Gäufelden. Der Imbiss ist unten am Neckar, und man kann von dort aus Omas Hausboot sehen. Aber natürlich hat der Toni diese Papiertüten nicht gepachtet. Es gibt sie überall auf der Welt, und das, was drin ist, das gibt es auch überall. Emil darf die Tüte aufmachen. Zum Vorschein kommt eine rote Schachtel mit einem riesigen Hamburger, einer doppelten Portion Pommes und zwei großen Cola-Bechern mit Deckel. Aus den Löchern ragen Plastikhalme. Emil mag keine Hamburger. Das Fleisch stinkt nach Katzenfutter. Aber er mag Pommes.

»Die Pommes sind für dich. Und dieser Becher.« Der Kinderklauer stellt Emils Getränk auf den Tisch. Dann nimmt er den Big-Mäc, wickelt ihn aus dem Papier, holt sein langes schwarzes Tuch aus der Jacke, schiebt es ein Stück vom Mund weg nach vorn und fängt unter dem Tuch an zu essen. Nebenher tippt er auf seinem Handy.

schatz wo bist du meld dich bitte
ich kann das nicht echt nicht
wir haben alles abgesprochen es ist das beste gibs ihm endlich
nein der kleine kann nix dafür
er hat mich gesehen er ist zeuge wenn er quatscht ist alles aus
das ist dein problem ich kann dir nicht mehr helfen

Emil kann sein Gesicht immer noch nicht sehen, aber er hört, wie der Kapuzenmann kaut und schluckt, während die Tasten klappern. Emil fragt sich, wem der Kinderklauer wohl schreibt. Er rührt die Pommes nicht an, obwohl ihm die Spucke im Mund zusammenläuft. »Ich will zu Papa.« Die Pommes duften nicht so frisch nach Paprikasalz wie im Freibad, sie riechen nach ranzigem Fett. In Emils Magen rumort es. Plötzlich wandelt sich seine Laune. Die Traurigkeit ist weg. »Bring mich zu Papa!« Er schlägt einen rotzigen Tonfall an, der den Kinderklauer unter Druck setzen soll. Wenn Emil nichts isst und trinkt, dann hat der nämlich ein Problem. Emil beschließt, ab sofort unbequem zu sein und mehr Forderungen zu stellen. Der Kinderklauer soll ihm gehorchen! »Wenn du mich nicht zu Papa lässt, dann bring mir wenigstens Willy.« Willy ist Emils kleiner gelber Hund.

»Du hast Max.« Der Kapuzenmann redet mit vollem Mund. Er deutet auf den großen, alten Teddy.

Erst will Emil quengeln. Doch dann fällt ihm ein, dass der Kinderklauer Willy gar nicht holen kann, weil sie weit weg sind von zu Hause, sie befinden sich auf dem offenen Meer.

»Warum fahren wir nach Griechenland?«, fragt Emil.

»Woher weißt du das?« Der Kinderklauer lässt beinah den Mäc fallen.

Emil ist stolz. Er muss grinsen. Der Kinderklauer hat ihn unterschätzt. »Weil wir schon ewig auf dem Meer sind.«

»Aber wenn man übers Meer fährt, kommt man nicht automatisch nach Griechenland.«

Daran hat Emil nicht gedacht. Das macht die Sache komplizierter. Egal, überlegt er. Und ist keinesfalls zerknirscht. Er vergisst sogar, dass er Angst hat. Jubelt beinah, denn er weiß nun, dass es wirklich ein Ziel gibt. Und dieses Ziel ist nicht Griechenland. Eben nicht. Das Ziel liegt irgendwo anders. Emil darf nicht enttäuscht sein darüber, denn es gibt auch andere Orte, an denen man weglaufen und die Polizei rufen kann. Emil ist schlau. Er spürt, dass er den Kinderklauer hereinlegen muss. Und das probiert er jetzt. Damit fängt er sofort an. Der Kinderklauer wird ihm vertrauen, und dann – weg! Emil grinst. Seinen Triumph wird er auskosten. Mann gegen Mann. Sie sind ja nur noch zu zweit. Sein einziger

Gegner ist bloß noch dieser Kapuzenmann. Schon lange hat Emil den anderen Kinderklauer nicht mehr gesehen. Vielleicht ist er nicht mitgekommen aufs Meer.

der kleine glaubt wir sind auf dem meer dabei stecken wir in dieser scheissprovinz fest wir hocken auf dem neckar wie die idioten
der kleine ist zeuge er muss weg
nein ich muss weg daheim ist es zum kotzen ich hasse dieses drecksnest ich will hier raus wieso darf ich nicht leben verdammt
wenn du es nicht machst verpfeif ich dich bei den bullen
na und dann geh ich halt kurz in den knast ich bin kein mörder wie du
es war ein unfall verdammt ich wollte doch nicht dass der penner dabei hopsgeht
flori ist mein bruder du hast ihn umgebracht
uns wars langweilig die mutprobe war freiwillig er hätte auch gehen können
weißt du überhaupt wie es ist wenn man seinen bruder verliert
emil ist dein bruder
egal er ist zeuge er quatscht
ich tus nicht
dann zeig ich dich an wegen entführung und missbrauch
das ist ein witz ich hab dem kleinen nix getan
oh doch sie werden mir glauben ich bin seine schwester

Am Anfang hat Emil geschrien. Er hat geschrien, bis er heiser war. Bald haben ihm die Kinderklauer gesagt, dass niemand ihn hört, weil die Wände zu dick sind. Der Raum ist schalldicht. Kein Laut dringt hinaus. Daraufhin hat Emil aufgehört zu schreien, obwohl er daran zweifelt. Wer Kinder stiehlt, der lügt auch. Lüge! Aber trotzdem kommt keiner, der ihn befreit. Dabei muss es auf dem Schiff noch andere Menschen geben, wenigstens einen Kapitän, einen Koch und einen Steuermann. Sie hören ihn nicht, weil es eh keinen Zweck hat und Emil gar nicht mehr schreit. Er schreit ungern. Es tut ihm im Hals weh. Er weint lieber leise. So, dass keiner es hört. Nicht mal er selber. Er träumt. Darüber vergisst er das Weinen. Seit sie auf dem Meer sind, ist sowieso alles nicht mehr so schlimm. Sie passen jetzt besser auf ihn auf. Denn man kann ihn ja nicht mehr allein zurücklassen. Es ist immer jemand da. Auch wenn keiner sonst drinnen im Wohnmobil bleibt, darf niemand von der Fähre herunter.

Emil fragt sich, was die Kinderklauer von ihm wollen. Vielleicht bringen sie ihn auf einen Markt, und dort verkaufen sie ihn. In Griechenland gibt es genug Kinder. Aber nicht bei den Eskimos, und vielleicht fahren sie zu den Eskimos, so kalt, wie es in der Nacht manchmal ist. Oder vielleicht fahren sie doch nach Italien. Das kommt Emil logischer vor. In Italien ist es sehr leicht, ein Kind zu verkaufen.

Das alles wäre nicht passiert, wenn Elke keinen neuen Freund hätte. Dann würde sie Emil wieder mitspielen lassen. Auch mit Tobi dürfte er manchmal wieder spielen. Jetzt machen sie Spiele, die er nicht versteht. Sie sind am Abend einfach nach Hause gegangen und haben Emil allein im Zelt gelassen. Als es dunkel wurde, kam der Mann auf dem Motorrad. Er hat ihn mitgenommen und ihm gesagt, er bringt ihn zu seinem Papa.

Das war der Kinderklauer, der noch übrig ist, der mitkam auf das Meer. Er spielt immer nur auf dem Handy. Dabei hat er ein Kartenspiel dabei. Unterwegs haben sie aber erst einmal zusammen Uno gespielt. Da war es Emil wenigstens nicht langweilig. Wenn er allein im Raum ist, kann er nämlich nicht viel mit sich anfangen. Zum Malen ist es zu duster. Und lesen kann er noch nicht. Doch das Blättern in den Bilderbüchern hilft ihm immerhin dabei, müde zu werden. Jetzt ist Emil nicht müde. Und auch nicht bedrückt. Jetzt ist er hellwach und zuversichtlich. Wieder ändert er seinen Entschluss. Er hat einen Mordsappetit. Er muss bei Kräften bleiben. Er muss den Kinderklauer austricksen. Emil greift nach den schlappen Pommes und stopft sich mehrere gleichzeitig in den Mund. Den Matsch spült er mit eiskalter Fanta hinunter. Sie ist herb und süß, sie schmeckt herrlich. (Der Kapuzenmann hat ihm Fanta mitgebracht. Cola mag Emil sowieso nicht.)

»Wir fahren also nicht nach Griechenland?«, fragt Emil kauend. »Und wenn wir nicht nach Griechenland fahren, wo fahren wir dann hin?«

jetzt tu es endlich schatz das zeug wirkt schnell denk daran was mein vater gesagt hat er ist arzt und es ist die doppelte dosis
es muss noch was anderes geben als das hier mensch mein leben hat doch noch gar nicht angefangen
du steckst mit drin du musst es tun sonst hast du keine chance
es tut so beschissen weh flori war mein bruder
wenn die bullen dich kriegen bist du dran du warst schließlich dabei jetzt mach schon
ok er trinkt

Der Kinderklauer hat sein Handy in der Hand. Das Display ist hell erleuchtet. Es strahlt in der Dunkelheit wie ein heller Stern. Der Kinderklauer schreibt eine neue SMS. Dann greift er nach seinem Cola-Becher und führt den Plastikhalm unter das Tuch. Emil versucht, wenigstens einen kurzen Blick auf seinen Mund zu werfen. Er hat immer noch keine Ahnung, wie der Kapuzenmann aussieht. »Trinkst du auch Fanta?«

»Nein, Cola«, erwidert er. Er nimmt kurze, harte Schlucke.

»Wo fahren wir hin?« Emil schnieft. »Ich will das wissen, also antworte endlich.«

»Wo würdest du denn gern hinfahren?«

»Ich habe dir eine Frage gestellt, und jetzt stellst du mir auch eine Frage. Das gilt nicht«, ruft Emil. Mit seinem Plastikhalm stochert er in der Fanta. Er saugt an der Oberfläche. Als er absichtlich Luft einzieht, entsteht ein röhrendes Röcheln. Das gefällt ihm. Emil horcht. Dann setzt er den Becher ab, lutscht mit der Zunge am Gaumen, schmeckt zufrieden das Orangenaroma und überlegt. »Na gut, ich möchte schon gern nach Griechenland.«

»Ich habe nicht gesagt, dass wir nicht nach Griechenland fahren.« (Wir sind in Schwaben, du Penner. Am Arsch der Welt.)

Emil springt auf. »Du lügst. Wir fahren nämlich echt nicht nach Griechenland. Und weißt du, woher ich das weiß? Es ist viel zu kalt nachts. In Griechenland ist es nicht so kalt.«

»Frierst du? Brauchst du noch eine Decke?«

Emil friert nicht. Er hat genug Decken. Er setzt sich wieder und grinst, weil er klug ist. Sie fahren ganz bestimmt nicht nach Griechenland! Der Kinderklauer isst schweigend zu Ende. Emil macht es ihm nach. Erst als er alle Pommes aufgegessen hat und sein Bauch wehtut, stellt er hintereinander die drei entscheidenden Fragen: »Warum bringst du mich nicht zurück zu meinem Papa? Wohin fahren wir? Wann sind wir da?«

»Bald«, erwidert der Kinderklauer, »wir sind bald da.«

»Ich will raus«, schreit Emil, der merkt, wie ihm schlecht wird. Bestimmt hat er zu schnell von der kalten Fanta getrunken, und es ist eine Übelkeit, die bald mächtiger und größer sein wird als er. Er fühlt schon, wie die Woge sich tief in seinem Innern aufbäumt. Sobald er aufhört zu sprechen, wird sie ihn hinabziehen und schlucken. »Ich möchte in einer tollen Hafenstadt anlegen, wo man am Meer den Fischern zugucken kann«, flüstert Emil. »Wenn die Sonne untergeht, braten wir frische Fische. Wir halten sie an Stöcken ins Feuer, danach essen wir sie mit der Hand. Sobald es dunkel ist, gehen wir hinunter zum Kai. Dort glitzern ganz viele Lichter, und die Sterne leuchten. Das findet mein Papa schön, und er zeigt zum Himmel hinauf und sagt mir, wie sie heißen. Und überall sind Segelboote, und am Strand liegt eine große Hopsmatte zum Toben, und alles ist mit Musik. Am liebsten wäre mir auch ein Karussell oder ein Riesenrad oder so ein Kinderspielplatz mit Motorrädern wie in Italien, der auch nachts aufhat.«

»Okay«, sagt der Kinderklauer. »Gebongt. Kannst du alles haben.« Er nimmt Emils halb vollen Becher und trinkt den Rest der Fanta.

Also mag er auch keine Cola. Emil grinst. Er legt den Kopf auf den Tisch und schläft ein.

tschau es ist vorbei er hatte keine schmerzen er lächelt ich auch wir sind beide happy am ende ich mach schluss
verarsch mich nicht tobi was soll das
nein ich sterbe mit ihm elke dann sind alle zeugen tot und keiner erfährt was von floris unfall du hast keine schuld mehr weil keiner mehr da ist der dich daran erinnert es ist niemand mehr im weg es ist besser so und ich wünsch dir noch ein glückliches leben echt ich hab dich wirklich ge

Britt Reißmann

Aschenputtel auf Schwäbisch

Heute ist ein schöner Tag zum Sterben. Wo habe ich bloß diesen Spruch gehört? Er geht mir einfach nicht aus dem Kopf.

Ein schöner Tag ist es wirklich. Der Frühling schickt seine ersten Boten aus. Hier im Schwabenland beginnt er immer etwas früher als anderswo. Dennoch sind auf dem Stuttgarter Rössleweg kaum Menschen unterwegs. Um genau zu sein, kein einziger Mensch. Leider.

Über mir zwitschern beneidenswert gut gelaunte Singvögel im Geäst der Bäume. Der Duft von feuchter Erde steigt mir in die Nase. Eigentlich habe ich diesen Geruch immer gemocht. Heute erinnert er mich jedoch ausschließlich an einen Friedhof.

Es sieht wirklich nicht gut aus für mich. Genau genommen stand es noch nie so schlecht. Nicht einmal, als mein Mann mich in unmissverständlicher Pose mit Rutger auf dem Rücksitz unseres alten Daimlers überraschte, habe ich mich in einer ähnlich ausweglosen Situation befunden. Was für ein Theater Werner da gemacht hatte. Dabei war er selbst schuld. Was hatte er auch mitten in der Nacht in der Garage zu suchen! Rutger war ganz kleinlaut geworden. Rückte von mir ab, als wäre ich aussätzig, und blinzelte Werner unterwürfig an. Dabei ist er schließlich Werners Chef und nicht umgekehrt. Männer sind solche Waschlappen! Inzwischen habe ich ihnen ohnehin abgeschworen und lebe nach der Devise ›Selbst ist die Frau‹. Nur nutzt mir dieses Motto in meiner augenblicklichen Situation herzlich wenig.

Ich hänge mit meinem ganzen – nicht unbeträchtlichen –

Gewicht an einer kräftigen Baumwurzel am Rande der Schwäblesklinge. Achtzig Prozent Gefälle. Leider verstehe ich vom Bergsteigen so viel wie ein Hängebauchschwein vom Damenturnen und habe auch weder Seile noch Pickel dabei. Über mir hüpfen Blaumeisen durch die Baumwipfel und werfen mir Kiefernnadeln ins Gesicht, vierzig Meter unter mir tobt der durch die Schneeschmelze zu einer Springflut angeschwollene Nesenbach. Meine Schultergelenke krachen erbost, als beabsichtigten sie, sich demnächst aus den Gelenkpfannen zu lösen.

Zweifellos, ich habe mich schon besser gefühlt.

Wie mir das passieren konnte, wollen Sie wissen? Oh, das ist eine lange Geschichte. Aber ich habe momentan ja nichts anderes zu tun als mich festzuhalten und genügend Zeit, sie Ihnen zu erzählen.

Seinen Anfang nahm alles an dem Wochenende, als ich beim Großputz in Werners Schreibtisch die Flugtickets fand. Zwei Stück, ausgestellt für den 20. März erster Klasse nach Nassau auf den Bahamas. Ich muss zugeben, dass ich gerührt war. Am 20. März war mein vierzigster Geburtstag. Mein Gatte hatte offenbar wirklich registriert, wie ich in den letzten Wochen schmachtend in Urlaubskatalogen geblättert hatte. Das hätte ich Werner gar nicht zugetraut. Schließlich bestand unsere Ehe schon seit langem nur noch auf dem Papier. Dass mein Mann seit mehr als einem Jahr ein Verhältnis mit seiner fast zwanzig Jahre jüngeren Sekretärin pflegte, war ein offenes Geheimnis. Ich nahm es ihm nicht weiter übel, schließlich hatte ich ebenfalls meine heimliche Liebschaft, auch wenn diese noch ehelich gebunden war. Heutzutage kann man sich nicht so einfach scheiden lassen, wenn man gemeinsames Vermögen hat.

Nachdenklich legte ich die Tickets wieder an ihren Platz zurück. Ich wollte Werner die Überraschung nicht verderben und war gespannt, wann er wohl damit herausrücken würde.

Im Laufe der nächsten Woche beobachtete ich meinen Ehemann. Er ließ sich überhaupt nichts anmerken. Je näher mein Geburtstag rückte, umso mehr wuchs meine Spannung. Ich begann heimlich, meinen Koffer zu packen, um im letzten Augenblick nicht in Hektik zu verfallen. Typisch Mann, seine Frau bis zur letzten Minute schmoren zu lassen. Auf den Gedanken, dass man eine Reise gut vorbereiten muss, kommt so ein Kerl gar nicht.

Am Tag vor meinem Geburtstag schlenderte ich, die Arme voller Tüten und Päckchen, die Königstraße entlang. Ich brauchte dringend noch einige Kleinigkeiten für die Reise. Meine Sommerkleider vom letzten Jahr kamen allmählich aus der Mode und eine neue Sonnenbrille musste auch dringend her. Und wenn ich schon mal dabei war, konnte ich gleich nach Badesachen schauen.

In der Calwer Passage erstand ich zwei reizende Bikinis, die so knapp geschnitten waren, dass sie meine weißen Kulturstreifen auf ein Minimum reduzieren würden. In einem der unzähligen Schuhgeschäfte in der Schulstraße kam ich an einem hinreißenden Paar knallroter, hochhackiger Pumps nicht vorbei, für deren messingbeschlagene spitze Absätze man eigentlich einen Waffenschein brauchte. Mein Gewissen drückte mich schon ein wenig, denn ich hatte quasi in wenigen Stunden ein Wochengehalt meines Mannes unters Volk gebracht, aber ich hoffte, dass Werner an meinem Geburtstag nicht so hart mit mir ins Gericht gehen würde.

Ich steuerte gerade mitsamt meinem Gepäck auf das Café im Königsbau zu, um mir nach all den Strapazen einen Cappuccino zu gönnen, als mich ein rücksichtsloser Kerl anrempelte. Ohne nach links oder rechts zu schauen, kam er mit Riesenschritten über den Schlossplatz gestürmt. Meine mühsam im Gleichgewicht gehaltenen Päckchen gerieten ins Schwanken und kippten mir aus den Armen. Fassungslos sah ich zu, wie sich Sonnenbrille, Bikinis, ein paar Tanga-Slips und Push-up-BHs auf der Königstraße verteilten.

»Oh, das ist mir entsetzlich unangenehm!«, keuchte der Mann. Ich unterließ es, ihn darauf hinzuweisen, dass es mir noch unangenehmer war; das konnte er an meinem hochroten Gesicht unschwer erkennen.

Wir bückten uns gleichzeitig und stießen dabei prompt mit den Köpfen zusammen. Dabei fiel mein Blick auf einen kleinen, silbernen Mercedes-Stern, der an seinem Jackenaufschlag steckte. Moment mal, den kannte ich doch!

»Rutger!«, entfuhr es mir.

»Johanna!«, stammelte Rutger, nicht weniger überrascht.

Ich hätte ihn beinahe nicht wiedererkannt. Der Chef meines Mannes und mein ehemaliger Liebhaber war seit unserer letzten Begegnung enorm gealtert. Er war bleich wie ein Leichentuch, das Haar ungewaschen, die einst so feurigen Augen waren trüb und von dunklen Schatten umrahmt. Sein sonst immer korrekter Krawattenknoten war heute lieblos zusammengezerrt und erinnerte an eine Galgenschlinge, die er sich in suizidaler Absicht um den Hals gelegt hatte. Ich konnte kaum noch verstehen, dass ich ihn einmal so attraktiv gefunden hatte. Rutger scharrte meine Utensilien zusammen und stopfte sie wahllos in die Einkaufstüten. »Ich muss mit jemandem reden, Johanna«, keuchte er. »Hast du Zeit für einen Kaffee?«

Nun, ich hatte ohnehin vorgehabt, einen zu trinken. Wir peilten also gemeinsam einen der freien Tische vor dem Königsbau an.

»Du siehst aus, als hättest du bei einem eurer Crash-Tests als Dummy ausgeholfen«, eröffnete ich die Konversation. »Gibt es Ärger in der Firma?«

»Wenn es nur das wäre«, stöhnte Rutger. »Ich werde erpresst. Seit gestern Abend ist Gerti verschwunden und heute Morgen bekam ich diesen anonymen Brief.« Er reichte mir ein schmuddeliges Blatt Papier. »Verstehst du, was das bedeutet? Gerti wurde entführt!«

Dieser Heuchler! Er sorgte sich doch nur um seine Kohle. Seine Frau, das wusste ich aus zuverlässiger Quelle, war ihm herzlich egal.

Zögernd entfaltete ich den abgegriffenen Zettel und las die Botschaft aus ausgeschnittenen Zeitungsbuchstaben:

hINTeRlegen Sie 500.000 euRo in kleinen Scheinen am SamsTag, dem 20. MaErZ, um 13 Uhr, aM FritZ-KelleR-BruNneN bei der ScHwäbleskllinge, odeR Sie werdeN Ihre Frau nie wiedErsehen. KeiNe Polizei!

»Und was hast du jetzt vor?« Ich war wirklich neugierig.

»Ich klappere gerade die Banken ab, um das Geld zusammenzubekommen.« Er riss dem Kellner förmlich den Whisky aus der Hand und stürzte ihn in einem Zug hinunter. »Natürlich muss ich vermeiden, dass das Ganze an die Öffentlichkeit kommt. Stell dir das vor, in meiner Position!«

Rutger war Top-Manager bei Stuttgarts größtem Autokonzern. Als ein solcher kann man es sich natürlich nicht leisten, zu gesellschaftlichen Anlässen ohne Ehefrau zu erscheinen.

Ich rührte etwas Zucker in meinen Cappuccino. Die Männer waren mir egal. Ich musste dafür sorgen, dass Gerti heil aus dieser Sache herauskam. »Hast du irgendwelche Feinde?«, fragte ich Rutger, weil mir nichts Besseres einfiel.

Er betrachtete mich mit glasigem Blick. »Ein Mann auf meinem Posten hat jede Menge Feinde, das kannst du dir ja wohl denken.« Er betrachtete zögernd die einsamen Eiswürfel in seinem Glas. »Du könntest dir nicht vielleicht vorstellen, dass Werner noch sauer auf mich ist, wegen damals in der Garage?«

Musste er mich schon wieder daran erinnern! »Werner ist viel zu feige für so eine Aktion«, knurrte ich. »Du musst deinen Kidnapper schon woanders suchen.«

»Wenn ich nur wüsste, wo«, seufzte Rutger und presste sich mühevoll ein paar Krokodilstränen ab. »Die arme Gerti!« Er zückte sein Taschentuch mit eingesticktem Monogramm und bestellte bei dem mit voll beladenem Tablett vorbeihastenden Kellner einen zweiten Whisky.

Wie sehr er sich um seine arme Gerti sorgte, merkte ich daran, dass er offenbar gerade dabei war, das gesamte Lösegeld in Jack Daniels umzusetzen.

Rutger, das muss ich zu meiner Schande gestehen, tat mir kein bisschen Leid. Diese erbärmliche Figur, die er damals auf dem Rücksitz des alten Daimler in unserer Garage abgegeben hatte, trug ich ihm irgendwie immer noch nach. Aber Gerti musste geholfen werden. Ich hoffte nur, dass Rutger es mit der Lösegeldübergabe ernst meinte.

Allmählich werden meine Arme lahm. Mein Magen knurrt vernehmlich und erinnert mich daran, dass ich ihn seit Stunden vernachlässigt habe. Mir fällt der Müsliriegel ein, der keine dreißig Zentimeter von meinem Mund entfernt unerreichbar in meiner Jackentasche steckt. Er könnte sich genauso gut auf dem Mond befinden.

Ich spüre meine Hände kaum noch. Der Gedanke, einfach loszulassen und es hinter mir zu haben, wird immer verlockender. Aber diesen Gefallen werde ich Werner nicht tun. Entschlossen ramme ich meine Absätze noch etwas fester in die lehmige Wand, wobei ich mir gratuliere, mich heute Morgen für diese Pumps entschieden zu haben. Vielleicht nicht die idealen Wanderschuhe, aber in dieser Lage unverzichtbar. Ich möchte wirklich nicht jammern, muss jedoch zugeben, dass es schon gut tut, wenn einem jemand zuhört. Aber Sie wollen wissen, wie es weitergeht, nicht wahr?

Ich kam an diesem Abend recht nachdenklich nach Hause, da ich unablässig an die Erpressung und an Gerti denken musste. Dennoch wartete ich gespannt, ob Werner mir mit der Überraschungsreise aufwarten würde. Aber nichts dergleichen passierte. Werner gab keinen Mucks von sich. Der hatte ja wirklich die Ruhe weg.

Na gut, dachte ich. Wahrscheinlich will er mich morgen früh, sozusagen als Überraschungsgeschenk, in letzter Sekunde damit überrumpeln.

Als ich am nächsten Morgen frisch geduscht die Küche betrat, saß mein Mann bereits am Tisch, hatte sich hinter den *Stuttgarter Nachrichten* verschanzt und würdigte mich keines Blickes. Ich schaute mich hoffnungsvoll im Zimmer um. Vielleicht stand ja doch irgendwo ein Blumenstrauß. Fehlanzeige. Auch auf mein vernehmliches Räuspern kam keine Reaktion. Hilflos schaute ich zur Zimmerdecke, als könnte mich meine gute Fee aus dieser peinlichen Situation befreien. Doch die schien bereits im Urlaub zu sein.

Das war ja ganz genauso wie in den letzten Jahren. Werner hatte meinen Geburtstag schon wieder erfolgreich verdrängt!

Aber irgendetwas stimmte doch hier nicht. Schließlich hatte ich mit eigenen Augen die Flugtickets in seiner Schublade gesehen.

Ich beschloss, in die Offensive zu gehen. Länger hielt ich die Spannung auf keinen Fall aus.

»Wann willst du mir eigentlich mein Geschenk kredenzen?«, flötete ich und schwang mich auf seinen Schoß. Werner starrte mich an, als hätte ich hebräisch gesprochen. Das war nicht gespielt. Der tat nicht nur so. Er hatte meinen Vierzigsten tatsächlich vergessen!

Ich startete einen letzten Versuch. »Willst du dich nicht allmählich mal anziehen, schließlich wartet das Flugzeug nicht auf uns …«

Werner war plötzlich kreidebleich geworden. »D-d-das Flugzeug?«, stotterte er.

»Tut mir Leid, Schatz, dass ich dir die Überraschung verderbe, aber ich habe die Tickets beim Putzen gefunden.«

Werner versuchte ein Lächeln, das ihm allerdings gründlich misslang.

Irgendetwas war hier faul.

»Ich wollte es dir erst nach dem Frühstück sagen«, stammelte er schließlich. »Aber wenn du es nun schon weißt, kannst du ja gleich anfangen, deinen Koffer zu packen.«

Ich weiß nicht, warum ich ihm glaubte. Wahrscheinlich hatte der Gedanke an einen Karibik-Urlaub meinen gesunden Menschenverstand stillgelegt.

Trotzdem ließ ich Werner während des Frühstücks nicht aus den Augen. Er zeigte deutliche Anzeichen von Nervosität. Obwohl es in unserer Küche angenehm kühl war, standen feine Schweißperlen auf seiner Stirn und seine dicken Finger, die nervös in den *Stuttgarter Nachrichten* blätterten, hinterließen feuchte Flecken auf dem Zeitungspapier. Zugegeben, ich hätte mir eine attraktivere Reisebegleitung vorstellen können als meinen Ehemann, durfte aber nicht wählerisch sein. Wer konnte es sich sonst schon leisten, mir einen Urlaub auf den Bahamas zu finanzieren?

Gegen Mittag standen unsere Koffer gepackt im Flur. Ich machte den dritten Rundgang durchs Haus und überprüfte wohl zum zwanzigsten Mal, ob die Kaffeemaschine ausgeschaltet, das Wasser abgedreht und die Stecker gezogen waren. Zwischendurch wählte ich heimlich Rutgers Nummer. Es ging niemand ran. Ich atmete auf. Offenbar war er schon auf dem Weg zur Geldübergabe.

»Bist du so weit?«, hörte ich meinen Angetrauten aus dem Badezimmer brüllen.

»Ich bring nur noch schnell den Müll runter«, rief ich zurück. Ich wollte nicht, dass sich während unserer Abwesenheit im Haus eine neue Lebensform entwickelte. Ich nahm also den Kuttereimer, lief beschwingt in den Garten und wollte den Inhalt gerade in die Tonne leeren, als ich stutzte. Da lag doch tatsächlich ein Stapel der *Stuttgarter Nachrichten* oben drauf!

Ich war entrüstet. Zeitungen gehören schließlich in den Papiercontainer und nicht in den Restmüll. Ich griff nach dem Zeitungsstapel, um ihn in den Papiercontainer umzulagern, als mir aus dem Packen eine Flut von Papierschnipseln entgegenrieselte. Vor Schreck ließ ich die Zeitungen wieder fallen. Der Stapel rutschte auseinander und einige sorgsam zerschnittene Seiten kamen zum Vorschein. Ich erstarrte. Dann lag Rutger also doch richtig, und Werner steckte hinter dieser Erpressung. Dieser Dilettant! Wie konnte er nur so dämlich sein und die Beweismittel im häuslichen Abfall entsorgen. Noch dazu im Restmüll!

Wie angenagelt stand ich vor der Tonne und starrte die mit dem Müll der letzten Woche vermischten Papierschnipsel an. Ähnlich entsetzt musste Aschenputtel auf die mit Asche vermengten Linsen geschaut haben.

»Jetzt komm aber mal aus der Falte!«, hörte ich Werner rufen. »In gut zwei Stunden geht der Flieger. Und ich muss vorher noch etwas erledigen.«

Ich eilte zurück ins Haus und knallte den Mülleimer unter die Spüle, wo er hingehörte. Dann schlüpfte ich in meine neuen, hochhackigen Pumps und betete zum Allmächtigen, dass diese Sache nicht in einer Katastrophe enden würde.

Die Sonne, die durch die Baumwipfel scheint, hat den Zenit schon deutlich überschritten. Mir ist klar, dass ich mir nicht leisten kann, noch länger hier herumzuhängen. Um dreizehn Uhr soll die Geldübergabe sein. Wie spät ist es eigentlich? Ich bin versucht, auf die Uhr zu schauen, lasse es dann aber doch lieber bleiben, denn dazu müsste ich die Wurzel loslassen, zumindest mit einer Hand. Mein Gefühl sagt mir, dass nicht mehr viel Zeit bleibt, bis sich Werner mit Rutgers Kohle und seiner langbeinigen Sekretärin auf die Bahamas absetzt. Aber was soll ich tun? Ich kann mich nicht überwinden, um Hilfe zu schreien, das empfinde ich irgendwie als peinlich. Aber wenn ich nicht rufe, dann wird mich auch niemand hören. Vielleicht sollte ich es mit einem Lied versuchen? Zaghaft stimme ich an: »Ich hing in einem grasgrü-hü-hünen Wald und hörte die Vögelein singen …«

Wir saßen also im Auto und Werner donnerte in einem Affentempo die B 27 hinunter. Wenn er wirklich hinter der Erpressung steckte, würde er natürlich vorher noch das Geld am Fritz-Keller-Brunnen abholen müssen. Das hatte er also gemeint, als er vorhin sagte, er müsse noch etwas erledigen! Es war ja wirklich nett von ihm, daran zu denken, unsere Urlaubskasse etwas aufzustocken, aber doch nicht auf Gertis Kosten! Ich konnte immer noch nicht ganz glauben, dass mein Mann so viel Mumm in der Hose hat, seinen Chef zu erpressen. Aber gleich würde ich Gewissheit haben.

Tatsächlich, als wir in Degerloch am Albplatz waren, bog er von der B 27 ab und fuhr rechts die Heinestraße hinauf.

»Hier geht es doch aber nicht zum Flughafen«, sagte ich, obwohl mir immer klarer wurde, wohin wir fuhren. Aber Werner musste so eine Frage erwarten, und ich wollte nicht, dass er Verdacht schöpfte.

»Warte nur ab, ich habe vorher noch eine kleine Überraschung für dich!« Sah ich da ein zynisches Lächeln auf seinen Lippen?

Werner verließ nun die Heinestraße, bog links in die Eugen-Dolmetsch-Straße ein und parkte den Wagen am Waldfriedhof.

Ich riskierte einen Blick auf die Uhr. Bis zur Geldübergabe war es noch fast eine Stunde.

Werner lief mit großen Schritten den Bruderrain hinunter und ich stakste mit meinen hochhackigen Schuhen hinterdrein. Nach etwa hundert Metern gabelte sich der Weg. Werner bog links vom Kellerbrunnenweg ab. Tatsächlich, hier ging es zum vereinbarten Treffpunkt.

An einem Baum entdeckte ich das schwarze Rössle auf gelbem Grund, das den Stuttgarter Höhenwanderweg auswies. »Du willst doch nicht mit mir den geologischen Lehrpfad bewandern?«, vergewisserte ich mich.

»Ein kleiner Spaziergang vor einem so langen Flug wird dir gut tun«, erwiderte mein Mann.

Nach etwa hundert Metern tauchte der Brunnen vor uns auf. Von Rutger oder einem Geldkoffer keine Spur. Cool bleiben, beruhigte ich mich, es ist noch viel zu früh. Werner lief, ohne einen Blick auf den Brunnen zu werfen, an ihm vorbei und winkte mir, ihm zu folgen.

»Weißt du, dass die Schwäbleskinge ein Kerbtal ist?«, hängte er plötzlich den Schulmeister raus. »Kerbtäler zeichnen sich durch besonders steile Hänge aus.«

Fing er jetzt mit geologischen Vorträgen an? Das passte gar nicht zu ihm.

»Dieses Tal hat sich während der letzten Eiszeit durch Tiefenerosion gebildet«, faselte er weiter. »Schau nur, wie steil es hier runtergeht.« Er legte seinen Arm um meine Schulter und führte mich dicht an den Rand der Schlucht. Ich fühlte mit Entsetzen, wie die Härchen in meinem Nacken sich in Windeseile aufrichteten. Was, wenn er jetzt auf dumme Gedanken kommt? Was, wenn er mir nur einen kleinen Stoß gibt? Was, wenn ... das zweite Flugticket gar nicht für mich gedacht ist?!

Schlagartig war mir alles klar, als hätte jemand in meinem Kopf das Licht angeknipst. Judith Eisele! Für diese kleine Schlampe von Sekretärin war das zweite Flugticket vorgesehen. An Werners versteinertem Gesicht sah ich, dass ich laut gedacht hatte. Aber auch, dass ich richtig lag.

Er hatte sich schnell wieder im Griff. »Sieh mal, der Nesenbach da unten. Wenn er so viel Wasser führt wie jetzt, kann man gut darin ertrinken...«

War er jetzt eigentlich völlig durchgeknallt? Der Gedanke ergriff von mir Besitz, dass er nur nach einer geeigneten Stelle suchte, wo er mich dieses durch Tiefenerosion entstandene Kerbtal hinunterstürzen konnte, um mit seiner dümmlichen Sekretärin in die Karibik zu verduften. Das hatte er also noch erledigen müssen! Auf dem Weg zum Flughafen wollte er sein lästiges Weib entsorgen.

Eine Gänsehaut kroch mir über den Rücken. Wäre ich vernünftig gewesen, hätte ich sofort den Rückzug angetreten. Aber in diesen Schuhen wäre ich nicht weit gekommen. An Abhauen war nicht zu denken. Mir blieb nur die Flucht nach vorn.

»Deinen geologischen Exkurs in allen Ehren«, stoppte ich den Redefluss meines Ehemannes, »aber wir sollten allmählich zum Gedenkstein zurück, sonst versäumst du noch die Geldübergabe!«

Sie halten mich vielleicht für verrückt, aber in diesem Moment hatte ich einfach nur Angst, dass er und Rutger sich verfehlen könnten und Gerti am Ende die Leidtragende wäre.

Werner schaute mich an, als wäre ich nicht mehr ganz bei Trost. Ein guter Schauspieler war er ja schon immer. Hätte Gerti mich damals nicht über sein Verhältnis zu Fräulein Eisele in Kenntnis gesetzt, hätte ich ihm seine vielen Überstunden und Geschäftsreisen sogar abgenommen.

Ich entschied mich für die Offensive: »Jetzt tu doch nicht so! Ich habe längst durchschaut, dass du Rutger erpresst und hinter Gertis Entführung steckst!«

»Was redest du da eigentlich?« Werners Teint wechselte von Rosé zu Zinnober, und seine Stirnader schwoll beängstigend an. Das war kein gutes Zeichen. Ich wich automatisch einige Schritte zurück.

Zugegeben, es war taktisch unklug von mir, ihn ausgerechnet hier zur Rede zu stellen. Unmittelbar hinter mir lag die Schlucht der Schwäblesklinge, direkt vor mir stand mein wutentbrannter Ehemann. Aber jetzt war ich einmal in Fahrt und mein aufgestauter Zorn sprudelte nur so aus mir heraus.

»Dass du dich nicht schämst! Als ob du es nötig hättest, Geld zu erpressen. Diese Reise auf die Bahamas kannst du doch aus deiner Portokasse zahlen!«

»Was hast du dir da in deinem degenerierten Hausfrauenhirn wieder zusammengesponnen?« Werner blies sich auf wie ein Kugelfisch.

Ich wich instinktiv noch ein paar Schritte zurück und trat ins Leere …

Wissen Sie, in diesen hochhackigen Pumps ist es höllisch schwer, das Gleichgewicht zu halten. Als ich in diese Spalte stürzte, kam es mir vor, als würde es in Zeitlupe passieren. Natürlich gab ich mir nicht die Blöße zu schreien. Gehört hätte mich eh niemand und ich gönnte Werner die Genugtuung nicht. Dass ich diese Wurzel zu fassen bekam, war reiner Zufall. Andernfalls hätte ich sicher keine Gelegenheit mehr, Ihnen diese Geschichte zu erzählen. Apropos Geschichte. Die scheint an dieser Stelle zu enden. Wenn mich nicht bald jemand findet, werde ich wohl demnächst in die Tiefe hageln und dabei möglicherweise einen Steinschlag auslösen.

Sollte einmal irgendjemand nach mir fragen, dann wissen Sie ja, wo ich zu finden bin.

»Ob ich noch ein Liedchen singen sollte? Vielleicht ist ja doch jemand in der Nähe und hört mich. Singen Sie doch mit mir gemeinsam, tun Sie mir den Gefallen. Gemeinsam sind wir lauter: drei, vier …

Es ist nicht einfach zu singen, während man über einem Abgrund an einer Baumwurzel hängt, das können Sie mir glauben. Der Kehlkopf klappt gänzlich zu und lässt kaum einen klaren Ton heraus.

Über mir knackt es im Gehölz und Erdklümpchen rieseln mir ins Gesicht. Irgendetwas ist dort oben am Rande der Schlucht. Vielleicht sollte ich etwas lauter trällern. Ich nehme alle meine Kraft zusammen und wimmere wie ein waidwundes Tier.

»Haidenai, wer krackelt denn dô so!«

Oberhalb von mir schiebt sich ein bärtiger Männerkopf mit grünem, befedertem Filzhut über den Abgrund. Gottlob, mit meinem Gejaule habe ich den Förster angelockt!

»Ja ôm der Hemmels willa, was mached Se denn dô dronda?«

»Ist das nicht offensichtlich? Ich halte mich fest!«, gurgele ich.

»Ha nô, soll î Se raufzieha?«

»Wär mir sehr recht«, antworte ich so höflich, wie es mir in meiner Lage noch möglich ist.

»Heilig's Blechle, wie sen Se denn dô nôhagelt?«

»Nicht freiwillig jedenfalls«, versichere ich ihm, während ich Stoßgebete an meine Hände schicke, nur nicht loszulassen.

»Warded Se g'schwend!«

»Keine Angst, ich geh nicht weg«, keuche ich mit letzter Kraft. Gleich darauf erscheint zu meinem Entzücken ein Stück Seil über meinem Kopf. Das schönste Seil, das ich jemals gesehen habe.

Tragen eigentlich alle Förster eine Leine mit sich herum oder bin ich auf eine aussterbende Spezies gestoßen, die die Wildschweine mit dem Lasso einfängt? Vielleicht ist er in einem früheren Leben ja einmal Cowboy gewesen. Wie ein Ertrinkender nach dem sprichwörtlichen Strohhalm greife ich nach dem Seilende und lasse mich auf sicheren Boden ziehen.

»Tut mir Leid, dass Sie sich so anstrengen mussten«, entschuldige ich mich bei dem Grünrock, der sichtlich außer Atem gekommen ist. »So einen Zwanzigender bergen Sie sicher nicht jeden Tag.«

»Schaffa isch hald a Gschäfd!«, gibt er mit einem kritischen Blick auf meine Highheels zurück.

Zieh endlich Leine, flehe ich in Gedanken und schätze die Entfernung bis zum Fritz-Keller-Brunnen ab.

Der Förster scheint meine Gedanken lesen zu können. »Gäbed Se s'nächschde Môl besser Ôbacht«, ermahnt er mich, schultert sein Seil und schlurft davon.

Ich klopfe mir die Erdkrumen vom Leib und prüfe meine Frisur mit den Händen. Im Großen und Ganzen bin ich mit heiler Haut davongekommen. Nur meine Arme schmerzen entsetzlich und ein Fingernagel ist mir abgebrochen, den ich erst letzte Woche im Nagelstudio habe auffüllen lassen. Werner, du Mistkäfer, das wirst du mir büßen!

Mit zitternden Knien kämpfe ich mich durch das Dickicht, bis ich schließlich durch die Bäume den Fritz-Keller-Brunnen sehen kann. Vorsichtig pirsche ich mich näher. Eine männliche Gestalt läuft ruhelos vor dem Gedenkstein auf und ab und schaut dabei immer wieder auf die Uhr. Kein Zweifel, es ist Werner. Mein Herzschlag setzt einen Moment aus. Es ist schon nach dreizehn Uhr und die Geldübergabe scheint noch nicht stattgefunden zu haben. Sollte Rutger tatsächlich so herzlos sein und Gerti ganz und gar ihrem Schicksal überlassen? Jetzt bin ich schon dicht hinter ihm. Irgendwie muss ich ihn davon abhalten, Gerti ein Leid anzutun. Während ich meinen dürftigen Vorrat an genialen Ideen durchgehe, knackt es unter meinem Fuß. Ich bin auf einen Ast getreten.

Werner fährt herum. »Judith? Bist du das?«, fragt er im selben Moment. Dann erblickt er mich und verharrt mitten in der Bewegung. Er starrt mich an, als würde er ein Gespenst sehen. Wahrscheinlich sehe ich im Augenblick auch so aus.

Auf jeden Fall wird mir jetzt einiges klar: Dieser Gauner hatte sich mit Fräulein Eisele genau hier am Ort der Geldübergabe verabredet. Wahrscheinlich wollten sie schnell die Kohle abfassen und dann postwendend zum Flughafen durchstarten. Das muss ich um jeden Preis verhindern.

»Johanna! Was für ein Glück, dass es dir gut geht. Ich habe versucht, Hilfe zu holen, aber...« Er hebt theatralisch die Hände und lässt sie wieder fallen, wie eine Figur der Augsburger Puppenkiste.

»Spar dir deine Heuchelei!«, stoppe ich sein Geschwafel. »Sag mir schleunigst, wo du Gerti versteckt hältst. Wenn du ihr etwas antust...!«

»Ich kann nur wiederholen, ich verstehe nicht, wie du auf diese wahnsinnige Idee kommst ...«

»Weißt du, man hat viel Zeit zum Nachdenken, wenn man eine halbe Stunde lang an einer Wurzel über der Schwäbleskling hängt«, unterbreche ich ihn. »Da kommt man auf die dümmsten Ideen. Zum Beispiel, dass du als Reisepartnerin nicht mich, sondern deine infantile Sekretärin vorgesehen hast. Aber wie es aussieht, hat sie dich versetzt. Vielleicht hat sie ja doch einen Jüngeren gefunden.« Ich sehe mit Genugtuung, wie er die Gesichtsfarbe wechselt. »Wie lange wolltet ihr denn auf den Bahamas bleiben? Während ich da so hing, ist mir aufgefallen, dass ich gar kein Rückflugticket gesehen habe.« Ich lasse diese Worte eine Weile auf ihn wirken und kann förmlich sehen, wie sich die Synapsen in seinem Hirn auf der Suche nach einer geeigneten Ausrede winden, aber immer wieder ins Leere greifen.

»Du wolltest mich sitzen lassen und deinen Lebensabend mit dieser Tussi auf den Bahamas verbringen. Und sag jetzt nicht, dass ich mich täusche!«

»Johanna, ich kann dir alles erklären.«

»Ach ja? Ich warte schon die ganze Zeit darauf. Aber zuerst sagst du mir, wo du Gerti festhältst!«

»Ich habe mit Gertis Entführung nicht das Geringste zu tun!« Ohne Vorwarnung greift mich Werner an den Oberarmen und schleudert mich gegen den Brunnen. Mein Kopf verfehlt den massigen Gedenkstein zu Ehren des Forstmeisters Fritz Keller nur um ein Haar. Mein Gatte will mich tatsächlich um die Ecke bringen, damit er mit einer fünfundzwanzigjährigen Göre die Kurve kratzen kann!

Langsam wird mir die Sache zu blöd. Ich ziehe meinen rechten Schuh aus, der erbärmlich drückt. Man soll eben neue Schuhe nicht zu einem Geländemarsch anziehen. Und schon gar nicht so hochhackige. Meine Füße fühlen sich an, als hätte ich mindestens drei Nächte im Perkins Park durchgetanzt. Als ich den Kopf hebe, sehe ich, wie mein Mann erneut auf mich zu kommt. Sein Blick verheißt nichts Gutes.

»Rühr mich nicht an!«, schreie ich. Die Erinnerung an meine Hängepartie in der Schwäbleskinge ist noch allzu frisch. Doch Werner steht schon vor mir, und ich fixiere gebannt die hervortretende Schlagader an seiner Schläfe.

Wie in Trance hebe ich den Schuh, den ich immer noch in der Hand halte, ziele genau auf Werners angeschwollene Stirnader und schlage ihm den messingbeschlagenen Absatz mit voller Kraft an den Kopf. Er geht sofort zu Boden. Eine breite, dunkelrote Spur rinnt seine Schläfe hinab. Erschrocken beuge ich mich über ihn. Er rührt sich nicht mehr.

Ich starre auf das Corpus delicti in meiner Hand. Mir kommen die Worte aus einem Märchen in den Sinn: »Ruckediguh, ruckediguh, Blut ist am Schuh ...« Oder war es im Schuh?

Ganz cool bleiben, rede ich mir zu und versuche, die in mir aufsteigende Panik abzuwürgen. Ich stupse Werner vorsichtig mit dem Fuß an. Keine Reaktion. Es kostet mich einige Überwindung, mich zu ihm hinunterzubeugen und seinen Puls zu fühlen. Nichts. Absolut nichts! Ich schlage noch einmal zu, nur um sicher zu gehen. Jetzt bloß nicht sentimental werden. Wenn jemand den Tod verdient hat, dann er. Aber beim Brunnen kann ich ihn unmöglich liegen lassen; hier kommen zu viele Leute vorbei. Während ich meinen Fuß wieder in den Schuh zwänge, schaue ich mich um. Vielleicht schaffe ich es, ihn ein Stückchen weiter ins Dickicht zu ziehen.

Ich greife meinen verblichenen Gatten unter den Armen und schleife ihn fort vom Rössleweg, ein schmales Bachbett entlang, das in den Wald hineinführt. Es ist gar nicht so einfach, in diesem Schuhwerk rückwärts zu gehen und dabei noch eine Leiche zu transportieren. Zweige schlagen mir ins Gesicht und Dornen zerkratzen meine Arme. Verdammt, diese Baumwurzeln ruinieren noch meine Schuhe! Ich stolpere und verliere fast das Gleichgewicht.

»Pass doch auf!«, schimpft hinter mir eine allzu bekannte Stimme. »Diese Grabstelle ist schon belegt!«

Ich fahre herum. Hinter mir steht Gerti, mit zerzaustem Haar, geröteten Wangen und staubigen Klamotten, ansonsten aber quicklebendig. Dafür ruht zu ihren Füßen ein mausetoter Rutger.

»Er wollte die Knollenblätterpilze nicht essen«, lächelt sie. »Also habe ich ihm eins mit einem Stein übergebraten.«

Der Stein muss ein junger Felsbrocken gewesen sein. Rutgers Stirn erinnert an das Nördlinger Ries kurz nach dem Meteoriteneinschlag. Was von seinem Gesicht noch übrig ist, ist mit Blut und Gehirnflüssigkeit verschmiert.

»Was schaust du mich so an?«, meint Gerti. »Sicher, mein Outfit ist nicht das frischeste, aber so sieht man nun mal aus, wenn man zwei Nächte in einer Wanderhütte im Wald verbracht hat.«

Völlig erledigt lasse ich Werner ins Gras fallen, während mein Hirn auf der Suche nach einer plausiblen Erklärung förmlich Purzelbäume schlägt. Von dieser neuen Entwicklung des Falls fühle ich mich eindeutig überfordert.

»Sieht ganz so aus, als ob das Flugzeug heute ohne Werner starten muss«, sagt Gerti mit einem breiten Lächeln. »Und ohne Fräulein Eisele ebenfalls.«

»Du weißt davon?« Meine Füße in den Mörderpumps tragen mich nicht mehr. Ich schwanke leicht und lasse mich erschöpft ins Gras fallen.

»Rutger hat es mir letzte Woche beim Abendessen erzählt. Er hat mitbekommen, dass Werner in der Firma telefonisch zwei Flugtickets gebucht hatte. Natürlich hat er geglaubt, dass es eine Reise anlässlich deines Geburtstages sein sollte. Mir war gleich klar, für wen das zweite Ticket vorgesehen war. Männer können manchmal so begriffsstutzig sein!«

Nicht nur Männer, denke ich. Wieso war ich eigentlich erst so spät darauf gekommen?

»Warum hast du es mir nicht gesagt?«, hauche ich.

Gerti schaut mir offen ins Gesicht. »Hättest du mir denn geglaubt?«

»Ich weiß es nicht. Offen gestanden kann ich es immer noch nicht ganz fassen. Aber wieso hast du eigentlich Rutger ...?« Meine Stimme versagt.

»Kannst du es dir wirklich nicht denken? Ich habe es satt, die Präsentationsgattin eines Wichtigtuers zu sein. Und dir geht es doch nicht anders. Dein Prinz ist nie daheim und gibt das Geld mit vollen Händen aus. Während du ihm den Haushalt managst, fliegt dein Alter mit Fräulein Eisele in die Karibik. Du hockst zu Hause am Herd und darfst nicht mit auf den Ball. Und den alten Haselnussbaum vor deinem Haus kannst du schütteln, wie du willst, er wirft dir kein goldbesticktes Kleid herab. Du wagst dir kaum ein Paar gläserne Schuhe zu kaufen von Werners sauer verdientem Geld. Die ausgelatschten Birkenstock tun es schließlich auch. Nur wenn er dich mal zum Vorzeigen braucht, darfst du die Küchenschürze gegen ein Ballkleid tauschen, wie Cinderella!«

Ich bin sprachlos. Aber irgendwie hat sie Recht.

»Die Bahamas!« Gerti blickt sehnsüchtig in die Ferne. »Sonne, Strand, Meer und kühle Drinks. Mit Rutger bin ich nie weiter als Kitzbühel gekommen. Ich finde, es ist an der Zeit, dass wir uns auch mal etwas leisten!«

Mir klappt die Kinnlade herunter. »Also stammt der Erpresserbrief von dir?«

»Klar. Rutger ist schon seit langem bloß noch mit der Firma verheiratet. Er scheffelt seine erste Million und mich speist er mit einem Almosen ab. Sogar die Haushälterin bekommt mehr Geld als ich. Mir stinkt dieses Leben schon lange!«

Ich kann nur nicken.

»Natürlich war mir klar, dass Rutger mit dir Kontakt aufnimmt. Ich kenne ihn lange genug, um zu wissen, dass er bei einer Erpressung sofort an Werner denkt. Der hat ja schließlich noch eine Rechnung mit ihm offen.«

Ich lächle zerknirscht. Dieser Fehltritt scheint mich bis an mein Lebensende zu verfolgen.

»Aber die zerschnittenen Zeitungen bei uns …«, stammele ich. Sie passen irgendwie nicht ins Bild.

»Die habe ich in eure Tonne geworfen. Mir war klar, dass du sie findest und dann Werner unter Verdacht geraten muss. Zugegeben, ich fand, es ist an der Zeit, dass du diesen alten Stiesel verlässt.« Ihr Blick ruht auf Werner, an dessen blutverkrusteter Schläfe sich schon die ersten Fliegen niederlassen. »Ich wollte, dass du dich endlich entscheidest: er oder ich. Na ja, das hast du nun wohl eindeutig getan.«

Gerti schenkt mir ein bezauberndes Lächeln und ich reiße sie in meine Arme. Unsere Lippen finden sich zu einem innigen Kuss.

Falls ich diese Kleinigkeit zu erwähnen vergaß, lassen Sie es mich jetzt nachholen: Gerti und ich sind seit ein paar Monaten ein Liebespaar. Ich sagte ja schon, dass ich den Männern unlängst abgeschworen habe. Es hat eine Weile gedauert, aber schließlich habe auch ich es eingesehen: Wahre Liebe gibt es nur unter Frauen!

»Ich würde wirklich gern wissen, wieso Fräulein Eisele nicht aufgekreuzt ist«, wundere ich mich. »Werner wollte sich ganz offensichtlich hier mit ihr treffen.«

»Um die habe ich mich gekümmert«, entgegnet Gerti. »Rutger hat ja die Telefonnummern von allen Mitarbeitern in seinem Taschenkalender notiert. Ich habe ihr gestern Abend in Werners Namen eine SMS geschickt und den Treffpunkt kurzfristig geändert.«

»Von deinem Handy?«

»Logisch. Was macht es schon, wenn sie eine Nummer sieht, die sie nicht kennt. In ihrem Spatzenhirn glaubt sie höchstens, dass Werner sich ein neues Handy zugelegt hat. Nie im Leben kommt die Eisele darauf, dass jemand ihren Plänen mit Werner auf die Schliche gekommen sein könnte. Und nun steht sie sich am Flughafen die Beine in den Bauch.«

Ich starre meine Liebste bewundernd an. Sie hatte wirklich an alles gedacht!

»Lass uns hier verschwinden«, reißt Gerti mich aus meinen Gedanken. »Weißt du, wo Werner das Auto geparkt hat?«

Apropos Auto – das Wichtigste hätte ich beinahe vergessen. Ich bücke mich zu Werners Leichnam hinunter und fische den Autoschlüssel und die Flugtickets aus seiner Jackentasche. »Was machen wir mit den beiden?«

»Lass sie liegen«, entgegnet Gerti ungerührt. »Bis die jemand findet, braten wir längst am Strand von Paradise Island.« Sie greift nach dem Geldkoffer. Es ist nicht ganz einfach, ihn aus Rutgers Umklammerung zu lösen, weil die Leichenstarre schon eingesetzt hat. Wir müssen ihm die Finger brechen, aber darauf kommt es nun auch nicht mehr an.

Eilig stapfen wir durch das unwegsame Gelände auf der Suche nach dem Wanderpfad. Unterwegs wische ich mit einem Grasbüschel Werners Blut von meinem Absatz.

»Ruckediguh, ruckediguh«, kichere ich. »Für einen Waldspaziergang habe ich einfach nicht die richtigen Schuh'.«

»Dafür vielleicht nicht.« Gerti grinst diabolisch. »Aber für die wilden Nächte auf den Bahamas sind sie doch wie geschaffen!«

Gudrun E. Weitbrecht

Unter dem Fliederbusch

Der Flieder duftete schwer und süß, als Nora das Tor zu ihrem Schrebergarten aufschloss. Der hochgewachsene Busch säumte mit dem Spalier der Kletterrosen innen die Pforte und bildete ein natürliches Dach. Gegen Morgen hatte es kurz genieselt. An den Blättern hingen noch Regentropfen, sie schienen wie mit grünem Lack überzogen. Der Bärlauch war über Nacht aufgeblüht. Nora hatte die Zwiebeln im Wald ausgegraben und sie in ihrem Stückle kultiviert. Inzwischen überdeckten sie den Hang, der eine der äußeren Grenzen zu ihrem Garten und dem Laubwald bildete, und vermehrten sich rasant. Erst vor kurzem hatte Nora die verrosteten Pfosten des Außenzauns und den Stacheldraht entfernt, den der ehemalige Besitzer dazwischen gespannt hatte. Um ein Abrutschen der Erde zu verhindern, musste sie eine neue, höhere Mauer setzen. Ausnahmsweise würde es diesmal keine Trockenmauer sein, sie wollte die Steine mit Zementmörtel verbinden, so konnten die Zaunpfosten stabiler befestigt werden. Für das Fundament war bereits ein breiter, tiefer Graben gezogen, und der Bauhof hatte gestern Natursteine, Sand und Säcke Beton Fertigmischung geliefert.

Einige Mitgärtner beäugten Noras Gartenkonzeption misstrauisch und nannten sie exotisch. Wildblumen gediehen auf ihrer Wiese, es gab keine gerade gezirkelten Wege oder Beete, sondern wellenförmige Abgrenzungen und kleine Blumeninseln zwischen alten Obstbäumen. Buchsbaumhecken auf den Trockenmauern fingen die Hanglage ab. Sie konnte sich noch gut an den Urzustand ihrer Parzelle vor fünf Jahren erinnern. Wochenlang hatte sie die Erde wie eine

Archäologin quadratzentimeterweise umgegraben und dabei eine Autostoßstange, Massen von Kronkorken, Lederhosen, Vogelkäfige, Reste eines Sofas und jede Menge Glasscherben herausgeholt. Sie pflanzte eine Himbeerhecke, schnitt die Bäume, baute eine Terrasse und strich die Laube. Selbst die Trockenmauern hatte sie eigenhändig gebaut. Nora war klein, aber von kräftiger Statur, trotzdem vermutete niemand, dass sie die schweren Natursteine wuchten konnte.

»So etwas Spießiges, warum investierst du in einen Schrebergarten? Noch dazu in einen so heruntergekommenen! Glaube ja nicht, dass ich darin auch nur einen Finger rühre! Kümmere dich lieber mehr um den Haushalt und um unseren Sohn. Zwei Anzüge von mir müssen auch in die Reinigung!«, hatte Giovanni damals gebrummt und sich wieder dem Nachmittagsprogramm im Fernsehen und dem Viertele Trollinger mit Lemberger »Feuerbacher Berg« gewidmet.

»Was heißt hier, ich soll mich mehr um den Haushalt und um Lorenzo kümmern? Einer muss schließlich das Geld verdienen. Wie du den ganzen Tag vor der Glotze sitzt, bist du für ihn bestimmt kein gutes Beispiel. Er soll wenigstens raus in die Natur. Du denkst nur an dich, nie an andere«, hatte Nora ihrem Mann ins Gesicht geschrien. »Selbst Lorenzo ist dir lästig, obwohl du vor deinen Freunden immer prahlst, wie toll du als Vater bist. Weißt du überhaupt, wie viel Kraft es kostet, Beruf, Haushalt, Kind und Garten auf die Reihe zu bringen?«

Am meisten ärgerte es Nora, dass sie sich so in Giovanni getäuscht hatte. Sie war ihm auf einer Party bei einer Freundin begegnet. Nora war damals fünfunddreißig und überzeugt, dass sie nie den Mann fürs Leben finden würde. Ihre bisherigen Beziehungen waren immer kompliziert gewesen und schließlich gescheitert. Giovanni war sieben Jahr jünger als Nora, die sich gleich in ihn verliebt hatte. Er brauchte sie nur mit seinen dunklen Augen anzublicken und schon schmolz sie dahin. Damals mochte sie seine unbekümmerte Art, seinen jungenhaften Charme. Ihr Herz schlug schneller und sie bekam Bauchschmerzen, wenn sie ihn nur ansah. Seine gebräunte Haut und die schwarzen Haare, die sich im Nacken kräuselten, waren unwiderstehlich gewesen. Auch konnte er so wundervoll von seinen Erfolgen als Schauspieler erzählen. Nora hing an seinen Lippen. Nach nur drei Monaten waren sie verheiratet, und Nora musste bald feststellen, dass es mit Giovannis Arbeitsmoral nicht weit her war. Die Schauspielerei war seine Ausrede dafür, dass er nicht regelmäßig arbeiten musste. Er blieb zu Hause, verbrachte seine Zeit mit Espressotrinken beim Italiener um die Ecke oder mit Billardspielen. Und sein Lieblingsspielzeug war ein schnelles und kostspieliges Cabrio.

Erst als Nora im gedroht hatte, ihn hinauszuwerfen, bemühte er sich um ein Engagement als jugendlicher Held im »Alten Schauspielhaus.« Zur gleichen Zeit wurde Nora schwanger.

Unglücklicherweise – wenn Nora es nicht besser gewusst hätte, hätte sie Absicht vermutet – war Giovanni bei der ersten Probe ein Theaterscheinwerfer auf den Kopf gefallen. Fast während Noras gesamter Schwangerschaft lag er mit einem Schädelbasisbruch im Krankenhaus. Danach klagte er über Kopfschmerzen und Schwindelgefühl. Er bekam cholerische Anfälle und vergraulte die wenigen Freunde, die ihm wegen seiner unzuverlässigen und ausnutzenden Art geblieben waren. Nun war es mit der Schauspielerei völlig aus, er bezog vom Künstler-Sozialwerk eine winzige Rente. Als Lorenzo geboren wurde, nahm Nora für drei Jahre Erziehungsurlaub. Fast jeden Tag stritten sie sich.

»Wir leben nun mal in der Stadt. Sei nur froh, dass ich schon vor unserer Ehe die Wohnung gekauft habe, heute wäre das überhaupt nicht mehr drin. Schon gar nicht eine Wohnung mit Gartenanteil oder ein Haus mit großer Wiese.«

Nora schüttelte sich bei dem Gedanken an den Spielplatz um die Ecke, wo Lorenzo freudestrahlend eine Spritze und ein Kondom aus dem Sand gezogen und zu ihr gebracht hatte. Sie redete ruhig mit Giovanni, bemühte sich, nicht immer zu streiten, vielleicht war er dann eher bereit, sich für die Familie zu engagieren. »Hör mal, Giovanni, Lorenzo soll erfahren, dass Erdbeeren nicht vom Supermarkt sind und nicht auf Regalen wachsen. Kannst du mir nicht ab und zu im Garten helfen oder Lorenzo mal in den Kindergarten bringen?«

»Nun ja, wenn es mir besser geht«, hatte Giovanni versprochen. Bei diesem Versprechen war es bis auf wenige Male geblieben. Nora hatte ohne seine Hilfe in nur fünf Jahren aus dem total verwilderten Grundstück voller Müll ein kleines Paradies geschaffen. Ihr Refugium, ein Spielplatz für Lorenzo.

Noras Blick blieb an der sanft wippenden Schaukel und dem verwaisten Sandkasten hängen. Sie brachte es immer noch nicht über sich, beides zu entfernen. Ein kleines weißes Windrad surrte leise am Fuß des alten Quittenbaumes. Sein knorriger Stamm war mit wulstigen Narben und Kratern übersät.

Vielleicht konnte sie die Quitte noch retten. Sie musste nur die Krater ausschneiden und glätten. Der Baum war von einer bakteriellen Pflanzenkrankheit befallen.

Die Ärzte im Olga-Hospital hatten die Krankheit bei Lorenzo nicht herausschneiden und besiegen können. Sieben Jahre war er gewesen und ohne Chance weiterzuleben. Noch immer stieg der Hass auf Giovanni wie Sodbrennen in ihr hoch, wenn sie daran dachte, dass er am Tod ihres Sohnes schuld gewesen war. Wenn Giovanni nicht zu schnell gefahren wäre und Lorenzo angeschnallt hätte, wäre es nicht zu dem Verkehrsunfall gekommen. Lorenzo hätte nicht operiert werden müssen und wäre letztendlich nicht an Blutvergiftung gestorben.

Nora hatte sich aus familiären Gründen auf einen halben Lehrauftrag zurückstufen lassen. Jede freie Minute hatte sie am Krankenbett gesessen, hatte in Lorenzos Zimmer übernachtet und seine Hand gehalten, wenn er nachts im Schlaf röchelte und aus Albträumen hochschreckte. Die Ärzte hatten ihr Hoffnung gemacht, dass der Wundbrand an seinem Bein verheilen und ihr Kind genesen würde.

Wenn Giovanni seinen Sohn im Krankenhaus besuchte, stand er verlegen im Zimmer und verließ es schnell wieder mit der Bemerkung: »Ich kann den Geruch von Krankheit nicht ertragen.« Als sie ihm einmal auf den Flur folgte, sah sie, dass er heftig schluchzte. Aber sie brachte es nicht über sich, ihn zu umarmen.

Lorenzo wurde für kurze Zeit aus dem Krankenhaus entlassen, er durfte die Osterfeiertage zu Hause verbringen, bevor er nochmals operiert werden sollte. In der Nacht erwachte Nora davon, dass sie Lorenzo schwach rufen hörte: »Mama, Mama, hilf mir.«

Als sie ihn in ihre Arme nahm und wiegte, bemerkte sie, dass er ganz schlaff wurde. Sie hatte nicht mehr weinen können, sie war wie ausgebrannt und leer gewesen.

Es war Pfingstsamstag. In Baden-Württemberg hatten die Ferien begonnen. Nora würde in den vierzehn Tagen unterrichtsfrei zu Hause bleiben. Sie war Lehrerin an der Kerschensteiner Schule in Feuerbach. Auf ihrem Schreibtisch stapelten sich die Arbeiten des Englischleistungskurses im Technischen Gymnasium zur Korrektur. Von zu Hause aus konnte sie auf den Schulserver zugreifen, um die Prüfungsaufgaben für den Computer-Führerschein zu bewerten. Verreisen würde sie nicht, sie kannte fast alle Erdteile. Als Studentin war sie in den Semesterferien – »nein, ich komme nicht nach Hause« – mit dem Rucksack in fremden Ländern unterwegs gewesen. Auch diese Ferien würde sie ihren Garten pflegen. Nur das Vogelgezwitscher von Meisen, Amseln oder ab und zu das Geräusch eines Autos, das von der Grünewaldstraße zu ihr hochdrang, sonst würde sie nichts in ihrer morgendlichen Ruhe stören. Vielleicht kam auch das Rotkehlchen vom letzten Jahr wieder, um neben ihr Regenwürmer aus der frisch gehackten Erde aufzupicken. Nachmittags, wenn in den anderen Gärten die Rasenmäher oder Häcksler die Stille zerstörten, konnte Nora nach Hause flüchten.

Frühmorgens, sie hörte die Turmuhr des Leibniz-Gymnasiums siebenmal schlagen, hatte Nora ihre Altbauwohnung verlassen. Sie lag in der Kärtnerstraße, im 1912 erbauten Österreichischen Viertel. Die Straßen waren nach österreichischen Städten und Regionen benannt. Nora war die drei Kilometer mit ihrem Trekkingrad zum Schrebergarten geradelt. Ihr Auto, einen Kombi aus Schwedenstahl, hatte sie schon im letzten Jahr verkauft. Die Wohnung befand sich nur zwei Straßenecken von ihrer Schule entfernt, und Einkäufe konnte sie mit dem Rad oder zu Fuß erledigen. Um in die Stuttgarter Innenstadt zu gelangen, waren S- und U-Bahnen bequemer als ein Auto.

Nora überquerte den Wilhelm-Geiger-Platz. Er war mit einem hässlichen, rot-blauen Gerüst überbaut, das wie eine ausgebombte Fabrikhalle aussah, und mit halb vertrockneten Koniferen versehen, die dem Platz ein Alibigrün geben sollten. Auf der Tiefebene war die Stadtbahnhaltestelle.

Nora radelte durch die Wiener und Stuttgarter Straße und auf der Feuerbacher-Tal-Straße am Friedhof vorbei. Auf dem Heimweg wollte sie das Grab von Lorenzo besuchen. Sie bog nach links in die kurvige, enge Grünewaldstraße ein und strampelte zur Kleingartenanlage der »Gartenfreunde Waldbad« den Berg hoch. In den 20er Jahren hatte sich dort oben das Schwimmbad von Feuerbach befunden. Ein angrenzender Steinbruch und das Waldbadgebiet waren während des Zweiten Weltkrieges zu Schrebergärten umfunktioniert worden. Die Anlage befand sich fast am Killesberg zwischen Feuerbach und Botnang. Die Stückle lagen am Hang, auf der Seite des Landschaftsschutzgebiets, und bildeten die Grenze zu diesem und dem Kräherwald. Auf der anderen Seite am Berg, nur durch die Grünewaldstraße getrennt, lagen private Gärten, die mit Zäunen und Mauern gesichert waren. An klaren Tagen hatte man von hier oben einen herrlichen Ausblick auf die Rebstöcke des Lembergs und die Ausläufer von Feuerbach.

Gerade als Nora ihr Fahrradschloss angelegt und die Tupper-Schüssel mit den Pesto-Nudeln aus dem Fahrradkorb nahm, hörte sie ein Auto die Grünewaldstraße hinunterrasen. Durch die Windschutzscheibe sah sie den Fahrer des silberfarbenen Mercedes der S-Klasse. Er kam ihr bekannt vor, obwohl sein Gesichtsausdruck merkwürdig angestrengt wirkte. Nora nahm den Fahrradhelm ab und spürte, wie ihr das lange, blonde Haar auf die Schultern fiel. Sie hörte ein Krächzen und sah hoch. Über ihrem Kopf flog ein schwarz-weiß gefiederter Eichelhäher in Richtung der Kleingärten. Nora blickte ihm nach. Als er verschwand, schimmerte das strahlende Blau an seinem Rumpf durch die Äste.

»Sie send aber heut früh dran, hend Sie des au gsehe?«

Nora blickte sich um. Wie aus dem Nichts war ihr Gartennachbar Hupfer neben ihr aufgetaucht. Wie immer trug er eine grüne Joppe, einen Filzhut mit Gamsbart, braune Knickerbocker und rote Kniestrümpfe. Seine Füße steckten in Wanderstiefeln, die an den Kanten und auf dem Rist voller Schlamm und Stroh waren.

»Was gesehen? Den Eichelhäher?«, fragte Nora.

»Noi, den Irre, der da nuntergrast isch, wo doch hier dreißig vorgschrieba isch. Bis môl ebbes passiert!«, antwortete Hupfer. »Î glaub, des isch der Schtadtrat Raichle gwäh. Sei Wahlplakat hängt ja überall an de Pfoschte, der will wieder Schtadtrat werra. Der hott dô au a bombigs Baugschäft. Î glaub, der isch der Freind vom Schilling, so oft wie der bei dem im Garte gwäh isch. Abers ledschde Môl hend die boide sich verschtritta. Saumäßig laut send se gwäh. Du Drecksau, hott der Raichle gschrie, und als î nahguckt han, hott der schô d'Hacke hochghoba. I glaub, es hätt ebbes mit onsre Stückle z'doe. Dô lauft irgend a krumms Ding zwischa denne. Dann hend se mi gsehe und uffgehört mit em Streita. Î bin ja koin Freind vom Schilling, dauernd meckert der rom! Jetzt will er mir au nô mei bayrische Fahn verbieta. Aber jetzt isch gnuag gschwätzt, î muss heut au nô was schaffa!« Hupfer zog seinen Filzhut, schmetterte ein »Grüß Gott« und stapfte die Grünewaldstraße hinunter.

Nora hatte während Hupfers Rede geschwiegen und nur ein paarmal wie zur Zustimmung genickt. Aber sie war beunruhigt. Erst vor kurzem hatte ihr Frau Küfer, die Gartennachbarin von Nr. 20, über den Zaun den neuesten Klatsch zugetragen: »Hend Se's schô g'hört, onsre Gärtle sollet verkauft werra, die Stadt braucht Geld für des Schtugerd 21. Die sen au nemme ganz bacha, den Bahhof unterirdisch zu lega. Was des koscht. Onsre Gärtle solle Bauplätz werre. Da käm schô Geld nei, am Killesberg koscht der Quadratmeter tausend Euro. Wundra dät's mi ned, wenn der Schilling dô sei Hand drin hätt!«

Nora hatte dies als Unfug abgetan, zumal Frau Küfer im Streit mit Schilling lag, seitdem er sie überrascht hatte, als sie ihr Chemieklo nachts am Parkplatz hinter der Vereinsgaststätte in den ausgetrockneten Bachlauf entleert hatte.

Ein kleiner, stufiger Pfad führte durch den Laubwald hinauf zu Noras Garten Nr. 13. Als sie die Pforte am Ende des Weges aufschloss, roch sie den intensiven Fliederduft ihres Busches. Sie betrachtete die angelieferten Steine, es schienen mehr Kubikmeter zu sein, als sie bestellt hatte. Der gepflasterte Weg, dessen Ränder Blumenrabatten säumten und der zu ihrer mit Weinreben überwachsenen Laube führte, machte eine Biegung. Da bemerkte sie es. Ein stinkender Haufen lag mitten in einem Beet zwischen zertrampelten und herausgerissenen englischen Rosen. Es war kein Hunde- oder Fuchshaufen, sondern menschlicher Kot. Tiere wischten sich nicht den Hintern mit Papiertaschentüchern ab.

»Ekelhaft«, zischte Nora. Sie spürte, wie sich die Zornesfalte in ihrer Stirn vertiefte. Sie kannte diesen Gesichtsausdruck zur Genüge. Nach Lorenzos Tod hatte sie sich oft im Spiegel betrachtet und bemerkt, wie sich ihre wasserblauen Augen voller Hass verdunkeln konnten. »Dieser Mistkerl Schilling! Glaubt der im Ernst, dass mich so etwas umstimmen könnte?« Nie würde sie den Garten aufgeben, nicht, nachdem sie so viele Arbeitsstunden darin investiert hatte.

Sie schloss den Geräteschuppen auf, packte die Schaufel und hob damit den Haufen auf. Mit Schwung warf sie ihn über die Clematishecke in Schillings Garten. Sie wusste nicht mit absoluter Sicherheit, wer seine Hinterlassenschaft so dekorativ angeordnet hatte. Aber seitdem sie die plumpen Annäherungsversuche Lothar Schillings wiederholt und energisch abgewiesen hatte, rächte er sich jetzt anscheinend auf diese primitive Art.

Ihre erste Begegnung mit ihrem Gartennachbarn war freundschaftlich verlaufen. Er war ihr danach nicht einmal unsympathisch gewesen, wenn sie auch seine Gartenkluft – ein kariertes Hemd und Cowboystiefel, fast wie eine Robert-Redford-Imitation – lächerlich fand. Schillings Frau war vor einem halben Jahr verstorben, und seitdem häuften sich die Bierkisten an seiner Laube zu einem kleinen »Piz Waldbad«. Seine Frau hatte in den letzten Jahren im Rollstuhl gesessen. Mehr als einmal hatte Nora beobachtet, wie er eine Decke über ihre Beine gelegt und sie liebevoll auf den Kopf geküsst hatte. Aber der Tod seiner Frau schien ihn aus der Bahn geworfen zu haben. Gartennachbarn munkelten, dass er immer häufiger sein Finanzdienstleister-Büro geschlossen habe und bald Konkurs anmelden müsse.

Schillings Schrebergarten grenzte an den ihren, und so hatte Nora, wenn auch unfreiwillig, Einblick in seinen Garten. Dort waren keine Wildkräuter zu sehen, die Blumen standen wie Soldaten beim Appell und jeder einzelne Grashalm des Rasens sah wie gebügelt und gestärkt aus. Horden von dümmlich-grinsenden Gartenzwergen bevölkerten die Rabatten. Aber das Schlimmste war, dass Schilling Noras Stiefvater immer ähnlicher sah. Er hatte ein grobschlächtiges Wesen, einen dicken Bauch, der aussah, als ob ein Weinfässchen darin rollte. Aus seiner Gartenhose strömte ein muffiger Geruch. Seine Glatze war blank poliert, sie stand in krassem Gegensatz zu seiner starken, gekräuselten Brustbehaarung. Gerne stellte Schilling sich an sonnigen Tagen mit nacktem Oberkörper zur Schau. Nora konnte sich überhaupt nicht vorstellen, dass auch nur eine Frau ihn attraktiv finden konnte. Aber der Typ fand sich anscheinend unwiderstehlich, und seit Monaten verfolgte er nur ein Ziel: bei ihr zu landen.

»Na, schöne Frau, immer so allein. Wo ist denn Ihr Mann?« Wenn Schilling ihr mit solchen Sprüchen kam, hatte Nora sich angewöhnt, ihn nur zu mustern, ohne ein Wort zu sagen. Dabei spürte sie förmlich, wie sich ihr Mund nach unten verzog. Einmal hatte sie die Rebschere aus ihrer Gartenschürze gezogen, sie von einer Hand in die andere fallen lassen und Schilling dabei forsch in die Augen gesehen. Er hatte sich schließlich grummelnd zurückgezogen. Hinterher hatte Nora ihre Hacke aufgenommen und den Giersch in heftigen, kraftvollen Schlägen bearbeitet.

Aber Schilling wurde immer aggressiver und unberechenbarer. Da immer vier Parzellen der Anlage, nur durch Hecken getrennt, ein Karree bildeten, konnte er Noras Garten jederzeit und unbemerkt von den anderen »Gartenfreunden« einen Besuch abstatten. Oft schlich er sich an sie heran und erschreckte sie, wenn sie im Liegestuhl lag. Einmal war es ihm sogar gelungen, sie an sich zu drücken und zu küssen. Noch immer fühlte sie seine rauen Lippen auf ihrem Mund, und seine Hände hatten an ihren Oberarmen Blutergüsse hinterlassen. Mit letzter Kraft hatte sie ihn von sich schieben können, war heimgefahren und hatte ausgiebig geduscht.

Seit sie Giovanni beim Sex mit einer anderen Frau in ihrem eigenen Schlafzimmer erwischt hatte, konnte sie die Berührungen keines Mannes mehr ertragen. In den letzten Tagen ihrer Ehe hatte sie sich schon geekelt, wenn Giovannis Bettzeug über dem ihren lag, geschweige denn sein verschwitzter Körper.

Seit einigen Wochen übte sie in den Abendstunden in einem Sportstudio Jiu-Jitsu. Die Prüfung für den gelb-weißen Gürtel war bestanden, aber bis sie die fortgeschrittenen Techniken beherrschte, hatte sie in ihrer grünen Schürze stets die Rebschere griffbereit. Von ihren »Gartenfreunden« konnte Nora keine Hilfe erwarten. Viele fürchteten Schillings polterndes, autoritäres Auftreten, und seine Übergriffe und Anzüglichkeiten fanden nur statt, wenn keine Nachbarn in der Nähe waren. Auch zu Hause war Nora nicht sicher. Schon öfter hatte sie in der Nacht und vor Schulbeginn anonyme Anrufe erhalten, bei denen nur ein eindeutiges Stöhnen oder Beschimpfungen einer verstellten männlichen Stimme zu hören waren. Das Harmloseste war noch: »Du Lompedier, du Ruatschtel.« Die Telefongespräche waren nicht zurückzuverfolgen gewesen. Nach ihrer Anzeige bei der Polizei wurde zwar eine Fangschaltung eingerichtet, trotzdem konnte der Anrufer nicht festgestellt werden. Vermutlich rief ihr Peiniger von einem Münztelefon an. Nora hatte Schillings Stimme gleich beim ersten Anruf erkannt. Er konnte Ch und Sch nicht auseinander halten und sprach beide Laute gleich aus. Ein Beweis war das nicht, schon gar nicht für die Polizei. Nora hatte überlegt, sich eine Geheimnummer geben zu lassen, aber dann wäre sie für ihre Schüler nicht erreichbar gewesen. Dieser Fiesling hatte seinen Spaß, aber an ihr blieben die Kosten für einen neuen Telefonanschluss hängen.

Das Problem würde sie auf ihre Weise lösen, so wie sie das Problem mit Giovanni gelöst hatte. Es gab ein ganz einfaches Rezept: Pinienkerne, Parmesan und Knoblauch in einen Blitzhacker geben, die Blätter und fünfzehn Samenkapseln – sicher ist sicher – der Herbstzeitlosen dazu, alles mit Salz und Olivenöl vermischt. Die würzige Paste wurde unter Nudeln gehoben. Sie kannte sich mit Kräutern und Wildgewächsen aus. Aber sie würde keinem Menschen auf die Nase binden, dass Bärlauch und die tödlich-giftige Herbstzeitlose zur gleichen Zeit im Frühsommer Samenstände und Blätter trugen. Fast identisch sahen sie aus und waren leicht zu verwechseln.

Giovanni aß gerne Pasta als Beilage zu gegrilltem Fisch. Das Pesto mit den Nudeln hatte ihm geschmeckt. Es war eins der wenigen Male gewesen, dass sie ihren Mann hatte überreden können, ihr bei der Gartenarbeit zu helfen. Vielleicht plagte ihn auch sein schlechtes Gewissen wegen der Sache mit Lorenzo. Mitleidlos war sie gewesen, als sich das Cholchizin, beschleunigt durch die körperliche Arbeit, nach zwei Stunden in Giovannis Körper verteilt hatte. Er bekam Schluckbeschwerden, erbrach sich, in schneller Folge kamen Herzrasen und Krämpfe hinzu. »Hol das Handy! Ich brauche einen Arzt, ruf sofort einen Arzt!«, hatte Giovanni sie keuchend angefleht. Als er fast nicht mehr atmen konnte und im Sterben lag, hatte Nora ihm ins Ohr gezischt: »Das ist für Lorenzo! Du bringst kein Kind mehr um!« Seine letzte Ruhe hatte Giovanni im frisch ausgehobenen Frühbeet gefunden, er war unter dampfendem Pferdemist und Kompost beerdigt. Die Gurken- und Kürbispflanzen hatten's gedankt und wuchsen ins Gigantische.

Merkwürdig war es schon, dass niemand ihren Mann vermisste. Ihre Erklärung, dass er den Tod seines Sohnes nicht hatte überwinden können und nach Italien zurück sei, wurde überall akzeptiert. Seine Eltern waren während eines Erdbebens nach dem Ätna-Ausbruch umgekommen. Ihr Versuch, Wertgegenstände aus einem Hotel zu retten, hatte tragisch geendet. Giovanni besaß keine Geschwister. Zwar lebten noch einige entfernte Onkel, doch die hatte Nora mit gefälschten Nachrichten beruhigen können. Und es schien ihnen wohl nicht der Mühe wert, Nachforschungen nach ihrem Großneffen anzustellen.

Es gibt zu viele Tote in meinem Leben, dachte Nora. Aber sie trauerte nur um Lorenzo, vermisste nur ihren kleinen Sohn. Ohne Reue erinnerte sie sich an den Brand, den sie vor Jahren in ihrem Elternhaus gelegt hatte und bei dem ihr Stiefvater und ihre Mutter umgekommen waren. Es war ihre Rache gewesen, die gerechte Strafe für das, was ihr Stiefvater ihr angetan hatte, und für die Mutter, die immer nur wegschaute. Oft meinte Nora, den Geruch von verkohltem Fleisch zu riechen, sie sah die Flammen am Haus hochzüngeln und hörte noch immer die Sirenen der Feuerwehr. Auch den Mord an Giovanni bereute sie nicht.

Und heute musste dieser Schilling dran glauben! Sie würde diesem Kerl ein für alle Mal das Handwerk legen. Eigentlich musste dieses Schwein doch da sein, der Haufen war frisch gewesen.

Mit federndem Schritt, in der Hand die Schüssel mit den Nudeln, betrat sie Schillings Garten. Vielleicht konnte sie die Pasta unbemerkt in die Laube oder auf den Terrassentisch stellen. Ein ausgedruckter Zettel mit dem Hinweis »Von einer heimlichen Verehrerin« klebte daran. Das würde Schilling gefallen.

Die Tür des Häuschens stand offen. Nora blickte vorsichtig hinein. Es roch nach Bier, abgestandenem Rauch und Schweiß. Ein zerknitterter Schlafsack lag auf einer Liege, daneben die Cowboystiefel. Auf dem Tisch standen Gläser, eine Batterie Stuttgarter Hofbräu. Neben der Eckbank, von einer weiteren zusammengeklappten Liege fast völlig verdeckt, entdeckte sie einen Laptop. Irgendetwas war hier faul. Sie stellte die Schüssel auf den Tisch, verließ das

Gartenhaus und folgte dem gepflasterten Weg, der den Hang hinunter bis zu Schillings Kompostanlage führte. Dort auf dem dampfenden Pferdemisthaufen lag ihr Gartennachbar. Sein Oberkörper war merkwürdig verdreht. Er trug ein rot kariertes Hemd und grün karierte Boxershorts. Die Füße waren nackt. Die Augen starrten sie leblos an, und der Kopf war wie ein Kürbis gespalten. Aus der blutenden, klaffenden Wunde sickerte Hirn. Ein Eichelhäher pickte daran. Neben dem Toten lag ein Beil, dessen Blatt wie von Rost überzogen war.

Kein Mensch war in den angrenzenden Gärten zu sehen oder zu hören. Sie war mit der Leiche allein. Der Dreckskerl war also nicht nur ihr gehörig auf den Wecker gegangen. Nora unterdrückte ein Auflachen. Im gleichen Augenblick erschrak sie bei dem Gedanken, dass nun die Polizei hier auftauchen und Nachforschungen anstellen würde. Sie würden bestimmt herausfinden, dass auch sie ein Motiv hatte, Schilling umzubringen. Selbst wenn die Polizei einen anderen Verdächtigen hatte, würde sicher ihr Garten durchsucht werden. Vielleicht sogar mit Hunden! Und was war dann mit Giovanni?

So eine Sauerei! Das Pesto mit der Herbstzeitlosen hinterließ keine sichtbaren Spuren. So was konnte vertuscht werden, zumal es einige Ärzte, wenn keine Verdachtsmomente vorlagen, bei der Leichenschau sehr eilig hatten. Aber so ein Mord? Den gespaltenen Schädel sahen die Polizei und der Arzt doch auf den ersten Blick. Wie dilettantisch der Mörder gewesen war, und ziemlich schlampig. Wenigstens hätte er den Leichnam und das Beil entsorgen können, und bestimmt waren auch noch seine Fingerabdrücke überall verteilt. Die große Frage aber war: Wer hatte außer ihr noch einen Grund, Schilling loszuwerden? Wer war der Mörder? Ein Gartennachbar, den Schilling auch terrorisiert hatte, eine Nachbarin, die genug von seiner Meckerei hatte? Nora schob die Gedanken an den Täter zur Seite.

Leise kicherte sie, für Schilling war es die gerechte Strafe. Für den Haufen, die ausgerissenen Rosen und seine Frechheiten. Aber sie musste die Leiche trotzdem loswerden, beseitigen, die Drecksarbeit für jemand anderen erledigen. In einer oder zwei Stunden, wenn die Nachbarn nach dem samstäglichen Einkauf ihre Gärten aufsuchen würden, würde der Tote gefunden werden.

Nora holte die Schubkarre von ihrem Stückle, zog ihre Gartenhandschuhe an, nahm die Plastikplane, die neben Schillings Schnellkomposter lag, und breitete sie in der Karre aus. Vor zwei Monaten hatte sie einen Erste-Hilfe-Kurs besucht, der von ihrer Schule organisiert worden war. Seitdem wusste sie, wie man mit einem Hebelgriff einen schwergewichtigen Bewusstlosen bewegen konnte. Mit größter Kraftanstrengung wuchtete sie den leblosen Körper in die Schubkarre, legte das Beil obenauf und wickelte alles in die Plastikplane ein. Die Karre war schwer und schaukelte beim Schieben hin und her. Ein Arm des Toten fiel über den Rand und baumelte im Rhythmus ihrer Schritte mit. Nora beeilte sich. Ihr blieb keine Zeit, sich umzuziehen und ihre Gartenkleidung überzustreifen. Sie schüttete die Plane mit dem Inhalt in den Graben, den sie für ihre Stützmauer gezogen hatte, und schaufelte alles mit Erde und Sand zu. Dann fiel ihr ein, dass sie Schillings Laube noch durchsehen wollte, möglicherweise fand sie Hinweise auf den Täter. Vielleicht konnte ihr diese Information einmal etwas nutzen. Auch ihre Schüssel mit der Pasta stand noch dort. Nora schlüpfte in den Nachbargarten und in das Häuschen. Schillings Geldbörse lag auf dem Tisch. Als sie sie öffnete und durchsah, fiel ihr ein Zettel in die Finger. Eine vierstellige Zahl – seine Geheimnummer? – und ein einziges Wort – »Gartenzaun« – standen darauf.

Offenbar war Schilling ziemlich vergesslich gewesen und hatte sein Computer-Passwort notiert. Nora erinnerte sich an den versteckten Laptop. Sie schaltete den Rechner ein, und er fuhr hoch. Mit den klobigen Handschuhen konnte sie kaum die Tastatur bedienen und sie schaute sich suchend um. Neben einem Campinggaskocher stand ein Besteckkasten. Nora nahm einen Schaschlikspieß und drückte mit seiner Spitze fest die Tasten. So öffnete sie langsam Datei um Datei. Nun konnte sie es nachlesen: Vom Messegelände bis ins Feuerbacher Tal würde noch dieses Jahr eine neue Durchgangsstraße gebaut werden. Die Gärten sollten als exklusives Baugebiet erschlossen werden, Schilling war Raichles Strohmann für den Ankauf. Raichle hatte den Vertrag mit der Stadt für den Bau der Häuser schon in der Tasche. Schilling hatte von seinem Auftraggeber bis jetzt 20000 Euro erhalten, aber anscheinend hatte ihm das nicht gereicht. Schilling wollte absahnen und hatte erpresserische Forderungen über 200000 Euro gestellt. Sehr wahrscheinlich war der Stadtrat Raichle damit nicht einverstanden gewesen und hatte seinen ehemaligen Komplizen ermordet.

Und nun kapierte Nora auch, was Schilling mit ihr vorgehabt hatte. Mit seiner Anmache und dem Telefonterror hatte er sie aus ihrem Garten herausekeln wollen, um ihn aufkaufen zu können. Sie hatte genug erfahren! Sie nahm ihre Nudelschüssel an sich und kehrte in ihren Garten zurück. Es wurde Zeit, Schilling endlich zu beerdigen.

Hastig rührte Nora in dem viereckigen Bautrog den Beton mit Wasser an, goss die Masse über den abgelegten, verpackten Toten und begann mit der Kelle den Glattstrich. Inzwischen waren zwei Stunden vergangen. Sie war mit ihrer Arbeit zufrieden. Jetzt musste das Ganze noch abbinden, warm genug war es ja, dann war Schilling für immer verschwunden. In drei Tagen konnte sie mit der Mauer beginnen. Erleichterung machte sich in Nora breit, obwohl ihr der Schweiß herabtropfte. Ihr T-Shirt und die Jeans waren klatschnass und völlig verdreckt. Erschöpft lehnte sie sich an einen Baum. Sie wollte nur noch nach Hause, heiß duschen und sich umziehen. Aber zuerst leerte sie die Nudeln auf den Kompost, überdeckte sie mit Erde, spülte die Glasschüssel unter fließendem Wasser und verstaute sie in ihrem Rucksack. Sie schulterte diesen, schloss ihre Laube und das Gartentor ab und ging die Treppe hinunter zu ihrem Fahrrad.

Umständlich öffnete Nora das Fahrradschloss. In der Eile hatte sie ihren Helm vergessen, aber sie wollte nicht mehr in den Garten zurückgehen. Für die kurze Strecke war der Helm nicht nötig, überlegte sie. Dann fuhr sie in rasantem Tempo die Grünewaldstraße hinunter.

Dort, wo die Straße eine unübersichtliche Rechtskurve machte, kam ihr, viel zu weit in der Mitte und viel zu schnell, ein älterer zitronengelber Jeep entgegen. Ihr Fahrrad quietschte, als sie in die Bremsen stieg, es kam ins Schleudern, und Nora wurde vor den Geländewagen katapultiert. Der »Kuhfänger« vor dem Kühlergrill zertrümmerte ihren Schädel. Nora starb mit dem Gedanken an Lorenzo. Nur kurz hing der flüchtige Duft eines Fliederbusches in der Luft.

Renate Klöppel

Die schwarze Bonbonniere

Die junge Frau trat hinaus in den Regen, der seit den Mittagstunden unaufhörlich aus dem konturlosen Himmel rann. Vor ihr lag der Feuersee, grau wie das Fell eines Esels, hinter dem kahlen Geäst der Platanen, und vom Mauerwerk der Johanneskirche troff dunkel die Nässe. Zwanzig Schritte brauchte sie vom Arbeitsgericht bis zur S-Bahn, zwanzig Schritte wie jeden Tag, wenn sie von der Arbeit kam, mehr waren es nicht, dann die Treppe hinunter, immer noch im strömenden Regen. Kalte Zugluft schlug ihr entgegen, erst ganz unten bei den Gleisen war es wärmer. Sie setzte sich auf die erste Bank gleich hinter der Treppe, die leer war wie an jedem Tag. Es war alles wie immer, die Menschen gelangweilt und blicklos, das Blau, das sie umgab. Alles war blau hier unten, die Säulen, die Bänke an den Säulen, die Wände. Sie sah auf die Uhr. Noch eine Minute, bis die Bahn kommen würde, in zehn Minuten war sie zu Hause. Alles war wie immer.

Dann hörte sie ein leises Rauschen, das war die Bahn. Die S6 war pünktlich. Die junge Frau stand auf und trat an die Bahnsteigkante. Sie sah sich nicht um. Es war nicht ihre Art, die Leute zu mustern, und sie achtete nicht darauf, wer neben oder hinter ihr stand. Vielleicht hätte sie ihn sonst gesehen, den Mann mit dem Trolley, der irgendwo hinter ihr gestanden haben musste.

Das Rauschen wurde zu einem Dröhnen, das Rumpeln auf den Schwellen immer deutlicher, dazu ein hohes Sirren in den Schienen wie die Schreie eines Vogels. Sie sah hinunter zu den Gleisen, die weit unter ihr lagen, stumpf und braun. Dort, einen Meter tiefer, war alles braun.

»Bitte Vorsicht an Gleis zwei, der Zug nach Weil der Stadt fährt ein.«

Jetzt konnte sie die Bahn sehen, erst das linke Licht, dann die Leuchtschrift oben, das zweite Licht. Sie stand ganz dicht an dem Gleis, sah dem Zug entgegen. Er kam näher, noch immer rasend schnell, wurde größer, füllte die ganze Röhre, kam auf sie zu wie ein riesiges Insekt mit leuchtenden Augen. Der Führerstand war dunkel, niemand war zu sehen dort. Jede Bahn hier unten sah beim Einfahren aus wie ein Geisterzug.

Noch fünfzig Meter. Der Zug war immer noch sehr schnell. Noch zwanzig Meter.

Noch zehn.

Jetzt ein Stoß, der sie plötzlich traf, ein gellender Schrei, ihr Schrei, ein Sturz, ihr unfassbarer Sturz. Hilflos fiel sie, suchte mit Armen und Beinen in der Leere Halt. Für einen furchtbar langen Augenblick, für die Dauer eines Herzschlags, grauenvolle Angst. Gleich darauf ein heftiger Schmerz, die Räder neben ihrem Kopf, weit über ihr die Bahn, ringsum die Dunkelheit, die Enge, ein schrilles, ohrenzerreißendes Kreischen der Bremsen, der Geruch nach etwas Heißem, Verbranntem. Dann hielt der Zug. Erst jetzt das Fallen, das nicht endete. Kein Schmerz mehr.

Der Mann brachte Rosen ins Katharinenhospital, fünf blutrote langstielige Rosen. Er sei der Mann mit dem Koffer gewesen, sagte er zu ihr. Der Mann ließ sich von der Schwester eine Vase geben, stellte die Rosen hinein, stellte die Vase auf ihren Nachtschrank. »Mein Gott, dass Sie noch leben!«

»Wasser?«, fragte die junge Frau.

»Wasser?«

»Wasser für die Rosen.«

»Ja«, sagte er. »Natürlich. Wasser für die Rosen.« Er sah den Vorhang in der Zimmernische, fand den Wasserhahn dahinter, stellte die volle Vase zurück. »Mein Gott, dass Sie noch leben!«

»Ja«, sagte sie.

Dann sagte er nichts mehr. Sie sah ihn an, wie er da vor ihr stand mit hängenden Amen, ein Machertyp, jetzt hilflos, abwartend, immer noch im Mantel, den er nicht geöffnet hatte, ein Mann mit einem Gesicht, an dem alles groß war, der Mund, das Kinn und besonders die kantige Nase. Es war kein hässliches Gesicht, aber zu hart für sein Alter. Anfang vierzig mochte er sein, etwa zehn Jahre älter als sie.

»Werden Sie noch lange hier bleiben müssen?«, fragte er endlich.

»Lange? Was ist lange?«

»Wochen«, sagte er. »Vielleicht Monate?«

»Nein«, sagte sie, schwieg wieder, sah ihn an.

Das also war Harald Schwerte, ein Mann, über den die Zeitungen schrieben, Aufsichtsratsmitglied in zwei großen Firmen, Aktionär mit Insidergeschäften – »alle Verkäufe rein zufällig im richtigen Augenblick« –, ein Mann mit Knete, aber so richtig, ein Mann mit einer Putzfrau, sechs Euro die Stunde und dann noch als Schwarzarbeit. Ein Mann, der drei Wochen mit seiner Familie in eine Suite ins *Steigenberger* gezogen war, weil der Umbau seiner Villa nicht pünktlich fertig war, und die fünfstellige Hotelrechnung dem verschuldeten Handwerker präsentierte. Dieser hatte sich dann erhängt, weil er keinen Ausweg mehr sah.

»Setzen Sie sich doch«, sagte sie. Irgendetwas musste sie ja sagen, sie konnte nicht ewig schweigen.

Er setzte sich nicht. Einer, der nie genug bekommt, dachte sie. Einer, der sich das Geld nimmt. Schwerte, das Schwein.

Der Mann mit dem Koffer.

Und jetzt stand dieser Kerl an ihrem Bett und brachte ihr Blumen.

Er zog ein großes und sehr weißes Taschentuch aus der Hosentasche und wischte sich den Schweiß von der Stirn. Er sei nur wegen der Blumen gekommen, sagte er, das sei ihm ein Herzensbedürfnis, obwohl er zu arbeiten habe, in diesen Wochen besonders. Und gerade jetzt dieses entsetzliche Unglück! Aber es sei nicht seine Schuld gewesen. Ihr Schritt nach hinten war die Ursache, nur dieser eine unbedachte Schritt von ihr, nur ein einziger Schritt im falschen Augenblick, gerade als er mit seinem Koffer neben ihr war. Deswegen die Katastrophe, nur deswegen. »Mein Gott, dass Sie noch leben!«

Das Flugzeug nach Berlin sei ohne ihn geflogen. Nein, das sei kein Vorwurf. Es sei ohne ihn gestartet, weil er nicht mehr hatte fliegen wollen. Und weil die Polizei ihn sprechen wollte, ja, vor allem deswegen.

»Ja«, sagte sie. »Vor allem deswegen.«

Überhaupt die Ermittlungen der Polizei! Sie könne sich nicht vorstellen, welche Belastung dies für ihn bedeute.

Sie bat ihn zu gehen. Offenbar hatte er das nicht erwartet, denn er ging sofort. Er tat es ein wenig zu schnell, zu plötzlich zog er die Tür des Krankenzimmers hinter sich zu.

Harald Schwerte. Sein Gesicht war ihr seltsam vertraut, aber nicht aus der Zeitung, da war sie sich sicher. Ein Foto von ihm gab es nicht einmal, als die Notiz über den ruinierten Handwerker in der Zeitung gestanden hatte. Es war ein Gesicht aus einer vergangenen Zeit und die Erinnerung daran wie eine Kindheitserinnerung aus den Jahren, als ihre Mutter noch lebte.

Am nächsten Morgen erwachte sie unter der verschwitzten Decke mit Kopfschmerzen und einem Gefühl wie nach einer durchzechten Nacht. Die Ärzte kamen zur Visite, erklärten, was sie längst wusste und was sie kaum noch interessierte. Eine Gehirnerschütterung, damit hatte sie sich abgefunden, die Beckenprellung interessierte sie nicht, die gebrochenen Rippen schmerzten bei jedem Atemzug, aber sie würden heilen. Was sie nicht mehr losließ, war etwas anderes: die Erinnerung an Schwertes Gesicht.

Ihre Freundinnen kamen. Simone brachte die ersten Osterglocken in diesem Frühjahr, brachte ihr Bücher. Esther kam mit Trauben aus Südafrika und Erdbeeren aus Marokko und der Post aus ihrer Wohnung. Esther sah sie lange an. »Dass du noch lebst!«, sagte sie und streichelte ihre Hand.

»Ja, dass ich noch lebe«, sagte sie und dachte an Schwertes Gesicht.

Eine Woche später war sie wieder zu Hause. Ihre Wohnung roch fremd und muffig und wie seit Ewigkeiten nicht mehr bewohnt. Der Taxifahrer hatte ihre Tasche bis zur Wohnungstür getragen, das Trinkgeld wollte er nicht nehmen. Im Kühlschrank warteten eine Tüte frische Milch, Butter und ein Päckchen mit Aufschnitt, auf den Küchenschrank hatte Esther geschnittenes Brot gelegt, daneben eine Packung *Mon Chéri* und eine bunte Karte mit einem verbundenen Osterhasen.

Noch am selben Tag humpelte sie in den Keller. Ganz hinten in einem Verschlag vor den Heizungsrohren standen die Koffer, verstaubt und von Spinnweben überzogen. Als ihre Mutter starb, hatte sie hineingepackt, was ihr eine Erinnerung versprach, den glitzernden Modeschmuck, die Fotoalben, dazu die Bilder in Zigarrenkisten und Pralinenkartons, ein paar Porzellanfigürchen, Ordner und was sie noch in den Fächern des Sekretärs fand. Sie hatte das nutzlose Zeug nie wieder angesehen. Die Koffer waren zu schwer, um sie in ihrem Zustand nach oben zu tragen. Sie öffnete den ersten, hockte sich davor und griff hinein in den verstaubten Plunder, zog vergilbte Zeugnisse des Königin-Charlotte-Gymnasiums hervor, Arbeitsverträge, Gehaltsabrechnungen, Mietverträge und dazwischen, in Zeitungspapier verpackt, etwas Hartes, Rundes. Sie packte sie aus, die schwarze Bonbonniere mit dem aufgemalten Edelweiß und dem leuchtend blauen Enzian, strich zart über das glatte, dunkle Holz. Ebenholz? Ihre Mutter hatte das Gefäß gehütet wie einen Schatz, aber nie hatte sie verraten, welche Erinnerungen die Bonbonniere für sie bewahrte.

Sie klappte den Koffer wieder zu und zog den zweiten hervor. Zuoberst lag ein zerfledderter Pralinenkarton. Die Fotos darin waren schwarz-weiß und ganz klein, darauf ihre Mutter im Taufkleid, Kinder mit grob gestrickten Strümpfen, Frauen mit Kopftüchern beim Spargelstechen, Soldatenbilder, ein Foto mit Trauerflor: Russland 1944, die letzte Aufnahme von ihrem Großvater. Das waren nicht die Bilder, die sie suchte.

Was suchte sie eigentlich? Das Gesicht des Mannes, der sie vor den Zug gestoßen hatte? Hier zwischen den uralten vergilbten Bildern suchte sie einen Vierzigjährigen? Sie nahm den zweiten Karton, Umschläge mit Urlaubsbildern, eine Reisegruppe in Rom, die Engelsburg, Menschenmenge vor dem Petersdom und der Papst in Weiß auf dem Balkon. In einem anderen Umschlag waren Bilder von einem Kind mit blonden Rattenschwänzen. Dasselbe Mädchen mit ernstem Gesicht auf dem Rücken eines Ponys, dann einsam an einem weiten Strand, neben sich Schaufel und Backförmchen, immer wieder Bilder von diesem verschlossenen Kind. Von ihr selbst.

Auch das war es nicht, was sie finden wollte. Was sie suchte, war die Spur ihrer Erinnerung an Schwertes Gesicht.

Schon in der Zeit, als ihre Mutter noch lebte, hatte sie oft heimlich in den alten Bildern und Briefen gewühlt, aber damals hatte sie etwas anderes gesucht. Damals wollte sie dem Geheimnis ihrer Mutter auf die Spur kommen. Immer wieder hatte sie die sorgfältig gebündelten Briefe studiert und die alten Fotos durchgesehen. Namen tauchten in den Briefen auf, meist Namen von Männern, die sie nicht kannte. Auch auf den Bildern sah sie nur die Männer an. Manchmal gab es ganze Filme immer mit demselben, dann Bilder von anderen Männern und wieder Fotos des Mannes, der ihr schon vertraut war.

Das Rätsel, das ihre Mutter mit ins Grab genommen hatte, als sie den Kampf gegen ihren Lungenkrebs verlor, war der Name ihres Vaters. Warum sie ihn verschwieg, hatte sie niemandem offenbart.

Manchmal hatte ihre Mutter die alten Bilder mit ihr gemeinsam angesehen. Sie hatte dann auf ihrem Schoß oder dicht neben ihr gesessen, und ihre Mutter hatte die alten Geschichten erzählt. Bald erkannte sie die Mutter auf den Kinderbildern, sie erkannte die Eltern ihrer Mutter und ihren Bruder. Aber bei manchen Bildern in den Kartons war es anders gewesen. Da verstummte die Mutter, versank ganz in ihren Erinnerungen, vergaß alles um sich her und verlor sich in einem unsichtbaren Nebel, der sie unerreichbar machte. Manchmal hatte sie ihre Mutter nach den Namen der Menschen auf diesen Fotos gefragt. »Die behältst du doch nicht«, antwortete die Mutter dann, und sie hatte sich zufrieden gegeben.

Einmal hatte sie eines der Urlaubsbilder lange in der Hand gehalten. Ihre Mutter war darauf in gestreiftem Bikini an einem Badesee, neben ihr ein Mann, der sie im Arm hielt. Sein Gesicht zeigte das Bild im Profil. Da war sie nicht zu übersehen gewesen, diese Nase, die einen ungewöhnlichen, einen enormen Höcker trug. »Ein Höckerschwan«, hatte sie gerufen und hatte gelacht. »Der Mann sieht ja aus wie ein Höckerschwan.«

Ihre Mutter war sehr still geworden, und in ihren Augen hatten Tränen geglitzert. Sie hatte das Foto in den Karton zurückgelegt und ihn nie mehr in ihrem Beisein geöffnet. Sie hatte ihn weggeschlossen.

Das war es, was sie suchte, das Bild von dem Mann mit der Höckernase. Die Tränen ihrer Mutter und ihre eigene Beschämung hatten das Gesicht für immer in ihr Gedächtnis gegraben.

Sie hinkte in ihre Wohnung zurück, holte eine Tasche und legte die Kartons mit den Bildern hinein. Dann verschloss sie den Koffer und stellte ihn zurück in den Verschlag, stieg wieder die Treppen hinauf. Ihr Herz schlug viel zu schnell, als sie an ihrem Schreibtisch die Bilder betrachtete. Im zweiten Karton fand sie das Bild: der Höckerschwan und ihre Mutter in seinem Arm.

Der Mann sah wirklich aus wie Schwerte. Und er hatte die gleiche Nase!

Sie sah das Bild lange an, rechnete. Der Mann auf dem Foto war offensichtlich älter als ihre Mutter. Ihre Mutter wäre in diesem Jahr fünfundsechzig geworden. Der Mann müsste heute über siebzig sein.

Und Harald Schwerte, der dem Mann auf dem Bild so ähnlich sah, hatte sie mit seinem Koffer vor die S-Bahn gestoßen, versehentlich und ebenso zufällig wie ihr Schritt nach hinten, an den sie sich nicht erinnerte und den niemand bezeugen konnte.

Sie glaubte nicht an Zufälle, nicht an Zufälle wie diesen.

Aber was wusste sie denn? Was bedeutete es schon, dass ihre Mutter einen Mann gekannt hatte, der aussah wie dieser Harald Schwerte? Trotzdem. Wenn der Mann auf dem Foto auch Schwerte hieß, musste sie ihn finden – sofern er überhaupt noch lebte.

Sie nahm das Telefonbuch, schlug es auf. Nur ein einziges Mal war der Name Schwerte verzeichnet, ein »V. Schwerte«, ohne Adresse. Harald Schwerte gab es nicht. Schweine stehen eben nicht im Telefonbuch.

Noch am selben Tag rief die junge Frau beim Bürgeramt an – ohne Ergebnis. Geburtsdatum? Früherer Wohnort? Der Vorname des Mannes auf dem Foto? Nichts konnte sie der Dame sagen. Sie erfuhr die Adresse nicht, denn sie war nicht berechtigt, sich über einen Herrn Schwerte zu informieren.

Tagelang versuchte sie, das Gesicht auf dem Foto zu vergessen, wie sie so vieles vergaß, was ihr einmal wichtig gewesen war. Nicht zum ersten Mal kam ihr ein Mensch so bekannt vor, dass sie ihn ansprach. »Entschuldigung, sind Sie nicht der Herr X?« Oder: »Sind wir uns nicht in Y schon einmal begegnet?« Immer hatte sie sich geirrt. Manchmal rief sie jemandem einen Namen nach, hoffte, er werde sich umwenden, aber nie war es geschehen. Sie ging wieder zur Arbeit und erledigte, was sich in ihrer Abwesenheit angesammelt hatte. Jeden Tag ging sie die zwanzig Schritte vom Arbeitsgericht zur S-Bahn, setze sich auf die Bank wie früher und wartete. Sie war vorsichtig geworden, trat erst dann an das Gleis, wenn der Zug schon hielt. Manchmal, wenn sie die S-Bahn am Nordbahnhof verließ, die enge dunkle Treppe hinunterstieg und unter den Eisenbahnbrücken hindurchging, hatte sie das Gefühl, jemand liefe dicht hinter ihr. Sie drehte sich dann um, sah niemanden, doch das Gefühl einer Bedrohung blieb.

Harald Schwerte sah sie nicht wieder.

Zu Ostern war sie allein zu Hause. Ihre Freundinnen hatten sich daran gewöhnt, dass sie noch lebte, und waren mit ihren Familien verreist. Einen Freund hatte sie nicht, seit sie sich an Silvester von Thomas getrennt hatte. Sie hatte Zeit, zu viel Zeit. Morgens, wenn sie wach in ihrem Bett lag, sah sie das harte Gesicht mit der kantigen Nase vor ihren geschlossenen Augen. Sie sah es, wenn sie auf ihrem kleinen Balkon saß und zu den Zügen auf der Brücke hinüberblickte, und sie sah es nachts, wenn die letzten Straßenbahnen durch die Nordbahnhofstraße fuhren. Am Ostermontag ging sie in den Keller und holte die beiden Koffer hervor. Noch waren die Spuren sichtbar, die ihre Hände im Staub hinterlassen hatten. Sie fand die alten Briefe, die ihr noch niemals etwas offenbart hatte, nahm sie mit in die Wohnung.

Jetzt las sie nur die Namen. Nachnamen gab es nicht, niemand hatte mit vollem Namen unterschrieben. Einen Burkhard gab es, einen Dieter, einen Hans. Und Briefe von einem Volker. Drei Briefe waren es, aber was nützten ihr Liebesbeteuerungen?

Ich warte auf dich, jeden Tag, jede Stunde warte ich auf dich.

Und in einem anderen Brief: *Warum schreibst du nicht mehr, warum versteckst du dich vor mir? Warum hast du ein Postfach, das einen fremden Namen trägt? Meine liebste Moni, lass mich wissen, was mit dir geschehen ist.* Dann las sie den dritten Brief: *Moni, meine Liebe, morgen werde ich endlich das Schwabenalter erreichen. Ich weiß, dass wir diesen Geburtstag niemals hätten gemeinsam feiern können, auch nicht, wenn du für mich erreichbar wärst. Viele wichtige Menschen werden morgen Abend nach Waiblingen kommen. Das ist schön, aber es macht mich nicht froh. Du, meine Einzige, du wirst mir fehlen.*

Sie ließ den Brief sinken, der in ihren Händen zitterte. Was dieser Brief verriet, war nicht viel, doch das Wenige konnte sie weiterbringen. Jetzt gab es eine kleine Hoffnung, an die sie sich klammern konnte. Geschrieben worden war der Brief am 4. Mai 1975. Am nächsten Tag hatte er das Schwabenalter erreicht.

Jetzt wusste sie genug, um die Adresse im Bürgeramt zu erfragen. Und wirklich, V. Schwerte hieß Volker, war am 5. Mai 1975 vierzig Jahre alt geworden und lebte früher in Waiblingen.

Einen Tag später stand sie in der Straße »Am Bismarckturm«. Hier oben, wo die Luft frischer war als unten in der Stadt, gab es Häuser, wie sie die junge Frau noch nie betreten hatte, auch nicht als Gast. Hier waren die Autos größer und hatten Kennzeichen, die etwas auszusagen hatten, hier waren die Mauern und Zäune höher als anderswo. Überall waren die Fenster im Erdgeschoss vergittert, und die dahinter lebten, saßen in ihren Käfigen, geschützt vor dem Neid und der Begierde der anderen, getarnt mit namenlosen Klingelknöpfen, versteckt in der Anonymität. *V. S.* stand an dem Haus, das sie suchte, ein Bungalow, abweisend mit seinen kleinen verhängten Fenstern.

Eine Frau kam aus dem Haus, eine gepflegte Erscheinung mit blond gefärbten Locken, doch das Gesicht maskenhaft erstarrt. Sie ging bis zur schmiedeeisernen Gartenpforte, lehnte sich darüber, blickte nach rechts und nach links.

»Ich möchte Herrn Schwerte sprechen.«

»Mein Gatte ist vor zwei Wochen gestorben«, antwortete die Frau am Gartentor.

»Oh, das tut mir Leid.«

Ehe sich die Frau abwenden konnte, reichte sie ihr das Foto ihrer Mutter am Badesee. Jetzt verwandelte sich das Gesicht vor ihr, alles

Künstliche fiel ab. Für einen Augenblick sah die Frau erstaunt aus, dann wurde ihr Gesicht traurig und bitter.

»Woher haben Sie das Bild? Woher wissen Sie, dass dies mein Mann ist?«

»Von meiner Mutter.«

Wieder änderte sich das Gesicht, wurde fragend, fast lauernd. »Und wer ist Ihre Mutter?«

»Darf ich reinkommen?«

Frau Schwerte zögerte, sah sich um, als suche sie nach Zeugen der Begegnung, öffnete dann hastig das Tor. »Kommen Sie.«

Der Flur, in den sie traten, war dunkel und eng, nur durch die Schlitze neben der Haustür fiel Licht. Das Wohnzimmer dahinter war hell und weit. Und es war leer. Weißes Parkett, zwei weiße Ledersofas, ein Glastisch, das war alles. Hinter den Fenstern, weit unter ihnen, lag die Stadt. Dort waren die Menschen. Dort war das Leben.

Die junge Frau sah sich im Zimmer um. An allen Wänden hingen Bilder, die sich ähnelten, Stillleben zumeist, auch ein paar Landschaften. Das ganze Zimmer war ein Museum.

»Sind die Bilder von Ihnen?«

»Nein, von meinem Mann. Er hat seit seiner Jugend gemalt.«

Plötzlich begann ihr Herz zu stolpern, setzte aus, begann dann wieder zu schlagen. Das Bild hing neben der Tür, ein altmodisches, langweiliges Stillleben. Eine alte Kaffeekanne und zwei Tassen waren darauf. Neben der Kanne lag ein Spitzendeckchen. Und da stand sie. Es gab keinen Zweifel, auf dem Deckchen stand die schwarze Bonbonniere vom Küchenschrank ihrer Mutter.

»Ihr Mann war ein Künstler«, sagte sie und versuchte, ihre Erregung zu verbergen. »Gibt es noch mehr Bilder von ihm?«

»Überall hängen seine Bilder.«

»Dürfte ich sie mir vielleicht einmal ansehen?«

Wieder legte sich das Misstrauen wie ein Schatten über das Gesicht der gepflegten Frau, wieder zögerte sie. »Sie wollten mir von Ihrer Mutter erzählen.«

»Ja. Wenn ich Ihnen damit weiterhelfen kann.«

»Wer ist Ihre Mutter?«

Sie sagte ihr den Mädchennamen, den Namen, den ihre Mutter damals – lange vor ihrer kurzen Ehe – getragen hatte.

Frau Schwerte kannte ihn nicht. »Wissen Sie, wo das Foto entstanden ist?«

»Warum fragen Sie danach?«

»Als mein Mann so alt war wie auf dem Bild, waren wir schon seit Jahren verheiratet.« Wieder dieser lauernde Blick, mit dem sie auf die Antwort wartete. Eifersucht, deshalb hatte sie sie also in die Wohnung gelassen. Eifersucht auf eine Frau, die heute – wenn sie noch lebte – eine Greisin wäre.

»Nein«, sagte die junge Frau, »ich weiß nicht, wo das Foto aufgenommen wurde.« Dann beantwortete sie alles, was die Witwe sie fragte, aber was sie ihr sagen konnte, war belanglos und offenbarte nichts.

»Kommen Sie«, sagte Frau Schwerte schließlich. »Ich zeige Ihnen die anderen Bilder.« Sie ging voran durch das ganze Haus, durch kahle Räume mit modernen Möbeln, alles weiß, alles gläsern, alles leblos wie die Bilder an den Wänden. Am Ende traten sie in das Atelier. Nur dieser eine Raum war nicht in sterilem Design erstarrt, nur in dem Zimmer des Toten war eine Spur von Leben. »Ich habe alles so gelassen, wie es war«, sagte die Witwe.

Sie standen mitten in dem Atelier ohne zu sprechen, und es war, als brauche es nur eine kleine Weile, und der Maler selbst würde zurückkehren. Er würde einen der bekleckstenKittel vom Haken neben der Tür nehmen, nach den Farbdosen und den zerdrückten Tuben greifen, einen der vielen Pinsel nehmen und das Bild beenden, das auf der Staffelei lehnte. Auf der Leinwand war ein schwarzer Stein, der in zwei Teile zersprang. Es war das einzige Werk, das die junge Frau berührte.

»So etwas hat er früher nicht gemalt, so etwas Zerstörtes, Verletztes.« Traurig stand die Witwe vor diesem Vermächtnis. »Es ist sein letztes Bild. Er hatte Krebs und wusste, dass er nicht mehr lange leben würde.« Plötzlich wandte sie sich um. »Warum sind Sie hierher gekommen?«

Die junge Frau schwieg. Sie hätte wissen können, dass diese Frage kommen würde, aber eine Antwort hatte sie sich nicht überlegt. Was wollte sie in diesem Haus? Was wollte sie wirklich von dieser Frau?

»Meine Mutter ist gestorben«, sagte sie in die Stille hinein. »Ich suche nach Erinnerungen.«

»Ja«, sagte die Witwe. »Das kann ich verstehen. Mit dem Tod eines Menschen sterben auch seine Erinnerungen. Dann sucht man nach Menschen, die uns das wiedergeben können, was wir verloren haben.«

Wieder schwiegen sie beide und sahen auf den zerbrechenden Stein.

»Wollen wir uns setzen?« Frau Schwerte ging zurück ins Wohnzimmer. Sie nahm Platz auf dem Sofa an der Wand, die junge Frau ihr gegenüber. Weiße Lilien in einer schmalen hohen Glasvase auf dem Couchtisch verstellten ihr den Blick. Beerdigungsblumen, dachte sie, aber sie schob die Vase nicht zur Seite.

Die Minuten vergingen, die beiden redeten nicht viel und irgendwann erhob sich die junge Frau. »Dürfte ich bitte die Toilette benutzen?«

Frau Schwerte zögerte. »Ja bitte«, sagte sie endlich.

Ein paar Minuten später kam die junge Frau ins Wohnzimmer zurück. Ihre Tasche war dicker als zuvor, aber Frau Schwerte bemerkte es nicht. Sie stand von dem weißen Sofa auf.

»Es war schön, dass Sie gekommen sind.« Sie hielt die Klinke schon in der Hand, öffnete die Haustür. Aber die junge Frau verließ das Haus noch nicht. Sie blieb in der offenen Tür stehen, als habe sie etwas vergessen.

»Ich bin die Frau, die Ihr Sohn vor die S-Bahn gestoßen hat.«

Das Gesicht in dem dunklen Flur verschloss sich wie eine Tür, die mit dem Windzug plötzlich ins Schloss fällt. Frau Schwerte hob die Hände, als müsse sie sich vor einem Angriff wehren. »Es war nicht seine Schuld«, sagte sie. Dann schlug sie die Tür zu.

Die junge Frau fuhr in ihre Wohnung zurück. Sie zog Gummihandschuhe an, nahm den Malerkittel aus ihrer Handtasche und steckte ihn vorsichtig in eine Plastiktüte. Das Taschentuch, das die Kitteltasche wölbte, berührte sie nicht.

Im Internet fand sie die Telefonnummer eines DNA-Labors.

»Mein Vater ist gestorben«, sagte sie. »Der Mann, den ich für meinen Vater hielt, ist tot. Jetzt möchte ich die Wahrheit wissen.«

»Was können Sie uns von ihm bringen? Haben Sie noch Kleidung, seinen Rasierapparat oder seine Zahnbürste vielleicht?«

»Einen Malerkittel, ein Taschentuch, mehr habe ich nicht mehr von ihm.«

»Ja«, sagte der Mann. »Damit können wir es versuchen. Ein paar Hautschuppen vom Kragen, vielleicht ein Haar mit Wurzeln, Hautschuppen vom Taschentuch. Zum Vergleich einen Abstrich aus Ihrem Mund. Das ist Routine.«

Die nächsten Wochen waren warm und sonnig, die Blätter der Kastanien breiteten sich aus, und im Rosensteinpark blühten die Narzissen. Sie fühlte sich wieder gesund und begann wie früher an den Wochenenden zu joggen, frühmorgens, wenn sie im unteren Schlossgarten noch fast alleine war. Allmählich verschwand das vage Gefühl der Bedrohung, und die Tage bekamen wieder ihren eigenen stetigen Rhythmus. Noch war es nicht an der Zeit, die Polizei einzuschalten. Es ging um ihre Vergangenheit, und die betraf nur sie allein. Vor Schwerte wollte sie keine Angst haben. Den Gedanken, er könne einen zweiten Anschlag planen, schob sie beiseite. Oft dachte sie an den Kittel, an das Taschentuch, dachte an das Labor, und manchmal fürchtete sie, die Proben könnten verloren gegangen sein. Schließlich begann sie die Tage zu zählen, bis das Ergebnis kommen musste – noch drei, noch zwei, noch einen Tag.

Aber am nächsten Tag kam kein Brief, auch nicht am übernächsten. Am dritten Tag rief sie im Labor an, man vertröstete sie. Sie wartete weiter, ertrug noch ein Wochenende voller Ungeduld.

Am Dienstag kam der Brief. Sie fand ihn am Abend, als sie von der Arbeit kam, und öffnete ihn mit zitternden Händen. Fachausdrücke standen da, schwer verständliche Formulierungen, Angaben von Wahrscheinlichkeiten. Es dauerte lange, bis sie verstand. Volker Schwerte war wirklich ihr Vater!

Noch am selben Abend ging sie zum nächsten Polizeirevier. Sie trat durch die Schleusentür, die sich auf ihr Klingeln öffnete, Panzerglas vor ihr, Panzerglas neben ihr, dahinter ein hemdsärmeliger Beamter ohne Krawatte. Seine Lautsprecherstimme wollte wissen, was sie wünsche.

»Ich möchte eine Anzeige erstatten.«

Er öffnete ihr die zweite Schleusentür von innen, führte sie in ein kahles, schäbiges Zimmer. Das Licht war kalt und bläulich, auch der Beamte am Schreibtisch kalt und bläulich unter der Neonröhre. Sie legte das Ergebnis der DNA-Analyse auf den Tisch.

»Es war versuchter Mord«, sagte sie. »Der Stoß mit dem Koffer und mein Sturz vor die S-Bahn waren kein Zufall.« Aufrecht und entschlossen saß sie dem bleichen, gelangweilten Polizisten gegenüber, der sich nicht an den Vorfall erinnerte oder nicht erinnern wollte. »Ich bin die Halbschwester von Harald Schwerte, die uneheliche Tochter seines Vaters. Er wollte mich aus dem Weg schaffen, kurz bevor sein Vater gestorben ist.«

»Habe ich richtig verstanden, dass es bei dem von Ihnen Beschuldigten um den Industriellen und Manager Harald Schwerte geht?«

»Ja«, sagte sie, und ihre Stimme war fest und klar. »Sie haben mich richtig verstanden. Es geht um *den* Harald Schwerte, genau um den. Er wollte mich umbringen, um an mein Erbteil zu kommen.«

Der bläuliche Beamte saß an seinem Schreibtisch und schnipste Krümel von der Tischplatte. Er glaubte ihr nicht, sie merkte es, und sie sah seinen Ärger über ihre absonderliche Geschichte.

»Ich bin keine Verrückte«, sagte sie.

»Nein, Sie sind nicht verrückt«, sagte er und putzte mit dem Zeigefinger an der Tastatur seines Computers. »Und jetzt?«, fragte er.

»Das habe ich schon gesagt: Ich will Anzeige erstatten.«

»Haben Sie sich das gut überlegt?«

»Ich weiß, was ich tue.«

»Ja?«, sagte der Beamte. »Wissen Sie wirklich, was Sie tun?«

Jetzt schob sie ihm den Brief des Labors hin, den er achtlos auf dem Schreibtisch hatte liegen lassen. »Sehen Sie doch selbst.«

Der Beamte las, sah sie an, las weiter.

Jetzt endlich begann er zu schreiben, fragte nach – freundlicher jetzt –, tippte langsam und mühsam mit zwei Fingern, löschte, was er gerade geschrieben hatte, tippte aufs Neue. Ein Kollege kam herein, hörte, um was es ging, verstand den Namen Schwerte, starrte die junge Frau lange an, sagte nichts, ging wieder. Die junge Frau wartete geduldig. Sie hatte Zeit. Was zu tun war, hatte sie getan.

Schließlich druckte der Mann die Anzeige aus. »Lesen Sie es, und wenn Sie einverstanden sind, unterschreiben Sie bitte.«

Sie las und unterschrieb.

»Soll ich das wirklich so weiterleiten? Herr Schwerte ist ein Mann des öffentlichen Lebens. Wenn Sie ihn zu Unrecht beschuldigen, könnte dies sehr unangenehm für Sie werden. Außerdem wird es sehr schwierig sein, ihm eine Tötungsabsicht zu beweisen.«

»Die Beweise sind Ihre Aufgabe, nicht meine.«

Sie ging nach Hause, fühlte sich für ein paar Tage wie befreit und wartete dann wieder, wartete eine Woche, eine zweite. Gründlich wie nie zuvor las sie die *Stuttgarter Zeitung*, aber sie fand nichts über ihre Geschichte. Oft dachte sie an den alten Schwerte. Endlich wusste sie, wer ihr Vater war. Ein alter Mann, der langweilige Bilder malte, bis der Krebs in ihm fraß. Zum Künstler wurde er erst, als er den Tod schon vor Augen hatte. Ein reicher Mann, der, wie sie erfahren hatte, sein Geld mit dem Verkauf von Autos verdient hatte.

In der dritten Woche kam ein Anruf von der Kriminalpolizei. »Wir haben bei der Durchsuchung von Herrn Schwertes Wohnung Bilder auf dem PC gefunden, darunter ein Foto von Ihnen, aufgenommen vor Ihrer Wohnung. Die Zweige der Hecke vor dem Haus sind kahl auf dem Bild.«

»Als ich aus dem Krankenhaus entlassen wurde, hatte die Hecke grüne Blätter«, sagte sie.

»Ja, das ist richtig. Wir wissen inzwischen, dass Harald Schwerte Sie vor Ihrem Sturz vor die Bahn fotografiert hat. Er hat Sie bespitzelt.«

Der Beamte sprach noch lange mit ihr. Acht Wochen, bevor Volker Schwerte gestorben war, als sein Tod schon voraussehbar war, hatte er sein Schweigen gebrochen und seinem Sohn gesagt, was dieser nicht hören wollte. Auch den Namen der verheimlichten Tochter hatte er genannt. Sie würde erben, genau wie der Sohn.

»Das Testament liegt bei einem guten Freund des alten Schwerte, der für einige Monate in China reist«, sagte der Mann am Telefon. »Wenn Sie vor dem alten Schwerte gestorben wären, hätte niemand Ihren Unfalltod mit dem Erbe in Verbindung gebracht. Wie hätte das Nachlassgericht von den näheren Umständen Ihres Todes erfahren sollen? Monate könnten vergehen, ehe das Testament auftaucht. Und Nachkommen, die den Erbfall nicht mehr erleben, gibt es öfter, das ist kein Grund für einen Verdacht.«

»Woher wissen Sie das alles?«, unterbrach sie den Beamten.

»Herr Schwerte hat es uns schließlich selbst erzählt. Die Beweise waren zu erdrückend. Außerdem hat er von dem Testament gewusst. Er musste damit rechnen, dass es irgendwann einmal auftauchen würde. Durch Ihre Anzeige musste die Wahrheit ans Licht kommen. Jedes Verheimlichen konnte seine Lage nur verschlechtern.«

Die junge Frau bedankte sich, legte den Hörer auf.

Schwerte, das Schwein. Und sie, die kleine Angestellte im Arbeitsgericht, hatte ihm das Genick gebrochen. Aber da war noch ein anderer Gedanke.

»Reich«, sagte sie leise und noch einmal: »Reich«, als wolle sie den Klang des Wortes ausprobieren. »Ich werde reich sein.«

Der Gedanke verwirrte sie.

Frigga Haug

Schwäche ist Stärke

Mit einem lauten Knall flog die Tür hinter dem letzten Schüler ins Schloss. Helga Schrader seufzte laut. Dann nahm sie ihre Tasche und verließ den Raum. So was konnte nur ihr passieren. Man hatte sie als frisch gebackene Lehrerin an die Hauptschule von Berkheim versetzt. Ausgerechnet Berkheim, das langweiligste Kaff im Landkreis, nachdem schon Esslingen ihr viel zu klein und spießig gewesen war. Esslingen, die alte Reichsstadt mit der »freien Luft«. Sie hatte sie nicht geatmet. Sie fand die Renaissancehäuser rund um den Marktplatz irgendwie protzig, drohend überragt von der Stadtkirche mit den ungleichen Türmen, dann die spitzige Frauenkirche, noch größer, noch schöner – das war so was wie das Motto der Stadt, nach dem sich alle ausrichteten. Auch ihre Eltern, die mit einem kleinen Steuerberatungsbüro angefangen hatten und mit der Zeit eine Angestellte nach der anderen dazuholten, mehr Geld machten, das Haus vergrößerten, solange es ging, dann nach oben zogen, über die Burg, wo die Luft noch besser war und man zeigen konnte, was man hatte. Als romantische Altstadt wurde Esslingen auf den Stadtschildern angepriesen! Das war was für Touristen. Aber sie war dort aufgewachsen, zur Schule gegangen, hatte hier studiert. Das schien natürlich zu sein, weil sie so ihr gewohntes schönes Zimmer einfach behalten konnte, auch wenn das bedeutete, immer weiter unter Elternaufsicht zu leben. Und jetzt? *Endlich raus!* hieß im Klartext: *so richtig rein* in die Langeweile. Berkheim war ja noch nicht mal 'ne Stadt, und zu allem Überdruss konnte man die ganze Zeit Esslingen am anderen

Neckarufer liegen sehen, die Erinnerungen an die häusliche Enge, die fleißige Sauberkeit, die allgegenwärtige Kontrolle ließen sie nicht los.

Helga trat vor die Schultür. Irgendetwas war anders als sonst. Sicher, es war schon der 20. April, Frühling lag überdeutlich in der Luft. Aber da war noch etwas. Unschlüssig sah sie die schmale Straße entlang. Kleine nette Häuser, Vorgärten mit ordentlichem Haarschnitt bei den Buchsbäumen. Tödliche Langeweile. Aber da waren sie wieder! Auf dem gegenüberliegenden Gehsteig schlich eine Gruppe von Mumien vorbei. Die waren mindestens neunzig oder hundert Jahre alt. Sie hatte grade in der Zeitung gelesen, dass Frauen in Zukunft hundert werden, mindestens. Und es waren eindeutig alles Frauen in den scheußlichen dunklen Klamotten, die hier anscheinend wie eine Altersuniform ausgegeben wurden – sicher von der Wohlfahrt.

Sie zählte schnell: sieben. Sie sah sie jetzt nicht zum ersten Mal. Sie war ihnen am Morgen vor der Schule schon einmal begegnet, und schon da hatte sie sich kurz gewundert, warum wohl diese Alten nicht einzeln oder höchstens zu zweit waren, wie sich das gehörte, sondern als Gruppe gingen, die etwas Zusammengehöriges hatte. Sicher ein Altersheim auf einem Ausflug, hatte sie sich kurz geantwortet und damit die Frage erst mal begraben. Aber jetzt waren die Alten schon wieder da. Sie gingen zielstrebig und zugleich sehr geschlossen, als wollten sie die Straße vermessen und als ob ihnen das schwer fiele.

Helga hatte eigentlich nichts gegen alte Leute, und so betagt waren diese bei näherem Hinsehen vielleicht doch nicht – aber siebzig bis achtzig mindestens. Deshalb war diese Art, sich zusammenzurotten, als hätten sie etwas vor, auch ein bisschen ungehörig. Außerdem fehlte es gerade noch, dass sich dieses tödlich langweilige Dorf mit seinen einfallslosen Menschen auch noch in ein Altersheim verwandelte. Statt der vielen Muttis mit Kinderwagen, die der Grund waren, warum sie daheim ständig gefragt wurde, wann denn sie endlich ihre Eltern zu glücklichen Großeltern zu machen gedenke, schließlich war sie schon fünfundzwanzig, jetzt dieser Druck vom anderen Ende. Was konnte sie eigentlich vor ihrem Tod vom Leben noch Spannendes erwarten?

Sie riss den Blick von der wandelnden Schar von Todesboten los und machte sich auf den Heimweg. Das war auch nicht viel besser, denn sie wohnte immer noch bei ihren Eltern, weil das billiger war und nur siebenundzwanzig Minuten zu Fuß von der Schule, wenn man den Berg runterrannte wie sie jetzt. Das Stück von der Stadt hoch zur Burg musste sie ja sowieso laufen. Das zählte nicht. Immerhin gab es hier einen hohen Wald, mächtige Bäume, die trotz des verspäteten Frühjahrs schon grüne Laubdächer bildeten. Eigentlich auch schön.

Im Tal angekommen ging sie über die Adenauerbrücke, am Neckar entlang in Richtung Altstadt. Sie wollte noch nicht nach Hause. Unschlüssig bog sie zur Inneren Brücke ab, stieg hinauf und auf der anderen Seite wieder hinunter durch die schmale Färbergasse zum Marktplatz. Wie wäre es, niemals aus Esslingen wegzukommen? Die Frauenkirche stand ja ein bisschen außerhalb, so zog es sie dorthin, wieder Treppen hinauf, über die Holzbrücke und wieder hinab, vorbei an dem riesigen Portal und immer weiter hinauf, sodass der große Bau schon bald kleiner unter ihr lag. Jetzt kam sie von der Seite nach Hause, was ihr irgendwie schon wie ein Ausflug schien, eine selbst erteilte Belohnung.

Sie blieb stehen. Versuchte, sich Menschen von früher auf den Straßen vorzustellen, es gelang ihr nicht. Neben ihr ganz plötzlich diese Mauer mit dem Vergessen dahinter. Der Judenfriedhof von Esslingen. Es schien ihr gerade heute besonders passend, dass sie an diesen Platz gekommen war, der ja eigentlich gar kein Platz war, sondern etwas Verdrängtes und Verlorenes. Sie musste sich ganz nah an die Mauer drücken, um überhaupt drüberschauen zu können und dort nur Gras zu sehen, das über die Steine gewuchert war. Wieso musste die Stadt ihren Judenfriedhof verstecken, auch heute noch, wo es doch nichts gemacht hätte, ihn groß herauszuputzen – die paar Gräber mit den zerbrochenen Steinen hätten nicht mal viel Raum eingenommen. Taten sie auch jetzt nicht. Sie kam so nicht weiter und ließ die Frage fallen.

Am nächsten Morgen erwischte Helga den Bus in letzter Minute. Er klemmte sich wieder durch die schmalen Straßen – immer wieder die gleichen Häuschen, Träume aus einem Baukatalog. Aber vielleicht besser als die Reihenhäuser am Eingang des Dorfes. So wollte sie auch nicht leben.

Kurz vorm Aussteigen ging sie noch einmal rasch den Stundenplan durch. Sozialkunde, Geschichte – eigentlich Lieblingsfächer von ihr, aber bei den Kindern! Man konnte sie für überhaupt nichts interessieren. Sie seufzte. Der Bus hielt. Dabei war er noch gar nicht an der Haltestelle. Konnte er auch nicht, denn die Straße war verstopft von Menschentrauben. Niemand schien zur Arbeit oder zur Schule gegangen zu sein. Was war denn heute für ein Tag? Es konnte ja noch kein Weinfest sein oder der Besuch eines tollen Sport- oder Musikstars. Ein Politiker, der in Berkheim ein solches Gedränge verursachen konnte, fiel ihr auch nicht ein. Vielleicht Bush als Werbegag für einen Film – auch Unsinn. Aber die flüchtige Suche nach öffentlichen Berühmtheiten brachte sie auf die Idee, dass sie mit Bush, mit dem Krieg im Irak die Schüler vielleicht aus dem zähen Widerstand reißen könnte, den sie allem Schulstoff entgegenbrachten.

Das Dorf hatte eigentlich kein Zentrum, imitierte bloß eine Ladenzeile, und im Übrigen sah eine Straße aus wie die andere, sie wanden sich irgendwie planlos dahin. Aber urplötzlich zog genau diese Straße, in der der Bus feststeckte, alles Interesse auf sich, als sei sie lebendig geworden, um dem Dorf die verlorene Mitte zu geben. Helga verließ mit den anderen den Bus und schob sich nach vorn. Da sah sie es. Die ganze Straße war rechts und links dicht mit weißen Leintüchern behängt, festgemacht an kleineren Vorgartenbäumchen, an Zäunen, von denen es überreichlich gab. Einige schwankten höher im Wind und verdeckten irgendwelche Pfosten. Die merkwürdige Verpackung in Weiß wirkte wie aufgerührt, weil auf die Laken in großen, weithin lesbaren Buchstaben Sprüche gemalt waren.

FEIGHEIT IST MUT! sprang Helga gleich vorn entgegen. Überrascht kämpfte sie sich weiter. Ob das ein besonders schräger Werbespruch war? Für was?

FRAUEN HABEN KEIN VATERLAND! Das hatte sie schon mal an

der Uni gehört, irgendwas Feministisches – aber hier in Berkheim? Helga drängelte sich durch die Menschenmenge, reckte den Hals, versuchte, über die Köpfe mehr Sprüche zu lesen.

SCHWÄCHE IST STÄRKE! Schon wieder so ein Stopper.

SCHUTZ IST VERRAT!

DER FEIND IST INNEN!

WER SICH NICHT FÜRCHTET, TAUGT NICHTS!

WIDERSTAND IST NICHT WIDERSTAND!

Da hatte jemand sich einen Scherz erlaubt. Witze aus Worten. Aber da war auch ein System dahinter. Die Worte tanzten in ihrem Kopf, als wollten sie einen gemeinsamen neuen Sinn ergeben. Helga schob sich weiter nach vorn, von der Straße auf den Gehweg und weiter an den gelesenen Laken vorbei zu den nächsten.

WER MUTIG IST, FÄLLT LEBEND IN DER FEINDE HAND!

Das gleiche System, Bedeutungen umzudrehen, aber jetzt kam da etwas anderes dazu. Irgendwo hatte sie solche Sätze schon mal gehört. Lange her. Es war was Altes. In diesem Moment fielen ihr die alten Frauen wieder ein, die auch etwas Verdrehtes hatten. War es möglich, dass sie …? Aber wo gab es denn so was, dass eine Gruppe von alten Weibern gemeinsame Sache machte, um ein ganzes Nest derart zu verschandeln? Sie merkte, dass sie automatisch in die saubere Gefühlslage von zu Hause geriet. Weiße Laken aufzuhängen, hatte nichts mit Verschandeln zu tun. Hier ging es um etwas anderes. Aber was war es? Gewöhnlich waren es Werbesprüche, wenn etwas demonstrativ aufgehängt wurde, aber hier?

Sie kam ans Ende der Straße, dort wo sie einen Bogen zum Penny-Einkaufsmarkt machte, und da stand, als wäre dies eine Antwort: HEUTE IST DER 21. APRIL.

Dann war das Ganze also doch nur ein Dumme-Jungen-Streich. Sie dachte an ihre Schulkinder. Da war keiner, dem sie so was zutraute. Sie ging langsam zurück. Und stieß fast zusammen mit dieser Gruppe von Gruftis, die da schon wieder geschlossen heranschlich. Jetzt schien ihr, als hätten die etwas fast Festliches, wie sie einherschritten mit einer Art von Spannung, als hätten wirklich sie diese Laken aufgehängt, die Sprüche gemalt.

Der Gedanke schien ihr plötzlich ganz richtig. Wenn es so wäre?

Wie konnte sie das herausbekommen? Einfach fragen ging ja wohl nicht. Sie war schließlich nicht von hier. Sie ging noch etwas näher heran, versuchte sich die Frauen unter den vielen Stoffen als Menschen vorzustellen, die überhaupt Antwort gaben, da fiel ihr Blick auf eine Uhr. Sie hatte den Anfang der ersten Schulstunde verpasst. Das war ihr noch nie passiert. Sie rannte los. Hörte die Kinder schon von weitem lärmen. Die Fenster waren alle geöffnet. Die Sonne schien. Und die Fünftklässler nutzten die unverhoffte Gelegenheit, um auf den Tischen herumzuspringen.

Helga warf ihre Tasche aufs Pult. Der Knall wirkte. Die Jungen und Mädchen zogen sich auf ihre Plätze zurück, grinsten breit.

»Diktat«, rief sie. Das war so etwas wie eine Strafe. »Heute ist der 21. April«, begann sie und hörte sich laut fragen: »Wer weiß etwas über den 21. April?«

»Meine Urgroßmutter«, rief einer aus der letzten Reihe. »Könn'Se die ja mal fragen.«

Sie nickte, begann das Diktat. Geschichte. »Die Völkerwanderung. In ihrer Sehnsucht nach dem warmen Süden brachen die Germanenvölker aus dem kalten Norden auf und kämpften sich vor bis nach Süditalien. Einer ihrer Könige wurde sogar in der damals kulturell wichtigsten Stadt Konstantinopel erzogen. Aber die Germanen wurden alle geschlagen. Der Letzte war der Gotenkönig Teja.«

Sie stockte. Zum ersten Mal schien ihr, als ob die Kinder im Recht waren, wenn sie Geschichte ablehnten. Was sie da diktierte, war nur ungereimtes und lebloses Zeug. Und dabei handelte es schon wieder von Krieg und Tod. Wie die Sprüche auf den Laken, die sich wie Ohrwürmer ständig in ihrem Kopf wiederholten. Sie brach das Diktat ab. Sammelte die Hefte ein und beschäftigte die Klasse mit Lesen. Satz um Satz lasen sie eine nach dem anderen Worte, die ihnen nichts bedeuteten, die immerhin aber die Zeit verbrauchten. Helga wollte die Urgroßmutter aufsuchen. Jetzt gleich. Irgendwie kämpfte sie sich durch die restlichen Stunden: Erdkunde, die Flüsse, die rechts und links in die Donau fließen. Nein, der Neckar gehörte nicht dazu. Es schien ihr, als ob der Stoff immer lebloser wurde und als ob auch das mit den weißen Laken zu tun hätte.

Endlich war es vorbei. Sie schnappte sich den Urenkel und ging mit ihm nach Hause. Geduckt und zögernd schlich er an ihrer Seite. Trotz aller Frechheit haben Kinder immer auch Angst vor ihren Lehrern. Vermutlich hatte er etwas ausgefressen, was nicht herauskommen sollte. Er wohnte ganz nah. Aber etwas im Dorf war nicht, wie es sein sollte: Die Laken waren alle weg. Ordnung war wieder eingekehrt. Und sie wusste noch nicht, welche Bedeutung die Sprüche gehabt hatten.

Manchmal war sie wirklich ein Glückspilz. Als sie hinter dem Jungen in die Wohnstube trat, waren sie genau dort versammelt: die sieben schwarzen Frauen der letzten Tage. Es war kurz nach eins, und sie aßen zusammen Mittag, als wenn nichts wäre. Das kam Helga jetzt auch fast normal vor, und sie fragte einfach, ob sie störe, wenn sie sich dazusetze, sie sei die neue Lehrerin.

»Können Sie denn einen richtigen Kartoffelsalat machen, sodass er schwätzt?«, eröffnete die eine das Gespräch.

»Die ist doch viel zu jung dazu«, mischte sich eine andere ein.

»Heutzutage kann man froh sein, wenn sie noch Spätzle schaben können.«

Helga fühlte sich wie in einem Film. Die Sätze waren so normal, wie sie es immer schon gekannt hatte, aber nichts war zugleich so, wie es sein sollte. Auch nicht, dass sie jetzt hier war.

»Putzen Sie hier noch den Gehsteig?«, fragte sie, um sich in die Gegenwart zu rütteln und setzte dann unvermittelt nach: »Heute ist der 21. April.«

Sie hatte diesen Spruch von dem letzten Laken gewählt, weil er aus der Reihe tanzte und ihr in seiner banalen Einfachheit plötzlich am unverständlichsten war.

Die Wirkung war schlagend. Stille legte sich über den Raum, und jetzt merkte Helga auch, dass zuvor geplappert worden war wie in der Schulklasse. Als die letzte Alte die Gabel aus der Hand gelegt hatte, richtete auch sie, wie alle anderen, die Augen auf Helga. Jetzt wusste sie es sicher: Diese Frauen hatten die Laken bemalt und aufgehängt. Sie musste sie zum Reden bringen. Es schien ihr in diesem Augenblick, als hinge ihr ganzes Sein davon ab, die Bedeutung hinter den Verdrehungen herauszufinden.

In dem Schweigen und unter den sieben Augenpaaren, die sich

auf sie konzentrierten, wurde Helga unruhig. Verlegen senkte sie den Blick und sah, dass sie in dieser gemütlichen und sauberen Wohnstube ganz offensichtlich ein schmutziges Laken als Tischtuch benutzten. Es war nicht nur gelblich und hie und da verschlissen, sodass der Tisch durchsah, es hatte richtig eklige braune Flecken mit Löchern in der Mitte.

»Des isch ebbes B'sonderes«, antwortete die Frau neben ihr auf die nicht ausgesprochene Frage. Und als wäre dies der Korken auf einer geschüttelten Flasche sauren Sprudels gewesen, redeten jetzt alle durcheinander und hämmerten auf sie ein, als hinge alles davon ab, dass sie verstünde.

Das Laken mit den rostigen Nägelstellen war eben dasselbe, das sie nach dem Beschuss am Turm des Berkheimer Spritzenhauses hatten annageln lassen zum Zeichen für die Franzosen, dass sie sich ergaben.

»Da waren wir Frauen denen auch schon entgegengegangen mit weißen Laken, dass sie uns nicht länger beschießen.«

»Das war doppelt gefährlich und die einzige Rettung, weil man uns hätte erschießen können wegen Verrat und weil die uns als Geiseln hatten, falls da doch noch ein Volkssturm mit Waffen im Dorf war.«

Helga bekam Kopfschmerzen. Mühsam setzte sie die einzelnen Brocken zu einer Geschichte zusammen, die sie etwas anging. Ganz offenbar war vom Ende des Zweiten Weltkriegs die Rede, diesem Ereignis aus der Geschichte, als sie noch lange nicht auf der Welt war. Die alten Frauen erregten sich noch immer darüber, dass sie ein weißes Laken zum Zeichen der Übergabe rausgehängt hatten, und dann sahen sie einander mit ängstlich-trotzigem Stolz an, weil sie den Franzosen entgegengegangen waren, die über den Schönbuch heranzogen.

Sommer, Wald, Wanderungen – die Nennung des vertrauten Schönbuchs, dieses Ausflugsziels zwischen Tübingen und Esslingen, zog sie abrupt in die Gegenwart und machte zugleich die Geschichte verständlich. Die Frauen sprachen von der Übergabe Berkheims, von der Übergabe des Dorfes an die Franzosen, einem Ereignis, das im deutschen Frühjahr 1945 viele tausend Mal in allen möglichen Orten vorgekommen sein musste. Aber hier in der

Stube lag eine so große Spannung in der Luft, die sich auf sie übertrug, und sie fragte ohne groß zu überlegen: »Was war denn so ungeheuer schwierig an der Übergabe? Das Dorf hat ja auch damals sicher nichts Besonderes aufbieten können, man hätte es doch einfach den Franzosen öffnen können, also …« Sie korrigierte sich: »Es war ja wohl gar nicht geschlossen, keine Mauer, kein Tor, nix. Was war denn das Problem?«

Sie hatte sogleich den Eindruck, mit dem Wort »Problem« den falschen Ton angeschlagen zu haben. Die sieben Frauen, die eben noch alle vornübergebeugt auf sie eingeredet hatten, setzten sich wie auf Kommando gerade und starrten sie an. Ungläubig, schien ihr. Wieder Schweigen.

»Ja, da war doch der Schürger!«, platzte schließlich eine heraus.

Der Bann war gebrochen und alle schrien wieder durcheinander: »Der Volkssturm!«, »Verrat!«, »Erschossen hätten sie uns …«, »Die Panzersperre«, »Wir haben sie abgebaut, damit die Franzosen reinkonnten.«

Immer noch so etwas wie erstaunter Stolz. Das blieb. In die plötzliche Stille hinein hörte Helga sich »Moment mal« sagen, »Sie haben eine Panzersperre abgebaut?« Sie maß die alten Weiblein von oben nach unten, stellte sie sich knapp sechzig Jahre jünger vor, ganz jung, und versuchte eine Panzersperre zu denken, ein riesiges Ding, vermutlich viel größer als die Panzer, die sie aus den Kriegsfilmen kannte. Das war ganz unmöglich, und ungereimt auch, wieso da ein gewisser Schürger eine so bedrohliche Rolle hatte spielen können. Sie beschloss schnell, nicht die Fähigkeiten der jungen Alten zu hinterfragen, sondern sich auf den Widersacher zu konzentrieren.

»Wer war Schürger?«, fragte sie in die unverminderte Spannung hinein.

»Das müssen Sie doch aber wissen!«, rief eine der Alten unter einverständigem Nicken anderer. »Sie sind doch die Lehrerin. Er war doch gewissermaßen Ihr Vorgänger.«

»Weltanschauungsleiter war er.«

»Oberlehrer.«

»Ortsgruppenleiter.«

»Ruhe jetzt mal!«, unterbrach sie, ganz Lehrerin, den Wortstrom. »Können Sie nicht der Reihe nach alles langsam erzählen?«

»Ein Obernazi«, rief eine, die noch nichts gesagt hatte. Der Zwischenruf, wie in der Schule, sie muss schon früher frech gewesen sein, dachte Helga. Sie wandte sich ab und nahm den Faden dort auf, wo er ihr am verständlichsten schien: »Was ist denn so wichtig an einem Dorflehrer?«

Sie wartete. Sie war jetzt fest entschlossen, der Sache auf den Grund zu gehen.

»Der Lehrer«, begann jetzt eine fast andächtig, »der ist doch für uns das Tor zur Welt.«

»Er lehrt uns, wie alles zusammenhängt und was wir wissen müssen, um zurechtzukommen.«

»Weltanschauung eben.«

»Er sagt uns, was richtig und was falsch ist, eigentlich wie der Pfarrer«, ergänzte eine Dritte.

»Sie sind ja noch jung. Aber Sie müssen doch wissen, warum Sie Lehrerin geworden sind. Der Lehrer legt den Grundstein, damit wir drauf bauen können«, antwortete eine andere.

Helga fühlte sich unversehens stolz und fremd. Jedenfalls unter Druck gesetzt. Sie richtete sich auf, strich sich das Haar aus der Stirn, blickte in die sieben Augenpaare und räusperte sich. »Und was hat euer wichtiger Lehrer Schürger nun wirklich getan?«

Selbst in ihren Ohren hörte sich dieser Satz unangemessen und falsch an, oberlehrerhaft. Aber er öffnete die Schleusen erneut. So erfuhr sie schließlich in vielstimmigem Durcheinander, dass die Franzosen von der einen Seite, die Amerikaner von der anderen herangerückt waren. Es war ja schon das Kriegsende, beinah wenigstens. Es gab nichts mehr zu gewinnen, aber immer weiter zu verlieren. Dass da der Lehrer als Ortsgruppenleiter das Dorf nicht übergeben wollte, sondern die Barrikaden verstärken ließ. Kämpfen bis zum letzten Mann! Aber die Frauen hatten die Panzersperren über Nacht abgebaut, damit die Franzosen keinen Grund zum Schießen hatten. Schürger ließ dann die Sperren wieder aufbauen. Dafür hatte er den Esslinger Volkssturm geholt, weil die noch taten, was er wollte. Er war schuld daran, dass Berkheim mit hundert Granaten beschossen wurde.

»Sieben Menschen wurden unnötig getötet!«

Helga kämpfte mit den Worten. Was wären nötige Tote gewesen? Warum wurden die Granaten genau mit hundert angegeben? Dies war sicher die größte Menge, die sie sich auf ein so kleines Dorf vorstellen konnten. Aber den Kern hatte sie schon verstanden. Ein übereifriger – die Frauen nannten ihn fanatisch – Obernazi hatte das Dorf lieber wie auf einer Jagd zum Beschuss freigegeben, als – jetzt fielen ihr die Worte vom Spruchlaken wieder ein – als es »lebend in die Hände des Feindes fallen zu lassen«.

Die Empörung der Frauen war immer noch so groß, als wäre das alles erst gestern passiert.

»Sie verstehen, dass wir daran erinnern müssen? Es war doch so, dass nur wir Frauen handeln konnten. Denn wir wissen, dass Mut und Stärke, wie sie damals gefordert waren, und es wohl auch bis heute sind, sich gegen das Leben richten, für das wir zuständig sind. Unsere Schwäche ist unsere Stärke, unser Mut kommt aus der Sorge.«

Es war, als sagte die Frau einen Text auf, den sie lange miteinander entworfen und dann auswendig gelernt hatten. Und doch sprach sie ganz unmittelbar, es klang, als könne auch sie es jetzt denken und empfinden. Helga fühlte sich ganz dazugehörig.

»Er ist dann nachher freigesprochen worden, der Mörder. Sogar seine Pension haben sie ihm angerechnet, komplett mit all den vielen Jahren, die die Untersuchung brauchte.«

Der fast nur gemurmelte Nachsatz riss Helga abrupt aus ihrem Gefühl von Gemeinschaft. Sie sah sich zwischen den alten Frauen sitzen an dem dreckigen Tisch, auf dem inzwischen ein goldglänzender Hefezopf stand, so richtig gelungen. Nichts passte zusammen.

»Nach dem Krieg hat er wieder die Kinder unterrichtet.«

»Das ist nicht wahr!«, rief Helga und stand auf. »Was sollte er denn lehren? Sie haben das erfunden. Was wollen Sie denn?«

»Möchten Sie ein Stück vom Hefenkranz?«, hörte sie als Antwort. Sie erhob sich, ging rückwärts in Richtung Tür. Ihr Blick fiel noch einmal auf den Tisch, auf dem das inzwischen kalt gewordenen Essen wartete. Sie bemerkte, dass es schon dämmerte. Es musste später Nachmittag sein. Sie hätte längst gehen sollen. Wo hatte sie nur ihre Tasche hingestellt?

Da standen auch alle sieben Frauen auf und verstellten ihr den Weg zur Tür.

»Warten Sie«, sagte die eine freundlich. Es war die, deren runzliges Gesicht sie auf den Gedanken gebracht hatte, sie könnten alle um hundert sein. »Ich leihe Ihnen ein kleines Buch. Da steht alles drin. Sie müssen das wissen als Weltanschauungslehrerin.«

»Ich lehre keine Weltanschauung«, versuchte Helga sich zu wehren. Doch schon hielt sie das unscheinbare Pappbändchen in Händen und war an der frischen Luft.

Sie ging ein paar Schritte. Sie musste ihren Kopf klar kriegen. Was war denn eigentlich groß geschehen? Zeitzeugen, das waren die alten Frauen, so nannte man sie. Bekannt waren auch die Gefallenen auf allen Seiten fürs Vaterland, selbst in letzter Minute. Übereifrige Nazis. Vermutlich hatte es die zu Tausenden gegeben. Der Faschismus hatte sie nie wirklich interessiert. Zu viele Opfer, Schuldreden, Betroffenheit, Schweigen. Sie hatte damit sowieso nichts zu tun.

Das Buch, das sie noch in der Hand hielt, beunruhigte sie wie eine Aufgabe, die sie nicht gewollt hatte. Sie hatte nicht vor, es zu lesen.

Sie würde wieder wie gestern zu Fuß nach Hause gehen. Den Berg runter war das viel leichter als rauf. Und überhaupt, es war noch nicht wirklich dunkel. Sie lief die klein karierte Vorgartenstraße entlang, bog in den hohen Wald ein und beschleunigte ihre Schritte. Ganz geheuer war es ihr in der Dämmerung doch nicht, so allein und mit diesen aufgeregten Geschichten im Kopf.

Sie kam schnell voran. Das Eingangsstück mit dem dichten Untergehölz, das auch jetzt schon voller Grün und also undurchschaubar war, hatte sie schon hinter sich. Der Weg machte einen Bogen – dies war die Stelle, an der sie gerne rannte, weil es so weich bergab ging. Dann wurde der Wald wieder dichter, wenigstens unten herum, die frisch ausgetriebenen Ruten ragten in den Weg hinein, sodass sie ausweichen musste. Aber es war nicht mehr weit. Gerade als sie die letzte Kurve nach draußen nehmen wollte, ragten vor ihr Umrisse von etwas Länglichem auf. Etwas hing da vom Baum und bewegte sich leicht im Wind hin und her.

Es musste eine Sinnestäuschung sein, nichts und niemand hing abends von den Bäumen. Eine Nervenfrage. Vielleicht hätte sie doch besser den Bus nehmen sollen.

Sie ging langsam weiter. Je näher sie dem Baum kam, desto klarer sah sie die Gestalt, die in den Bäumen schaukelte, ziemlich dicht über dem Boden, aber dennoch zweifellos aufgehängt. Obwohl sie aus vielen Filmen wusste, dass sie jetzt gellend schreien müsste und rennen, blieb sie stocksteif stehen. Kein Laut kam aus ihrem Mund, kein Körperteil wollte sich mehr bewegen, schon gar nicht die Beine. Vorsichtig musterte sie die Gestalt. Ganz offenbar ein alter Mann in diesem schmutzigen Grau. Aber etwas stimmte nicht. Seine Füße, die ihr am nächsten waren, steckten in sonderbarem Schuhwerk, falls man es so nennen wollte. Stoff- und Lederfetzen wurden durch einen Draht zusammengehalten. Es sah aus wie ein Zeichen, das sie nicht entziffern konnte.

Es schien ihr, als hätte sie dort ewig wie angenagelt gestanden. Dann fing sie plötzlich an zu zittern und raste los. Rannte und rannte bis zur Straße, über die Brücke, am Neckar entlang, rein in die Stadt Esslingen, rannte zum Wolfstor, bog in die Altstadt, immer weiter, bis sie völlig außer Atem vor dem Ordnungsamt stand, die paar Stufen hinaufstolperte, auf den Klingelknopf drückte und nicht mehr losließ.

Nach endloser Zeit öffnete sich drinnen eine Glastür. Es gab noch eine zweite Tür. Bis die endlich aufgesperrt wurde, vergingen Minuten, obwohl sie doch so dringlich und eindeutig die Polizei brauchte, zum ersten Mal in ihrem Leben.

»Wo brennt's denn?«, fragte der Mann, dem man nicht ansehen konnte, ob er nun ein Polizist war oder bloß der Türöffner.

Auch egal. Helga sprudelte los: »Im Wald, rauf nach Berkheim, ganz unten dicht an der Straße, da hängt ein Mann in einem Baum.«

»Wird sich wohl von einem Räuschle ausruhen«, sagte der Polizist beruhigend. »Sie gehen jetzt besser auch erst mal nach Hause und schlafen sich aus. Sie sind doch die neue Lehrerin von Berkheim«, meinte er noch, als wäre dies eine Erklärung.

Helga schnappte nach Luft, ließ den Mund offen stehen, ballte eine Faust, bis die Nägel ins Fleisch schnitten. Dass einen hier jeder kannte, dass er sie nicht für voll nahm, dass er es wagte, ihre Aussage zu bezweifeln, obwohl er wusste, dass sie Lehrerin war, stank ihr. Und weil die große Anspannung sich endlich Luft machen musste, schrie sie los: »Er ist dort aufgehängt worden! Keiner erhängt sich von selbst in einem Baum, und überhaupt hat er ganz verrückte Sandalen an.« Bei dieser letzten Bemerkung ging der Polizist zu dem kleinen Tisch im Flur, auf dem so was wie Prospekte ausgelegt waren, und wühlte dort ziellos herum. Er hatte sichtlich das Interesse verloren. Sie verlegte sich aufs Bitten. »Lassen Sie uns zusammen hinfahren. Ich zeig's Ihnen.«

Der flehende Ton erweckte offenbar den ritterlichen Geist des Wachtmeisters. Er öffnete die Tür weiter, bat sie herein, geleitete sie in sein Zimmer, zog einen Stuhl heran und erbot sich sogar, ihr etwas zu trinken zu bringen. Doch sie blieb stehen, in Absprungstellung. Unbedingt sollten sie zurück zum Wald. Sie musste ihn nur noch dazu bewegen mitzukommen. Sie schüttelte das Zittern ab, das sich wieder eingestellt hatte, und wollte gerade mit neuer Dringlichkeit loslegen, als er unerwartet nach seiner Jacke und Mütze griff, ihr die Hand auf die Schulter legte, die sie gewohnheitsmäßig sogleich abschüttelte, und fast gebieterisch auf den Stuhl wies.

»Jetzt setzen Sie sich mal erst. Ich fahr da allein hin, kenne den Weg nach Berkheim ja auch – ich bin in höchstens zwanzig Minuten wieder da. Da brauch ich Sie noch für die Zeugenaussage.« Er sah auf ihre Tasche. »Was zu lesen haben Sie ja dabei, und alt genug sind Sie auch schon, dass Ihre Eltern keine Sorge haben müssen, wenn Sie später kommen.«

Das Letzte war so unverschämt, dass sie nicht antwortete. Sie ließ sich auf den Stuhl fallen und brach, sobald er die Tür hinter sich geschlossen hatte, in Tränen aus. Sie konnte überhaupt nicht aufhören, schluchzte die kahlen Wände an, stand dann auf, versuchte unter Tränenschleiern die Landkarte von Esslingen zu entziffern, auf der rätselhafte Nummern eingetragen waren, suchte den Punkt, an dem sie sich befand, und dann die Grenze zu Berkheim, vorsichtig, als könne die Tat im Wald näher kommen, wenn sie auch nur mit dem Finger die Gegend berührte. Die Tür ging auf.

»Na, wen haben wir denn hier?«

Ein anderer Polizist, von denen es hier offenbar zu viele gab. Sie hatte keine Lust, ihre Geschichte noch einmal zu erzählen. So starrte sie ihn bloß an. Warum war er nicht mit dem anderen gefahren? Die waren doch sonst immer zu zweit? Wieder ein Beweis, dass sie nicht ernst genommen wurde. Sie setzte sich und schwieg. Wartete. Als wäre das auch eine Antwort, schloss der andere die Tür hinter sich, seine Schritte verhallten auf dem Gang.

Sie musste eingeschlafen sein. Denn plötzlich wurde die Tür wieder aufgerissen. Der erste Polizist stampfte herein, offensichtlich sauer.

»Da haben Sie mich ja schön auf den Arm genommen kurz vor Feierabend«, stieß er hervor. Auf ihr ungläubiges Zurückstarren sagte er: »Da war und ist niemand im Wald, schon gar nicht aufgehängt und baumelnd.« Und als würde ihm klar, dass der Schaden, der ihm zugemutet war, nicht allzu groß war, legte er ihr schon wieder die Hand auf die Schulter, tätschelte sie sogar und brummte: »Jetzt gehen Sie erst mal nach Haus und schlafen schön. Morgen sieht die Welt ganz anders aus.« Er blickte unschlüssig auf seinen Schreibtisch. »Das mit der Anzeige lassen wir am besten auf sich beruhen.«

Höflich, als hätte sie einen Anstandsbesuch gemacht, geleitete er sie zur Tür, vorbei an dem feixenden anderen Polizisten, öffnete, und draußen war sie.

Sie lief schnell nach Hause, über den Marktplatz die Burgsteige hoch. Ging schnurstracks in ihr Zimmer. Gott sei Dank saßen ihre Alten wie immer vorm Fernseher und hörten sie nicht. Sie schlich in die Küche, holte sich das für sie gerichtete Essen aus dem Kühlschrank – Rahmschnitzel. Auf dem Schrank entdeckte sie noch ein Schälchen mit Kartoffelsalat, nicht eben viel – sie verschlang alles noch im Stehen kalt. Schlich zurück, warf sich aufs Bett und zog das Buch aus der Tasche. Als sie zu lesen begann, schien es ihr mit einem Mal, als ob diese unwahrscheinlichen Dinge, die ihr den ganzen Tag schon widerfahren waren, einen Zusammenhang hatten. Warum sonst geschahen sie zur gleichen Zeit? Beinah wenigstens.

Sie las lange. Dabei war das Buch nicht sonderlich gut geschrieben. Die Fotos verwaschen grau. Vieles wiederholte sich, dachte sie als Deutschlehrerin streng. Aber etwas rührte sie, nein, etwas sprang sie an. Waren es die alten Frauen, die hier als junge wieder aufgespürt werden konnten? Nein, so sentimental war sie nicht. Auch die sieben Toten, vier Männer, drei Frauen, Arbeiter und Hausfrauen – Hausmütter hießen sie, wie die Männer Hausväter, das wollte sie sich merken –, fand sie angesichts der Millionen Toten aus diesem Krieg nicht so weltbewegend.

Da stieß sie plötzlich mitten zwischen den Protokollen und Alltagsberichten auf einige Sätze des Führers, Hitler, von dem sie natürlich schon aus ihrer Schulzeit eine Vorstellung hatte. Der Oberfaschist, der alles eingebrockt hatte. Waren natürlich auch andere dabei, aber dennoch. Sie war jetzt hellwach, obwohl die Nacht weit vorangeschritten war. Sie las und setzte sich aufrecht, rückte näher zur Lampe, denn da stand: »Wenn der Krieg verloren geht, wird auch das Volk verloren sein. Es ist nicht notwendig, auf die Grundlagen, die das deutsche Volk zu seinem primitiven Weiterleben braucht, Rücksicht zu nehmen. Im Gegenteil, es ist besser, die Dinge selbst zu zerstören; denn das Volk hat sich als das schwächere erwiesen, und ausschließlich dem stärkeren Ostvolk gehört die Zukunft. Was nach diesem Kampf übrig bleibt, sind ohnehin nur die Minderwertigen; denn die Guten sind gefallen.«

Sie las die Sätze mehrere Male, ließ sich in sie ein. Spürte etwas, das sie fürs Erste eine verbrecherische Tragik nannte. Konnte ganz von fern noch etwas ahnen, das man *Größe* nannte, die sie im Deutschunterricht in der Oberstufe, als sie selbst noch Schülerin war, hatte interpretieren müssen. Hebbel: »Das Leben ist der Güter höchstes nicht …« Oder war das sogar Schiller? Wo das große Werk nicht gelingt, ist es besser, heldenmütig sich und mit sich alles zu zerstören. Wahre Größe erkennt man daran, dass sie das Schwache von sich stößt. Spätestens wenn die Schwachen untergehen, begreift man, dass sie nicht die Starken waren. Etwas klingelte in ihr – so was hatte ihr Freund ihr kürzlich aus seinem Biologiestudium berichtet: Darwin. Dann waren Darwin und Hitler Vertreter des Bürgertums?

Aber das war jetzt nicht so wichtig. Das Wichtigste war die Verdrehung. Die Frauen hatten Recht. Die ganzen Dinge mussten umgekehrt werden. Und wenn dann Schwäche Stärke war und das Leben »der Güter höchstes«, dann … Dann lagen die Geschicke viel mehr in den Händen der Frauen, als sie jemals gedacht hatte. Und in den Händen der Lehrer natürlich, durchzuckte es sie stolz.

Über diesen Gedanken musste sie eingeschlafen sein, denn sie waren das Letzte, an das sie sich erinnerte, als sie am Morgen ungemütlich aufwachte. Ihr Kopf lag auf dem Buch. Sie hatte schlecht geträumt. Aber bevor sie sich darauf besinnen konnte, wurde sie heftig in die Gegenwart gerissen. Der Mann im Baum, den der dumme Polizist nicht gefunden hatte! Sie wusste plötzlich, wohin der gehörte und wer ihn da in dem Baum aufgehängt und dann wieder hatte verschwinden lassen.

Sie sprang auf, sah aus dem Fenster. Es dämmerte bereits. Sie warf sich in die Sachen von gestern, die im Zimmer verstreut lagen. Eilte ins Bad, Zähne putzen musste genügen, sie sah auf die Uhr. Wenn sie sich beeilte, konnte sie noch den Bus um Viertel nach sieben bekommen. Sie sprang die Treppe hinunter, griff im Vorbeigehen einen Apfel und warf die Tür hinter sich ins Schloss, dass es krachte. Macht nichts, wenn die jetzt wach werden, dachte sie, von ihnen war ja keine Hilfe zu erwarten.

Sie rannte schon wieder und sprang als Letzte in den Bus, der prompt die Türen schloss und ruckelnd anfuhr. Endlos langsam fuhr der Bus über den Schillerplatz, am Neckarfreibad und Oberesslingen vorbei, über die Adenauerbrücke, bis er sich schließlich den Berg raufwälzte. Noch nie war ihr der Weg so weit erschienen, bestimmt machte der Bus unnötige Umwege. Er nahm jede Kurve umständlich, hielt und sammelte Leute ein, morgenschläfrige. Sie trommelte ungeduldig gegen die Scheibe. Sie musste sofort die Frauen sprechen. Es schien ihr, als ob viel mehr als ihr Leben daran hing, jetzt die Wahrheit zu erfahren.

Der Bus hielt. Sie sprang hinaus, sah auf die Uhr – kurz vor halb acht, elf Minuten hatte er gebraucht, wie immer. Sie wandte sich schnurstracks zum Häuschen der »Urgroßmutter«. Ihre Beine kannten den Weg schon auswendig, obwohl sie ihn erst einmal gegangen war. Sie klopfte, öffnete die Tür, als niemand antwortete, und erspähte die Alte im halbdunklen Raum am Herd. Diese drehte sich um, schlurfte zum Tisch, wobei sie die Hände an der Schürze trocknete, und setzte sich. Mit dem Fuß schob sie Helga einen anderen Stuhl hin.

»Ich habe Sie schon erwartet«, sagte sie klar und fast feierlich. »Wir wollten Sie nicht erschrecken, aber es musste einfach sein.«

Helga rührte sich nicht. Sie durfte auf keinen Fall etwas unterbrechen, das noch nicht recht begonnen hatte.

Die Alte räusperte sich, nahm eine Tasse vom Tisch, drehte sie in den Händen. »Möchten Sie einen Kaffee?«

Helga spürte plötzlich ihren Magen, das fehlende Frühstück, die halb durchlesene Nacht. »Ja bitte, sehr gern«, hatte sie schon gesagt, ehe sich irgendeine höfliche Ablehnungsfloskel in ihrem Kopf bilden konnte.

Die Alte bewegte sich mühsam zurück zum Herd. Da stand die Kanne bereit, die Tassen hingen an den Haken, und schon hatten sie beide die warmen Becher gefüllt in ihren Händen. Es konnte losgehen. Die Uhr tickte laut. Sonst regte sich nichts. Helga drehte sich um, als sollten die anderen Frauen jetzt kommen. Das Zimmer blieb leer bis auf sie beide.

»Die kommen heute Morgen nicht«, sagte die Alte, als hätte sie die Frage gespürt. »Aber das ist auch nicht nötig. Ich wollte es Ihnen ohnehin erzählen, weil Sie doch die Lehrerin sind. Sie müssen es wissen, damit Sie es den Kindern sagen können. Auf Sie werden sie hören.«

Das klang fast wie ein Befehl. Helga setzte sich aufrecht.

»Er war noch nicht mal achtzehn«, fuhr die Alte fort, als hätte sie den Anfang lange schon erzählt. »Er war einer von den Fremdarbeitern Ost, einer von denen, die sie aus Russland herbeigeschafft hatten, damit sie in unseren Fabriken arbeiten, weil unsere Männer an der Front waren.«

Vor Helgas Augen entstand eine dunkle Masse von Menschen, die sich auf Berkheim zuschoben, dorthin getrieben wurden. »Wo sind die denn alle geblieben?«, fragte sie. »Ich meine, das Dorf ist doch ganz klein.«

»Das können Sie jetzt nicht mehr erkennen. Niemand will daran erinnert werden«, klagte die Alte. »Wir haben ihnen manchmal ein

Stück Brot zugeschoben oder einen Apfel, wenn sie runter ins Werk gegangen sind, so mager und hungrig, wie die waren.«

Wieder war es Helga, als sähe sie die Schar vor sich, wie sie den Berg hinabzog, gebeugt und ausgezehrt. Wo waren sie geblieben?

»Eine Ladenstraße und ein Parkhaus haben sie dahin gebaut, wo damals das Lager war.«

Helga biss sich auf die Lippe, um nichts weiter zu fragen. Es kam ihr so vor, als sei absolutes Zuhören die Bedingung dafür, dass sie die ganze Geschichte erfuhr.

»Er hatte sich aus Abfällen Schuhe gebastelt, mit Draht zusammengehalten. Vergehen am Volksvermögen haben sie das genannt – darauf stand Todesstrafe. Am Morgen haben sie ihn einfach aufgehängt, und keiner hat sie aufgehalten.« Sie wischte mit der Hand heftig über den Tisch. Von ihr aus war die Geschichte fertig.

Helga stützte den Kopf auf eine Hand. Der Mann am Baum, die Draht-Sandalen, es passte so sehr, dass nichts stimmte.

»Also haben Sie den Mann aufgehängt gestern Abend unten im Wald an der gleichen Stelle? Wer war er überhaupt?«

Die Frage hing wie eine große Drohung im Raum. Mord! Das Verbrechen wurde nicht kleiner dadurch, dass es von sieben müden alten Frauen begangen worden war. Auch nicht dadurch, dass der Mann vielleicht derjenige war, der damals den Jungen aufgehängt hatte, oder vielleicht einer von denen, die nicht eingeschritten waren.

Helga stand auf. Sie wollte schnell raus aus der dunklen Wohnstube. Sie wollte keine Einzelheiten über den 18-Jährigen hören, schon gar nichts über den Gehenkten, der gestern Abend in dem Baum geschaukelt hatte. Sie wollte mit alldem nichts zu tun haben. Sie musste unbedingt zur Schule. Es war erst fünfzehn Minuten vor acht, aber sie wollte sich noch ein wenig vorbereiten.

Die Alte hatte sich auch erhoben. Sie näherte sich Helga, die nicht schnell genug zurückwich, sodass sie wieder eine fremde Hand auf ihrer Schulter spürte. Beruhigend von einer Mörderin!

»Das war doch eine Stoffpuppe«, erwiderte die Alte auf die vor langer Zeit gestellte Frage. »Wir hängen sie jedes Jahr am 21. April an den Baum, damit wir dieses Unrecht nie vergessen.«

Helga atmete zum ersten Mal, seit sie die Küche betreten hatte, tief ein und wieder aus. Zumindest schien es ihr so. Die Dinge rückten sich allmählich zurecht wie in einem Puzzle, aus dem mehrere Teile verloren gegangen waren.

Sie streckte eine Hand aus, die die Alte in beide Hände nahm. Sie lächelten sich an.

Helga ging schnell aus dem Haus, lief die Straße entlang um zwei Ecken und betrat die Schule. Sie ging sofort in ihren Klassenraum. Sie zog das Buch heraus. Jetzt wusste sie, was sie den Kindern heute in der Schule beibringen würde. Sie schrieb aus dem kleinen Buch einige Zahlen ab und freute sich schon auf die verblüfften Gesichter, wenn sie heute ihr Rechenaufgaben bekamen.

1. Die Schuttmenge, die sich aus den Kriegszerstörungen des Zweiten Weltkriegs ergab, wird auf 400 Millionen Kubikmeter geschätzt. Wenn Deutschland 70 Millionen Einwohner hat, wie viel Meter Schutt kommen auf jeden?

So, da sollten sie sich die Zähne ausbeißen. Mal sehen, ob da nicht Leben in die Klasse käme.

Dann stellte sie die Daten für die zweite Aufgabe zusammen:

2. Die Todesopfer werden mit 55 978 000 angegeben, davon in Asien 15 690 000, 5 978 000 Juden; insgesamt in den Konzentrationslagern 9 Millionen. Errechne jeweils, wie viel Prozent die einzelnen Gruppen an der Gesamtzahl ausmachen. In dieser Gesamtzahl sind 3 760 000 getötete deutsche Soldaten und 3 640 000 deutsche Zivilisten enthalten. Errechne, wie viele Deutsche auf die getöteten Nichtdeutschen blieben. – Irgendwie ging das so nicht. Sie hatte »Killerrate« schreiben wollen, also wie hoch die Killerrate der Deutschen war – das hätten die Schüler gleich verstanden, aber das ging natürlich nicht. Unter denen in den Konzentrationslagern waren unzählige Deutsche und überhaupt. Sie strich das Geschriebene mit einem schnellen Strich quer durch.

Und sie richtete schließlich für den Sozialkundeunterricht zögernd und schon mit schlechtem Gewissen noch folgende Frage an die Klasse: »Berkheim hatte zu Beginn des Zweiten Weltkriegs circa dreißig Prozent Kommunisten. Wo sind die geblieben? Oder ihre Kinder? Fragt eure Großeltern.«

»In Berkheim gab es so was nie!«, rief einer sogleich.

»Das sag ich meinen Eltern, dass Sie so was behaupten!«, rief ein anderer, der ihr bislang noch nicht aufgefallen war, fast gehässig, jedenfalls trotzig von hinten.

Gewohnt, die Dinge sorgfältig in eine Rangfolge zu bringen, fragte sich Helga, welches Verbrechen sie eigentlich selbst am meisten aufarbeiten wollte: das größenwahnsinnige Spiel mit einem ganzen Volk, das sich willig zu Mitspielern hatte machen lassen? Die »sinnlose Opferung von Einwohnern bei Kriegsende«? Wie das in dem Buch hauptsächlich zum Skandal gemacht wurde. Die Wiedereinsetzung der Schuldigen als Lehrer? Oder dass den Nachfolgenden ihre Geschichte genommen war?

Praktisch, weil sie sogleich etwas tun wollte, entschied sich Helga Schrader für das Letzte.

Anmerkung der Autorin

Diese Geschichte ist eine Art Zwitter. Im historisch-dokumentarischen Teil sucht sie die Vergangenheit so genau als möglich abzubilden. Für die erhaltenen Materialien und Geschichten danke ich dem ehemaligen Berkheimer Pfarrer Roland Spur und der Gruppe, die die Gedenkschrift für die Kriegsopfer von Berkheim herausgab: den Schülerinnen und Schülern der Zollbergrealschule und den Mitarbeiterinnen und Mitarbeitern der evangelischen Jugend Berkheim, sowie den Projektleitern Walter Steiner, Günter Wagner und Roland Spur.

Der Teil der Geschichte, der in der Gegenwart spielt, ist rein fiktiv. Eine etwaige Ähnlichkeit mit lebenden Personen wäre reiner Zufall und ist nicht beabsichtigt.

Ilse Burkert-Sauer

Die Leiche im Schloss

Kathrin Ackermann trat hart auf die Bremse. Beinahe hätte sie das gut getarnte Hinweisschild mit der Aufschrift »Schloss« verpasst. Bereits die ganze Fahrt über hatte sie höllisch aufpassen müssen, um nicht auf den verschlungenen Wegen zwischen Bietigheim und Brackenheim irgendwo in Wiesen und Feldern zu stranden.

»Sieh es einfach als eine Abwechslung, aus unserem trüben Kessel herauszukommen. Außerdem soll es dort vortrefflichen Wein geben!«, hatte ihr Torsten Frank lächelnd mit auf den Weg gegeben. Ihr Chef hatte gut lachen, aber sie musste sich nun drei Tage hier in diesem Provinznest herumtreiben und für eine Hand voll ländlicher Beamter ein bescheuertes Seminar zu dem überaus ergiebigen Thema »Neue Erkenntniswege in der Polizeiarbeit« durchziehen. Wenn sie nur an die mitfühlenden Worte ihres lieben Kollegen Sek dachte, sträubten sich ihr alle Nackenhaare.

In der kleinen Brackenheimer Polizeiwache liefen die Vorbereitungen auf die Ankunft des Stuttgarter Kriminalen auf Hochtouren. Schließlich bewegten sich die hiesigen Vorfälle in überschaubaren Bahnen, und der Besuch eines Vertreters der Stuttgarter Mordkommission war schon etwas Außergewöhnliches, zumal der letzte Mordfall annähernd zehn Jahre zurücklag und sich am Ende als tragischer Unfall entpuppt hatte.

»Wo ist denn das Fax mit der Ankunftszeit, Herrgottnochmal?«, brummte Polizeiobermeister Wilhelm Trebert in seinen Bart und durchwühlte nervös die Ablage. Mit seiner kleinen, etwas fülligen

Statur strahlte er eine gewisse Gemütlichkeit aus, doch seit Tagen standen ihm hektisch rote Flecken auf den Wangen.

»Halb zwei, hier bei uns. Reicht noch zum Mittagessen.« Der junge Alexander Wohlfahrt sah erst auf seine Uhr, dann zu seinem Kollegen.

»Du hast Recht, Alex. Soll's sein, wie's ist. Ich will nur noch schnell mal rüber und nachsehen, ob der Raum in Ordnung ist.« Damit hatte Trebert schon seine grüne Dienstmütze auf den Kopf geschoben und war zur Türe hinaus. Wohlfahrt schüttelte nur den Kopf. Er war froh, wenn dieser Zauber ein Ende hatte und er sich endlich wieder ausgiebig den Falschparkern am Marktplatz widmen konnte.

Inzwischen hatte die Kommissarin eine schmale Brücke überquert, ihren Dienstwagen auf einen der freien Parkplätze an einer efeuberankten Mauer abgestellt. Sie nahm ihre Tasche von der Rückbank und betrat das ausgetretene Kopfsteinpflaster. Vor ihr erhob sich ein prächtiges Anwesen mit rundem Turm und schiefen Fenstern und einem steinernen Torbogen mit Balustrade, welcher den Blick in den Innenhof des Brackenheimer Schlosses freigab. Hier musste es sein, eine Polizeiwache in historischem Ambiente, das hatte sie allerdings nicht erwartet. Langsam schritt sie weiter und musste unwillkürlich lächeln, als zwei Polizisten aus einem seitlichen Durchgang auftauchten und auf sie zukamen. Zwei Beamte, wie sie im Buche standen: der eine rundlich, mit einem breiten Schnauzer versehen, der andere wohl Mitte dreißig mit schmalen Augen, kurzem Stoppelhaar und bestimmt Schuhgröße 48, und beide in der gleichen biederen grünen Uniform, die bei der Stuttgarter Mordkommission zum Glück nur noch den Motten zum Fraß vorgeworfen wurde.

Auch das würde sie irgendwie überstehen. Tapfer steuerte sie auf die beiden zu. Die leicht verwirrten Blicke, welche sich die Uniformierten verstohlen zuwarfen, ignorierte sie. Offenbar hatten die beiden noch nicht mit ihrem Erscheinen gerechnet. »Guten Tag. Ich denke, hier bin ich richtig. Hauptkommissarin Ackermann von der Stuttgarter Mordkommission. Ich nehme an, Sie haben auf mich gewartet.« Charmant strahlte sie dem Älteren der beiden entgegen.

»Ja, Grüß Gott, Frau …«

»Ackermann, bitte.«

»Ja, Frau Ackermann … Wilhelm Trebert heiße ich. Ich hoffe, Sie hatten keine Probleme mit der Anfahrt. Ich dachte, dass Torsten vielleicht selbst kommen würde, aber wir freuen uns natürlich sehr, dass Sie Zeit für uns gefunden haben.«

Zeit finden musste, dachte sie, enthielt sich jedoch jeglichen Kommentars über ihren Chef, der ihr diesen Job eingebrockt hatte. »Nett haben Sie es hier, wirklich«, bemerkte sie freundlich und sah sich um. »Wo findet das Seminar denn statt?«

»Gleich nebenan, im gegenüberliegenden Seitenflügel vom Schloss.«

Wie auf Kommando setzte sich der junge, hochgewachsene Beamte, der sich ihr noch nicht vorgestellt hatte, in Bewegung und öffnete die Tür in den Veranstaltungssaal.

Diesmal war es Kathrin Ackermann, die vor Überraschung den Mund kaum mehr zubekam. Vor ihr eröffnete sich ein modern renovierter Raum, der eher einem kleinen Theater als einem Seminarraum glich. In der Saalmitte standen hufeisenförmig angeordnet mehrere Tische mit jeweils zwei Stühlen. Ihr Arbeitsplatz für die nächsten Tage befand sich an einem Tisch an der Stirnseite, auf welchem das überkommene Modell eines Overheadprojektors deponiert worden war. Im Hintergrund entdeckte sie sogar ein Flipchart mit unbeschriebenem, weißem Papier. Fünf ebenfalls Uniformierte standen am Fenster, während eine weitere Gruppe interessiert die Bühne inspizierte und sich dabei lautstark unterhielt.

»Wunderbar.« Die Kommissarin nickte anerkennend.

»Nur gemietet«, antwortete Polizeiobermeister Trebert nicht ohne Stolz.

Die drei traten weiter in den Raum. Jetzt hatten die anderen ihr Kommen bemerkt und verstummten augenblicklich.

Nachdem auch die letzten Teilnehmer angekommen waren und Platz gefunden hatten, konnte die Kommissarin beginnen. Und das tat sie. Bereits nach der ersten Pause war auch dem Letzten der Landpolizisten jedes überhebliche Lachen im Halse stecken geblieben. Überhäuft mit Arbeitsblättern und erschöpft vom Zuhören entließ Kathrin ihre Zuhörer gegen achtzehn Uhr zu einem wohlverdienten Vesper und schloss erleichtert ihre Vortragsmappe.

»Ich muss schon sagen, Sie haben mich wirklich beeindruckt«, sagte Wilhelm Trebert, als er Kathrin Ackermann die Reisetasche zum Wagen trug. Seinen anerkennenden Blick hatte sie sich während der vergangen drei Tage auch hart erarbeitet.

»Nun, ich hoffe, Sie werden nicht in die Verlegenheit kommen und die neuen Erkenntnisse bald in die Praxis umsetzen müssen, wäre doch schade um dieses friedliche Städtchen.«

»Aber, was ich Sie noch fragen wollte, wie kann eine Frau mit diesen …«

»… Verbrechen leben? Wohl genauso wie jeder Mann, sachlich, nüchtern, aber auch mit einer Spur Einfühlungsvermögen.« Dass sie manchmal kaum die Augen zu schließen wagte, um sich nicht in ihren Albträumen mit aufgeschlitzter Kehle auf einer Mülldeponie wiederzufinden, mussten diese braven Landpolizisten wirklich nicht erfahren.

Mit einem Mal drang lautes Gemurmel zu ihr durch, kurz darauf erschien ein älterer Mann unter dem Torbogen, dem eine Gruppe geschwätziger Touristen auf den Innenhof folgte.

»So, und dies hier ist das Schloss von Brackenheim, ehemaliger Witwensitz der Herrschaft zu Württemberg.« Die Stimme des Stadtführers erhob sich klar und deutlich, obwohl er bereits an die siebzig Jahre alt sein musste. »Außerdem habe ich heute noch eine wirkliche Besonderheit. Wenn Sie mir bitte folgen wollen. Hier geht es in den Weinkeller. Tja, die hohen Herrschaften früher wussten eben, wie man sich die Zeit vertreibt.« Er zog einen übergroßen, angerosteten Schlüssel aus der Tasche, der offensichtlich ebenso viele Jahre auf dem Buckel hatte wie das Gemäuer selbst.

»Ah, Polizeiobermeister Trebert!«, rief der Alte und schritt auf die beiden am Wagen stehenden Beamten zu.

»Grüß Gott, Wolfram. Wieder mal im Einsatz?«, erwiderte Trebert und rieb sich den breiten Schnauzer. »Darf ich vorstellen, Kommissarin Ackermann von der Stuttgarter Mordkommission.«

»Angenehm. Wolfram Kiesel.« Er streckte ihr seine runzelige Hand entgegen. »Ich hoffe, Sie sind nicht dienstlich hier.«

»Eigentlich schon, aber keine Sorge, es sind noch alle am Leben.« Sie schüttelte ihm die Hand, starrte dabei jedoch unverwandt auf den riesigen Schlüssel. »Zum Schlossverlies?«

»Oh nein, meine Dame, bei uns sollen die Leute etwas schaffen und sich nicht auf Staatskosten auf die faule Haut legen.« Schmunzelnd wies er auf eine verschlossene Tür, die hinter den vielen Touristen kaum auszumachen war. »Der Weinkeller! Wollen Sie sich uns nicht anschließen? Nur ganz selten kann ich mit einer meiner Gruppen in den alten Keller der Brackenheimer Weingenossenschaft runter. Das ist eine einmalige Gelegenheit.«

Kathrin brauchte nicht lange zu überlegen. Im Gänsemarsch mit einer Gruppe Touristen durch ein spinnwebenüberzogenes Weinverlies zu irren, war nun wirklich das Letzte, was sie sich wünschte. Sie wollte auf dem schnellsten Weg nach Stuttgart zurück und sich mit Sek in ihrer Stammkneipe treffen. »Vielen Dank, aber ich muss leider los. Das Verbrechen ruft.«

Glücklicherweise trat Trebert einen Schritt vor – er musste dem Stadtführer wohl noch einige Neuigkeiten mitteilen –, sodass er sie nicht weiter bedrängen konnte. Schließlich verabschiedeten sich die beiden Herren, worauf sich der Alte wieder seinen Touristen zuwandte. »Entschuldigen Sie bitte die Verzögerung, aber für Ihre Geduld, darf ich wohl sagen, werden Sie reichlich belohnt werden. Bitte seien Sie vorsichtig beim Treppensteigen, die Stufen sind hoch und steil. Am besten einer nach dem anderen.«

Kathrin Ackermann konnte sich ein Lachen über diesen redseligen, galanten Herrn nicht verkneifen. »Nun, ich muss jetzt wirklich los. Vielen Dank für Ihre Bemühungen, Kollege Trebert.«

»Gute Fahrt.«

Sie öffnete die Fahrertüre, nahm dem Polizeiobermeister ihre Reisetasche ab und warf sie schwungvoll auf die Rückbank. Als sie sich in den Wagen setzte, hörte sie noch, wie der Stadtführer mit lautem Knacken die Türe zum Schlosskeller aufsperrte, und sah die Gruppe darin verschwinden.

»Die Blumen, warten Sie!« Trebert eilte zum Seminarraum zurück, um das farbenfrohe Blumengebinde aus roten Geranien, blauem Rittersporn und einer Unmenge Rebblättern zu holen, den die Teilnehmer ihr am Ende des Seminars überreicht hatten. Währenddessen schnallte Kathrin sich an und betrachtete die alten Steinmauern. Wie wäre es eigentlich, wenn ihre Dienststelle ins Stuttgarter Schloss umziehen würde?

Doch bevor sie sich darüber klar werden konnte, rissen sie schrille Aufschreie aus ihren Gedanken, die selbst einen Gespensterchor zu Tode erschreckt hätten. Das musste aus dem Weinkeller kommen. Mit einem Ruck machte sie sich wieder los und stürzte aus dem Wagen. Als sie die Treppe erreichte, rannte Trebert mit dem Blumenstrauß auf sie zu. »Was war das denn?«

»Ich weiß nicht.« Beide stiegen hastig die Stufen in den düsteren Weinkeller des Brackenheimer Schlosses hinunter. Kathrin Ackermann musste höllisch aufpassen, dass sie die gut sieben Meter der Treppe nicht kopfüber hinunterstürzte. Glücklicherweise befand sich an der Seite ein Handlauf, der ihr, obwohl er bedenklich nachgab, etwas Sicherheit bot. Endlich war sie auf dem kalten Betonboden angelangt, der so gar nicht zu dem alten Gemäuer passte. Noch abstoßender wirkten sechs blanke Chromcontainer, die sich unter die historischen Steinbögen zwängten und selbst den letzten Gedanken an morsche, vor sich hin gärende Weinfässer verdrängten.

Als sich der Polizeiobermeister, dicht gefolgt von Kathrin Ackermann, unsanft einen Weg durch die Menge bahnte und schließlich vor dem dritten der riesigen Container stehen blieb, war das Geschrei längst unverständlichem Raunen gewichen.

»Was ist denn hier los?«, rief Wilhelm Trebert mit seiner markigen Stimme in den düsteren Raum, der nur durch einige nackte Glühbirnen erhellt wurde.

Der Stadtführer hatte sich von zwei Männern gestützt gegen die Steinmauer gelehnt, kreidebleich und mit verdrehten Augen. Von seinem lustigen Geplauder war nichts mehr übrig. Mit einer kaum wahrnehmbaren Geste deutete er auf ein Einstiegsloch, das ins Innere des dritten Containers führte. Eilig schob sich Kathrin an dem Polizeiobermeister vorbei, bückte sich und spähte hinein.

Eine riesige Blutlache hatte sich auf dem Boden der glänzenden Röhre gebildet, eingetrocknet und verkrustet, in deren Mitte ein männlicher Leichnam lag. Er lag auf dem Bauch, die Kleidung war von dunklen Flecken übersät. Sein Kinn hatte sich unter seiner wilden Mähne weit nach vorne geschoben, sodass die Lippen auseinander klafften und den Anschein erweckten, als würde der Unglückliche sein eigenes Blut trinken.

»Und?«, fragte nun auch Alexander Wohlfahrt, der mit einem

Mal hinter ihr auftauchte und versuchte, einen Blick in das Innere zu werfen.

Kathrin Ackermann erhob sich, ließ ihren jungen Kollegen ungehindert hineinsehen und wandte sich an die aufgeschreckte Menge hinter ihr. »Kommissarin Ackermann aus Stuttgart. Ich bitte Sie, in erster Linie Ruhe zu bewahren. Verlassen Sie langsam den Keller und warten Sie oben auf uns. Wir werden dann Ihre Beobachtungen sofort festhalten. Anschließend können Sie gehen. Danke!«

Inzwischen hatte auch Wilhelm Trebert seinen Kopf in den Container gesteckt, sich dann augenblicklich der Blumenpracht entledigt und neben die Kommissarin gestellt. Der Schreck stand ihm ins Gesicht geschrieben.

»Das ist ja entsetzlich!«, hauchte er. »Was sollen wir …«

»Jetzt beruhigen Sie sich. Es reicht, wenn die Leute schon wie die Hühner herumrennen, wir sollten die Nerven bewahren.«

Der Kollege hatte zwar einige Dienstjahre mehr vorzuweisen als sie, doch dass er mit dieser Situation überfordert war, spürte Kathrin sofort. Sie musste die Sache in die Hand nehmen, zumindest jetzt zu Beginn. Sollte Stuttgart eben noch einen Tag auf sie warten, ob es ihrem Chef passte oder nicht.

Sie schaute Trebert fest an und klopfte ihm auf die Schulter. »Nun, das ist leider die Praxis, keine Theorie. Zuerst sollten wir den Tatort sichern, die Personalien der Leute festhalten und herausfinden, wer den Toten entdeckt hat, Kollege Trebert. Und Wohlfahrt soll inzwischen Ihre Vorgesetzten und die Spurensicherung in Heilbronn verständigen.«

»Wo steckt denn Alexander überhaupt?«

Trebert sah sich in dem geräumten Kellergewölbe um. Sein junger Kollege stand mit dem Gesicht zur Wand und würgte sich das wunderbare Seminarabschlussessen aus dem Leib.

»Sie sollten ihn mit nach oben nehmen«, sagte Kathrin und verließ den Keller.

Weit über eine Stunde verbrachte die Kommissarin damit, sich aus den aufgeregten und völlig wirren Erzählungen der Touristengruppe die wesentlichen Details herauszupicken und aufzuschreiben. Doch sie realisierte schnell, dass sie hier nicht weiterkam.

Mehr versprach sie sich von den ersten Resultaten der Spurensicherung, die gut eine halbe Stunde nach der Meldung in Brackenheim eingetroffen war und immer noch unten im Weinkeller ihrer Arbeit nachging. Schließlich entließ sie die Teilnehmer der Stadtführung und drückte dem immer noch bleichen Alexander Wohlfahrt ihre Notizen, die hauptsächlich aus Namen und Anschriften der Befragten bestanden, in die Hand. Die wenigen Schritte zur Wache an der frischen Luft würden ihm bestimmt gut tun. Sie musste zurück in den Weinkeller.

Es erstaunte sie jedes Mal aufs Neue, wie sich ein und derselbe Ort unter der professionellen Hand der Spurensicherung verändern konnte. Die vormals notdürftige Beleuchtung des Kellers war durch eine ganze Batterie grell strahlender Scheinwerfer ersetzt worden; statt der erschreckten Touristen wirbelten sechs Beamte in weißen Schutzanzügen herum. Kathrin kniff die Augen zusammen, als unerwartet ein Blitzlichtgewitter durch das Gemäuer zuckte. Vorsichtig näherte sie sich den Kollegen, sorgsam darauf bedacht, weder ein historisches Spinngewebe noch eine Spur neueren Datums zu verwischen.

»Und können Sie schon etwas sagen?«, wollte sie von einem der Techniker wissen, der gerade aus dem Weincontainer kroch.

»Tja, wie es aussieht, wurde mehrfach mit einem Messer auf den Mann eingestochen. Welcher dieser Stiche letztlich zum Exitus führte, wird die Obduktion klären.«

»Und wie lange ist er schon tot?«, fragte Wilhelm Trebert, der ebenfalls in den Keller zurückgekommen war, über ihre Schulter hinweg.

»Meiner Schätzung nach weit über vierundzwanzig Stunden.«

Kathrin Ackermann hatte genug gesehen. Sie lief zur Treppe und wollte gerade ihren Fuß auf die erste Stufe setzen, als ihr Blick an der hinteren Seite des Kellers hängen blieb. Sie stutzte. Kurzerhand machte sie kehrt und schritt vorsichtig durch den schwächer werdenden Lichtschein ins Dunkel.

»Ich brauche mehr Licht hier!«, rief sie den Technikern zu und bückte sich. Nur eine Sekunde später tauchte sie ein Beamter in einen hellen Lichtkegel. Mehrere quadratische Sandsteine lagen vor ihren Füßen, jeder so groß wie ein Schuhkarton, mit zerfurchter

Oberfläche und abgeschlagenen Kanten. Kathrin Ackermann hob automatisch den Kopf und begann, das Gewölbe über und neben sich gewissenhaft abzutasten.

»Weiter rechts!«, befahl sie, und der Lichtstrahl wanderte über die einzelnen Steinblöcke hinweg weiter in die Tiefe des Kellers. Tatsächlich, mit einem Mal zeichnete sich ein zirka achtzig Zentimeter großes Loch in der zementierten Rückwand des Gemäuers ab.

Polizeiobermeister Trebert eilte herbei und zögerte nicht, seiner Stuttgarter Kollegin auf allen vieren durch das Loch nachzukriechen.

»Wo sind wir jetzt gelandet?«, fragte die Kommissarin und klopfte sich den Dreck von der Hose.

Trebert brauchte sich nicht umzusehen. »In der Tiefgarage unterhalb der ehemaligen Kelter.« Der Polizeiobermeister räusperte sich kurz und erklärte, dass die Kelter noch vor einigen Jahren durch diesen Zugang direkt mit dem Schlosskeller verbunden gewesen war. Erst als sie aufgelöst und umgebaut wurde, hatte man sich für den Bau einer Tiefgarage in den alten Lagerräumen entschieden und den unterirdischen Durchgang zugemauert. Kathrin Ackermann sah sich nochmals um, doch eins stand für sie fest: Die Suche nach weiteren Schlüsseln zum Weinkeller hatte sich hiermit erledigt, denn dieser Keller stand für jedermann offen wie ein Scheunentor.

Es war schon weit nach zehn, als sich Kathrin erschöpft auf ihr Hotelbett fallen ließ. Wie gerne wäre sie jetzt in Stuttgart in ihren eigenen vier Wänden gewesen. Oje, Sek! Der saß bestimmt noch immer in der Kneipe und wartete auf sie. Schnell drückte sie seine gespeicherte Nummer in ihr Handy. Kaum zwanzig Minuten später war ihr Stuttgarter Kollege bis ins Detail über den unerwarteten Mordfall im fernen Brackenheim informiert und mit zusätzlichen Aufgaben instruiert. Sek seinerseits erinnerte sie daran, dass sie morgen in der Stuttgarter Dienststelle erwartet werde und er keinerlei Lust verspüre, ihren Job zusätzlich zu übernehmen.

In voller Fahrt raste Kathrin Ackermann am nächsten Morgen in den Innenhof des Schlosses. Es hätte nicht viel gefehlt, und einer der hier versammelten Schaulustigen wäre als Kühlerfigur auf ihrem Dienstwagen gelandet. Sie trat so heftig auf die Bremse, dass die Reifen quietschten. Mit einem kräftigen Ruck stieß sie die Fahrertüre auf und zwängte sich durch die Menge. Der Anblick, der sich ihr bot, verschlug ihr schlichtweg die Sprache. Polizeiobermeister Trebert, langjähriger Dienststellenleiter des Brackenheimer Polizeireviers, hatte sich vor dem abgesperrten Treppenabgang des Weinkellers postiert und erklärte mit sichtlichem Genuss, was sich hier gestern zugetragen hatte.

»Zum Teufel, Trebert, was treiben Sie da!«, brüllte sie ihren Kollegen an, der sie nicht minder entgeistert anstarrte. Ohne auf eine Antwort zu warten, wandte sie sich von ihm ab. »Die Vorstellung ist beendet. Ich möchte Sie bitten, sofort den Hof zu verlassen und die polizeilichen Ermittlungen nicht weiter aufzuhalten.«

Eigentlich hatten ihr noch ganz andere Worte auf den Lippen gelegen, aber ihre Anweisung erfüllte auch so ihren Zweck. Innerhalb weniger Minuten war der Hof wie leer gefegt. Einzig Wilhelm Trebert hatte sich keinen Zentimeter von seinem Platz bewegt. Als endlich wieder Ruhe eingekehrt war, atmete Kathrin tief durch und baute sich vor ihm auf. Sie hörte seinen kurzen Atem und bemerkte, wie sich die leichte Röte auf seinen Wangen in centgroße Flecken verwandelte.

»Frau Kommissarin, ich … ich …«, stotterte er unter seinem zitternden Schnauzer.

»Mann, sind Sie eigentlich noch zu retten?« Kathrin warf einen flehentlichen Blick zum Himmel.

»Sie müssen das verstehen. Die Leute hier wollen eben informiert und einbezogen sein. Außerdem hatten wir noch nie eine Leiche im Schloss. Und –«

»Und deshalb machen Sie jetzt kostenlose Führungen zum Tatort? Nein, das muss ich *nicht* verstehen!«

Wilhelm Trebert senkte den Blick und betrachtete seine Schuhspitzen. Dann hob er den Kopf und sprach mit seiner gewohnten, ruhigen Stimme. »Frau Ackermann, wir sind wirklich dankbar, dass Sie uns unterstützen, aber wie wir mit den Leuten hier umzugehen haben, das wissen wir immer noch am besten.«

Kathrin zog die Brauen hoch.

»Man muss mit den Leuten reden, dann erfährt man das allermeiste.«

»Ach, ja?«

»Genau. Obwohl ich mir sicher bin, dass keiner von uns hier für dieses Verbrechen verantwortlich ist, so könnte doch jemand etwas Wichtiges beobachtet haben.«

Was sollte sie darauf sagen? Diese Mischung aus Naivität und Solidarität war zum Verzweifeln. Es hatte wohl keinen Zweck, ihr Gegenüber zu einer anderen Einsicht bringen zu wollen.

»Kollege Trebert«, setzte sie nach einigen Momenten des Schweigens an und bemühte sich sehr, ihre Tonlage zu kontrollieren. »Wir sollten jetzt eine gemeinsame Strategie besprechen. Kommen Sie mit ins Revier, ja?« Ob das Wort ›gemeinsam‹ zutraf oder nicht, war im Moment nicht entscheidend, es war die einzige Möglichkeit.

Kathrin Ackermann betrat die Wache und ging mit raumgreifenden Schritten zu ihrem Tisch, der ihr gestern Abend noch notdürftig eingerichtet worden war. Sie legte ihre Tasche ab und ließ sich auf dem Holzstuhl nieder. Alexander Wohlfahrt saß an seinem Schreibtisch und hatte den Kopf tief in den vorläufigen Bericht der Spurensicherung vergraben. Trebert bevorzugte es offenbar, am Türpfosten stehen zu bleiben.

»Hast du schlecht geschlafen, Alex?« Auf Treberts Frage hin betrachtete Kathrin den jungen Kollegen eingehender. Er sah wirklich erbärmlich aus. Es bedurfte keiner besonderen Fähigkeiten, um zu sehen, dass er weder gewaschen noch rasiert zur Arbeit gekommen war. Wahrscheinlich hatte er nicht einmal seine Unterwäsche gewechselt.

Wohlfahrt warf einen erschrockenen Blick in die Runde, sein fahles Gesicht mit den dunkel umschatteten Augen war Antwort genug.

Kathrin beschloss, endlich zur Sache zu kommen. »Also, meine Herren. Ich denke, wir sollten anfangen!«

»Die geht mir wirklich total auf den Wecker! Warum haut die nicht einfach wieder nach Stuttgart ab?«, schimpfte Alex vor sich hin und trabte unwillig die Obertorstraße entlang, um noch die letzten Schlossanrainer auf eventuelle Beobachtungen in der vergangenen Nacht zu befragen.

Wilhelm Trebert beobachtete seinen jungen Kollegen schon den ganzen Nachmittag. Die zitternden Hände, die hohlen Augen, das konnte nicht nur von einer weinseligen Nacht oder dem Stress herrühren, den die Kommissarin ohne Zweifel verbreitete.

»Was ist eigentlich mit dir los, Alex?«, fragte er und rieb sich seinen Schnauzer.

»Nichts, was soll sein? Ich hab mich gestern mit Vincent noch beim Toni getroffen, das ist alles.«

Die beiden hatten schon als Schuljungen zusammengehangen, und das gefiel Trebert überhaupt nicht. Die Köhlers bestellten zwar die besten Neipperger Hanglagen, aber mit dieser Familie gab es nichts als Schwierigkeiten. Vincent war lange Zeit der Einzige, der sich ordentlich entwickelte, aber seit er seine Anni bei einem Verkehrsunfall verloren hatte, war auch er völlig aus dem Lot gekommen. Ständig Theater. Selbst Tobias, sein jüngerer Bruder, hatte vor Jahren Reißaus genommen und Brackenheim den Rücken gekehrt.

»Hat dein Vincent etwas mit der Sache hier zu schaffen?«

Alex blieb abrupt stehen und starrte Trebert für einen kurzen Moment direkt in die Augen »Scheiße, nein, warum auch?« Mit hochrotem Kopf schob er seine Dienstmütze zurecht und schritt auf das nächste Fachwerkhaus zu.

Hätte der Brackenheimer Polizeiobermeister geahnt, was Kathrin Ackermann im Schilde führte, hätte er ihr sicher nicht den Weg zum hiesigen Elektrofachgeschäft erklärt. Nach einer Stunde kam sie nicht nur mit einem ausgeliehenen Telefonapparat und Scanner zurück ins Polizeirevier, sondern hatte sich obendrein einen Mitarbeiter des Geschäfts an Land gezogen. Trebert überkamen größte Bedenken, als unter Anleitung der Kommissarin diverse Kabel zwischen seinem PC, der Telefonbuchse und dem Scanner gelegt wurden, sodass sein heimeliges Büro nach weiteren zwei Stunden den

Vergleich mit einem Übertragungswagen des SWR nicht zu scheuen brauchte.

Kathrin Ackermann ließ sich jedoch nicht irritieren. In aller Ruhe stöpselte sie einen schmalen Kopfhörer mit Freisprechvorrichtung in ihr Handy und plapperte sofort munter drauflos.

»Okay, Sek. Die Leitung steht.« Eifrig hämmerte sie auf die Tastatur des Computers ein.

In diesem Augenblick erschien Alexander Wohlfahrt mit einer rosafarbenen Mappe in der Türe. Auf dem Bildschirm des PCs bildeten sich mittlerweile zahllose feuerrote Coladosen ab, eine Spielerei ihres Stuttgarter Kollegen, die Kathrin fast schon als krankhafte Fixierung ansah.

»Alles im Limit. Ich melde mich gleich nochmals. – Ist das der Obduktionsbericht?«, fragte sie an den jungen Beamten gewandt. Wohlfahrt nickte. Die Kommissarin überflog das eng beschriebene Blatt, nahm es aus dem Umschlag, legte es aufs Fax und tippte eine Nummer in die Tasten. »Jetzt werde ich Ihnen etwas zeigen!«, erklärte sie ihren Kollegen, die sie mit fragenden Blicken anschauten. »Sek, unser Computerprofi, wird alle Daten des Berichts in ein spezielles Programm überspielen. Daraufhin wird eine dreidimensionale Animation erstellt, also eine Art virtuelle Leiche, die wir uns hier auf dem Monitor mit ansehen können.«

Sie hatte nicht zu viel versprochen. Bereits nach einer weiteren Stunde starrten die drei auf eine gerasterte menschliche Hülle, welche sich langsam rotierend über den Schirm bewegte.

»Hier«, Kathrin deutete auf mehrere rot unterlegte Linien, »das sind die Einstiche im Rücken und zwischen den Rippenbögen des Getöteten. Und jetzt«, sie legte ihre schmalen Finger auf die Tasten und führte den Cursor auf eine der Einstichstellen, »wollen wir mal sehen.«

Ungläubig verfolgten die beiden Brackenheimer Polizisten, wie der menschliche Körper in den Hintergrund geschoben und von einer Serie von Klingen überlagert wurde. Ein letzter Tastendruck und der Computer überprüfte Schnittlänge, -fläche und -form auf Übereinstimmung. Letztlich blieb eine kurze, bauchig geschwungene Schneide übrig.

»Könnte zu einer Schere passen«, stellte die Kommissarin fest.

»Ja, genau, das ist eine Rebschere!« Wilhelm Trebert beugte sich vor, um genauer sehen zu können, während die Kommissarin das Wort »Rebschere« eingab. Wieder ratterte es leise, das Schneidegerät tauchte aus dem Nichts auf und blinkte mehrfach.

»Bingo. Das ist unsere Tatwaffe. Die Frage ist nur, wo sie jetzt steckt. Rebscheren wird es hier ja geben wie Sand am Meer. Mist.«

Alexander Wohlfahrt hatte die ganze Prozedur schweigend mitverfolgt. Mit einem Mal stand er auf, warf seine Jacke über und verließ wortlos das Revier.

»Was ist denn mit dem los?«, fragte Kathrin, ohne ihren Blick vom Schirm zu wenden.

»Sagen Sie, ich hab mal gehört, dass man mit dem Computer auch Gesichter älter oder jünger machen kann. Ist das hiermit auch möglich?«

»Ich denke schon, aber Sek wird es genauer wissen.« Zwar zeigte sich ihr Stuttgarter Kollege in vielem als unverbesserlicher Banause, doch am PC machte ihm keiner etwas vor.

Trebert stand auf, zog ein Foto aus der rosa Mappe und reichte es der Kommissarin.

»Zehn Jahre zurück, bitte.« Damit verschwand das gerasterte Gesicht des Toten aus dem Schlosskeller im Scanner. Es dauerte einige Zeit, doch plötzlich füllte sich der Bildschirm im Brackenheimer Revier erneut. Erst mit einem skurril anmutenden Schädel, gefolgt von der Einblendung des Toten, dessen Gesicht sich tatsächlich mit jeder weiteren Sekunde verjüngte. Die Haare wurden kürzer, die Wangen voller und die Züge weicher.

»Ich hab's doch geahnt!«, stieß Trebert hervor.

Kathrin war klar, dass er diesen Jugendlichen erkannt hatte. »Wer ist es?«, fragte sie trocken.

»Tobias. Tobias Köhler.« Jetzt versagte Trebert die Stimme.

Alexander Wohlfahrt kam es vor, als müsste er seinen alten VW nicht zum Nachbarort Neipperg, sondern den Mount Everest hinaufscheuchen. So vehement er auch aufs Gaspedal trat, schneller ging es einfach nicht. Endlich preschte er um die letzte Kurve, beschleunigte nochmals und bog gleich am Ortsschild scharf nach rechts in einen Feldweg ab, der ihn nach weiteren fünf Minuten zum Weingut der Köhlers führte. Inmitten der Rebstöcke zeigte sich ein weitläufiges Gehöft. Mit Vollgas jagte der junge Polizist die Einfahrt hoch, brachte seinen Wagen zum Stehen und stürzte nach draußen.

»Vincent, zum Donnerwetter, wo bist du?«, brüllte er aus Leibeskräften und rannte auf die geschnitzte Eingangstür des Wohnhauses zu. Im selben Moment öffnete sich die Türe und die alte Köhler trat heraus.

»Aber, Alexander, um Gottes willen, was ist denn in dich gefahren?« Hastig trocknete sie die Hände an ihrer Schürze ab.

»Vincent! Wo ist er?«, stammelte Wohlfahrt atemlos.

»Drüben in der Scheune. Sonst wollte er auch noch mal in den Wengert rüber, aber …«

Doch Wohlfahrt wartete nicht, bis Vincents Mutter ihren Satz beendetet hatte, sondern lief zur Scheune. Erneut rief er nach seinem Freund, doch nichts regte sich. »Verdammt!«, fluchte er und spurtete in Richtung Weinberge los.

Kathrin Ackermann hatte Trebert aufmerksam zugehört. Sie musste zugeben, dass in seiner bodenständigen Art, die Ermittlungen zu führen, etwas verborgen lag, was sie bislang nicht wahrgenommen hatte. Kein Computerprogramm wäre in der Lage gewesen, die verzweigten familiären Beziehungsgeflechte und individuellen Lebensumstände der Bewohner von Brackenheim so präzise zu erfassen und geschickt zu bündeln, wie der Kopf dieses Polizisten. Natürlich stand auch sie bei ihren Ermittlungen im direkten Kontakt mit den Betroffenen, doch nur für kurze Zeit und danach eigentlich nie mehr. Ihre Welt bestand aus der Verfolgung ihr fremder Täter, unbekannten Opfern und Organisationen, die selbst aus dem Ausland operierten. Doch in diesem Städtchen war es anders. Wilhelm Trebert lebte mit diesen Menschen, lange vor und nach einer Tat.

»Wir sollten gehen.«

Der Polizeiobermeister senkte den Kopf, erhob sich jedoch ohne Zögern und streifte seine Jacke über. Kathrin bemerkte wohl die Sorgenfalten auf seiner Stirn, welche, falls seine Schlussfolgerungen zutrafen, durchaus berechtigt waren.

Sie stiegen wortlos in Treberts Dienstwagen und manövrierten sich durch die Brackenheimer Innenstadt, an Recyclinghof und Weingärtnergenossenschaft vorbei in Richtung Neipperg. Die Kommissarin ließ die ländliche Idylle unbeachtet vorbeiziehen. Auf dieser Strecke hatte sich vor vielen Jahren genau das Geschehen abgespielt, das den Grundstein für die Mordtat im Schlosskeller gelegt haben musste. Treberts Bericht zufolge hatte es immer schon Streitigkeiten zwischen den beiden Köhlersöhnen gegeben. Vincent, der ältere, war kräftig, stets zuverlässig und ein wahrer Fußballcrack, dagegen hatte sich Tobias, sein jüngerer Bruder, vor allem durch seine Frauengeschichten ausgezeichnet. Ein Hallodri, wie Trebert ihn nannte. Eskaliert war die Situation endgültig, nachdem Vincent seine Anni geheiratet hatte und diese ab und an mit Tobias ausging. Eines Nachts war Vincent den beiden nachgefahren, hatte sie gestoppt, es kam zu Handgreiflichkeiten, und plötzlich hatte sich die Handbremse gelöst.

»Da vorne an der nächsten Kurve, da wurde Anni vom Auto erfasst und mit nach unten gerissen. So was hatte ich noch nicht gesehen, geschweige denn der Alexander. Es war sein erster Einsatz, er hat den Unfall aufgenommen.«

Kathrin entging nicht, dass sich die Finger ihres Kollegen fest um das Lenkrad schlossen, bis die Fingerknöchel weiß hervortraten. Sie schwieg und blickte die lang gezogene, steile Straße hinauf, die nach einer scharfen Rechtskurve hinter einer Kuppe verschwand. »Sind die Autos von oben oder von unten gekommen?«, fragte sie unvermittelt, obgleich sie spürte, dass ihre nüchterne Frage Trebert irritierte.

»Das ist lange her. Ich glaube, von Neipperg runter sind sie gekommen.«

Als sie um die Kurve fuhren, dachte Kathrin, dass sie bei der Verfolgung eines vorausfahrenden Fahrzeuges dieses garantiert nicht mitten am Berg in einer völlig unübersichtlichen Kurve stellen würde. Nur wenige Minuten später erreichten die beiden das Weingut der Köhlers, stellten den Wagen ab und stiegen aus.

»Das ist doch Alex' Karre!«, entfuhr es Trebert. Er nahm seine Dienstmütze vom Kopf und wischte sich über die Stirn.

Für Kathrin war dies keine Überraschung, doch noch war es zu früh für Spekulationen. Routiniert musterte sie das Gehöft, registrierte das Wohnhaus und die offen stehende Scheune einige Meter vor ihr. Schließlich war sie hier, um die Tatwaffe aufzutreiben und Vincent Köhler zu vernehmen.

»Oh Gott, Wilhelm, du auch noch. Was ist denn aber auch bloß passiert? Hat der Vincent was angestellt?«

In diesem Moment war Kathrin froh, dass ihr Kollege ohne Hemmungen auf die ältere, am ganzen Leib zitternde Frau zuging, ihr die Hand auf die Schulter legte und mit ihr im Haus verschwand. Sie hätte nicht gewusst, wie sie der Frau hätte beibringen können, dass einer ihrer Söhne erstochen im Brackenheimer Schlosskeller lag und der andere bereits mit einem Fuß im Gefängnis stand. Nach allem, was ihr Trebert berichtet hatte, war ein dringender Tatverdacht nicht mehr von der Hand zu weisen, und ihr Job war es nun einmal, diesem nachzugehen. Schnell schritt sie über den geschotterten Hof in die angrenzende Scheune und ließ ihren Blick an einem rot lackierten Traktor vorbei über grüne Riesenplastikkübel und Drahtrollen ziehen. Wo würde ein Winzer seine Scheren aufbewahren? Gerade als sie einen Fuß auf den harten Tennenboden setzen wollte, drangen Stimmen an ihr Ohr. Augenblicklich drückte sie sich hinter die gewaltigen Räder des Traktors.

»Vincent, Mensch! Idiotischer kann man sich doch gar nicht anstellen! Diesmal kann ich dir wirklich nicht helfen.« Alexander Wohlfahrts Stimme bebte.

»Wie sollte ich denn wissen, dass die blöden Touris ausgerechnet in den Schlosskeller runtermüssen. Monatelang ist da keiner!« Ein breit gebauter Bursche mit schweren Schuhen und ausgewaschenen Jeans stand direkt vor der Scheune und fuchtelte heftig mit den Armen. Das musste Vincent Köhler sein.

»Scheiße, Mann, du musst jetzt sofort die Schere verschwinden lassen. Diese Kommissarin …«

Weiter kam Wohlfahrt nicht. Wie der Blitz schoss Kathrin aus ihrem Versteck. »Vincent Köhler? Bleiben Sie stehen!«

Die Männer fuhren herum und starrten sie mit weit aufgerissenen Augen an, als würde ihnen der Todesengel persönlich gegenüberstehen.

»Hau schon ab, Mann, los!« Alexander Wohlfahrt hatte sich als

Erster gefangen und stürzte auf Kathrin zu, während Köhler tatsächlich zu laufen begann.

»Wohlfahrt, Sie machen alles nur noch schlimmer. Mensch, schalten Sie Ihr Hirn doch mal ein.«

»Sie werden uns hier nicht alles kaputtmachen, Sie nicht!«, brüllte er. Kathrin sah, wie sich die Muskeln unter seinem Hemd spannten. Er setzte zum Sprung an. Doch wenn sie eines auszeichnete, dann ihre Reflexe. Sie wich zur Seite aus, Wohlfahrt hechtete an ihr vorbei und donnerte gegen das Scheunentor. Sofort war sie hinter ihm, bog seinen rechten Arm schmerzhaft auf den Rücken und stemmte sich mit ihrer ganzen Körperkraft dagegen.

»Feierabend, Kollege Wohlfahrt. Wir unterhalten uns später noch!« Sie ließ ihn so plötzlich los, dass er zu Boden fiel und aufstöhnte. »Trebert!«, schrie sie in einer Lautstärke, die ihr selbst in den Ohren wehtat, und spurtete in Richtung Weinberge davon.

Ihre Muskeln gespannt, den Blick auf die Rebstöcke gerichtet, jagte sie weiter. Wie nasse Kleidungsstücke hing das Reblaub an den lang gezogenen Drähten. Da! Keine zwanzig Meter über ihr hob sich in einer der Reihen ein schwarzer Haarschopf aus dem grünen Blattwerk. Sie versuchte, schneller zu laufen, aber das lange Sitzen während des Seminars hatte ihre Beine schwer gemacht, und der verkrustete Erdboden, der sich steil den Hang hinaufzog, tat ein Übriges. Sie blieb stehen, bückte sich und zwängte sich durch das Geflecht aus Draht und Weintrieben. Auch Vincent Köhler musste innehalten. Heftig rang er nach Atem und stützte sich mit beiden Händen am Boden ab. Für einen Moment riskierte er sogar einen Blick zurück, doch Kathrin drückte sich tief unter eine Rebe. Sie wusste nicht, wie weit sich der Weinberg noch ziehen würde, doch falls es ihm gelang, sie hier abzuschütteln, wäre sein Heimvorteil für sie nicht mehr auszugleichen.

»Köhler! Es hat keinen Zweck! Bleiben Sie stehen!« Kathrin hatte sich in die Reihe vorgekämpft, die Vincent Köhler entlangrannte. Jetzt sah sie den Mann deutlich vor sich. Ihre Worte hatten ihn überrascht, denn er blieb wie angewurzelt stehen und drehte sich zu ihr um. Sie nützte die Chance und verkürzte den Abstand weiter. »Wohlfahrt hat ausgepackt, es …«, sie schnappte nach Luft und schaffte wieder einen Meter, »… ist sinnlos.« Jetzt war sie nah genug, um seine funkelnden Augen zu sehen. Vincent Köhler stand ganz still. Warum lief er nicht weiter? Nahm er ihr den Bluff mit Wohlfahrt tatsächlich ab? Egal. Sie stoppte und versuchte, ihren Atem unter Kontrolle zu bringen. Plötzlich hob Köhler seine Rechte. Kurz blitzte etwas Helles auf und im selben Moment setzte sich der Mann in Bewegung, ihr entgegen. Es dauerte nur eine Sekunde, dann sah sie die Spitze einer Rebschere auf sich zukommen. Reflexartig warf sie sich auf den steinigen Boden und wand sich unter die Rebstöcke, in welche Vincent Köhler in vollem Lauf hineinrannte. Kurzerhand packte sie eins seiner Beine und zerrte mit solcher Kraft daran, dass er das Gleichgewicht verlor und vornüberstürzte. Ein Schrei gellte durch die Reben. Vincent Köhler rührte sich nicht. Kathrin robbte vorsichtig näher, hielt aber genug Abstand, um einem weiteren Hieb mit der Schere ausweichen zu können. Wie hatte sie nur so dumm sein und ihre Walther gut gesichert in ihrem Stuttgarter Schreibtisch zurücklassen können?

Sie suchte den Boden ab. Keine Rebschere, verdammt. Doch plötzlich bemerkte sie eine zähe, rötliche Flüssigkeit, die unter Vincent Köhler hervorfloss und langsam im Erdreich versickerte. Für eine Sekunde starrte sie auf seinen Körper und beobachtete, wie sich seine Fingerkuppen in den kargen Boden krallten. Nein, von diesem Mann ging keine Gefahr mehr aus.

Erschöpft stemmte sich Kathrin auf die Knie und beugte sich über Vincent Köhler. So behutsam sie konnte griff sie unter seine rechte Schulter und drehte ihn zu sich um. Er stöhnte auf, keuchte, hustete, dann quoll ihm ein Schwall Blut zwischen den Zähnen hervor und lief an seinen Mundwinkeln herunter. Kathrin bettete seinen Kopf vorsichtig auf ihren Schoß, während sie ihren Blick an seinem Oberkörper entlanggleiten ließ. In Bauchhöhe verloren sich die einzelnen Karos seines Hemdes in einem rotbraunen Brei aus Blut und Erde. Die Schere hatte sich tief in seinen Leib gerammt.

»Herr Köhler, können Sie mich verstehen?« Sie flüsterte, fast als fürchtete sie, ihm mit jeder Silbe noch weitere Schmerzen zufügen zu müssen.

Für einen Moment schlug Vincent Köhler die Augen auf und sah ihr ins Gesicht. Sie fühlte, wie sich seine Nackenmuskeln anspannten und er versuchte, seinen Kopf zu heben und zu sprechen.

»Nein, reden Sie jetzt nicht. Ich hole einen Arzt.« Damit drückte sie ihn sanft zurück. Umständlich fingerte sie ihr Handy aus der Jackentasche, legte es neben sich auf den Boden und drückte mit den Fingern der Linken die Tasten.

Gerade als sie ihren Notruf durchgegeben hatte, hörte sie das Knacken von Zweigen und lautes Keuchen. Jemand kam durch die Rebstöcke zu ihr herauf.

»Kommissarin Ackermann?«

Es war Trebert. Kathrin machte sich nicht die Mühe zu antworten, er würde sie ohnehin gleich finden, stattdessen streifte sie ihre Jacke erst von der linken, dann von der rechten Schulter, hob Vincents Kopf sachte an und bettete die Jacke darunter.

»Ich hab Alexander unten in den Wagen einge–« Trebert stockte mitten im Satz.

Kathrin war aufgestanden und klopfte sich die Erdklumpen von ihrer Hose, die sich im Gegensatz zu den Blutflecken tatsächlich ablösten.

»Vincent!« Wilhelm Trebert wollte sich zu Köhler hinunterbeugen, doch sie hielt ihn zurück.

»Lassen Sie. In wenigen Minuten wird der Krankenwagen hier sein. Er darf nicht bewegt werden.«

Kathrin rechnete zwar damit, dass bis zum Eintreffen der Helfer einige Zeit mehr verstreichen würde als in einem vergleichbaren Fall in Stuttgart, aber dass sie weit über fünfzehn Minuten neben einem inzwischen bewusstlosen Vincent Köhler inmitten der Weinreben ausharren musste, zerrte doch gewaltig an ihren Nerven. Endlich ertönte das Martinshorn. Trebert jagte den Berg hinunter, wies den beiden Sanitätern den Weg und hielt Vincents Mutter davon ab, selbst nach ihrem Sohn zu sehen.

Kathrin war erleichtert, als die leuchtend orangen Sanitäteranzüge im Reblaub auftauchten. Mit knappen Anweisungen und gekonnten Handgriffen wurde Vincent Köhler auf eine Liege gelagert und vorsichtig auf den Hof zurückgetragen. Nachdenklich folgte Kathrin den anderen. Natürlich war es ein Unfall, aber ein schaler Nachgeschmack blieb, als sie das unterdrückte Weinen der alten Frau Köhler hörte.

»Diesmal verzichten wir wohl lieber auf Blumen!« Wilhelm Trebert stand neben dem Wagen der Kommissarin und streckte ihr eine Flasche Lemberger hin.

Kathrin sah noch einmal in den Schlosshof: Düster hatte sich die Abenddämmerung über die Pflastersteine gelegt, nur das Licht aus den beiden Fenstern des Polizeireviers erhellte den breiten Torbogen. Dann wandte sie sich an ihren Kollegen und nahm die Flasche entgegen. »Vielen Dank!«

Mit einem knappen Gruß verabschiedeten sich die beiden voneinander. Obwohl Kathrin froh war, endlich aus dem Städtchen verschwinden zu können, fühlte sie doch eine Spur Mitleid mit diesem rundlichen, schnauzbärtigen Landpolizisten. Etwas Aufregendes hatte er in seinem kleinen, friedlichen Schlossrevier veranstalten wollen, doch dass er nun eine Leiche und einen Schwerverletzten am Hals hatte und obendrein gegen seinen eigenen Kollegen ermitteln musste, das hatte er sich bestimmt nicht träumen lassen.

Für Kathrin dagegen stand eines zweifelsfrei fest: Ein Seminar auf dem Lande würde sie garantiert nicht mehr übernehmen, um keinen Preis, lieber noch würde sie Seks Cola-Reserven in einem Zug in sich hineinschütten. Entschlossen drehte sie den Zündschlüssel, ließ die Scheinwerfer ihres Wagens aufflammen und preschte aus dem Brackenheimer Schlosshof in Richtung Stuttgarter Autobahn davon.

Petra Pfänder

Die Mitgift

Lilli rannte los. Der Wind griff in den Schirm, und sie lief weiter. Fünf, sechs Schritte, und sie glitt fast schwerelos durch die Luft.

Der Höhenmesser piepste immer schneller und zeigte eine Steigung von fünf Metern pro Sekunde. Lilli grinste und steuerte die nächste Wolke an. Die Thermik war besser, als sie gehofft hatte. Die Nacht war kalt gewesen, tagsüber hatte die Luft sich schnell erwärmt, und Kumuluswolken fleckten den strahlendblauen Himmel. Kein Jahrhundertflugwetter, aber vielleicht war ein kleiner Streckenflug möglich.

Es hatte sich gelohnt, mühsam angehäufte Überstunden abzufeiern, den Schirm ins Auto zu laden und zum Startplatz am Kleinheppacher Kopf zu fahren. Gleitzeit war einer der wenigen Vorteile ihres zersetzend eintönigen Jobs als Sachbearbeiterin bei der Stadt Waiblingen.

Lilli spürte, wie die Thermik sie höher katapultierte. Mittlerweile überflog sie Weinstadt in Richtung Osten. Aus siebenhundert Metern Höhe wirkte der Ort wie ein liebevoll gebasteltes Modell. Die Rems schlängelte sich als glitzerndes Band durch das Tal, und Dörfer und Städtchen flankierten die Bundesstraße. Wie einen Scherenschnitt aus grauer Pappe konnte Lilli in der Ferne das Panorama der Schwäbischen Alb erkennen, davor die drei Kaiserberge und westlich Burg Teck. Am Startplatz Hohen Neussen flogen Drachenflieger wie Konfetti durch die Luft.

Lilli atmete tief den Geruch frisch gemähter Wiesen ein, der mit der warmen Luft zu ihr heraufstieg, und nahm Kurs auf Berglen.

Sie genoss das mühelose Gleiten. Nur beim Fliegen fühlte sie sich nicht plump und ungelenk. Im Gegensatz zu den meisten anderen Sportarten war ihr Gewicht beim Fliegen eher vorteilhaft und erleichterte das Manövrieren.

Sie kam gut voran. Nach knapp eineinhalb Stunden Flugzeit hatte sie Obersteinenberg erreicht. Unscharf tauchte weit vor ihr eine größere Ortschaft aus dem Dunst auf. Das musste Welzheim sein. Schon jetzt war ihr Flug ein Streckenrekord. Wenn sie noch weiter kam, hatte sie echte Chancen auf den »Cup am Kopf«, den regionalen Fliegerpreis.

Weinberge überzogen sattgrün die Hügel, Felder teilten baumlose Flächen in Quadrate und Rechtecke in unterschiedlichsten Braun- und Grüntönen.

Plötzlich sank der Schirm ab. Lilli hielt auf die nächste Kumuluswolke zu, unter der sie sich Thermik erhoffte. Nichts, kein Anzeichen von Steigen. Der Vario zeigte noch 860 Meter Höhe. Vor ihr leuchteten die Wände eines Steinbruchs gelb in der Sonne. Falls die Felsen sich den ganzen Tag aufgeheizt hatten, könnte dort wieder Thermik sein. Wenn nicht, war am Fuß des Hanges ein guter Landeplatz. Lilli verlagerte ihr Gewicht und flog eine scharfe Kurve. 590 Meter Höhe und etwa zwei Kilometer Entfernung, vielleicht weniger. Die vereinzelten Buchen am Abhang würde sie noch überfliegen können.

Lilli beschleunigte und verlor dadurch rasch an Höhe. Sie konnte den Steinbruch bereits gut sehen. Die lang gezogene baumbewachsene Anhöhe endete abrupt an einem Abhang. Der Boden wirkte wie aufgerissen und stürzte als schartiger Felsen fast senkrecht etwa fünfzig Meter in die Tiefe. Am Boden lagen Steinhaufen, zwischen denen vereinzelt dürre Sträucher wuchsen.

In der Nähe des Abhangs konnte sie zwei Menschen erkennen, in etwa hundert Metern Entfernung parkte ein dunkler Kombi. Gar nicht schlecht, freute sie sich. Wenn sie Glück hatte, würden die beiden sie bis zur Straße mitnehmen.

200 Meter, 160 Meter.

Die Baumwipfel zu ihrer Linken kamen näher.

70 Meter Höhe.

Ein Mann und eine Frau. Jedenfalls wehten lange, blonde

Haare. Was um Himmels willen machten die beiden da, so nah am Rand des Steinbruchs? Schlug er sie? Die Bewegungen des Mannes wirkten geschmeidig wie die eines Profiboxers. Die Frau wich vor ihm zurück, stolperte. Lilli hielt den Atem an. Der Mann bückte sich, hob die Arme und ließ sie immer wieder auf den Kopf der Frau fallen. Irgendetwas hatte er in der Hand. Wie ein dunkler Heiligenschein breitete sich rasch ein Fleck um den Kopf der Frau aus.

Fassungslos sah Lilli auf die Szene unter sich. So viel Blut! Der Schatten ihres Schirms fiel über das Paar. Der Mann blickte auf, sah Lilli an und erstarrte mit erhobener Hand. Er sah südländisch aus, war aber zu weit entfernt, als dass sie seine Gesichtszüge genau hätte erkennen können. Dennoch hatte Lilli das Gefühl, dass seine dunklen Augen sich in ihre bohrten.

Zweige streiften ihre Füße. Lilli stöhnte auf, gab Leine nach, um nicht noch weiter zu sinken und verlagerte ihr Gewicht, um nach rechts auszuweichen. Die äußerste Schnur verhakte sich in einem Ast. Der Schirm klappte ein, stand kurz in der Luft, als wolle er so verharren, und fiel dann in sich zusammen. Ein Baum raste auf sie zu. Panisch versuchte Lilli, den Sturz abzufangen, sich festzuhalten, aber ihre Finger glitten immer wieder ab. Laub und Äste droschen gegen Arme, Beine, Schultern und schürften die Haut auf. Unaufhaltsam krachte sie weiter durch den Baum. Lilli riss die Arme hoch, versuchte ihr Gesicht zu schützen. Hart bremste ein dicker Zweig ihren Fall. Scharfer Schmerz schoss durch ihre Brust. Bitte, dachte sie, so will ich nicht sterben. Sie tastete nach dem Knopf an ihrem Notrufsender.

Etwas schlug gegen ihren Kopf.

Nichts mehr.

Lilli öffnete die Augen und schloss sie sofort wieder. Grelles Licht hatte sich direkt in ihre Stirn gebohrt.

»Na, da sind wir ja wieder.«

Lilli beschloss, die Augen vorsichtshalber nicht noch einmal zu öffnen. Wo sollte sie sein? Und wer waren die anderen?

»Frau Kübler?«

Auf jeden Fall kannte man sie hier. Lilli hob langsam ihre Lider und blickte in ein sehr dunkles schmales Gesicht über einem weißen Kittel.

»Ja?«

»Verstehen Sie mich, Frau Kübler?«

»Sicher. Wieso?«

»Sie waren einige Stunden bewusstlos. Sie hatten einen Unfall. Beim Fliegen. Ich bin Nancy Hourand, die Stationsärztin.«

Der Mann und die Frau am Steinbruch!

»Hat er sie umgebracht?« Ihre Zunge klebte am Gaumen und verwischte ihre Aussprache.

»Also, Frau Kübler, Sie sind jetzt in Sicherheit. Sie hatten einen Flugunfall.« Dr. Hourand sprach den letzten Satz laut und machte nach jedem Wort eine kleine Pause.

»Aber deshalb bin ich doch abgestürzt. Ein Mann hat eine Frau erschlagen. Haben Sie sie nicht gefunden? Direkt am Abhang?« Die Miene der Ärztin behielt ihre leichte Heiterkeit. Lilli hatte zumindest ernsthafte Aufmerksamkeit erwartet. Immerhin hatte sie ein Verbrechen beobachtet.

»Nun, Sie waren allein im Baum, Frau Kübler. Sie haben sich vermutlich beim Landen verschätzt. Unfälle beim Fliegen passieren ja öfter. Sie mussten von der Feuerwehr aus einer Buche gesägt werden.« Dr. Hourand lächelte ihr anerkennend zu, als hätte Lilli damit ein Meisterstückchen vollbracht.

»Blödsinn. War keine Polizei da? Es hat wirklich ein Mann auf eine Frau eingeschlagen. Da war Blut.« Lilli fühlte, wie ihr Gesicht vor hilfloser Wut heiß wurde, die grazile Gestalt der Ärztin begann zu flimmern. »Sie müssen die Polizei benachrichtigen.«

»Sicher, sicher. Darum kümmern wir uns noch. Sie müssen sich jetzt erst einmal ausruhen.« Dr. Hourands schwarze Augen glitten zur Tür. In die unverbindliche Stimme mischte sich eine Spur Ungeduld.

»Kommt gar nicht selten vor, etwas Verwirrung nach einer Kopfverletzung. Sie haben Glück gehabt, Frau Kübler: Zwei Rippen angeknackst, einige schwere Prellungen und eine Gehirnerschütterung. Sie brauchen jetzt erst mal Ruhe, Ruhe, Ruhe, dann geht's bald wieder.« Dr. Hourand strich den Kittel glatt und wandte sich zum Gehen.

Wütend starrte Lilli ihren anmutigen Rücken an. »Es ist wahr. Wenn die Polizei noch nicht dort war, müssen Sie das anzeigen.«

»Wenn Sie darauf bestehen, dass andere an Ihrem Unfall beteiligt waren, werde ich die Polizei benachrichtigen lassen. Aber jetzt versuchen Sie bitte, zu schlafen und Ihre Zimmernachbarin ebenfalls ruhen zu lassen.«

Lilli drehte vorsichtig den Kopf zum Nachbarbett. Die greisenhafte Mitpatientin sah nicht aus, als würde jemals noch etwas ihre Ruhe stören.

Falls die Ärztin der Polizei das Verbrechen nicht meldete, würde sie es eben selbst tun. Lilli hob entschlossen den Kopf und spürte sofort, wie Übelkeit in ihrem Hals hochstieg. Sie legte sich zurück und schloss die Augen. Später. Später würde sie zur Polizei gehen.

»Sie denken, ich bilde mir das alles ein, Herr Kommissar, ich wäre hysterisch oder was?« Lillis Magen krampfte sich zusammen. Sie holte tief Luft und biss die Zähne zusammen, als stechender Schmerz durch ihre Brust zuckte.

Kommissar Berswordt massierte sich die kahlen Schläfen. »Sie tun uns Unrecht, Frau Kübler. Wir nehmen Sie durchaus ernst. Sonst wäre ich jetzt nicht selbst zum dritten Mal zu Ihnen ins Krankenhaus gekommen. Aber schauen Sie, wir haben Ihre Angaben überprüft. Es existiert offiziell einfach kein Verbrechen. Am Steinbruch waren keine Hinweise auf eine Prügelei zu finden. Niemand ist als vermisst gemeldet worden. Ich bezweifle ja gar nicht, dass Sie etwas gesehen haben. Vielleicht ist jemand am Steinbruch geschlagen worden. Aber so was kommt vor. Jedenfalls kein Blut, keine Leiche, kein Mord.« Kommissar Berswordt lehnte sich zurück und klatschte mit der Hand im Rhythmus der Worte auf seine prallen Oberschenkel.

Lilli starrte auf ihre zerfransten Schlappen. Warum um alles in der Welt hatte sie damals dieses Barbie-Rosa gewählt? Wäre sie glaubwürdiger, wenn sie Berswordt schlank, gelassen und in einem eleganten Negligé gegenübergesessen hätte?

»Warten Sie ab. Wenn Sie sich wieder erholt haben, sehen Sie das genauso, Frau Kübler.« Berswordts knurrender Magen wirkte wie sein Startschuss zum Aufbruch. Er stemmte sich schwerfällig aus dem Plastikstuhl hoch. »Und wenn noch was ist, Sie haben ja meine Nummer.«

Lilli legte den Kopf in den Nacken und schaute zu dem Kommissar auf. War das Mitleid in seinen Augen? Wut schnürte ihr die Luft ab. Der dämliche Fettsack würde jetzt sein Mittagessen in sich hineinschaufeln, anstatt ernsthaft den Steinbruch abzusuchen.

Lächelnd ergriff sie die ausgestreckte Hand. »Ich danke Ihnen.«

Lilli betrachtete den grauen Klotz und schloss die Augen. Zurück am Arbeitsplatz im Waiblinger Rathaus. Kümmerliches Grün bedeckte den überdachten Eingangsbereich und wehrte sich seit Jahren gegen die Idee des Architekten, mit üppigem Wuchs das trostlose Gesamtbild des 50er-Jahre-Baus aufzulockern. Der schwarz gemaserte Bodenbelag im Eingangsbereich erinnerte Lilli an Blutwurst. Sie bog in den langen, fensterlosen Korridor ein. Die nackten weißen Wände schienen das Licht der Deckenlampen wie Löschpapier aufzusaugen.

Hinter der dritten Tür zur Linken lag ihr Büro. Ihre Hand schwebte über der Türklinke, und sie wappnete sich gegen die teilnahmsvollen Kommentare der Kolleginnen. Abgestürzt. Arme, ungeschickte, trampelige Lilli. Die Story vom Mord würde ihr hier sowieso niemand glauben.

Seit ihrer Schulzeit teilte Lilli die Menschen in zwei Sorten: Beneidete und Bemitleidete. Sie gehörte eindeutig in die zweite Kategorie. Immer schon war sie zu groß, zu dick, zu hässlich gewesen. In Kombination mit ihr schien alles die Schönheit zu verlieren, wirkte plump und gewöhnlich. Selbst das dezenteste Make-up verwandelte sie unweigerlich in ein Clownsgesicht. Im Grunde war alles für sich genommen gar nicht so schlimm. Ihre gerade Nase fand Lilli sogar ausgesprochen aristokratisch. Auch ihr dickes blondes Haar war eigentlich toll. Marilyn Monroe hatte dafür zu ihrer Zeit vermutlich ein Vermögen bezahlt, aber es verbesserte in keinster Weise Lillis Gesamteindruck.

Mit Begeisterung hätte sie die Freundlichkeit, mit der die Menschen sie behandelten, gegen einen Blick voller giftiger Missgunst eingetauscht. Andere allein stehende Frauen wurden wenigstens um ihre Unabhängigkeit beneidet, aber bei Lilli riefen selbst eine

Reise zum Nordkap oder ein Paar neuer Edelschuhe noch ein mitfühlendes Lächeln hervor.

»Hi, Lilli, wieder auf den Beinen?«

Sie stolperte, als hinter ihr die Stimme der zierlichen Praktikantin piepste, stieß mit dem Kopf gegen die Tür und beschloss, sich der Meute zu stellen, bevor es noch peinlicher wurde.

»Lilli! Geht's dir gut? Schön, dass du wieder da bist.« Ein Strauß roter Tulpen prangte auf ihrem Schreibtisch. Die Kolleginnen umringten sie, küssten sie zur Begrüßung auf die Wange, schwirrten wie ein Bienenschwarm. Glücklicherweise drangen nur einige Wortfetzen zu ihr durch.

»... endlich mit dem Fliegen auf? Ist bei deinem Gewicht ... Kann ja jedem passieren, gerade, wenn man nicht so sportlich ...«

Lilli sparte sich jeden Kommentar, fixierte ein Grinsen in ihrem Gesicht und bedankte sich höflich für die Blumen, bevor sie begann, den Stapel Post durchzuschauen. Irgendwie hatte sie den Eindruck, dass es bei allen andern mit einer Vertretungsregelung klappte, nur für ihre Post schien nie jemand zuständig. Sie rückte missmutig die Vase zur Seite, fegte die herabsegelnden Blätter auf den Boden und schlitzte den ersten Brief auf.

Eine Wolke von Marmorstaub wirbelte auf, als Lilli in der Zufahrt zum Steinbruch auf die Bremsen trat. Dieser dickfellige Kommissar hatte sicher gar nicht richtig nachgesehen. In Krimis fand der Held bei genauer Suche auch meist noch ein übersehenes, aber entscheidendes Teilchen. Sie blinzelte den Staub aus ihren Augen.

Direkt am Abhang hatte der Kerl die Frau niedergeschlagen. Lilli schritt die gesamte Kante ab, die steil zum kahlen, felsigen Grund abfiel. Der Wind frischte auf, die Luft schmeckte nach Staub. Sie kroch auf Knien über den Schotter, der sich spitz in ihre Knie bohrte, drehte Steine um. Nichts. Keine verdächtigen Spuren, wie immer die auch hätten aussehen sollen.

Hatte sie sich vielleicht doch getäuscht? Aber nein, gerade das völlige Fehlen blutbesudelter Steine war verdächtig. Der dunkle Fleck um den Kopf der Frau hatte mindestens einen Durchmesser von einem Meter gehabt.

Die letzten drei Wochen seit dem Absturz waren trocken gewesen, und bei dem ganzen Blut, das aus der Frau geflossen war, müsste etwas zu sehen sein. Gerade wenn die beiden nach ihrem Streit einfach nach Hause gegangen wären. Aber so hatte sich jemand offenbar verdammt viel Mühe mit der Spurenbeseitigung gegeben.

Im Schritttempo ließ Lilli den Wagen auf dem Parkplatz vom *Trollinger* ausrollen. Fliegen konnte sie noch nicht wieder, aber es würde gut tun, Freunde zu treffen.

Die Remstäler Gleitschirm- und Drachenflieger nutzten die Weinstube in Großheppach als Vereinsheim, und meist waren auch außerhalb der Stammtischtreffen und festen Termine ein paar Flieger da.

Sie würden ihr glauben. Bestimmt.

Dies war der einzige Ort, an dem Lilli sich jemals als Gleichwertige akzeptiert gefühlt hatte.

Mit feuchten Händen zog sie den Schlüssel ab. Alle Remstäler wussten, wie sie flog, dass sie nicht so blöd war und in einen allein stehenden Baum flog.

Im Verein hatte noch keiner auf sie heruntergeschaut. Warum auch, hier ging's schließlich nur ums Fliegen, und da war sie nicht schlechter als die anderen, besser sogar als die wenigen anderen Frauen.

Mit langsamen Schritten ging Lilli über den knirschenden Kies zur Tür. Obwohl es unter den Bäumen schattig und kühl war, klebte ihr T-Shirt unter den Armen. Ihr Herz hämmerte.

»Hey, Lilli, schon wieder fit?«

Lilli grinste in die Runde. »War halb so schlimm. Wenn bloß dieses blöde Pärchen nicht gewesen wäre …«

Bildete sie sich das ein, oder warfen sich die anderen komische Blicke zu?

»Ja, haben wir schon gehört. Die Polizei war hier. Du glaubst, da war noch wer.« Werner mied ihren Blick und kramte in seiner Zigarettenschachtel, als wäre es ein Rucksack.

»Und, weiter?« Lillis Lächeln erstarrte.

Werner angelte eine Zigarette aus der Packung und begann eine angestrengte Suche nach dem Feuerzeug. Es wirkte, als wäre er am liebsten in die Zigarettenschachtel gekrochen. »Weiß nicht. Ich war gar nicht da. Sie haben mit Andi gesprochen.«

Andi, ihr Fluglehrer, schien nicht zu wissen, wo er hinstarren sollte. Sie waren in den letzten drei Jahren unzählige Male zusammen geflogen. Lilli hatte sogar anfangs geglaubt, dass sie in ihn verliebt sein könnte, aber dann hatte er seine Freundin mitgebracht. Klein, zart und beim Fliegen eine völlige Niete. Als sie erkannte, dass er genau so ein oberflächlicher Dummkopf war wie die meisten Männer und eine knackige Figur mehr schätzte als alles, was sie zu bieten hatte, hatte sie schnell das Interesse verloren. Aus den Augenwinkeln glaubte sie zu sehen, dass er Werner zuzwinkerte.

»Ach, nix war, die wollten nur wissen, wie du fliegst. Und so. Die haben nur gesagt, du hast eine Kopfverletzung und glaubst, da wär ein Mord passiert.« Andi löste sein Haargummi, glättete die langen blonden Locken und band sie wieder zusammen. »Aber kann ja jedem passieren, so ein Absturz, ist doch auch schon jedem passiert, oder, wem denn nicht? War doch erst vor zwei Monaten, dass der Heiko plötzlich im Kirchhof gelandet ist. Direkt nach der Messe.« Andi blickte in die Runde und schien zu hoffen, dass einer von den anderen übernahm.

Henrik tat ihm grinsend den Gefallen. »Klar, sicher, und bei mir war letztlich dieser blöde Dinosaurier dran schuld, kam plötzlich aus den Bäumen geschossen.«

Brüllendes Gelächter löste die Spannung im Raum.

Lilli erhob sich wortlos und ging mit zitternden Knien zur Tür, schaffte es irgendwie, zum Auto zu kommen und loszufahren. Dass sie weinte, merkte sie erst an den Tropfen auf ihrer Jeans.

Lilli ließ die Butter auf ihrem Toast zerlaufen und nahm die erste Zeitung vom Stapel.

Gymnasium inszeniert Chor-Projekt. Kaiserbach – Derzeit bereitet sich der Oberstufenchor des Gymnasiums unter der Leitung von Corinna Büchler auf ein Projekt vor, in dessen thematischem Mittelpunkt …

Zigarettenautomat geknackt. Bad Waldsee – Der an der Zufahrt zu einem Autohaus in der Rugetsweiler Straße aufgestellte Zigarettenautomat …

In den fünf Monaten seit ihrem Absturz hatte Lilli die Schwäbische, die Welzheimer und die Waiblinger Kreiszeitung abonniert. Jeden Morgen überflog sie auf der Suche nach einer Meldung über eine verschwundene Frau die Lokalteile.

Regelmäßig fragte Lilli im Kommissariat nach Vermisstenmeldungen, aber abgesehen davon, dass sie Kommissar Berswordt mittlerweile Fritz nannte, gab es auch dort nichts Neues. Lilli hatte ihre Wut auf den hirnlosen Beamten so gut im Griff, dass er ihr unermüdliches Bohren geduldig ertrug, sie in immer längere Gespräche verwickelte und vermutlich in Kürze der erste Mann sein würde, der sie zum Essen einlud. Vielleicht war sie doch härter auf den Kopf geknallt, als sie gedacht hatte.

Sie schnitt den Toast in vier Stückchen, belud jedes mit einer Tomatenscheibe, einem dicken Stück Speck und einem halben Ei und blätterte weiter.

Welzheimer Wengerter Ziegler »Aufsteiger des Jahres« – Benno Ziegler, Inhaber des Weingutes Ackermann, hat gut lachen: Die Jury des Gault Millau WeinGuide hat ihm den Titel »Aufsteiger des Jahres 2003« verliehen. Wenig beachtet von der Öffentlichkeit hat er nach seiner Heirat mit Inge Ackermann das alteingesessene Familienweingut an die Spitze Württembergs geführt. Anfangs mit Argwohn betrachtet, brach Ziegler mit der Tradition der sortenrein abgefüllten Weine und begann in den achtziger Jahren Cuvées zu produzieren. Bald jedoch avancierten sie zu Vorreitern international beachteter Spitzenweine. Besonders beeindruckte die Jury das gleich bleibend hohe Niveau seiner Rot- und Weißweine.

Das hörte sich vielversprechend an. Vielleicht sollte sie mal eine Kiste testen.

Lilli blickte auf das Foto des strahlenden Winzers, auf dem ihm ein blondes Mädel eine Urkunde überreichte. Sie musterte das Bild. Wirklich ein gut aussehender Kerl, südländischer Typ. Er kam ihr vage bekannt vor.

Der bodenständige Winzer, der zur Lese per Hand noch selbst in den Wengert geht, sieht die Auszeichnung als Ansporn für seine weitere Arbeit. »Qualität statt Quantität sollte das Ziel aller Winzer dieser aufstrebenden Weinregion sei«, kommentierte Benno Ziegler seinen Erfolg. Seit der Trennung von seiner Frau leitet Ziegler allein die

Geschicke der Weinmanufaktur und hat im Frühjahr das Amt des württembergischen VDP-Vorsitzenden angetreten.

Seine dunklen Augen blickten ernst in die Kamera. Er könnte es gewesen sein. Nicht ganz sicher, aber – doch, bestimmt. Na ja, das Foto war klein und unscharf. Sie musste diesen Winzer real sehen.

Lilli zog das Telefonbuch aus der Schublade des Küchentisches, leckte am Finger und blätterte durch die Seiten. Da war er. Benno Ziegler und Inge Ackermann-Ziegler.

Sie kicherte. Sie würde es allen zeigen.

Lilli wischte sich den Schweiß von der Stirn und ließ sich stöhnend auf die Bank plumpsen, die von der Herbstsonne beschienen wurde. Unterhalb ihres Aussichtspunktes erstreckte sich ein Wengert des Weingutes Ackermann bis ins breite Tal. Lilli zog ihren nass geschwitzten Pullover aus und blickte durch ihr Fernglas.

Die Männer bewegten sich langsam und schweigend durch die Reben. Der Kräftigste von ihnen brachte die Butte nach jedem Füllen zu einem Traktoranhänger und leerte sie in einen der Holzbottiche. Das respektvolle Verhalten der Arbeiter ließ in ihm den Chef erkennen. Seine Bewegungen waren energisch und geschmeidig. Immer wieder fuhr er sich durch den dichten schwarzgrau gesträhnten Haarschopf. Sein Hemd hatte er am Hals aufgeknöpft. Lilli stellte das Fernglas schärfer und freute sich am Anblick der behaarten und muskulösen Brust. Seine Haut glänzte. Lilli roch fast seinen herben, moschusartigen Geruch nach Schweiß und Holz.

Er war es. Die federnden, kraftvollen Bewegungen, mit denen er die Butte hob, ließen die Erinnerung, als der Mann im Steinbruch auf die Frau eingeschlagen hatte, wieder vor ihren Augen erstehen. Sie war sich fast sicher.

Aber er sah nicht brutal aus, sondern freundlich und klug. Und verdammt erotisch. Lilli lehnte den Kopf zurück, schloss die Augen und genoss das Glühen der Sonne auf ihrem Körper.

Das Knattern eines startenden Traktors weckte sie. Ein scharfer Wind hatte die Hitze vertrieben. Herbstwetter, mittags schien die Sonne heiß, aber im Schatten war schon der Winter zu ahnen. Fröstelnd griff Lilli nach ihrem Pulli und dem Feldstecher. Der Wengert war menschenleer. Sie schloss die Augen und versuchte, sich Benno Ziegler wieder in Erinnerung zu rufen, aber sein Gesicht entglitt ihr, je mehr sie sich bemühte. Unmöglich. Sie musste ihn noch einmal sehen. Am besten gleich heute Abend.

Hundert Meter vor dem Grundstück stellte Lilli den Wagen ab und schlenderte entlang der Backsteinmauer, die das Grundstück umgab, unauffällig in Richtung Eingang. Sie hatte daheim geduscht und ihren dunkelgrauen Overall angezogen. Nieselregen verschmierte die Straße, und das Licht der Straßenlampen spiegelte sich auf dem feuchten Pflaster. Die schmiedeeisernen Torflügel waren geöffnet und gaben den Blick auf einen üppig bepflanzten Innenhof frei.

Entschlossen trat Lilli ein. Schön war es hier. Rosen und Herbstzeitlose verströmten ihren schwülen Duft. Weiße kugelige Rosenblüten leuchteten fast gespenstisch in der Dämmerung.

Es war noch die Hand einer begeisterten Gärtnerin zu spüren, auch wenn Spuren von Vernachlässigung nicht zu übersehen waren.

Der Garten brauchte eine neue Frau.

Lilli streichelte sanft den Zweig einer Hausrebe, pflückte eine Hand voll Früchte und stopfte sie in den Mund. Die prallen Trauben platzten unter ihren Zähnen und verspritzten ihren klebrigsüßen Saft.

Vorsichtig tastete Lilli sich über den dunklen Kiesweg näher an das Gutshaus heran. Die oberen zwei Stockwerke waren dunkel, im Erdgeschoss brannte Licht hinter den Fenstern. Die Vorhänge waren zurückgezogen. Lilli presste sich an die Wand und spähte ins Innere. Das Zentrum des Raums nahm ein riesiger grüner Kachelofen ein. Vor den Fenstern stand ein runder Eichentisch mit schweren Stühlen, links neben dem Ofen hatte sich eine graue Katze in einem von zwei Ohrensesseln mit dunkelgrünen Lederbezügen zusammengerollt. Auf einem kleinen Tischchen zwischen den Sesseln leuchtete eine grüne Bankerlampe.

Alles war ganz nach ihrem Geschmack eingerichtet. Sie dachte an ihr winziges, verwohntes Appartement, das dreimal in dieses Wohnzimmer gepasst hätte.

Ziegler telefonierte. Er lachte, klemmte den Hörer zwischen Schulter und Ohr, streifte seine Schuhe ab, knöpfte das Hemd auf und warf Holz auf das Feuer im Kamin.

Lilli schmeckte noch die Süße der Trauben auf ihren Lippen. Benno Ziegler telefonierte ja ziemlich lange. Lilli wurde ein wenig ärgerlich. Mit wem redete er so entspannt? Einer Frau? Der Gedanke war ihr unangenehm.

Endlich legte er auf. Mit schnellen Schritten ging Lilli über den Rasen zum Eingang und drückte den eisernen Klingelknopf.

Ziegler sperrte die Eichentür auf, das Hemd noch geöffnet. Als er sie sah, begann er es zuzuknöpfen. Er war ja wirklich süß. Nicht mehr der Jüngste, aber ausgezeichnet erhalten. Sie sog tief seinen Geruch ein. Moschus, Tabak, Whisky und ein Hauch von Tier. Aber war er auch der Mann vom Steinbruch? Sie blickte ihn an und wurde unsicher. Das Bild des Mannes aus dem Steinbruch entglitt ihr, je stärker sie versuchte, es sich wieder vor Augen zu holen. Es war, als versuche sie, eine fast vergessene Melodie zu summen, während laut eine andere im Radio dudelte.

Ziegler lächelte. »Guten Abend. Wir haben geschlossen. Verkauf ist bis 19 Uhr, morgen früh wieder ab neun, aber dort drüben.« Er zeigte durch den Garten auf ein großes Gebäude in der Nähe des Hofeingangs.

»Danke, ich möchte nichts kaufen.«

»Ja, aber dann ...« Ziegler ließ den Rest des Satzes in der Luft hängen und blickte sie an. Was er sah, schien ihn nicht zu beeindrucken. Er machte Anstalten, die Tür zu schließen.

»Ihre Frau ...«

Ziegler öffnete die Tür wieder ein Stückchen und blickte Lilli in die Augen. »Was soll mit meiner Frau sein?«

»Vielleicht könnten wir drinnen weiterreden?«

»Ich wüsste nicht, wozu. Meine Frau ist verreist.«

»Vielleicht sollte ich sagen, wir sollten besser drinnen über den Steinbruch reden. Oder ist es Ihnen lieber, ich rede mit der Polizei?«

Als Ziegler wortlos zurücktrat und sie mit einer Handbewegung zum Eintreten aufforderte, wusste Lilli, dass sie gewonnen hatte.

Dieser Idiot. Wenn er alles geleugnet und ihr die Tür vor der

Nase zugeknallt hätte, wäre sie nach Hause gegangen und zu der Überzeugung gelangt, sie hätte sich geirrt.

Mit steifem Rücken ging Ziegler durch die schwarzweiß geflieste Halle und eine hölzerne Doppeltür in den Wohnraum, in dem sie ihn schon vorher beobachtet hatte. Er schenkte sich aus einer Kristallflasche vom Barwagen Whisky ein, bot ihr nichts an.

»Ich hätte gern ein Glas Wein.« Lilli beschloss, dass ihre Zeit des Wartens vorbei war.

»Bedienen Sie sich. Sie sehen ja, wo alles steht.« Ziegler ließ sich in einen grünen Ledersessel in der Nähe des Feuers fallen und blickte aus dem Fenster in den dunklen Garten. »Was wollen Sie?«

»Dazu kommen wir später noch, keine Angst.« Lilli konnte ein kleines Kichern nicht verhindern. Sie hüstelte und hob ihr Rotweinglas. »Köstlich. Ist das eins Ihrer Cuvées?«

Sie ließ den Wein über die Zunge rollen und blickte sich um. Wie sehr hatte sie sich gewünscht, einmal in ein solches Haus eingeladen zu werden.

»Sie sind die Fliegerin.«

»Stimmt. Sie hätten nicht zulassen sollen, dass die Schwäbische Zeitung so einen großen Artikel über Sie bringt«, sagte Lilli milde.

»Hab ich versucht. Ging nicht. Also, was wollen Sie? Geld?« Ziegler musterte Lilli mit zusammengekniffenen Augen.

»Erst einmal die ganze Geschichte. Dann entscheide ich über meinen Preis.« Lilli lehnte sich zurück.

Ziegler war keine Beunruhigung anzumerken. In seinen Augen erkannte Lilli Verachtung. Aber das störte sie nicht. Souveräne Männer hatte sie schon immer gemocht. Und sie genoss es, dass sie jetzt die Stärkere war. Das Gefühl war ganz neu für sie, aber berauschender als alles, was sie bisher erlebt hatte.

»Warum nicht? Das ist schnell erzählt, eigentlich eine banale Geschichte.« Ziegler zuckte die Achseln. »Bis Sie dazukamen. Meine Frau hat mich mit meiner Sekretärin erwischt und wollte sich scheiden lassen. Es war ihr Weingut. Wir hatten einen wasserdichten Ehevertrag. Ich hätte auf der Straße gestanden und alles verloren, was ich in den letzten zwanzig Jahren hier aufgebaut habe. Der Plan war, dass sie bei ihrem täglichen Spaziergang zum Steinbruch verunglücken würde. Es hätte wie ein tragischer Unfall ausgesehen, niemand hätte Verdacht geschöpft. Leider sind Sie dazwischen gekommen. Ich hab meine Frau samt der Steine abtransportiert und verschwinden lassen. Meine Freundin ist mit dem Pass meiner Frau nach Griechenland gereist, hat dort ihre Spuren verwischt und ist unter einem anderen Namen wieder eingereist. Nun, zufrieden?« Ziegler wirkte nicht bewegter, als wenn er einen belanglosen Film geschildert hätte.

»Wie denn verschwinden lassen?«

Sichtlich erregt sprang Ziegler nun doch auf. »Sind Sie noch bei Trost? Wozu wollen Sie das wissen? Nennen Sie mir Ihren Preis, oder gehen Sie zur Polizei.«

Lilli blickte ihn lange an. »Wie haben Sie Ihre Frau verschwinden lassen?«, wiederholte sie ihre Frage.

»Ich habe sie …«, er zögerte, » … zerkleinert. Sehr stark zerkleinert. Und in die Rems geworfen. Jedenfalls die nicht identifizierbaren Teile. Und mehr werde ich Ihnen dazu nicht sagen.«

Ziegler nahm sich eine Zigarette vom Tisch und hüllte sich in dichten Qualm.

Lilli lachte und verschränkte die Arme hinter dem Kopf. »Sie sind ja ein ganz Schlimmer.«

Ziegler fuhr herum und starrte sie an. Er ließ die Hand mit der Zigarette sinken und kniff die Augen zusammen. »Sagen Sie, wie viel Sie wollen, und dann verschwinden Sie!«

»Du weißt, dass ich kein Geld will, Benno. Ich brauche keins. Ich habe eine ganz wunderbare Mitgift.«

Er verzog das Gesicht, als wäre ihm ein widerwärtiger Geruch in die Nase gestiegen. »Mein Gott, das kann nicht Ihr Ernst sein. In ein paar Monaten, wenn die Formalitäten geregelt sind, heirate ich Marie. Und selbst, wenn nicht … Ich würde nie Sie, mit Ihnen … Das ist doch krank.«

Sie lächelte. »Es gibt vermutlich auch Menschen, die es krank fänden, wenn jemand seine Frau zu Hackfleisch verarbeitet und die Teilchen in die Rems schmeißt. Also freu dich ein wenig über mein Verständnis! Und die Alternative ist diesmal nicht ein Job als Angestellter auf einem fremden Weingut, sondern der Knast.«

»Selbst wenn ich ernsthaft darüber nachdenken würde, gibt es immer noch Marie.«

Ziegler wirkte plötzlich älter und schlaffer. Weiße Speichelklümpchen hatten sich in seinen Mundwinkeln gesammelt. Egal, das würde schon wieder werden. Sie würde sich gut um ihn kümmern. Bald würde er glücklich sein, dass das Schicksal sie ihm geschickt hatte. So glücklich wie sie.

Lilli stand auf, stellte sich hinter ihn, legte die Hände auf seine Schultern und ließ sie unter sein Hemd gleiten. Ziegler erschauerte und trat ruckartig einen Schritt nach vorn. Ihre Hände glitten ab.

»Du weißt doch jetzt, wie man eine Frau verschwinden lässt, Schatz. Ich denke, wir sollten morgen beim Essen über unsere weiteren Pläne sprechen. Ich komme um acht.«

Lilli drehte ihm den Rücken zu und ging zur Tür. Eine Schranktür quietschte. Die Lampe warf Zieglers Schatten vor ihr an die Wand. Sein Arm hob sich, aber sie drehte sich nicht um. Sie musste lernen, ihm den Rücken zuzukehren. Vertrauen war schließlich die Basis einer glücklichen Ehe.

»Ich habe übrigens einen Brief bei einem Anwalt deponiert«, sagte sie so laut, dass Ziegler es gerade noch hören musste. »Er rechnet alle drei Monate mit meinem Besuch. Bis morgen also, Liebling.«

Und für ein ganzes Leben.

Anja Kemmerzell

Happy Travel

Die Luft roch feucht und modrig, kalter Dunst legte sich auf meine Lunge und machte das Atmen schwer. Ich zog meinen Mantelkragen hoch. Noch lag die Stadt im völligen Dunkel der Nacht. Ich schaute nach oben, der Mond war nicht zu sehen. Um mich nur Stille, bis auf das Klacken meiner Stiefel. Irgendwie unheimlich. Ich schaute auf meine Armbanduhr. Viertel nach fünf. Bis zum Charlottenplatz brauchte ich höchstens zehn Minuten. Trotzdem ging ich zügig. Es war eher eine Ahnung als ein Geräusch, aber ich wusste, hinter mir war jemand. Es gab noch andere Frühaufsteher. Vielleicht ein U-Bahn-Fahrer auf dem Weg zur ersten Schicht, oder irgendein Opi, der nicht mehr schlafen konnte und seinen Hund ausführte. Jetzt hörte ich Schritte. Feste, ausholende, raumgreifende Schritte. Nicht umdrehen, dachte ich, geh ruhig und selbstbewusst. Die Schritte kamen näher. Ich ging schneller. Ein Keuchen direkt hinter mir, eine Hand auf meiner Schulter …

»Warte, Paula. Renn doch nicht so.« Thorsten japste nach Luft.

Ich steckte meinen Schlüssel, den ich meinem Angreifer zwischen die Augen rammen wollte, wieder in meine Manteltasche. »Bist du verrückt! Du hast mich zu Tode erschreckt!«

»Tut mir Leid. Wusste gar nicht, dass du so schreckhaft bist.« Zerknirscht, mit erhitztem Gesicht, stand mein bester Freund vor mir. Wie immer auf dem neuesten Stand der Teenagermode, was bei einem pummeligen, ein Meter siebzig kleinen Mann, der die dreißig bereits überschritten hatte, eher komisch als cool wirkte. Thorsten entsprach wirklich sämtlichen Klischees eines Frisörs. Er war schwul, extrem marken- und qualitätsbewusst, plapperte die ganze Zeit und verliebte sich alle drei Monate unsterblich in den Mann seines Lebens. Natürlich nannte er sich nicht Frisör, sondern Artistic-Director.

»Vergiss es, Dickerchen«, sagte ich, als ich ihn endlich zur Begrüßung umarmte. »Keine Ahnung, warum ich auf einmal Angst hatte. Dabei hab ich doch erst vor kurzem einen Bericht gesendet, dass Stuttgart die sicherste deutsche Großstadt ist. Sag mal, machst du Krafttraining? Du wirkst so, äh, kompakt.«

»Spar dir deine unverschämten Bemerkungen«, meinte Thorsten, lächelte halb verschämt und klopfte sich auf seinen Bauch.

»Mea culpa. Ist das unser Bus?«

Wenige Meter vor uns hielt direkt an der Ausbuchtung zum U-Bahn-Eingang ein kleiner silbergrauer Bus. Die Straßenlaterne verstärkte die neongelbe Aufschrift *Happy Travel*.

Der Fahrer stieg aus und musterte uns von oben bis unten. Thorsten setzte sein charmantestes Lächeln auf, wedelte mit den Tickets und zog mich hinter sich her.

»Koffer nicht mit rein!«, herrschte der Fahrer ihn an.

Der Mann musste blind sein, denn weder Thorsten noch ich hatten einen Koffer dabei. Langsam bekam der Morgen surreale Züge. Dabei schien es gestern, als Thorsten mich zu diesem Spontantrip nach Zürich eingeladen hatte, noch so eine verlockende Idee. Wie beim Schulausflug in einem Bus zu sitzen, durch Zürich zu schlendern, in Cafés rumzuhängen und ein bisschen zu shoppen. Eine eintägige Auszeit sollte es werden, und nun mussten wir uns mit einem grenzdebilen Busfahrer rumärgern. Ich überlegte kurz, ob ich mir seinen Führerschein zeigen lassen sollte, wollte aber einen Eklat vermeiden.

»Koffer? Welche Koffer?«, fragte ich. »Thorsten, bist du sicher, dass das der richtige Bus ist?«

»Klar!« Thorsten schwenkte noch einmal die Tickets, die er übers Internet bestellt hatte. »Guter Mann«, strahlte er den Busfahrer an, »für eine Tagesfahrt nehmen wir nicht mal unser Schminkköfferchen mit.« Damit stolzierte er in den Bus. Etwas peinlich berührt schlich ich ihm hinterher. Ich fühlte mich noch unwohler, als ich bemerkte, dass der Bus bereits ziemlich besetzt war und wir ungeniert angestarrt wurden. Wo sind die denn alle eingestiegen?, fragte ich mich.

Ich ließ mich auf einen der hinteren Sitze neben Thorsten fallen und verstaute meinen Rucksack zwischen Vordersitz und Füßen. »Ich glaube, wir senken das Durchschnittsalter um mindestens zehn Jahre«, flüsterte ich Thorsten zu. »Bist du sicher, dass du keine Kaffeefahrt gebucht hast?«

Thorsten zog die Augenbrauen hoch und setzte seinen Lehrerblick auf. Ich wusste, was das zu bedeuten hatte, und hielt den Mund.

Ruckelnd fuhr der Bus an. Ich sah auf die Uhr, es war genau halb sechs. Ich zog meinen dunkelroten Kordmantel aus und kramte im Rucksack. Thorsten hatte mir demonstrativ den Rücken zugewandt und starrte aus dem Fenster. Mein bester Freund konnte lange und sehr ausdauernd schmollen. Bevor die Stimmung völlig auf den Nullpunkt sank, musste ich etwas dagegen tun. Drei Stunden lang neben einem beharrlich schweigenden Mann zu sitzen, war nicht gerade das, was ich mir unter einem schönen Tag vorstellte.

»Herr Wollter, würden Sie unseren Hörern verraten, was es dort draußen im totalen Dunkel eines lausigen Novembermorgens Spannendes zu sehen gibt?«, fragte ich mit meiner besten Radiostimme und hielt Thorsten mein Tonband unter die Nase. Es gehörte schon zum festen Inventar meines Rucksacks. Seit ich als freie Journalistin arbeitete, hatte ich es immer dabei.

Thorstens Rücken zuckte und kurz darauf dreht er sich zu mir um. Ein Grinsen breitete sich auf seinem Gesicht aus. »Nun, nichts weiter. Aber was ich schon immer mal sagen wollte, jetzt wo ich die Gelegenheit habe, Millionen von Zuhörern zu erreichen: Ein neuer Haarschnitt kann Ihr Leben verändern. Eine neue Tönung bringt Farbe in Ihr Alltagsgrau!«

»Welchen Schnitt würden Sie der Dame vor uns verpassen?«

»Der mit dem schwarzen Pelz, die sich dauernd umdreht?«

»Nein, der Platinblonden, die ihr Armani-Köfferchen so fest umklammert hält.«

»Der Schnitt ist durchaus akzeptabel. Allerdings würde ich zu einem dezenteren Make-up raten. Und weniger Höhensonne. Ihrem charmanten Begleiter würde ich mit meinen überzeugendsten Argumenten von seiner schrecklichen Fußballerfrisur abraten. Das steht jungen, coolen Typen, aber bei Männern jenseits der Fünfzig sieht es einfach degoutant aus.«

»Verraten Sie unseren Hörern den kommenden Trend in der Haarmode?«

»Keinesfalls. Sie sind mein kleines Geheimnis und der Schlüssel zu meinem Erfolg. Alles, was ich dazu sagen kann, ist: Pudel sind mega-out.«

Thorsten deutet auf einen weißen Pudel, der direkt neben mir im Gang stand und ein Halsband aus geschliffenen Diamanten trug.

»Schatzi, komm zu mir«, rief eine Frauenstimme aus dem vorderen Busbereich.

Schatzi hatte aber keine Lust zu kommen und schnüffelte neugierig an meinem Rucksack herum.

»Verschwinde, Schatzi, sonst machen wir Hundewurst aus dir«, sagte Thorsten mit drohendem Unterton. Jaulend lief der Pudel zu seinem Frauchen.

»Herr Wollter, Sie scheinen immer genau die passenden Worte zu finden. Ist das womöglich Ihr Erfolgsrezept? Haben Sie es so geschafft, zu einem der angesagtesten Top-Frisöre in Stuttgart aufzusteigen?«

»Artistic-Director, meine Liebe, von Frisör redet doch heute kein Mensch mehr.« Thorsten lächelte. »Wenn Sie es unbedingt erwähnen wollen. In der Tat zählen einige nicht unbedeutende Stuttgarter aus Wirtschaft und ... Aua!«

Wir knallten mit unseren Köpfen gegen die Vordersitze, der Bus kam mit quietschenden Reifen zum Stehen. Einige Mitreisende erhoben ihre Stimmen, ein dunkelhaariger Endvierziger im knielangen Lodenmantel beschwerte sich lautstark beim Fahrer. Der ging nicht darauf ein, sondern starrte wortlos durch die Scheibe nach draußen. Dann ging mit einem lauten Zischen die vordere Bustür auf und drei schwarz gekleidete Maskierte stürmten in den Bus. Einer hielt dem Fahrer eine Maschinenpistole an den Kopf. Der Zweite stieß den Lodenmantel zurück auf seinen Platz und blieb vorn im Gang stehen, der Dritte kam mit ein paar schnellen Schritten in den hinteren Teil des Busses. Er stand nur eine Armlänge von mir entfernt, seine Waffe war direkt neben meiner Schulter. Schalldämpfer, dachte ich Tatort-geschult beim Anblick des aufgesetzten länglichen Teils vorn an dem kurzen Lauf.

»Sitzen bleiben, Maul halten, Jacken ausziehen und in den Gang legen!«, brüllte der erste Maskierte.

Mechanisch griff ich hinter meinen Rücken nach dem Mantel und warf ihn in den Gang. Ich stierte nach vorne, wo der Fahrer gerade aus dem Bus gezerrt wurde. Er wehrte sich nicht. Wahrscheinlich hatte er in einer seiner zahlreichen Busschulungen gelernt, dass Maskierten mit Waffen besser Folge zu leisten ist.

»Loslassen!« Die Platinblonde hielt ihr Armani-Täschchen noch immer fest umklammert. Erst als sie die Maschinenpistole an ihrem Kopf spürte, ließ sie die Tasche los. »Nicht schießen, bitte«, flüsterte sie, doch der Maskierte war bereits eine Sitzreihe weiter.

»Zieh die Jacke aus, oder ich mach dich kalt!«, sagte die Gestalt zu dem Mann mit der Fußballerfrisur. Er saß versteinert da, unfähig sich zu rühren. Draußen knallte ein Schuss.

»Nicht schießen, bitte, nicht schießen«, wimmerte die Platinblonde vor sich hin und hielt den Kopf gesenkt. Tränen liefen ihr übers Gesicht.

Ein weiterer Schuss. Die Pudelfrau schluchzte hysterisch und hielt Schatzi fest umkrallt, der irritiert kläffte.

Der Maskierte riss dem Mann brutal die Jacke vom Körper. Der Gang war inzwischen voller Mäntel, die eilig zusammengerafft und in große Müllsäcke gestopft wurden. Mein alter Flohmarktmantel wirkte seltsam verloren in der Anhäufung von Luxus- und Designermodellen. Die Maskierten warfen sich die Müllsäcke von hinten nach vorne zu und verschwanden. Hintereinander heulten zwei Motoren auf, beschleunigten und dann jagten die Autos davon.

Was hier gerade direkt vor meiner Nase passiert war, kam mir seltsam unwirklich vor. Als säße ich in einem Film, in dem ich selbst mitspielte. Ich packte meine Sachen, die durch das ruckartige Bremsen auf dem Boden verstreut lagen, wieder in den Rucksack.

»Thorsten«, flüsterte ich dann. Irgendwie traute ich mich nicht, laut zu sprechen.

Keine Antwort. Thorsten saß stumm neben mir und starrte geradeaus auf den Sitz vor ihm. »He, Thorsten«, sagte ich leise und nahm seine Hand. In Zeitlupe drehte er den Kopf und blickte durch mich hindurch. Scheiße, was macht man in so einem Fall? Ich nahm ihn in die Arme und wiegte ihn wie ein kleines Kind.

»Meine Joop«, schluchzte er. »Die haben mir meine Joop geklaut. Die war doch gefüttert!« Ein Glück, es ging ihm schon wieder besser.

Keine Ahnung, wie lange wir so dasaßen, bis endlich Sirenengeheul zu hören war. Dann war der ganze Bus voller uniformierter Polizisten, die Fragen stellten. Ich stand auf und zog Thorsten hinter mir her. Uringeruch hing im Bus.

»Wo wollen Sie hin? Sie können jetzt nicht weg.« Ein kleiner, blondgelockter Polizist baute sich vor mir auf. Ich wollte ihn beiseite schieben, aber er hielt meinen Arm fest.

»Mein Freund braucht einen Arzt«, sagte ich. »Lassen Sie mich durch.«

»Ich brauche Ihre Personalien. Sie können jetzt nicht einfach aussteigen!« Er hielt noch immer meinen Arm umklammert.

»Wenn Sie mich nicht sofort loslassen, hänge ich Ihnen eine Klage an den Hals, klar?« Ich war außer mir, dass dieser Wichtigtuer mich nicht durchlassen wollte, und gleichzeitig sehr ruhig.

»Ist in Ordnung, Sie können nach draußen gehen«, sagte eine Männerstimme hinter mir. Ich drehte mich um und sah einen großen Dunkelhaarigen in Zivil. Offenbar hatte er hier etwas zu sagen, denn der uniformierte Polizist verzog sich sofort. Ich überlegte kurz, ob ich mich bei dem Dunkelhaarigen bedanken sollte, verwarf den Gedanken aber sofort wieder. Dieser Mann besaß Charisma. Und Männern mit Charisma ging ich lieber aus dem Weg.

Ich brachte Thorsten zu einem Krankenwagen, wo sich eine Ärztin um ihn kümmerte. Sie reichte mir eine Decke, die ich mir um die Schultern legte. Ohne meinen Mantel war es empfindlich kalt im Freien. Neben mir rieb sich ein Typ im blütenweißen Seidensticker-Hemd die Hände. Auch sein adretter Lodenmantel war in den Müllsäcken auf Nimmerwiedersehen verschwunden. Mindestens fünfzehn Streifenwagen standen in der kleinen Straße, es wimmelte nur so von Uniformierten. Ich schob mich durch die Menge. Direkt vor dem geöffneten Kofferraum des Busses lag der Fahrer in einer Blutlache. Im fahlen Licht der Straßenlaterne sah sein Gesicht unnatürlich gelb aus. Die starren Augen waren weit aufgerissen, fast vorwurfsvoll, als hätte er nicht glauben können, dass eine Kugel sein Leben auslöschen würde. Die kriminaltechnische Untersuchung war bereits in vollem Gange, und mindestens acht Polizisten hielten die Menschenmenge von dem Toten fern. Blitzlichtgewitter flammte auf, und mehrere Polizisten rissen dem Paparazzo die Kamera weg. Wieso war der Bus überhaupt in die Mozartstraße gefahren?

»Nun müsste ich doch Ihre Personalien haben.«

»Paula Grün, Blumenstraße 36, 5.5.72«, antwortete ich. Er rührte sich nicht. »Wollen Sie sich das nicht aufschreiben?«

»Das merk ich mir«, sagte er mit einem Lächeln. Hatte der schöne Zähne! Für schöne Zähne hatte ich eine echte Schwäche. Ich konnte nicht anders und musste zurücklächeln, was er allerdings nicht mitbekam, da der kleine blondgelockte Polizist an seinem Ärmel zupfte und ihm aufgeregt ins Ohr tuschelte.

Der Mann mit Charisma drückte mir seine Karte in die Hand. »Kommen Sie heute um 15 Uhr aufs Revier, dann nehmen wir ein Protokoll auf. Sie können jetzt nach Hause gehen.«

Kriminalhauptkommissar Lars Bruns, las ich. Gut, Lars Bruns, wir sehen uns heute Nachmittag, und dann kannst du mir erzählen, wieso die Kripo so verdammt schnell am Tatort war.

In den 10-Uhr-Nachrichten war kein Wort von dem Überfall zu hören. Nach der zweiten Tasse Kaffee beschloss ich, dass das mein bester Beitrag werden würde. Nichts gegen Kindermusicals in der Liederhalle und Kneipentests im Stuttgarter Westen, aber jetzt hatte ich endlich die Möglichkeit, über etwas wirklich Großes zu berichten. Eine echte Story von öffentlichem Interesse, hautnah am eigenen Leib miterlebt. Das war endlich das, wovon ich schon so lange geträumt hatte. Und authentischer könnte kein anderer darüber berichten.

Sofort widmete ich mich meiner Lieblingsbeschäftigung: Listen schreiben. Was andere für eine alberne Marotte hielten, half mir, meine Gedanken zu sortieren, zu strukturieren und in andere Bezüge zu setzen. Ich wühlte im Rucksack nach meinem Block.

Dabei fiel mir das Tonband in die Hände. Die Kassette war voll. Ich spulte ein kleines Stück zurück und drückte auf Wiedergabe »... dann nehmen wir das Protokoll auf. Sie können jetzt nach Hause gehen«, sagte die rauchige Stimme von Lars Bruns. Ich hatte den gesamten Überfall auf Band!

Drei Stunden später war ich bestens vorbereitet. Nachdem ich das Band sorgfältig transkribiert, mir auf diversen Zetteln offene Fragen notiert und mir mein Vorgehen genau überlegt hatte, rief ich bei Thorsten an, der sich schon wieder ziemlich munter anhörte. Ich beschloss, ihm vor meinem Termin auf dem Polizeirevier einen kleinen Besuch abzustatten.

Thorstens Freund Daniel öffnete mir die Tür. Er trug einen seidenen Kimono und sah aus, als hätte ich ihn in einer Séance gestört. Ich folgte dem Stimmengeschnatter ins Wohnzimmer. Thorsten, ganz Diva, lag auf dem Sofa und erzählte seinem Hofstaat, der sich zu seinen Füßen auf dem Teppich geschart hatte, offenbar zum wiederholten Mal, wie er heldenhaft seinen Ohnmachtsanfall überwunden und dem gut aussehenden Kommissar bei seinen Ermittlungen zur Seite gestanden hatte. Hatte ich da irgendwas verpasst?

»Zimtschnecken vom Café Koenigx!« Thorstens Salonempfangsdame Anton kreischte entzückt und riss mir die Tüte aus der Hand. »Euch kann man wirklich keine Sekunde aus den Augen lassen«, sagte er. »Ich hab natürlich sofort versucht Frieder anzurufen, aber ich konnte ihn nicht erreichen.« Antons jüngster Bruder Frieder war Polizeimeister.

»Paula!« Thorsten klopfte neben sich aufs Sofa. Ich durfte also mit auf die Bühne.

»Ich muss dich was fragen«, sagte ich.

»Schieß los.« Thorsten und die anderen starrten mich erwartungsvoll an.

»Es ist ...«, ich senkte meine Stimme, »... vertraulich.«

»Abmarsch!« Die Jungs zogen maulend in die Küche. Bedauernd blickte ich der Tüte mit den Zimtschnecken hinterher.

»Es geht um den Überfall«, begann ich. »Findest du es nicht auch merkwürdig, dass vier Maskierte einem Bus auflauern und ihn schwer bewaffnet stürmen und dann ausgerechnet die Jacken und Mäntel klauen?«

»Bist du jetzt unter die Detektivinnen gegangen?«, fragte Thorsten. »Und wieso überhaupt vier? Ich hab nur drei gesehen.«

Ich erzählte von dem Tonband und was ich mir daraus zusammengereimt hatte. Es mussten vier gewesen sein, denn im Bus waren die ganze Zeit über drei Personen, die uns in Schacht gehalten hatten. Aber der Fahrer war draußen vor dem Kofferraum erschossen worden.

»Vielleicht ein Pelzraub«, sagte Thorsten und griff nach der Handcreme.

»Soweit ich mich erinnern kann, haben lediglich drei Frauen Pelze getragen«, entgegnete ich. »Ich ganz bestimmt nicht, und meinen Mantel haben sie trotzdem mitgenommen. Außerdem, wer sollte Anfang November einen Pelzraub auf einen Reisebus planen? Quatsch! Da muss was anderes dahinter stecken. Ich spreche morgen im Sender mal mit Susanne. Die ist Tontechnikerin und kann vielleicht aus der Aufnahme noch mehr rausholen. Mein Mikro ist nicht besonders gut. Die Hintergrundgeräusche sind ein einziger Brei.«

Thorsten rieb sich die eingecremten Hände und grinste. »Wusst ich's doch, dass dieser Ausflug eine gute Idee war! Vergiss hinterher nicht, wem du deine Geschichte zu verdanken hast. Sonst darfst du in Flautezeiten nie mehr bei mir aushelfen.«

Ich ignorierte die Bemerkung, obwohl ich Thorsten insgeheim unendlich dankbar dafür war, dass er mich stundenweise in seinem Salon arbeiten ließ, wenn ich mal wieder blank war. Unerschütterlich durfte ich Haare waschen, Sekt servieren und der High-Society von Stuttgart die Umhänge umlegen, obwohl seine Kunden bestimmt Besseres gewohnt waren. Ich hätte ja lieber am Telefon Termine ausgemacht, aber das war Antons Revier, und er verteidigte es bis aufs Blut.

»Wie bist du eigentlich auf dieses Reiseunternehmen gekommen?«, wollte ich wissen.

»Durch eine Kundin.« Thorsten strich sich leicht entrückt über die Stirn.

»Doch hoffentlich nicht durch die Kosmetikerin, die dir deine

Botoxspritzen zum Freundschaftspreis in die Stirn rammt?« Diese Vorlage konnte ich mir einfach nicht entgehen lassen.

»Komm du erst mal in mein Alter, dann reden wir weiter.«

»Thorsten, wir sind gleich alt! Also, durch wen bist du an *Happy Travel* geraten?«

»Ich komme jetzt nicht auf ihren Namen. Die Frau war erst zwei- oder dreimal im Salon. Irgendwie kamen wir auf Busfahrten zu sprechen und …«

»Was heißt, irgendwie?«, unterbrach ich ihn. »Versuch dich genau zu erinnern! Worüber habt ihr geredet?«

Thorsten überlegte. »Über meinen Salon… nein, jetzt fällt's mir wieder ein. Sie wollte wissen, was der Salon so abwirft und wie ich mein Geld anlege.« Er kicherte. »Ich und Geld anlegen, was für ein absurder Gedanke! Aber das hab ich ihr natürlich nicht erzählt.«

»Ist sie Bankerin? Wollte sie dir was andrehen?«, fragte ich.

»Nein. Keine Bankerin. Sie hat eine Werbeagentur, glaub ich«, sagte er langsam. »Sie hat noch gesagt: Eine Fahrt mit *Happy Travel* lohnt sich immer. Ja, genau so war es. Ich hab mich noch gewundert, was das soll. Und abends ist mir das Gespräch dann wieder eingefallen, und ich hab im Internet nach *Happy Travel* gesucht. Und dann hab ich uns die Fahrt nach Zürich gebucht.«

»Es ist angerichtet«, zwitscherte es an der Tür, und Daniel streckte seinen Kopf ins Wohnzimmer.

Die Jungs durften sich alleine über die Zimtschnecken hermachen. Es wurde allerhöchste Zeit, dass ich mich auf den Weg zu Lars Bruns machte.

Bevor ich Zimmer 307 erreichte, öffnete sich die Tür und Lars Bruns verabschiedete die Platinblonde und ihren Begleiter, die ebenfalls im Bus gewesen waren.

»Frau Grün, schön dass Sie so pünktlich sind«, sagte er, und ich betrat sein Büro. Ich weiß nicht, was ich erwartet hatte, aber vermutlich etwas Spektakuläreres als ein nüchtern eingerichtetes Behördenzimmer, in dem sich außer einem verschrumpelten Kaktus nichts Persönliches befand. Die karge Ausstattung war bestimmt Taktik, damit sich die Menschen sofort unwohl und in der Defensive fühlten. Ich setzte mich auf den mir zugewiesenen Stuhl, und Lars Bruns nahm mir gegenüber hinter einem abgeschabten Schreibtisch Platz. Nachdem ich der Aufzeichnung der Befragung zugestimmt hatte, drückte er auf die Aufnahmetaste des Geräts. Offenbar benutzte die Polizei das gleiche altertümliche Modell wie ich.

»Würden Sie bitte Ihre Personalien nennen. Ich weiß es zwar schon, aber für die Aufzeichnung muss ich diese Frage noch mal stellen«, sagte er.

»Paula Grün, Blumenstraße 36, 5.5.72 geboren in Hamburg«, sagte ich.

»Familienstand?«

»Geschieden.«

»Ihr Exmann lebt in Stuttgart?«

Angesichts dieser Vorstellung musste ich grinsen. »Mein Exmann ist Sozius einer ziemlich bekannten Anwaltskanzlei, die in erster Linie Promis vertritt und regelmäßig in der Boulevardpresse ihren großen Auftritt hat. Er würde München niemals verlassen. Haben Sie mich ins Präsidium bestellt, um mit mir über meinen Exmann zu sprechen?«

Lars Bruns ignorierte mein Lächeln und setzte die Befragung mit stoischem Gesichtsausdruck fort. »Was machen Sie beruflich, Frau Grün?«

»Ich promoviere und ...«, ich überlegte kurz und entschied mich dann, ihm lieber nicht zu erzählen, dass ich als freie Journalistin arbeitete, »... und jobbe nebenher.«

»Sie promovieren? Aha, soso«, sagte Bruns.

»War das jetzt eine Frage? Oder wie soll ich diese Bemerkung verstehen?« Ich biss mir auf die Lippen. Solchen Sprüchen konnte ich noch nie widerstehen, aber in diesem Fall war das nicht gerade klug. Schließlich hatte ich mir vorgenommen, taktisch ungeheuer geschickt und diplomatisch vorzugehen, denn auch ich wollte einiges bei dieser Vernehmung in Erfahrung bringen.

Lars Bruns ging nicht darauf ein und schwieg. Er schien auf irgendetwas zu warten, während er mich aufmerksam ansah. Trotz aller Vorsätze fühlte ich mich äußerst unwohl und betrachtete betont gelangweilt meine Fingernägel. Ich fragte mich gerade, ob das auch zur polizeilichen Befragungstaktik gehörte, als Bruns mich aufforderte: »Erzählen Sie mir von dem Überfall.«

Ich schilderte, was sich zugetragen hatte, allerdings sagte ich ihm nicht, dass mein Tonband mitgelaufen war.

»Sind Sie denn schon öfter mit *Happy Travel* unterwegs gewesen?«

»Nein, noch nie.«

»Und was wollten Sie in Zürich?«

»Geht Sie das was an?«

Überrascht sah er mich an. »Haben Sie etwas zu verbergen?«

Der Typ gab mir das Gefühl, mich für einen Tagestrip nach Zürich rechtfertigen zu müssen, und darauf hatte ich nun überhaupt keine Lust. Deshalb holte ich zum Gegenschlag aus. »Herr Bruns, können Sie mir sagen, warum es nach dem Überfall zwanzig Minuten gedauert hat, bis die Polizei endlich kam? Ich meine, es ist schließlich geschossen worden. Da gehe ich doch einfach mal davon aus, dass direkt danach jemand den Notruf gewählt hat. Es dauert also zwanzig Minuten, bis die Polizei endlich anrückt. Und das, obwohl das Polizeirevier gerade mal fünf Minuten vom Tatort entfernt ist. Fünf Minuten zu Fuß wohlgemerkt!«

Der Kommissar schaute mich mit gerunzelter Stirn an, sagte aber keinen Ton.

Ich beschloss, noch einen weiteren Vorstoß zu wagen. »Und dann taucht gleichzeitig noch die Kripo auf. Ist das normal?«

Lars Bruns drückte die Stopptaste des Aufnahmegeräts und stand auf. Er ging zum Fenster, drehte sich um und blieb mit verschränkten Armen dort stehen.

»Sie haben ja ein ganz ungewöhnlich genaues Gedächtnis«, sagte er ruhig. Den Mann konnte offenbar überhaupt nichts aus der Reserve locken. »Bewundernswert, wenn man bedenkt, was heute Morgen alles passiert ist. Haben Sie Erfahrung mit Überfällen?« Er drehte sich um und schaute mir direkt ins Gesicht. Ich spürte, wie die Röte mir ins Gesicht schoss.

»Was soll das? Bin ich etwa verdächtig? Ich dachte, es handelt sich hier um eine Zeugenaussage und nicht um ein Verhör.« Ich versuchte gleichmäßig zu atmen und richtete mich auf meinem Stuhl kerzengerade auf.

»Sie kennen sich erstaunlich gut aus, Frau Grün«, sagte Bruns.

»Vielen Dank für Ihre Aussage, das war's für heute. Halten Sie sich zur Verfügung. Sie können davon ausgehen, dass wir uns bald wiedersehen.«

Das war ganz klar ein Rausschmiss. Und eine Drohung. Ich war so perplex, dass ich nichts entgegensetzen konnte. Ich stand auf und ging zur Tür.

»Eins noch, Frau Grün …«

»Ja?«

»Mischen Sie sich nicht in unsere Angelegenheiten. Polizeiarbeit ist nichts für Amateure –« Und bevor ich die Tür zuknallen konnte, setzte er noch nach: »Und nichts für Möchtegern-Journalistinnen!«

Vollidiot! Musste ich mich von einem Bullen beleidigen lassen! Und mein Plan, durch taktisches Vorgehen an Informationen zu kommen, war gründlich danebengegangen.

Ich lief den Flur entlang, raste die Treppen hinunter und war schon kurz vor dem Ausgang, als mir etwas einfiel. Ich verlangsamte mein Tempo und ging zum Pförtner.

»Entschuldigen Sie bitte. Ich recherchiere für einen Verlag. Wer kann mir denn allgemeine Auskünfte über Polizeiarbeit, Notrufe, Einsätze und so geben?«, fragte ich mit meinem freundlichsten Lächeln.

»Das macht unsere Pressestelle«, sagte der grauhaarige Pförtner, strahlte mich an und zückte Bleistift und Papier, »ich kann Ihnen die Telefonnummer aufschreiben.«

Mit der Nummer in meiner Tasche ging ich nach Hause. Wahrscheinlich würde mir die Pressestelle auch nicht weiterhelfen können. Jetzt musste Plan B in Kraft treten, und dafür brauchte ich Frieder. Doch vorher würde ich mir noch die Internetseite von *Happy Travel* ansehen.

Stadtfahrten mit Niveau, las ich auf der Homepage von *Happy Travel*, meinem *zuverlässigen und diskreten Reiseunternehmen*. Von wegen! Ich klickte mich durch die Seiten, ohne zu wissen, wonach ich eigentlich suchte. *Entdecken Sie Amsterdam von seiner schönsten Seite. Ein Wochenende mit Unterkunft im Fünfsternehotel, Stadtrundfahrt und einem Besuch im Van Gogh-Museum für 1.500 Euro pro Person*. Hatte Thorsten nicht was von Schnäppchen erzählt?

Unter den goldenen Dächern von Prag. Ein verlängertes Wochenende mit Luxusunterkunft im Stil der 30er Jahre und Besuch der Laterna Magica für 3.000 Euro pro Person … Paris nicht nur bei Nacht. Die organisierte einwöchige Reise hält den höchsten Ansprüchen stand. Für 10.000 Euro erleben Sie Unvergessliches …

Bei dem Preis würde Paris garantiert unvergesslich bleiben. Ich zog meinen Block aus dem Rucksack und machte mir Notizen. Ich versuchte das, was ich gelesen hatte, anders zu sortieren. Ob es einen Sinn ergab, würde sich zeigen, aber einen Versuch war es allemal wert. Ich checkte sämtliche Angebote, und nach einer Stunde hatte ich zwei Kategorien: die Luxusreisen, die sich weit jenseits meiner Einkommensgrenzen bewegten und von denen ich nur träumen konnte. Und die unglaublich günstigen, eintägigen Stadtfahrten nach Zürich, Luxemburg und Vaduz. Eine überaus merkwürdige Kombination, die eigentlich nur eine Schlussfolgerung erlaubte. Das Problem war nur, dass ich für meine Vermutung auch Beweise brauchte.

Die folgende Nacht war furchtbar, ich träumte von Maskierten, die mich mit überdimensionierten Lockenwicklern bewarfen, während ich gefesselt unter einer Trockenhaube gebraten wurde. Und das Schlimmste war, dass Thorsten daneben stand und zuschaute, während ihm Anton die Nägel polierte. Schweißgebadet wachte ich mehrmals auf und versuchte meine Gedanken auf frische Zimtschnecken zu konzentrieren. Leider ohne Erfolg.

Ich rollte mich maulend aus dem Bett. Meine morgendlichen monologischen Nölereien hatten aber nichts mit den Albträumen zu tun, im Gegenteil. Nach langen Jahren der Selbstreflexion habe ich erkannt, dass sie eine extrem soziale Komponente haben. Ich baue nämlich dadurch eine latent vorhandene, aggressive Morgenmuffelei ab, und zwar bevor ich mit anderen kommunizieren muss. Früher hat mein Exmann immer die volle Ladung abbekommen, was aber nur einer von mindestens zehntausend Streitpunkten in unserer Beziehung war. Vor fünf Jahren ließen wir uns scheiden, und ich bin von München nach Stuttgart gezogen. Im Nachhinein würde ich sagen, es war eine Art blinde Flucht, denn wie viele andere Paare, zu denen wir natürlich nie gehören wollten, führten wir einen regelrechten Trennungskrieg. Materiell gesehen war ich die Verliererin, denn ich verzichtete aus Trotz und Stolz auf alle Ansprüche. »Selten dämlich«, lautete Thorstens Kommentar, als ich ihn damals kennen lernte und ihm meine Geschichte erzählte.

Nach einer warmen Dusche und einem ausgiebigen Frühstück fühlte ich mich bereit für den Tag. Am Kiosk besorgte ich mir die *Stuttgarter Zeitung,* und während der U-Bahn-Fahrt Richtung Sender suchte ich nach dem Artikel über den gestrigen Überfall.

Ein Toter bei Überfall lautete die Headline des Dreizeilers im Regionalteil. Vermutlich hatte die Kripo eine Nachrichtensperre verhängt, mir war nur schleierhaft, wieso sich die Presse daran hielt. Umso besser für mich.

Im Funkhaus machte ich einen Abstecher in meine Redaktion, um im Raum für die Freien Mitarbeiter meine E-Mails abzufragen. Natürlich begegnete ich im Flur prompt dem Ressortleiter Herrn Dr. Rathe.

»Frau Grün, wie nett. Ich hatte beinahe vergessen, dass Sie noch für uns arbeiten.« Er senkte den Kopf und sah mich mit hochgezogenen Augenbrauen über seine Brille hinweg an. »Sie wollen sicher neue Themen besprechen. Ganz schlecht heute, ganz schlecht.«

»Äh, nein. Ich meine, doch ja, ich arbeite an einer Sache, etwas brisant, aber …«

»Sie arbeiten bereits an einer Sache? Sehr mutig von Ihnen. Sie wissen ja, wie ich zu nicht abgesprochenen Beiträgen stehe.«

Damit ließ er mich auf dem Flur stehen. Ich hatte »Ratte«, wie Dr. Rathe insgeheim von uns Freien genannt wurde, noch nie leiden können. Die unausgesprochene Konkurrenz zwischen Freien und Festen wurde von ihm ganz offen angeheizt. Ich hatte selbst schon miterlebt, wie er gute Ideen abblockte und zwei Wochen später eine Sendung zu genau diesem Thema im Radio lief, von ihm an einen seiner Günstlinge in Auftrag gegeben. Ratte hatte brillante, bereits fix und fertig geschnittene Beiträge abgelehnt, nur um seine Macht zu demonstrieren. Als Erstes hatte ich bei ihm gelernt, sehr vorsichtig und diskret mit den eigenen Ideen und Themen umzugehen. Nirgendwo wird mehr geklaut als beim Rundfunk.

Susanne saß im Schneideraum, mit dem Rücken zur Tür. Den Kopfhörer übergestülpt lehnte sie über einem gigantischen Mischpult und drehte hingebungsvoll an einem Regler. Jetzt war sie anscheinend zufrieden, denn sie drückte einen Knopf, nahm den Kopfhörer ab und steckte das Tape in die Hülle. Für mich war sie eine echte Künstlerin, auch wenn sie mit ihrer hochgesteckten Frisur und der strengen Brille viel eher wie eine unnahbare Bibliothekarin aussah.

»Guten Morgen, Susanne.« Ich kramte in meinem Rucksack und zog mein Tonband und eine Packung Katzenpfötchen hervor.

»Willst du mich bestechen?« Susanne riss mir die Lakritze aus der Hand und betrachtete neugierig das Band.

»Ja.« Ich grinste sie an. »Ich hab hier eine Aufnahme in ziemlich mieser Qualität. Was mich vor allem interessiert, sind die Hintergrundgeräusche. Kannst du versuchen, da was rauszuholen?« Ich reichte ihr zögernd die Kassette, von der ich gestern noch eine Kopie gemacht hatte. »Es ist total wichtig, und behandle das Ganze bitte diskret.«

Susanne seufzte. »Kindchen, wenn du wüsstest, wie oft ich diesen Spruch schon gehört habe. Seit dreißig Jahren dasselbe. Ihr glaubt doch immer, dass ihr an der Story eures Lebens arbeitet. Mach dir keine Sorgen, ich erzähl niemandem, was sich Spektakuläres auf deinem Band befindet. Komm in zwei Stunden vorbei, bis dahin schaue ich mal, was ich tun kann.«

Ich verließ das Tonstudio und ging ins Archiv. Einer der wesentlichen Vorteile, freie Mitarbeiterin einer öffentlich-rechtlichen Rundfunkanstalt zu sein, ist nicht nur dieser schicke Ausweis, sondern auch die Nutzung des Archivs. Ich hatte hier schon Tage verbracht, um für meine Doktorarbeit zu recherchieren, was natürlich nicht erlaubt war, aber eigentlich auch kein Schwein interessierte. Hier kam man durch eine akribische und sehr sorgfältige Verschlagwortung schnell und effizient an alle Informationen, die man brauchte. Vielleicht würde die Unibibliothek in fünfzig Jahren auch mal so weit sein, aber das wagte ich zu bezweifeln.

Happy Travel kam in keinem Artikel, keinem Radio- oder Fernsehbeitrag der letzten zwei Monate vor. Ich vergrößerte die Zeitspanne auf ein Jahr. Keine Treffer gefunden, meldete mir der Computer. Ich änderte die Schlagwortsuche in *Überfall* und *Bus*. Bingo. Es gab drei Einträge. Ich rief den ersten Artikel auf. *Mysteriöser Überfall auf einen Reisebus*. Vor vier Wochen war ein Bus eines »hiesigen Luxusreiseunternehmens« überfallen worden. Die Insassen waren mit dem Schrecken davongekommen und hatten außer ihren Jacken und Mänteln nichts eingebüßt. Ich vergrößerte das Foto, auf dem ein Busfahrer abgelichtet war. Derselbe Busfahrer, der jetzt vermutlich im Leichenschauhaus lag und obduziert wurde.

Der nächste Artikel, in dem von einem Busüberfall die Rede war, erschien drei Tage nach dem ersten und war nur wenige Zeilen lang. Es gäbe noch keine näheren Hinweise auf die Täter und das Motiv, hieß es. Der dritte Eintrag handelte von einem Überfall auf einen Reisebus. Er stand vor zwei Wochen in der *Stuttgarter Zeitung* und umfasste trotzdem nur drei Zeilen. Keine Bezugnahme zum ersten Überfall, keine Angaben, was gestohlen wurde, kein Foto, kein Name des Busunternehmens.

»Bei der Recherche, Paula?« Jörg legte mir eine feuchte Hand auf die Schulter und starrte neugierig auf den Bildschirm.

Sofort klickte ich das Fenster klein und schüttelte gleichzeitig seine Hand ab. Jörg war die größte Schleimkröte auf Erden und Rattes besonderer Liebling. Bisher hatte er sich weniger durch geniale Einfälle, sondern vielmehr auf Kosten anderer ein gewisses Standing im Haus erarbeitet. Verschwörerisch blickte ich mich um und senkte die Stimme. »Ich bin da einer ganz heißen Sache auf der Spur.«

»Echt?«

»Ja, aber du darfst niemandem was davon erzählen. Ich bereite gerade das Material auf, damit ich Dr. Rathe nächste Woche den Vorschlag für einen Beitrag machen kann.«

»Kannst dich auf mich verlassen, Paula. Worum geht's?«

»In Stuttgart werden seit kurzem die Nobelfrisöre von Schutzgeldbanden erpresst!«

»Was?« Jörg schaute mich skeptisch an.

»Glaub mir, den Tipp habe ich von einem befreundeten Bullen, sein Name ist Lars Bruns, von der Kripo. Das Ganze läuft folgendermaßen: Wer nicht zahlt, riskiert, frisierte Ware zu bekommen.«

»Wie jetzt?«

»Stell dir das doch mal vor: Die Frau vom Vorstandsvorsitzenden der Porsche-Werke will sich ihre Haare blondieren lassen und kommt entstellt als giftgrüne Melone aus dem Salon. Das kann sich natürlich kein Luxusfrisör leisten. Wenn das die Runde macht, ist er erledigt.«

Jörg kratzte sich am Kinn. Er dachte nach und sagte keinen Ton.

»Davon weiß noch niemand außer der Polizei! Und dahinter steckt …«, jetzt flüsterte ich, »… die französische Mafia.«

»Von der hab ich noch nie gehört.«

»Kein Wunder, ist ja auch brandheiß. Aber dass eins klar ist, Jörg: Das ist meine Story!«

»Klar, Paula, Ehrensache!« Und weg war er.

Zufrieden lehnte ich mich zurück, druckte mir alle Artikel aus und ging zurück ins Tonstudio, wo mich Susanne bereits erwartete.

»Viel konnte ich leider nicht rausholen, Paula. Es gibt nur zwei interessante Stellen, wo es mehr zu hören gibt, als du denkst. Könntest dir mal ein neues Aufnahmegerät zulegen. Es gibt heute schon relativ günstige Modelle mit hochsensiblen –«

»Ich weiß«, unterbrach ich sie. »Ist momentan nicht drin. Also, lass hören.«

Ich zog mir einen Stuhl heran und setzte mich neben Susanne ans Mischpult. Die Kassette lief, und Susanne drehte mit ihrer linken Hand an einem Regler, während sie mit der rechten gleichzeitig aussteuerte.

»Stopp!« Wir waren an der Stelle, als die Maskierten den Bus gestürmt hatten. Ich beugte mich vor und presste mein Ohr direkt an den Lautsprecher. »Was sagt die Frau da? Kannst du das noch verstärken? Ich kann's nicht richtig verstehen.«

Susannes Hände flogen über das Mischpult, dann spulte sie kurz zurück und wiederholte die Sequenz.

»Noch mal, bitte. Was hat sie gesagt?«

Ich hörte erst ein hohes Fiepsen mit einem starken Rauschen im Hintergrund und endlich eine hohl klingende Frauenstimme.

»… gewusst, dass das nicht gut gehen kann … bloß nie darauf eingelassen …« Ein Huster ihres Begleiters überdeckte ihre Worte. *»… genäht … hat Stunden gedauert.«*

»*Pst, sei ruhig und tu, was sie sagen.*« Die Antwort des Mannes war gut verständlich.

»Susanne, kannst du den Huster irgendwie wegfiltern, damit ich verstehen kann, was die Frau gesagt hat?«

»Tut mir Leid, Paula, zaubern kann ich nicht. Wenn du ein digitales Aufnahmegerät –«

»Schon gut. Und was ist die zweite Stelle?«

Susanne spulte das Band vor, stoppte, drehte wieder an den Reglern und drückte auf Wiedergabe.

»*... alle mit drin ... komplett verhaften.*« Ich hatte keine Ahnung, zu wem die Stimme gehörte. Dafür erkannte ich sofort, wer antwortete »*... vielleicht nicht alle. Diesmal könnten wir Glück haben.*« Das war eindeutig Lars Bruns.

Ich bedankte mich bei Susanne, nahm meine Kassette und stand auf.

»Gern geschehen, Paula. Wenn mich nicht alles täuscht, geht's in der Aufnahme um einen Überfall, und vermutlich handelt es sich nicht um ein Hörspiel. Also vergiss, was ich vorhin gesagt habe. Vielleicht bist du die Erste, die wirklich an etwas Großem dran ist.«

Stolz verließ ich das Funkgelände und ging in den Park der Villa Berg. Mir schwirrte der Kopf vor lauter ungefilterter Informationen. Ich ging den steilen Hang mit den Holzlauben hinunter zum Japan-Garten, wo ich einige Minuten verweilte. Harmonie soll er verbreiten, also atmete ich tief ein und aus, ich wartete. Harmonie bedeutet schließlich Einklang, und Einklang bedeutet Wissen. Aber nichts geschah.

Ich überquerte die Brücke zum unteren Schlossgarten und legte den Weg in die Innenstadt zu Fuß zurück. Als ich am Hauptbahnhof angekommen war, stand mein Motto fest: *Mut zur Lücke.* Denn wirkliche Beweise hatte ich nicht, trotzdem würde ich mich auf meinen Instinkt verlassen.

Die Tür öffnete sich sehr sanft. Das fiel mir jedes Mal wieder auf und hatte eine beruhigende Wirkung. Der vordere Empfangsbereich war wie ein modernes Luxushotel gestaltet, mit einem gigantischen Kronleuchter, dessen Licht das kühle Design der schlichten weißen Sofas weich umspielte. Der Teppichboden war fliederfarben, und ich hatte noch nie auch nur einen einzigen Fleck darauf entdecken können.

Anton stand hinter dem Tresen und telefonierte. Während er »Ja, aber natürlich, das ist gar kein Problem« in den Hörer sprach, deutete er hinter sich auf die Doppeltür mit der Aufschrift *Privat.* Ich nickte, riss schwungvoll die beiden Schiebetüren auseinander und rief: »Du alte Petze«, bevor ich bemerkte, dass Thorsten nicht allein war.

»Interessante Begrüßung, Frau Grün«, sagte Lars Bruns. »Sprechen Sie mit mir?«

»Ja, nein, Entschuldigung, Thorsten. Ich wusste nicht, dass du Besuch hast.« Dabei schaute ich Thorsten an, ging einige Schritte auf ihn zu und versuchte die Röte, die mir ins Gesicht schoss, zum Verschwinden zu bringen.

»Wir sind sowieso fertig, nicht wahr, Herr Wollter?«

Thorsten nickte stumm.

»Und, Frau Grün …« Jetzt musste ich mein tomatenrotes Haupt doch wenden, während mir Lars Bruns ins Gesicht strahlte. »Wir sprechen uns morgen früh. Um zehn Uhr komme ich bei Ihnen vorbei. Einen schönen Tag noch.« Dann ließ er uns allein.

»Blödmann.« Eigentlich war ich eher auf mich sauer, weil ich schon zum zweiten Mal mit rotem Kopf einem souveränen Adonis gegenüberstehen musste.

Aber Thorsten war offensichtlich nicht in der Stimmung zu lästern. Fahrig ordnete er ein paar Papiere auf seinem Schreibtisch. Dann sagte er: »Ich hab viel zu tun, Paula, in knapp einer halben Stunde habe ich meinen nächsten Termin.«

»Hallo, Thorsten, ich bin's. Paula.« Ich winkte ihm direkt vor der Nase rum.

Schweigen.

»Also gut, was hast du Lars Bruns über mich erzählt?«

»Über dich? Wieso über dich?«

»Komm schon, Thorsten. Woher wusste er, dass ich als Journalistin arbeite? Das kann er doch nur von dir haben. Wann habt ihr gestern miteinander gesprochen?«

»Direkt nach dem Überfall. Ich hab noch bei der Ärztin gesessen, und du warst bereits weg.«

»Er hat dich sofort befragt? Obwohl du unter Schock standest?«

»Ja, Paula, hat er. Hast du eigentlich nichts anderes zu tun? Was macht deine Promotion? Hast du endlich einen Termin mit deinem Prof gemacht?« Thorsten schob einen Stapel mit ungeöffneten Briefen von links nach rechts. Ich hatte keine Ahnung, welche Laus ihm über die Leber gelaufen war, und war sauer, dass er es an mir ausließ.

»Keine Angst, ich verschwinde schon.« Ich schleifte den Stuhl über das teure Parkett, stand auf und ließ Thorsten allein zurück. Der sollte sich mal wieder einkriegen. Ich konnte schließlich nichts dafür, wenn ihm die Kripo auf die Pelle rückte.

Anton nahm gerade einer Frau den Kaschmirmantel ab und geleitete sie in den Salon, wo sie von Thorstens Kollegen in Empfang genommen wurde. Während Anton eine neue Flasche Prosecco öffnete, bat ich ihn um Frieders Telefonnummer. Eilig kritzelte Anton sie auf einen Zettel, bevor er das eisgekühlte Getränk in einem Kristallkelch servierte.

Es war bereits nach drei, als ich wieder auf der Königstraße stand. Ich hatte einen Riesenhunger, doch zunächst rief ich Frieder an und verabredete mich mit ihm für den Abend. Es hatte zwei Minuten gedauert, bis er wusste, wer ich war, und sich an Antons Party erinnern konnte, auf der wir uns kennen gelernt hatten. Ich sagte ihm, dass ich an einem Artikel über die stressige Situation von Polizisten arbeitete und an Informationen aus erster Hand interessiert sei.

Ich überquerte den Schlossplatz, vorbei am Schillerdenkmal, über den Marktplatz, Richtung Breuninger und bog dann in die Eberhardstraße ein. In *San's Sandwichbar* entschied ich mich für die Kartoffel-Lauch-Suppe, dazu ein Mozzarella-Sandwich und einen extragroßen Milchkaffee. Mut zur Lücke hatte ich mir vorgenommen, aber mittlerweile gab es eigentlich kaum noch Lücken. Beweise wollte ich finden. Was ich zu bieten hatte, war allerdings nur eine einzige große Hypothese.

Übers Bohnenviertel ging ich nach Hause, nicht ohne vorher noch einen kleinen Abstecher in meine Lieblingskonditorei zu machen und mir zwei Stücke Tiramisutorte zu holen. Für das Gespräch mit Frieder brauchte ich eine solide Grundlage. Soweit ich mich erinnern konnte, taute er erst bei einem bestimmten Alkoholpegel auf.

Ich hatte noch gut zwei Stunden Zeit, bis ich zu meiner abendlichen Verabredung wieder losmusste. Also putzte ich meine Wohnung, staubte den Fernseher ab und sortierte mein Altglas der Größe nach, was sehr hübsch aussah. Nachdem ich die Torte aufgegessen und den Gürtel zwei Löcher weiter gestellt hatte, griff ich endlich zum Hörer, um den Anruf zu machen, vor dem ich mich lieber gedrückt hätte. Nach den üblichen Plänkeleien fragte ich ganz direkt: »Und warum hast du mir nichts gesagt?«

»Woher weißt du es überhaupt?«

»Halt mich nicht für blöd! Recherchieren gehört zu meinem Job.«

»Ich wollte dich da nicht mit reinziehen.«

»Aber als Alibi dabei sein sollte ich schon?«

»Ich hatte Schiss, ich hab so was doch vorher auch noch nie gemacht.«

»Das war hoffentlich auch das erste und letzte Mal.«

»Ich schwör's dir, Paula. Nie wieder, wirklich!«

Ich nutzte die Gelegenheit, um noch ein bisschen auf seiner mangelnden Moral herumzuhacken, anschließend schworen wir einander ewige Freundschaft, und dann machte ich mich auf den Weg.

Im *Ackermanns* war es noch relativ leer, und von Frieder war nichts zu sehen. Ich setzte mich an die Bar. So würden wir schnell an die Getränke kommen und konnten ungestört reden. Frieder war pünktlich, schien mich aber erst zu erkennen, als ich wie eine Irre auf dem Barstuhl hin- und herschaukelte und heftig winkte. Ungelenk kam er auf mich zu. Frieder sah zwar aus wie ein großes Kind, das keiner Fliege etwas zuleide tun kann, war aber im Gegensatz zu Anton eher verstockt und maulfaul. Das würde ein hartes Stück Arbeit werden.

Frieder hielt sich die erste halbe Stunde standhaft an seiner Apfelschorle fest, und erst als ich ihm versicherte, dass er selbstverständlich eingeladen sei, und ihn auf die zahlreichen Whiskey- und internationalen Biersorten aufmerksam machte, hellte sich seine Miene auf. »Polizisten sind einfach unterbezahlt. Machen einen Knochenjob und werden dafür angefeindet.« Ich konnte selbst kaum fassen, was ich da von mir gab, aber schließlich ging es darum, Frieder Informationen zu entlocken.

Nach dem dritten Whiskey taute er allmählich auf. Nach seinem vierten Bier, inzwischen war er beim importierten Guinness angelangt, redete er pausenlos, war aber schon nicht mehr ganz so gut zu verstehen. Eine Viertelstunde später musste ich aufpassen, dass er nicht die Balance verlor und mir vom Hocker kippte. Er amüsierte sich jetzt prächtig und unterhielt bereits den gesamten Barbereich mit irgendwelchen Polizeigeschichten, die er wohl in einem amerikanischen Film gesehen hatte. Die Information, die ich brauchte, hatte ich längst. Allerdings konnte ich Frieder nicht einfach seinem volltrunkenen Schicksal überlassen. Das hatte mit Skrupeln nichts zu tun, sondern vielmehr damit, dass Anton mir das nie verzeihen würde.

Mithilfe des Barkeepers und zwei weiterer Gäste gelang es mir schließlich, Frieder in ein Taxi zu verfrachten. Der Taxifahrer wollte allerdings Vorkasse und dreißig Euro zusätzlich, falls eine Reinigung nötig sein sollte. Es war mittlerweile kurz vor halb zwei und ich wollte nur noch nach Hause, also ließ ich mich darauf ein.

Die Rechnung im *Ackermanns* inklusive großzügigem Trinkgeld ließ ich an Thorsten schicken. Ich musste seine Reue-Phase ausnutzten, solange sie anhielt.

Um neun Uhr am nächsten Morgen war ich bereits fix und fertig angezogen. Ich ging durch meine Wohnung und überlegte, wie ich Lars Bruns am besten mit meiner These konfrontierte. Er war bisher immer stoisch und beherrscht gewesen, und ich würde ihn wahnsinnig gerne mal so richtig aus der Fassung bringen. Aber als es genau eine Stunde später an der Tür klingelte, war ich mit meinen taktischen Überlegungen noch immer nicht weitergekommen.

Ich öffnete ihm die Tür, und er folgte mir in die Küche.

»Einen Kaffee?«

»Gerne.« Lars Bruns zog einen Stuhl heran und setzte sich an den Tisch.

Ich schenkte uns Kaffee ein, nahm ihm gegenüber Platz und wischte unsichtbare Krümel von der Tischplatte.

»Frau Grün, ich habe noch einige Fragen zum Überfall. Genauer gesagt, zum Fahrer. Ist Ihnen irgendetwas Besonderes aufgefallen, bevor der Fahrer aus dem Bus gezerrt wurde? Eine Geste, eine Äußerung? Ein Blick?«

»Beim Fahrer? Wieso beim Fahrer? Haben Sie ihn in Verdacht?«

»Beantworten Sie bitte einfach meine Frage.« Er lehnte sich lässig zurück und verschränkte die Arme vor der Brust.

Ich atmete tief durch, legte meine Hände um den Kaffeebecher und schaute ihm direkt ins Gesicht. Ich würde ihn jetzt sofort konfrontieren, sozusagen die Überrumpelungsmasche. »Herr Bruns, ich arbeite an einem Artikel über illegale Geldtransfers. Stellen Sie sich vor, es gibt ein Busunternehmen namens *Happy Travel,* das diese Transaktionen öffentlich organisiert. Jeder, der sein Schwarzgeld in die Schweiz, nach Luxemburg oder Liechtenstein bringen will, bucht sich einen Platz im Bus. Organisierte Busfahrten werden in den seltensten Fällen an den Grenzen kontrolliert, und die Schwarzgeldfahnder konzentrieren sich auf der Autobahn auf die Luxusschlitten. Ist das nicht eine tolle Geschichte?« Ich trank einen Schluck Kaffee, weil mir die Kehle trocken wurde.

»Woher haben Sie das?« Seine Haltung war unverändert, seine Augen aber leicht zusammengekniffen.

»Wir Möchtegern-Journalistinnen haben so unsere Quellen.«

»Was wollen Sie?« Seine Stimme war ruhig und kühl.

»Ich will, dass Sie mir die Informationen zu dem Fall geben. Ich weiß, es gibt einen offiziellen Deal zwischen der Polizei und der Presse bei aktuellen Fällen. Aber sobald die Nachrichtensperre aufgehoben ist, bin ich die Erste, die alles erfährt. Das wird meine Story.« Ich musste mich zusammenreißen, dass meine Stimme nicht zitterte, und versuchte an den gestrigen Abend zu denken, als Frieder mir schon latent lallend diese Info bestätigt hatte.

Lars Bruns lächelte. »Warum sollte ich Ihnen vertrauliche Informationen aus laufenden Ermittlungen zukommen lassen? Weil Sie einen vagen Verdacht haben und keinerlei Beweise für Ihre wilde

These? Welche Zeitung, welcher Sender würde so einen Bericht ohne handfeste Indizien bringen?«

»Das Geld tragen die Leute manchmal in kleinen Koffern mit sich. Meistens ist es aber in ihren Jacken und Mänteln eingenäht.« Ich hielt kurz inne. »So etwas ist wirklich nur bei den Schwaben möglich. Hunderttausende Euro Schwarzgeld transportieren und dafür eine billige Busfahrt buchen.«

»Ich nehme es zurück.«

»Was?« Eigentlich hätte ich erleichtert sein müssen, dass Lars Bruns es mir so leicht machte. Aber ich hätte doch gerne noch damit geprahlt, was ich dank Frieder an Interna wusste. Jetzt konnte ich nicht mal mehr anbringen, dass sich die Zeit morgens zwischen halb sechs und sechs optimal für kriminelle Aktivitäten eignete, weil bei der Polizei dann Schichtwechsel angesagt war.

»Das mit der Möchtegern-Journalistin.« Lars Bruns beugte sich leicht nach vorn und legte die Hände auf den Tisch. »Außerdem möchte ich vermeiden, dass Sie mir drohen. Oder sich in laufende Ermittlungen einmischen. Um es kurz zu machen, ich lass mich darauf ein.«

Hatte ich mich verhört? »Echt?«

Er lachte. »Ja, echt! Aber nur, wenn Sie versprechen, dass Sie keinen Kontakt zum Geschäftsführer von *Happy Travel* und den anderen Mitreisenden aufnehmen.«

Ich machte mein aufrichtigstes Gesicht und hob die Hand zum Schwur.

»Ich mache das auch nur, weil ich mir mittlerweile sicher bin, dass Sie nichts damit zu tun haben. Ich habe prüfen lassen, ob Sie im Auftrag Ihres Exmannes unterwegs waren, aber das hat sich nicht bestätigt.« Lars Bruns registrierte meinen ungläubigen Blick. »Na ja, schließlich ist Ihr Exgatte nicht unvermögend. Sie und Herr Wollter sind, ohne es zu wissen, in eine Schwarzgeldtransaktion geraten. Und mir ist es ziemlich egal, wer von der Presse hinterher über den Fall berichtet.«

Er hielt Thorsten für ein unschuldiges Lamm, und ich hatte nicht vor, meinen besten Freund zur Schlachtbank zu bringen.

»Nach dem ersten Überfall wurde die SOKO gegründet«, fuhr er fort. »Wir vermuten inzwischen, dass der Fahrer an der Planung der Überfälle zunächst maßgeblich beteiligt war, dann aber aussteigen wollte. Deshalb wurde er von seinen Komplizen umgebracht. Nach dem zweiten Überfall vor zwei Wochen hatten wir ihn ziemlich in die Mangel genommen und er war kurz davor auszupacken.« Lars Bruns schlug mit der flachen Hand auf den Tisch. »Was wir brauchen, ist die Aussage von den Reisenden. Und die schweigen natürlich aus Angst, dass ihre Schwarzgeldaktivitäten auffliegen. Es ist zum Verrücktwerden. Wenn wir nicht bald Ergebnisse erzielen, wird die SOKO aufgelöst.«

Ich hatte ein großes Herz – und eine Tonbandaufnahme. »Was wäre, wenn ich Ihnen, beispielsweise auf Band, den Beweis erbringen könnte, dass die Frau, die vor mir im Bus saß, Schwarzgeld in ihre Jacke eingenäht hatte. Sie erinnern sich bestimmt, es ist eine Platinblonde und sie trug einen Chanel-Mantel.«

Er grinste mich an. »Damit könnten wir sie unter Druck setzen und zu einer Aussage bewegen. Und Sie würden an Ihre Geschichte kommen.«

Ich stand auf, um das Band zu holen. Er folgte mir in mein Arbeitszimmer, das eher eine Kammer war, und betrachtete die Bücherberge, die sich auf dem Regal und den zwei Quadratmetern auf dem Boden stapelten. »Wie heißt eigentlich das Thema Ihrer Doktorarbeit?«, fragte er, während er die Buchrücken studierte.

»Die Notwendigkeit zivilen Ungehorsams in der modernen Gesellschaft«, antwortete ich und reichte ihm das Band. »Wir haben also einen Deal?« Ich streckte ihm die Rechte entgegen.

»Fast.« Er blickte mich regungslos an und kniff die Augen leicht zusammen.

Wollte der Bulle mich reinlegen?

»Nur, wenn Sie nie wieder einem Ihrer Kollegen meine Nummer geben, der mich mit absurden Fragen über die französische Mafia in den Wahnsinn treibt.« Er grinste mich mit seinen schönen Zähnen an.

»Ich verspreche es, hoch und heilig.« Und das meinte ich ganz ernst, als Lars Bruns in meine ausgestreckte Hand einschlug.

Meinen ersten großen Artikel feierte ich in Thorstens Luxussalon. Thorsten hatte den Zeitungsartikel eingerahmt, wollte ihn aber nicht im Salon aufhängen, aus Angst, seine Kundschaft zu verprellen. Meinen Namen hatte er mit Textmarker bunt hervorgehoben. Während wir anstießen, lief als Endlosschleife mein Bericht, den ich an verschiedene Sender verkauft hatte. Der Champagner war eisgekühlt und perlte bereits in den Kristallkelchen.

»Auf dich, Paula«, sagte Thorsten und prostete mir zu. »Und falls du irgendwelche Tipps brauchst, was du mit dem vielen Geld machen sollst, das du jetzt verdienst …«

Ich warf ihm einen drohenden Blick zu, den er mit einem unschuldigen Lächeln quittierte.

»Schon gut. Dann lass uns mal sehen, was wir daraus machen können.« Er beäugte kritisch eine Haarsträhne, während mir Anton den Umhang umlegte. Ich nippte an meinem Champagner und räkelte mich auf dem Stuhl. Sollten sich die Jungs ruhig mal richtig ins Zeug legen. Heute Abend wollte ich gut aussehen, denn ich hatte ein Rendezvous – mit einem Mann mit Charisma.

Silvija Hinzmann

Suppengrün und Saure Kutteln

Kurz vor acht klingelte endlich das Telefon. Gerda lächelte ihrem Spiegelbild im Badezimmer zu, legte den Lippenstift weg und eilte ins Wohnzimmer. »Ja?«

»Hallo, Gerda, ich bin in fünf Minuten da«, sagte Dr. Rüdiger Wallner, der bekannte Stuttgarter Tierarzt, der sie heute Abend ausführen wollte.

»Gut, ich warte unten vor dem Haus«, sagte Gerda. Er musste ja nicht gleich beim ersten Mal ihre Wohnung betreten. Außerdem hasste sie Unpünktlichkeit. Schon ihr verstorbener Mann Hermann hatte sie mit seiner Behäbigkeit zur Weißglut bringen können. *Nô ned huadla,* war sein Lieblingsspruch gewesen. Sie konnte sich nicht erinnern, dass sie je zu einer Familienfeier pünktlich gekommen wären. Und jetzt verspätete sich auch Dr. Wallner. Dabei hatte sie sich so abgehetzt. Für Mitte Mai war es unerträglich heiß, und sie hatte nach der Arbeit gerade noch schnell ihre Wohnung aufgeräumt, geduscht und sich umgezogen. Seit einer geschlagenen halben Stunde wartete sie, dass sie abgeholt wurde.

Gerda hatte Dr. Wallner kennen gelernt, als sie Mimi, die Pudelhündin ihrer plötzlich verstorbenen Tante Felicitas, einschläfern lassen musste. Mimi war fast blind, viel zu dick und litt an Herzrhythmusstörungen und Arthrose. Nach Tante Felicitas' Dahinscheiden verweigerte Mimi jegliche Nahrung und war nach vierzehn Tagen so entkräftet, dass Gerda nichts übrig blieb, als sie der Tante nachfolgen zu lassen. Zwei Tage nach dem Einschläfern rief sie Rüdiger Wallner in der Tierarztpraxis am Killesberg an.

Abgesehen von seiner Vollglatze und dem Bauchansatz war der Mann ein ziemlich passabler Typ von Ende vierzig, und sie hatte sich fest vorgenommen, ihn kennen zu lernen. »Ich habe Ihre Rechnung verlegt«, gab sie vor. Die Rechnung lag natürlich vor ihr auf dem Küchentisch.

»Kein Problem«, meinte er. »Meine Sprechstundenhilfe schickt Ihnen eine Kopie. Wissen Sie, ich habe auch schon daran gedacht, Sie anzurufen. Sie sind so nett und, bitte fassen Sie es nicht falsch auf, Sie erinnern mich sehr an meine Mutter.«

»Was für ein Zufall.« Das fehlte ihr gerade noch. Andererseits, jeder Mensch hat das Recht auf einen Spleen, obwohl Gerda so etwas im Grunde ihres Herzens ablehnte. Sie war stets für ordentliche Verhältnisse, egal ob im Gefühlsleben, zu Hause oder im G'schäft, der Bäckerei, in der sie als Verkäuferin arbeitete. Ihre blutjunge Kollegin Jessica zum Beispiel war trotz Gerdas gutem Zureden nicht davon abzubringen, sich jeden ihrer langen Fingernägel mit einer anderen Farbe zu lackieren und bunte Strasssteinchen darauf zu kleben. Zu allem Überfluss band sich Jessica jeden Morgen bunte Schleifchen in die dunklen Locken. Natürlich wurde »mei ausgflippts Mädle«, wie Gerda Jessica scherzhaft nannte, auf ihre Nägel angesprochen. Das wiederum führte dazu, dass Gerda die wartende Kundschaft bedienen musste.

Gerda hatte gleich gemerkt, dass Rüdiger ein Muttersöhnchen war, also machte sie das Spielchen mit und fragte ihn über seine Mutter aus.

»Sie lebt seit Jahren in einem Damenstift in Baden-Baden«, erzählte Rüdiger. »Sie ist zweiundneunzig, aber geistig vollkommen klar. Ich bin sicher, Sie beide würden sich blendend verstehen.«

Daran zweifelte Gerda keinen Augenblick. Nach einigen weiteren Nettigkeiten schlug Rüdiger vor, sich doch einmal zu verabreden. »Mögen Sie schwäbisches Essen?«, fragte Rüdiger.

»Was für eine Frage? Ich bin Schwäbin.«

»Das trifft sich gut. Dann gehen wir zum *Hasenwirt* nach Uhlbach. Da kriegt man noch was für sein Geld. Außerdem kommen jede Menge bekannte Leute hin. Neulich habe ich sogar einen Minister mit seiner Familie dort getroffen. Und viele berühmte

Schauspieler und Fußballspieler treffen sich dort. Mögen Sie eigentlich Fußball?«

»Es geht so«, sagte sie gedehnt.

»Also gut, ich hole Sie morgen um halb acht ab.«

Gerda fand problemlos heraus, dass Rüdiger Junggeselle und außerdem sehr wohlhabend war. Sie war seit einem Jahr verwitwet und gehörte zu der weit verbreiteten Gruppe der Otto-Normalverdiener. Ihr Mann Hermann war mit Leib und Seele Metzger gewesen, und seine original schwäbische Rostbratwurst war in ganz Stuttgart-Feuerbach berühmt. Das alte Rezept dafür lag im Safe der Volksbank gegenüber der Metzgerei. Vor einem Jahr war Hermann beim Zubereiten der Brätmasse für seinen heiß begehrten Fleischkäse vornüber in die Rührschüssel gekippt und erstickt. Der Notarzt sagte, Hermann habe einen Schwächeanfall erlitten. Doch Gerda wusste es besser, Hermann war immer kerngesund gewesen. Und schließlich waren sie seit zwanzig Jahren verheiratet. Dass Hermann im Laufe der Zeit von dem vielen Fleisch, das er aß, schwergewichtig wurde, war kein Wunder. Doch das hatte ihn nie gestört, im Gegenteil, er war stolz auf seine hundertzwanzig Kilo. Die Freizeit verbrachte er vor dem Fernseher. Er war ein leidenschaftlicher VfB-Fan, doch viel zu geizig und zu träge, um ins Daimler-Stadion zu gehen.

Gerda hatte Fußball nie ausstehen können. Schon ihr Vater, ein waschechter Cannstatter und bekennender Trollinger-Schlotzer, war ein VfB-Fan gewesen. Oft genug hatte er Gerda spüren lassen, dass er sich eigentlich einen Sohn gewünscht hatte. Ihre Mutter war früh verstorben, und Gerda musste bereits mit vierzehn Jahren ihrem Vater den Haushalt führen. »A rechts Schwobamädle isch ordentlich ond fromm, vor ällem ka's buzza ond guad kocha. Î will also nix höra!«, gab ihr der gestrenge Vater mit auf den Weg, als sie Hermann heiratete.

Nach dem Tod ihres Vaters, der nach einem Fußballspiel in eine Schlägerei zwischen wütenden Fans geraten war und sich dabei derart aufgeregt hatte, dass er kurz darauf einem Hirnschlag erlag, erbte Gerdas das Elternhaus in Feuerbach. Kurz darauf musste sie es allerdings verkaufen, denn Hermann brauchte Geld für die Einrichtung der Metzgerei. Gerda konnte dem Fußball einfach nichts abgewinnen. Also fuhr sie an den Samstagnachmittagen, wenn Hermann vor der Sportschau saß, in ihren Schrebergarten im Feuerbacher Tal, einer Oase zwischen Feuerbach und Botnang, wo sie Küchenkräuter und etwas Gemüse zog.

Nach Hermanns tödlichem Betriebsunfall ließ Gerda seine sterblichen Überreste einäschern und auf dem Pragfriedhof beisetzen. Sie konnte sich den überdimensionalen Eichensarg, den Hermanns Leiche beansprucht hätte, einfach nicht leisten. Die Metzgerei verkaufte sie und nahm den Job in der Kaufhof-Bäckerei in der Königstraße an, weil sie so täglich in die Stadt fahren konnte. Außerdem musste sie keine blutigen Steaks, Rostbraten, Schweineschnitzel, Lyoner, Rote Würste, Landjäger oder Blutwürste mehr sehen.

Nach Feierabend besuchte sie Tante Felicitas. Sie kaufte für sie ein, kochte, räumte die Wohnung auf und führte Mimi am nahe gelegenen Tierheim vorbei Gassi, damit sie ihre Artgenossen treffen und ausgiebig beschnüffeln konnte. Tante Felicitas war weit über achtzig, klein, rund und eigentlich gesund. Nur das Gehen fiel ihr schwer. Seit ihren Wechseljahren, und die lagen etliche Jahrzehnte zurück, behauptete Tante, die vermaledeiten Hormone seien schuld an ihrem Übergewicht. Neben gutem Essen liebte sie Süßigkeiten. Also brachte Gerda ihr immer ein Stück Sahnetorte mit.

An Wochenenden kochte ihr Gerda deftige, scharfe Gerichte. Dabei hatte sie den gestickten Spruch, der über dem Herd hing, stets im Blick. Auf den inzwischen vergilbten Baumwollstoff hatte Tante Felicitas in ihrer fernen Jugend in Ungarn mit dunkelblauem Garn, umrahmt mit Weinblättern, Obst und Gänseblümchen, gestickt:

»O zürne nicht dem Morgen,
der Müh und Arbeit gibt –
es ist so schön zu sorgen
für Menschen, die man liebt.«

Und während Gerda das Essen kochte, wackelte Tante zwischen Herd und Spüle hin und her, redete ohne Unterlass und war nur im Weg. »Tu nur reichlich schwarzen Pfeffer rein. Und Paprika, aber von dem scharfen. Erst wenn es in der Kehle brennt und mir der Schweiß ausbricht, spüre ich, dass ich noch lebe«, sagte sie gerne.

»Findest du nicht, dass es in deinem Alter ungesund ist, derart scharf zu essen? Denk doch an deine Leberwerte und die strapazierten Magennerven.«

»Quatsch. In meinem Alter kann ich essen, was ich will. Und spar nicht mit Knoblauch. Erstens ist er gesund und zweitens küsst mich ja eh keiner mehr«, kicherte sie und zerdrückte dicke Zehen durch die Knoblauchpresse.

Also tat Gerda ihr den Gefallen und kochte höllenscharfe Gerichte. Allerdings weigerte sie sich, sie auch abzuschmecken. »Ich will doch kein Feuer speiender Drache werden.«

Tante war es einerlei. Sie aß mit Appetit alles auf.

Ende April, als Gerda samstagabends aus dem Garten kam, hatte sie Tante tot in ihrem Fernsehsessel gefunden.

»Herzversagen«, meinte der hinzugerufene Notarzt.

Gerda weinte und spülte dabei, ohne es zu bemerken, das Geschirr vom Vorabend auf.

»Mein Beileid«, sagte der freundliche Doktor, als er Gerda den Totenschein überreichte. »Sie hat bestimmt nicht gelitten.«

Gerda fand, dass es unpassend gewesen wäre zu erwähnen, dass sie Tante am Abend zuvor ihr Lieblingsgericht, ein feuriges ungarisches Fischpaprikasch, gekocht hatte und dass sie sich mit der Zusammenstellung der Fische, der verschiedenen Gewürze und einiger unscheinbarer Kräuter aus ihrem Biogarten besondere Mühe gegeben hatte. Dummerweise hatte Mimi auch von der Höllensuppe gegessen. Doch die hatte ihr offenbar nicht geschmeckt, denn sie saß winselnd und zitternd in einer Pfütze von Erbrochenem neben Tantes leblosem Körper. Und Gerda musste nun zusehen, wie sie den teuren Teppich wieder sauber bekam. Andererseits störte es sie nicht unbedingt, denn Tante Felicitas hatte erst ein halbes Jahr zuvor das Testament geändert und Gerda alles hinterlassen. Das windschiefe Häuschen samt der wurmstichigen Möbel, einigen Orientteppichen, zwei wirklich schaurigen Ölschinken und der Goldmünzensammlung ihres vor dreißig Jahren verstorbenen Onkels verkaufte Gerda binnen vier Wochen meistbietend. Sie behielt nur die Bücher, den wenigen Schmuck, darunter eine teure doppelreihige Perlenkette. Und Mimi, die sie schließlich zu Dr. Wallner führte.

Und Rüdiger war ganz anders als Hermann, das merkte Gerda gleich.

»Ich gehe gerne aus, vor allem mit einer so hübschen Frau wie Ihnen«, versicherte er ihr am Telefon. Und bei aller Bescheidenheit, hässlich fand sich Gerda nicht. Und dass sie in diesem Sommer vierzig würde, sah man ihr auch nicht unbedingt an. Natürlich half sie hier und da ein wenig nach, dafür gab es genügend Mittelchen und Pülverchen, aber ansonsten war alles Natur pur.

Als es endlich unten an der Haustür klingelte, rannte sie in Windeseile die vier Stockwerke hinunter und stieg in Rüdigers schwarzes Sportcabrio ein. Was für ein Gefühl! Nicht so eine Klapperkiste wie Hermanns alter Transporter, der immer nach Rauchfleisch und Innereien gemüffelt hatte.

Eine halbe Stunde später erreichten sie die für ihre schwäbischen Spezialitäten bekannte Gastwirtschaft *Beim Hasenwirt* in Uhlbach, einem romantischen Dorf inmitten der Weinberge. Auf einem der Hügel stand die Rotenbergkapelle, das Grabmal der aus Russland stammenden württembergischen Königin Olga. Sie nahmen an einem der Tische unter der Weinlaube Platz.

»Ich muss mich für meine Verspätung entschuldigen«, sagte Rüdiger, während er die Speisekarte studierte. »Meine Mutter hat angerufen – Sie verstehen.«

»Aber natürlich«, säuselte Gerda und überlegte, ob sie die überbackenen Maultaschen mit Kartoffel- und Gurkensalat oder lieber den Spargel mit frischen Flädle und geräucherten Schinkenscheiben nehmen sollte.

»Der Zwiebelrostbraten hier ist berühmt«, meinte Rüdiger und deutete auf ihre Karte. »Den sollten Sie wirklich probieren.«

Die Hasenwirtin, eine herzliche Frau Anfang sechzig, begrüßte Rüdiger. »Jô, grüß Gott, Herr Doktor. Au môl wieder bei ons, des isch aber nett. Was derf's denn diesmôl sei?«

»Natürlich Zwiebelrostbraten und zwei Viertele Trollinger«, bestellte Rüdiger.

Gerda entschied sich für geschmälzte Maultaschen mit Kartoffelsalat. Da konnte sie nichts falsch machen. Während sie auf das Essen warteten, erzählte Rüdiger lang und breit von seiner Arbeit und natürlich von seiner Mutter, die ihn offenbar vergötterte. Sie rief ihn täglich an und riet ihm, was er essen und anziehen sollte. Sie sorgte sich um seine Gesundheit und redete auf ihn ein, doch endlich zu heiraten. Und wenn sie nicht mehr lebte, erzählte Rüdiger, dann erbe er ein riesiges Vermögen.

»Mein Vater war Chefarzt in einer Klinik im Schwarzwald. Er wollte, dass ich Medizin studiere. Ich bin nur Tierarzt geworden, das hat er mir zeitlebens vorgehalten. Geld ist nicht alles. Was zählt, sind doch die inneren Werte«, philosophierte er.

»Stimmt. Mich interessiert Geld eigentlich wenig«, schwindelte Gerda und hätte sich ein paar äußere Werte mehr bei Rüdiger gewünscht. Seine Halbglatze glänzte im Schein der bunten Lichter, die zwischen den Weinblättern der Laube hingen, und sein etwas schwammiges Gesicht erinnerte sie entfernt an einen Kalbskopf. Er konnte ja auch nichts dafür, dass seine blassblauen Augen vorstanden, wodurch dieser Eindruck noch verstärkt wurde. In der verwaschenen Jeans und dem rot-blau gestreiften Polohemd sah er eher wie ein Handwerker als ein Akademiker aus. Aber man kann bekanntlich nicht alles haben, sagte sich Gerda und trank von ihrem Wein. Er war eine zu gute Partie, und sie wollte schließlich nicht auf Dauer eine biedere Metzgerswitwe bleiben.

Gerda vertrug kaum Alkohol. Bereits nach einem Glas Trollinger verschwammen die bunten Lichter zwischen den Weinblättern und das Gelächter vom Nebentisch – sie vermutete, dass es Fußballfans waren – hallte in ihren empfindlich gewordenen Ohren. Die junge Bedienung schwirrte zwischen den Tischen, und Rüdiger redete und redete.

Als endlich die Vorspeise, eine heiße Flädlessuppe, serviert wurde, konnte Gerda kaum noch das Kichern unterdrücken. Die dünnen Pfannkuchenstreifen glitten ständig von ihrem Löffel und purzelten in den Teller mit der kräftigen Fleischbrühe. Einige Zeit später – Gerda war kurz vor dem Verhungern und vermutete schon, der Hasenwirt sei inzwischen nach Amerika ausgewandert, um das Rind für den Zwiebelrostbraten einzufangen – kam endlich das Hauptgericht. Das riesige Stück Fleisch, bedeckt mit einer ebenso großen Portion Filderkraut und Bratkartoffeln, duftete herrlich, und Gerda bedauerte fast, dass sie die Maultaschen bestellt hatte. Doch sie wurde nicht enttäuscht. Noch nie hatte ihr das schwäbische Nationalgericht so gut geschmeckt.

Der Lärmpegel stieg, die Gäste unter der Laube wurden immer

lustiger und von irgendwo erklang Akkordeonmusik. Gerda merkte, dass sie mitschunkelte. Alles wurde auf einmal einfach und leicht.

»Wenn mich jetzt mein Vater sehen könnte«, sagte sie.

»Wieso?«, fragte Rüdiger.

»Er war ein strenger Pietist, aber praktisch veranlagt. Er wollte, dass ich mal eine wirklich gute Partie mache. Seiner Meinung nach war die Liebe nicht gut für die Ehe. Die Ehe ist eher wie ein gutes G'schäft, hat er immer gesagt. Und davon versteh ich was.«

»Das ist doch ein Wort«, sagte Rüdiger und hob sein Glas. »Auf deinen Vater und auf unser G'schäft.«

Gerda betrachtete ihn genauer. So übel sah er gar nicht aus. Sicher würde sie sich bald an ihn gewöhnen. Mit einem Schluck trank Gerda ihr Glas leer.

»Rüdiger!«, rief eine hohe Frauenstimme.

Gerda drehte sich um. Eine braun gebrannte, schlanke Mittfünfzigerin mit kurzen blonden Haaren stürzte auf Rüdiger zu, umarmte ihn und küsste ihn auf beide Wangen. Die Goldkette um ihren Hals war bestimmt mehr wert als ihr Wagen.

»Grüß dich, alter Knabe«, sagte der dazugehörige Mann und schüttelte Rudiger kräftig die Hand.

»Wo kommt ihr denn her?« Rüdiger begrüßte die beiden, und sie setzten sich.

»Vom Konzert in der Schleyerhalle. Elton John war da. Ich bin noch ganz taub«, sagte der Mann und drückte Gerdas Hand.

Gerda hoffte, dass sie noch geradeaus schaute.

»Das sind Sabine und Otto, meine Bekannten vom Golfclub«, erklärte Rüdiger.

Gerda lächelte stumm.

»Na, du Schwerenöter«, lachte Otto und zwinkerte Gerda zu. »Willst du uns nicht sagen, wer die hübsche Dame ist?«

»Das ist Gerda – meine Verlobte.«

»Ach!« Sabines knallroter Mund blieb offen.

Gerda fühlte, wie Sabines Blick über ihre Frisur und die rosa geblümte Baumwolljacke glitt. Sie hatte das Jäckchen erst am Morgen in der Damenabteilung des Kaufhauses erstanden, ein echtes Schnäppchen, und abzüglich der zwanzig Prozent Mitarbeiterrabatt mehr als günstig. Sie starrte Rüdiger an und wollte etwas sagen, doch dann überlegte sie es sich und lächelte wie die Sphinx persönlich.

»Wissen Sie«, sagte Otto und beugte sich zu Gerda vor, »Rüdiger ist ein Frauenschwarm. Es gibt wahrscheinlich kaum eine Hundebesitzerin im Club, die er noch nicht ausgeführt hat.« Er lachte laut und sah suchend unter den Tisch. »Wo ist überhaupt Ihr Hund?«

»Er ist tot«, murmelte Gerda.

»Oh, das tut mir aber Leid«, meinte Otto.

»Glaub ihm bloß kein Wort«, bat Rüdiger, dennoch schien er von Ottos Lobhudelei geschmeichelt.

»Da kommen wir vom Urlaub – wissen Sie, wir waren wieder mal vier Wochen auf einer Kreuzfahrt im Mittelmeer mit einem Abstecher nach Ägypten, zum Roten Meer, sehr schön, aber die Leute dort, ich weiß nicht, doch irgendwie laut, und arm, aber irgendwie ganz anders ... ach ja! Und da kommen wir vom Urlaub zurück, und müssen feststellen, dass du dich verlobt hast«, zwitscherte Sabine.

Gerda sah ihr fasziniert zu, sagte aber nichts.

»Und seit wann seid ihr verlobt?«, fragte Sabine.

»Erst seit kurzem«, grinste Rüdiger.

»Ach, wie nett.« Sabine sah von einem zum anderen. »Und die Frau Mama? Sie ist doch sicher sehr froh.«

»Sie weiß es noch gar nicht. Aber sie wird begeistert sein, genauso wie ich.« Rüdiger lachte und drückte Gerdas Hand.

»Wir werden sehen«, meinte Gerda zögernd. Dass sie so schnell zu einer neuen Schwiegermutter kommen würde, hatte sie nicht bedacht. Als sie aufstand, um sich die Nase zu pudern, schwankte der Boden unter ihren Füßen. Doch sie legte den Weg zur Toilette einigermaßen sicher zurück.

Sie blieben bis Mitternacht sitzen. Der Hasenwirt, der seine Küchenschürze inzwischen abgelegt hatte, brachte ein Tablett mit Schnapsgläschen. »Birnenschnaps, aus dem eigenen Anbau, nur für besondere Gäste.«

Als sie eine Viertelstunde später im Auto saßen, küsste Rüdiger Gerda stürmisch. Eigentlich wollte sie nach Hause, denn trotz ihres Plans, sich den reichen Knaben zu angeln, gehörte sie nicht zu den Frauen, die sich bereits nach dem ersten Abendessen verlobten.

Sie fuhren dann doch zu ihm.

»Ich wohne oben am Fasanenhof und das liegt eindeutig näher als Feuerbach«, argumentierte Rüdiger.

Seine Wohnung im obersten Stock eines der Hochhäuser am Fasanenhof war riesig. Wie in *Schöner Wohnen,* dachte Gerda, als sie das hell eingerichtete Wohnzimmer betraten. Ein dicker dunkelblauer Teppich dämpfte ihre Schritte. Auf der naturweißen Ledergarnitur lagen große, bunte Kissen wie zufällig hingeworfen, an der Wand hinter der Couch stand ein weißes Bücherregal. Überall waren Kunstgegenstände aller Art aufgestellt, und im Nebenzimmer war ein weißer Flügel zu erkennen. So etwas gab es nicht bei IKEA.

Mit einem Glas Champagner traten sie auf die Dachterrasse.

»Von hier aus kann man normalerweise bis zur Schwäbischen Alb sehen«, meinte Rüdiger und legte den Arm um Gerdas Schulter.

Später köpfte er eine zweite Flasche Champagner, und sie saßen noch lange draußen auf der Terrasse und redeten über Gott und die Welt. Die Lichter der Großstadt flimmerten irgendwo unten im Tal, die kreisenden Lichtkegel des Fernsehturms zerschnitten die laue Nacht. Und je später es wurde, umso weniger war Rüdiger davon abzubringen, Gerda in sein französisches Bett zu bekommen. Sie war hundemüde und sehnte sich nach Schlaf. Schließlich taten sie es dann doch, und Gerda musste sich eingestehen, dass es nach der langen Abstinenz gar nicht so übel gewesen war.

Am nächsten Morgen stand sie trotz bohrender Kopfschmerzen lange vor Rüdiger auf. In der chromblitzenden Küche fand sie alles, was man für ein Katerfrühstück brauchte. Rüdiger brummte schlaftrunken, als sie ihm das Tablett ans Bett brachte. In der kurzen Nacht hatte er irgendetwas von baldigem Heiraten gemurmelt, doch Gerda wollte ihn nicht darauf ansprechen. Was diese Dinge anging, war sie nun einmal sehr altmodisch. Während sie das Geschirr abräumte, rief Rüdigers Mutter an, und Gerda fragte sich, ob sie sich wirklich an die dauernden Anrufe gewöhnen wollte.

Die Küchentür stand weit offen, und sie hörte Rüdiger erzählen, er habe endlich die Frau fürs Leben gefunden. Danach schwieg er längere Zeit. Sie sah zu ihm ins Wohnzimmer. Er saß im gestreiften Pyjama auf dem Boden und nickte ab und zu. Zwischendurch murmelte er »Aber ja, Mama«, »Natürlich, Mama«, »Ja, ja, das weiß ich doch selbst, Mama« und Ähnliches mehr.

Später am Tag fuhr er Gerda nach Hause. Sie hatte Mittagsschicht in der Bäckerei und musste sich umziehen. Unterwegs erzählte Rüdiger von seiner Ferienwohnung und der Jacht in Friedrichshafen. »Wir könnten am Wochenende an den Bodensee fahren und ein wenig segeln. Vorher könnten wir bei Mama in Baden-Baden vorbeischauen, damit ihr euch kennen lernt. Wie findest du das?«

»Wunderbar!« Was hätte sie sonst sagen sollen?

Damit nahmen die Dinge ihren Lauf.

Ein paar Tage später saßen sie mit Mama in der *Bühlerhöhe* in Baden-Baden bei Kaffee und Kuchen. Die alte Dame gab sich Gerda gegenüber zunächst sehr zugeknöpft und förmlich, doch als das Gespräch aufs Kochen kam, hellte sich ihre Miene auf. Rüdigers beseelter Gesichtsausdruck tat ein Übriges. Nach kurzem, ungläubigem Kopfschütteln war sie mit der baldigen Hochzeit der beiden einverstanden. Sechs Wochen später waren sie verheiratet. Die Feier war schlicht, dafür umso teurer, natürlich in Baden-Baden. Otto und Sabine waren Trauzeugen, und Mama strahlte sie von ihrem Rollstuhl aus an. »Jetzt kann ich beruhigt sterben«, schniefte sie gerührt in ihr Spitzentaschentüchlein, als sie das Standesamt verließen.

Gerda gab ihre Wohnung in Feuerbach auf. Die alte Klapperkiste schenkte sie dem Sohn einer Kollegin zum bestandenen Abitur. Die Nachbarn bekamen die Kinnladen nicht zu, als Gerdas Hausstand von einem Entrümpler abgeholt wurde. Rüdiger drängte darauf, dass sie ihren Job im Kaufhaus aufgab, weil sie es nun nicht mehr nötig hätte zu arbeiten. Gerda hatte nichts dagegen. Sie kleidete sich völlig neu ein, und Rüdiger schenkte ihr einen roten Sportflitzer, damit sie mindestens einmal in der Woche zu Mama nach Baden-Baden fahren konnte. Das hatte sie ihm versprechen müssen, denn die alte Dame hatte Gerda ins Herz geschlossen und bestand auf regelmäßigen Besuch. Dann saßen sie meistens in einem der vielen Cafés in der Fußgängerzone. Gerda fand schon, dass Mama manchmal sehr wirr daherredete. Sie schob es auf die hohen Zuckerwerte. Doch die interessierten ihre Schwiegermutter nicht im

Geringsten. Mama stopfte sich mit Schwarzwälder Kirschtorte voll, obwohl ihr der Arzt Süßes verboten hatte. Mama bettelte Gerda an, ihr Schnapspralinees mitzubringen, die sie dann in ihrem Kleiderschrank im Damenstift versteckte. »Das Personal heutzutage, unmöglich! Ich könnte dir Geschichten erzählen ... Außerdem klauen sie hier wie die Raben. Alles muss ich wegschließen. Und ich bekomme nur dieses scheußliche Diätessen. Aber sag Rüdiger nichts davon.«

Dass das auf Dauer nicht gut gehen würde, war klar. Drei Monate nach der Hochzeit fand die Pflegerin die alte Dame tot im Bett. Hinter dem Nachttischschränkchen entdeckte man später eine leere Packung teurer Schnapspralinen.

»Ich habe ihr immer gesagt, dass der Zucker sie eines Tages umbringen wird«, meinte der Arzt, als er Rüdiger den Totenschein überreichte. Rüdiger weinte hemmungslos.

Ihrem Wunsch entsprechend wurde Mama eingeäschert. Am Morgen nach der Urnenbeisetzung zog sich Rüdiger nach dem Frühstück nicht um, und sein Arztkoffer war nirgends zu sehen. Gegen elf machte er immer noch keine Anstalten, in die Praxis zu gehen, sondern holte sich eine Flasche Bier aus dem Kühlschrank und machte den Fernseher an. Gerda war sprachlos. So wie er dasaß, erinnerte er sie plötzlich an Hermann, ihren ersten Mann.

Die nächsten Tage und Wochen ging es so weiter, ohne dass Gerda Rüdiger dazu bewegen konnte, sich wieder seinen Patienten zu widmen oder wenigstens zum Arzt zu gehen. Zwei Monate nach dem Tod seiner Mutter übergab er die Praxis an seinen Kompagnon. Irgendwann musste Gerda ihn sogar zum Rechtsanwalt und Notar fahren, damit sie die Erbschaftsformalitäten abklärten. Rüdiger unterschrieb, was man ihm vorlegte. Und daheim saß er im Trainingsanzug vor dem Fernseher. Er rasierte sich höchstens einmal in der Woche, ging nie ans Telefon und las keine Zeitung mehr. Gerda nahm er nur noch als Köchin wahr. Otto und Sabine kamen gelegentlich vorbei und versuchten ihn aufzumuntern. Und natürlich wollte er von einem Psychologen nichts hören. Das Einzige, was ihn für eine kurze Zeit aus der Lethargie weckte, war das Essen. Gerda kochte ihm jeden Tag ein anderes schwäbisches Gericht. Von der leichten mediterranen Küche, die Gerda inzwischen vorzog, wollte Rüdiger nichts hören.

Nur gut, dass sie Tante Felicitas' Kochbücher noch hatte, da gingen ihr die Ideen nicht aus. Sie kaufte inzwischen im teuersten Delikatessenladen der Stadt ein. Früher hätte sie sich nie im Leben zum *Böhm* hineingetraut. Inzwischen begrüßte man sie mit Namen und lieferte ihr, wenn es eilig war, auch direkt nach Hause. Vor allem war der neue Geschäftsführer sehr charmant. Er hieß Max und war eine Mischung aus Arnold Schwarzenegger und Eros Ramazotti.

Er lud sie auf einen Cappuccino in das schnuckelige Café in der Calwerpassage ein. Gerda erzählte ihm von Rüdiger und seinen Essgewohnheiten. Ganz beiläufig ließ sie fallen, dass ihre Ehe nur noch auf dem Papier bestand. Max zeigte viel Verständnis für ihre Situation. Als er irgendwann seine Hand auf ihr Knie legte, zog sie es nicht zurück. Seitdem telefonierten sie oft und trafen sich einmal wöchentlich, nach dem Einkauf. Rüdiger ahnte nichts, und es interessierte ihn auch nicht, solange Gerda für ihn sorgte und kochte.

»Wir könnten mal wieder zum *Hasenwirt* gehen«, schlug sie eines Freitagmorgens vor.

»Keine Lust. Aber du könntest mir mal wieder einen Hasenpfeffer machen«, meinte er vom Fernsehsessel aus und zappte sich durch das Nachmittagsprogramm bis zu seiner Lieblingsserie *Der Doktor und das liebe Vieh*, die zum x-ten Mal wiederholt wurde.

Jede Diskussion war zwecklos. Also fuhr Gerda in die Stadt hinunter und kaufte bei Max alles ein, was sie fürs Wochenende benötigte. Wenn sie schon nicht zum *Hasenwirt* gingen, so wollte sie Rüdiger einen Hasenbraten zubereiten, den er nicht vergessen würde. Allerdings hatte sie übersehen, dass der Hase zwei bis drei Tage lang in einer Beize liegen musste. Sie sah sich in dem noblen Laden um und überlegte, was sie stattdessen kochen sollte. Max bemerkte ihre Nervosität sofort.

»Ist etwas passiert? Kann ich helfen?« Er schob Gerdas Einkaufswagen hinter das Regal mit fernöstlichen Spezialitäten.

Natürlich konnte er das. Gerda schluchzte und schilderte ihm das Problem.

»Mag er denn nichts außer Hausmannskost?«

»Nein, er isst nichts anderes«.

»Wie wär's denn dann mit Kutteln?« Max lächelte, wobei seine makellosen weißen Zähne blitzten. Seine vollen, samtweichen Lippen waren nur ein paar Zentimeter von Gerdas Mund entfernt. Dann beugte er sich vor und küsste sie zart auf die Wange. »Schätzle, es wird alles gut.«

»Also, dann gibt's heute Saure Kutteln mit Bratkartoffeln«, seufzte Gerda und lächelte. Während sie in Max' grünen Augen versank, beschloss sie, heute das allerletzte Mal für Rüdiger zu kochen.

»Ein Geschenk des Hauses«, raunte ihr Max zu, als er die braune Papiertüte mit den Kutteln in den Einkaufskorb legte.

Gerda kaufte noch Biokartoffeln und Zwiebel von der Schwäbischen Alb, Petersilie, bunte Salate und eine Flasche Kürbiskernöl, das sie besonders schätzte.

Es war bereits später Nachmittag, als sie nach Hause kam. Rüdiger lümmelte wie immer auf der Couch und schaute sich ein Fußballspiel an – VfB gegen Werder Bremen. In voller Lautstärke. Er bemerkte es nicht einmal, als sie bepackt wie ein Esel hereinkam. Oh, wie sie dieses blöde Gerenne und Gebrülle hasste. Gerda knallte die Küchentür hinter sich zu, zündete sich eine Zigarette an und genehmigte sich einen doppelten Cognac. Obwohl sie das Rezept für Saure Kutteln im Schlaf aufsagen konnte, schaute sie in Tante Felicitas' vergilbtem Kochbuch nach.

Eine Stunde später war das Essen fertig. Ihre Wut hatte sich fast gelegt, zumindest nach außen hin war Gerda die Ruhe selbst. Sie deckte den Tisch auf der Dachterrasse und zündete die Kerzen an. Feierlich sollte es schon sein. Inzwischen war es dunkel geworden und der Himmel klar und voller Sterne. Die Lichtkegel des Fernsehturms kreisten in regelmäßigen Intervallen über den Sillenbucher Silberwald.

Sie rief Rüdiger zum Essen, doch er hörte sie nicht. Sie brüllte so laut sie konnte. Endlich erhob er sich schwerfällig und schaltete den Fernseher aus. Dann schleppte er seine neunzig Kilo auf die Terrasse und ließ sich auf den Stuhl fallen.

»Das sieht aber toll aus! Feiern wir was?«

»Eigentlich nicht«, sagte Gerda und verteilte den Salat auf die Teller.

Rüdiger machte sich über den Ackersalat her und hatte in null Komma nix alles verschlungen. »Schmeckt wunderbar!«

»Dann ist es ja gut«, murmelte sie und ging in die Küche, leerte die heißen Kutteln in eine Schüssel und zog die Pfanne mit den duftenden Bratkartoffeln vom Herd. Als sie alles hinaustrug, trank Rüdiger gerade den letzten Rest der Salatsoße aus der Schüssel. Sein Blick war leicht glasig.

»Mahlzeit«, sagte sie und stellte das Essen auf den Tisch.

»Das ist aber kein Hase!« Rüdigers Gesicht verfinsterte sich.

Gerda starrte ihn an. Sie drückte das Messer in ihrer Hand so fest, dass sich ihre Fingernägel in die Handflächen bohrten. »Nein, das sind ganz einfach nur Kutteln. Und die magst du doch. Außerdem muss Hasenfleisch zwei Tage lang mariniert werden.«

»Na von mir aus, wieder mal Kutteln.«

»Jetzt iss schon, bevor alles kalt wird.« Gerda entspannte sich ein wenig. Sie nahm etwas Salat und ein paar Kartoffeln.

»Aber den Hasenbraten machst du mir noch?« Er schöpfte sich eine Portion.

»Ja, ja«, sagte sie und setzte sich.

Rüdiger aß mit bewundernswerter Geschwindigkeit, nahm dann noch einmal von der säuerlich duftenden Soße. »So gut haben mir Kutteln schon lange nicht geschmeckt. Ist das ein neues Rezept?« Er verdrehte die Augen und schmatzte laut.

»Eigentlich nicht.«

»Verstehe.« Er wischte sich den Mund ab.

»Ich habe es nur ein wenig mit Kräutern verfeinert.«

»Schmeckt irgendwie interessant, aber gut.«

»Dann ist es ja recht«, sagte sie.

Als Rüdigers Teller leer war, pickte er die letzten Fleischstückchen aus der Schüssel, tunkte die letzten Bratkartoffeln in die Soße, leckte sich die Finger ab und schüttete zwei Viertele Trollinger mit Lemberger hinterher, dessen Jahrgang ihn nicht interessierte. Gerda sowieso nicht. Sie trank bis auf Ausnahmen seit Jahren nur Cannstatter Mineralwasser.

»Du hast ja gar nichts gegessen.« Rüdiger lehnte sich zufrieden zurück.

»Och, ich habe keinen Hunger. Der Salat reicht mir. Wird die Hitze sein. Außerdem mag ich Kutteln nicht so. Sie erinnern mich nur an die Metzgerei.«

»Ist mir noch gar nicht aufgefallen.«

»Weiß ich.«

Er rülpste. »Und was gibt es zum Nachtisch?«

»Eine Überraschung.« Gerda ging in die Küche, um die Schüssel mit Mousse au Chocolat zu holen.

»Vergiss die Schlagsahne nicht, Mausi!«

Gerda verharrte in der Bewegung. Wie konnte er es wagen, sie Mausi zu nennen. Sie hatte es schon früher gehasst, wenn Hermann sie »mei Fraule« oder »Spätzle« genannt hatte. Sie war eine Vollblutfrau mit einer Top-Figur, einem hübschen Gesicht und Grips, vielleicht mit einem etwas altmodischen Namen. Sie war ganz bestimmt kein graues Nagetier mit langen Zähnen, vor dem die meisten Frauen auf Stühle sprangen. Ein Tierarzt müsste das doch wissen.

Während sie die Schlagsahne schlug, dass es nur so spritzte, überlegte sie, wie oft Rüdiger ihr im Haushalt geholfen hatte. Nicht ein Mal. Er tat nichts, ließ sich nur bedienen. Sie bekam inzwischen Krampfadern vom Stehen in der Küche und Rückenschmerzen vom Tütenschleppen und Staubsaugen.

Ein Geräusch unterbrach ihre Gedanken. Es kam von der Terrasse her. Sie schaltete den Mixer aus und ging hinaus. Rüdiger lehnte am Terrassengeländer und starrte sie an. Sein Gesicht sah im Kerzenschein so blass und verzerrt aus, dass sie ihn fast nicht erkannte. Sein Mund formte Worte, die sie nicht verstand. Dann verfärbte sich sein Gesicht krebsrot. Er rang nach Luft.

Gerda sah ihn an und lächelte.

Rüdiger streckte die Arme nach ihr aus, konnte sich aber nicht vom Fleck rühren. Plötzlich beugte er sich über das Geländer und übergab sich.

Das war zu viel. Da machte sie sich solche Mühe – und dann so was. Mit einem Sprung war Gerda bei ihm und packte ihn an den Hosenbeinen. Es ging ganz leicht.

Dann musste Rüdiger wohl das Gleichgewicht verloren haben. Sie hörte seinen lang gezogenen Schrei und den dumpfen Aufschlag. Vom zweiundzwanzigsten Stock aus sah er auf dem schwach beleuchteten Parkplatz ziemlich mickrig aus. Natürlich alarmierte sie sofort den Notarzt. Doch als der Krankenwagen und die Polizei eintrafen, war Rüdiger längst tot.

Die polizeilichen Ermittlungen dauerten fast zwei Wochen. Die Gattin des Opfers wurde als Tatverdächtige Nr. 1 besonders ins Visier genommen. Der untersuchende Kriminalkommissar von der Stuttgarter Mordkommission fand ziemlich bald heraus, dass Gerda und Max mehr als nur Freundschaft verband. Er war überzeugt, dass Gerda bei Rüdigers unglücklichem Sturz von der Terrasse nachgeholfen hatte. Rüdigers Leiche wurde natürlich obduziert. Aber es wurde nichts gefunden, und Gerda konnte nichts nachgewiesen werden.

Auch Otto und Sabine wurden befragt. Sie bestätigten Rüdigers Depressionen und Esssucht nach dem Tod der Mutter und sprachen voll Bewunderung von Gerdas aufopfernder Fürsorge. Der zuständige Staatsanwalt ließ die Anklage fallen, und als die Formalitäten erledigt waren, wurde der Leichnam freigegeben. Die Einäscherung fand in Baden-Baden statt, so wie es die Tradition der Familie Wallner verlangte. Die Urne mit Rüdigers Asche wurde neben der seiner Eltern auf dem schattigen Friedhof in Baden-Baden beigesetzt.

Seit Rüdigers Tod kochte Gerda kaum noch selbst. Warum auch? Es gab genügend Feinschmeckerlokale in der Stadt, die leichte mediterrane Küche anboten, ohne dass man zur Schicki-Micki-Gesellschaft gehören musste.

Als sie nach mehreren Wochen wieder einmal im Delikatessenladen in der Calwerstraße erschien, kam ihr Max freudestrahlend entgegen. Sie gingen auf einen Cappuccino ins Café um die Ecke.

»Das mit deinem Mann tut mir wirklich Leid«, sagte Max, doch seine Augen sagten etwas anderes. »Und? Wie waren die Sauren Kutteln?«

Bildete sie es sich nur ein oder machte Max dabei eine besorgte

Miene? Ob er sich wohl Vorwürfe machte, er hätte etwas mit Rüdigers Ableben zu tun?

»Oh, die Kutteln haben Rüdiger sehr gut geschmeckt.«

»Dass er von der Terrasse gestürzt ist, war doch ein Unglücksfall, oder?« Max lächelte.

»Er hatte einen Schwächeanfall, während ich in der Küche war. Außerdem war er ziemlich betrunken. Aber ich möchte jetzt lieber nicht mehr daran erinnert werden«, sagte Gerda.

»Wir sehen uns doch wieder?«, fragte Max, als sie sich verabschiedeten.

»Ganz sicher.« Max hatte nicht nur die besten Delikatessen in der Stadt, sondern auch den knackigsten Po, den sie je bei einem Mann gesehen hatte. Und der Altersunterschied von zwölf Jahren störte sie nicht im Geringsten.

Vier Wochen später zog sie zu ihm. Seine Wohnung lag auf dem Killesberg, nicht weit von Rüdigers Tierarztpraxis. Wenn sie nicht zum Essen ausgingen, kochten sie gemeinsam, am liebsten italienisch. Den Hasenbraten gab's im Oktober. Max bestand darauf. Er hatte das Hasenfleisch nicht nur wunderbar mariniert, sondern brachte auch einen Vorrat vom feinsten Kürbiskernöl mit.

Seit neuestem verbrauchte Gerda Unmengen davon. Ihre Salatsoße schmeckte so außergewöhnlich, dass Max sie überredete, sie probeweise im *Böhm* anzubieten. Und das Geschäft lief mehr als gut an. Gerda kam kaum noch nach, die Salatsoße nach einem Rezept aus Tante Felicitas' altem Kochbuch zusammenzumischen. In ihrem Schrebergarten würde sie nächstes Frühjahr mehr Kräuter aussäen müssen. Die Vorräte waren fast aufgebraucht. Max hatte einen befreundeten Werbefritzen gebeten, einen passenden Namen für Gerdas Soße zu finden, doch am Ende nannte sie ihre Kreation schlicht: *Salatsoße nach Felicitas' Geheimrezept.*

Am Weihnachtsabend, den sie auf dem Kreuzschiff Aida im Mittelmeer feierten, machte Max ihr einen Heiratsantrag. Aber Gerda lehnte ab. Ein paar Männer sollten ihr und der Welt noch erhalten bleiben. Und zum Glück war Max von der schwäbischen Küche nicht besonders angetan. Saure Kutteln kochte Gerda nie wieder.

Madeleine Giese

Für's Ärschle

Kennen Sie das Gefühl? Wenn sich so ganz langsam auf den Armen eine Gänsehaut bildet? Die kribbelnd nach oben kriecht? Und ein eisiger Atem bläst Ihnen in den Nacken. Ganz kurz nur. Aber so, dass sich Ihre Schulterblätter zusammenziehen?

Dabei hatten wir uns darauf gefreut, nach Württemberg zu ziehen. Mitten hinein ins schwäbische Herz. Ein altes Reichsstädtchen nah bei Stuttgart.

Mein Mann war begeistert. Als Viertelschwabe war er ohnehin erblich vorbelastet. Er fühlte sich, als würden wir in ein kulturelles Schlaraffenland ziehen. In diesem Land der Dichter und Philosophen suchten wir also eine Wohnung. Mein Mann fand alles wunderbar. Er zitierte Mörike, bombardierte mich mit Lenau-Versen, schwelgte in Hölderlin. Kurz, er benahm sich, als würde er geweihten Boden betreten.

Das Städtchen war aber auch bezaubernd. All diese kleinen, winkligen Gässchen, die sich durchs Fachwerk schlängelten. Der Neckar, mitten in der Stadt, der von gemauerten oder eisengeschmiedeten Fußgängerbrückchen überspannt war. Die mächtigen Kirchtürme, die in den blauen Bilderbuchhimmel ragten. Und überall Kopfsteinpflaster …

Und alles war so sauber. Keine Papierschnipsel auf der Straße, keine überquellenden Mülltonnen. Sogar die mittlerweile in fast allen deutschen Städten lauernde Hundescheiße fehlte.

Und dann stolperte ich über diese Ärschle-Lappen. Keine große Geschichte, klar. Eher wie ein Stein im Schuh. Zu klein, um dafür extra den Schuh auszuziehen. Aber groß genug, um am Abend Blasen zu haben. Falls Sie wissen, was ich meine.

Es ist nämlich so: Ich bin ein Mitbringsel-Sammler. Mein Mann und ich ziehen oft um. Beruflich bedingt. Und für meine Familie suche ich in jeder neuen Stadt Typisches. Wobei ich allerdings Kuckucksuhren, Sammeltassen und Schneekugeln mit Stadtansicht meide. Auf der Suche nach einem solchen Mitbringsel stieß ich also auf diese Lappen. Einfache Waschlappen, meist rosa oder himmelblau, in manchen Geschäften auch in geschmackvollem Beige, hingen sie an vorderster Front. Die gestickte Aufschrift *Für's Ärschle* sprang mir sofort ins Auge. Mein Mann fand sie total komisch. »Hey, sieh mal. So was hab ich noch nie gesehen. Irre, oder?«

Vor meinem geistigen Auge sah ich sofort die kleinen, schnuckeligen Fachwerkhäuser mit heruntergekommenen Bädern. Ohne Dusche. Und die Bewohner, die morgens in einer Zinkbadewanne standen, mit diversen Läppchen bewaffnet, und …

»Ich glaube nicht, dass es in anderen Landstrichen so etwas gibt«, sagte mein Mann. »Zumindest nicht im Südwesten. Etwas typisch Schwäbisches also.«

»Aber warum der Aufdruck? Man erinnert sich doch, welchen Lappen man für was benutzt. Oder sind deine Schwaben so mit ihren Dichtern beschäftigt, und wischen sich, wenn's nicht draufsteht, mit dem Ärschle-Lappen das Gesicht?«

»Die Schwaben sind ordentlich«, konterte mein Mann. »Sehr sogar. Schau dir doch nur die Straßen hier an. Wetten, dass du hier kein Fitzelchen Abfall findest?«

Ich nahm die Wette an. Mit Argusaugen taxierte ich jeden Hauseingang, jede Bordsteinkante. Natürlich fand ich nichts. Noch nicht einmal ein Kaugummi-Papierchen. Aber wir fanden eine Wohnung.

Sie lag etwas außerhalb auf einem Hügel. Mitten in einem Karree von Mehrfamilienhäusern. Die Häuser waren von Fachwerk zwar mehrere hundert Jahre entfernt, dafür aber auf den ersten Blick sehr vertrauenerweckend, was die Beschaffenheit der Bäder anging. Außerdem gruppierten sie sich um einen großen Innenhof mit gepflegtem Rasen, von zwei imposanten Ebereschen beschattet. Es war ein wunderschöner Maitag, und alles wirkte einfach freundlich.

Die Wohnung, die wir uns ansehen wollten, lag im vierten Stock. Wir gingen durch die gläserne Eingangstür, und sofort überzog Gänsehaut meine Arme. Ich fröstelte richtig. Wahrscheinlich der Wechsel von draußen nach drinnen, dachte ich zuerst. Der Hausflur war – sehr sauber. Es roch ein bisschen scharf nach Putzmitteln. Krankenhaus, fiel mir ein. Die Steinstufen der Treppe glänzten wie frisch gewischt, und fast war man verleitet, an den strahlend weißen Eingangstüren mit den glitzernden Gucklöchern vorbeizuschweben.

Die Wohnung selbst war wunderschön. Drei helle, große Zimmer, das Bad okay, die Küche winzig. Dafür ein riesiger Balkon, mit herrlichem Blick über das Tal. Wegen diesem Ausblick nahmen wir die Wohnung.

Die Überraschung kam bei der Schlüsselübergabe. Ein sehr netter, etwas pummeliger Herr mit stark schwäbischem Akzent überreichte sie uns. Zunächst die obligatorischen zwei Wohnungsschlüssel, samt Ersatz. Dann den Schlüssel zum Dachboden. Den Schlüssel zur grauen Mülltonne. Den Schlüssel zur Biotonne. Den Schlüssel zum Müllraum. Den Schlüssel zum Raum, in dem die gelben Säcke aufbewahrt werden. Den Schlüssel zur Papiertonne ... es hörte gar nicht mehr auf.

Natürlich kannte ich mich mit Mülltrennung aus. Welcher Bundesdeutsche tut das nicht? Aber dass der Müll eingesperrt wurde, war mir neu. Trotzdem beschloss ich, es mit Humor zu nehmen.

»Haben die Schwaben Angst, dass der Müll ihnen wegläuft?«, fragte ich den Vermieter.

Ich fand die Frage ganz launig, aber der Herr verzog missbilligend die Mundwinkel und fragte: »Hän Se Geld zôm Verschenga?«

Ich erfuhr, dass jede Mülltonne ein eigenes Vorhängeschloss hatte, um Fremdmüll den illegalen Zugang zu erschweren. Denn schließlich wurde der Müll gewogen und kostete das Geld der Hausgemeinschaft. Und zum guten Schluss drückte der Herr mir noch eine Müllfibel in die Hand mit genauen Aufstellungen und Tabellen, was in welche Tonne gehörte.

Mit Blick auf die Broschüre sah ich mich in meiner neuen Winzküche um. Da passte noch nicht einmal ein kleiner Esstisch rein. Wo zum Teufel sollte ich da fünf verschiedene Behälter für die diversen Müllsorten unterbringen?

Aber gut. Das waren Kleinigkeiten. Wir lebten in einer schönen Stadt, hatten eine schöne Wohnung. Und wenn die Schwaben eben eine leicht anale Fixierung hatten und leidenschaftliche Mülltrenner waren, würde ich mich schon daran gewöhnen. Saubere Straßen waren ja schließlich auch etwas Schönes. Und mein Mann war glücklich. Auf der ganzen Heimfahrt schillerte er. Oder mörikte. Je nachdem, was ihm gerade einfiel.

Wenige Wochen später zogen wir ins gelobte Land. Die gesamte Hausgemeinschaft hing bei unserem Einzug an den Fenstern und guckte. Vor allem die Frauen. Es war ja auch mitten am Tag, und die Männer waren auf der Arbeit.

»Siehst du, wie freundlich sie sind?«, keuchte mein Mann, als wir den größten Teil der Bücherkisten in den vierten Stock geschleppt hatten. Ich konnte nur noch nicken. Für mehr fehlte mir der Atem. Außerdem hatte es keinen Zweck, ihm zu erzählen, dass ich sie vor allem neugierig fand. Keiner hatte sich angeboten, uns zu helfen. Aber jeder einzelne Stuhl war genau taxiert worden. Das ein oder andere Kopfschütteln hatte ich ebenfalls registriert.

Gut, wir haben nicht besonders viele Möbel. Wer dauernd umzieht, schafft sich besser keine Einbauküche oder ein Kirschholzbüffet an. Wir haben vor allem Kisten. Kisten voller Bücher. Und den Kühlschrank hatte ich vor dem Umzug auch nicht geschrubbt. Ich war sicher, dass den Damen nicht die kleinste Kleinigkeit unseres unvollkommenen Haushaltes entgangen war.

Und am nächsten Tag lernte ich ihn dann persönlich kennen, den Prototyp der schwäbischen Hausfrau: Schon in aller Herrgottsfrühe klingelte er. Vor der Tür stand, gut genährt und geschäftig, unsere Nachbarin von Gegenüber. Elisabeth Schwämmle. Mit einem fröhlichen »Hallôle« streckte sie mir ein kleines braunes Schild entgegen. »Weggem Butza. D'Fenschdr butzed mr äll Woch amôl, sonsch gôd's hald ôms Trebbahaus, zur Bühn nuff. Also, äll ander Woch send Sia drô!«

Ich verstand kein Wort. Vor allem irritierte mich, dass sie beim Reden dauernd über meine Schulter spähte. Aber bevor ich sie hereinbitten konnte, stand sie schon mitten in der Küche. Und bevor ich merkte, was ich tat, hatte ich schon Kaffee gekocht und wir saßen uns gegenüber. Als ich sie bat, langsamer zu sprechen, entgegnete sie nur: »Hanô, bei ôns schwätzd mr hald, wia oim dr Schnabel gwachsa isch!«

Nach einer halben Stunde ging sie wieder, und ich blieb leicht betäubt mit dem kleinen braunen Schild zurück. »Kehrwoche!« Immerhin hatte ich verstanden, dass ich die Treppe putzen sollte. Und dass die Schwaben nicht bereit waren, dem Fremden in irgendeiner Weise entgegenzukommen.

So begann mein Leben unter Schwaben. Mein Mann, begierig darauf, sich in diesem Land der Dichter zu assimilieren, kaufte sich einen Polyglott Schwäbisch. Meine Assimilation gestaltete sich schwieriger. Sie fand ja auch nicht in intellektuellen Sphären statt, sondern mitten unter schwäbischen Hausfrauen.

Um einen möglichst guten Eindruck zu machen, beschloss ich, erst einmal unsere Umzugsspuren zu beseitigen. Mit Besen und Schaufel bewaffnet, machte ich mich auf die Socken ins Treppenhaus. Dort traf ich auch gleich die Nachbarin von unten, die mich zuerst einmal über unsere Lebensumstände ausfragte. Als ihre Neugierde befriedigt war, wies sie mich darauf hin, dass einfaches Kehren wohl nicht reiche. Bei dem Dreck! Ich konnte zwar keinen »Dreck« erkennen, bewaffnete mich aber brav mit Wasser und Putzlappen. Die zweite Nachbarin kam, fragte mich aus, und erklärte mir dann, ich brauche einen Schrubber, sonst gehe der Dreck nicht weg. Die dritte beanstandete mein Tuch, während die vierte fand, ich müsse das Geputzte mit klarem Wasser nachspülen. So lernte ich sie alle kennen.

Alle waren sie freundlich und machten Mündchen, als würden sie in eine Zitrone beißen. Als ich abends meinem Mann ziemlich erschöpft Bericht erstattete, fand er das alles sehr lustig. Kichernd erzählte er, heute habe er gehört, das größte Kompliment für eine schwäbische Hausfrau sei, wenn man ihr sage, sie sehe »arg abgschaffd« aus. Das passte zu den vielen verkniffenen Zitronenmündchen, die mir heute begegnet waren. In diesem Flur, in dem ich immer fröstelte. Und in dem mich die Gucklöcher dauernd zu beobachten schienen.

Mein Mann kam gut klar mit den Schwaben. Ich nicht. Irgendwie war ich nicht in der Lage, die Kehrwoche zur Zufriedenheit der Schwäbinnen zu erledigen. Entweder fanden sie noch Staub auf den Leisten, das Flurfenster hatte Streifen, oder an der Unterseite einer Treppenstufe hing ein vergessenes Lehmklümpchen. Kaum hatte ich den Putzeimer in die Ecke gestellt, klingelte es und eine zwar mitleidige, aber strenge Schwäbin machte mich auf eine weitere Unvollkommenheit meiner Putzversuche aufmerksam.

Böse wurde ich, als sie anfingen, meinen Müll zu kontrollieren. Ich benutzte die normalen, durchsichtigen Plastiksäcke, um den Hausmüll zu entsorgen. Und wehe, eines der Zitronenmündchen fand ein paar Kartoffelschalen darin. Sofort stand der Sack wieder oben vor meiner Haustür. Mit einem Zettel dran. »Kartoffelschalen in die Biotonne!!!« Ohne Unterschrift. Sogar gelbe Plastiksäcke standen spätabends vor unserer Haustür mit dem Vermerk: »Joghurtbecher ausspülen!!!« Und nie ohne diese drei Ausrufezeichen.

Aber nicht nur bei der Kehrwoche oder der Mülltrennung erregte ich Anstoß. Selbst das abendliche Balkonpflanzengießen sorgte für Unmut. Dann nämlich, wenn ein paar Tropfen danebengingen. Nicht etwa, dass das Wasser auf einen der unteren Balkone getropft wäre. Es ging schon in die Wiese. Aber haarscharf an den unteren Balkonen vorbei. Und falls da mal jemand den Kopf vorgestreckt hätte … nicht auszudenken.

Aber gerade der Balkon war es, der mich Frau Schwämmle näher brachte. Eins musste man diesen schwäbischen Drachen lassen: Sie waren leidenschaftliche Gärtnerinnen. Fast jede Familie hatte außerhalb der Stadt ein »Stückle«. Und dort werkelten sie von früh bis spät. Und wer kein solches Stückle sein Eigen nannte, der hatte eben einen Balkon. Aber nicht die üblichen bundesdurchschnittlichen Geraniengräber. Nein, auf schwäbischen Balkonen wächst alles. Sogar kleine »Ôbschdbeem, Salaad ônd Gmieas«. Und natürlich Blumen, Blumen, Blumen.

Elisabeth Schwämmle hatte auf ihrem Balkon eine herrliche Rosenzucht. Da prangten gelbe Lord Nelsons neben duftenden Sissys, und sogar die Kaiserin Wilhelmine neigte ihre blühenden Zweige zu mir herüber. Unsere Balkone waren nur durch ein kleines Gitter getrennt. Also sah man sich. Und kam ins Gespräch. So von Gärtnerin zu Gärtnerin.

Von ihrer Seite war natürlich leichte Herablassung im Spiel. Mein Balkon beherbergte vor allem Knöteriche und einjährige Prunkbohnen. Eben alles, was schnell wächst und wuchert. »Ôkraud« nannte Frau Schwämmle das. Aber trotzdem merkte ich, dass ihr mein wilder Unkrautgarten gefiel. Nicht, dass sie das sagte. Ich merkte es daran, dass sie mir manchmal Tipps gab. Oder mir eine ihrer duftenden Rosen über das Gitter hinweg schenkte. Und ich war natürlich voll Bewunderung für ihre Pracht.

Und Bewunderung hatte sie bitter nötig. Ihr Mann, Eberhard Schwämmle, war ein Mistkerl. Sesselfurzer bei den städtischen Verkehrsbetrieben und immer auf Achse. So ein geschwätziger Tausendsassa, der sich einbildete, er sei noch mit fünfzig und in ausgeleierten Jogginghosen unwiderstehlich. So nach und nach erfuhr ich einiges. Es war eine ganz normale Ehe. Die Kinder waren aus dem Haus, beide hassten sich weidlich, und der Krieg tobte. Elsbeth, wie ich sie mittlerweile nennen durfte, hatte diverse Leiden und kam kaum aus dem Haus. Eberhard umso öfters.

Ihr Hobby und ihr ganzer Stolz war ihre Wohnung, die sie immer neu dekorierte. Ihre Leidenschaft waren Antiquitäten. Natürlich keine alten, die waren ihr zu schmutzig. Sondern die von Bader. Verschämt gestand sie mir, dass die Leute im Haus über uns redeten. Wir hätten nur altes »G'lump«. Aber sie mochte unsere wenigen Möbel. Den Jugendstilschreibtisch. Und den Schachtisch aus Vogelaugenahorn. »Faschd wie vom Bader«, lobte sie.

Stolz zeigte sie mir ihre Schätze: den riesigen vergoldeten Barockspiegel, die Säulen mit den selbst gemachten Blumenarrangements, die Lüster, die gleich zu zweit im »Bsuchszemmer« hingen, all die spinnenfüßigen Beistelltischchen und Kommödchen. Alles von Bader. Alles über die Jahre zusammengespart. Ihre Sammlung alter Puppen. Neuer alter Puppen versteht sich. Die Setzkästen mit winzigen Telefonen, Kaffeemühlchen, Eifeltürmchen und Kätzchen drin. Alles Messing. Und allüberall Blumen.

Als wir zum ersten Mal offiziell bei ihr eingeladen waren, äußerte mein Mann vollstes Verständnis für die Nestflucht von Eberhard. Natürlich im Nachhinein. Während der Einladung bewunderte er jeden einzelnen Gegenstand. Auch wenn ich ihm manchmal in die Rippen stoßen musste.

Auch wenn ich Eberhard insgeheim selbst etwas bedauerte, fand ich, er hätte vor uns, seinen Gästen, nicht derartig über seine Frau herziehen müssen. Eberhard hatte nur gemeckert. Über die Wohnungseinrichtung, das Essen, die Rosen auf dem Balkon. Und über das Aussehen seiner Frau. Zugegeben, Elsbeth war nicht gerade schlank. Aber wie sollte sie auch? Mit ihrer lädierten Hüfte konnte sie nur schwer gehen. Vor allem nicht die vier Treppen hoch zu unseren Wohnungen. Und sie war Schwäbin, was heißt, sie kochte gern. Und das schwäbische Essen ist nicht gerade Diätnahrung. All die Spätzle, Maultaschen, Linsen und Schupfnudeln bleiben eben irgendwo hängen. Meist auf den Hüften der Köchin. Was Elsbeth allein in ihrer Küche für Gerätschaften hatte. Die unterschiedlichsten Küchenmaschinen, Spätzleschaber, Fleischwölfe, Messersortimente, Hackbeile, von einem monströsen Tiefkühlschrank, Minimum fünf Sterne, ganz zu schweigen.

Aber vor allem hatte sie Zeit. Viel zu viel Zeit. Wie lange dauert es schon, eine Dreizimmerwohnung auszulecken? Noch dazu eine, die von Natur aus sowieso blitzsauber war? Oder für zwei Personen zu kochen? Das Einkaufen erledigte meist Eberhard. Sie konnte nicht. Wegen der Treppen. Die Kinder kamen selten zu Besuch. Zwei Töchter, die wie ihre Mutter geschäftige Hausfrauen waren.

Also löste sie Kreuzworträtsel und sah fern. Oder trieb sich auf dem Balkon herum, um mich auf einen Plausch abzufangen.

Mit der Zeit wurde sie meine heimliche Verbündete im Haus. Von ihr bekam ich den Tipp, meinen Müll blickdicht in undurchsichtige Plastiktüten zu packen. Und Dinge, von denen ich nicht wusste, in welche Müllkategorie sie einzusortieren waren, einfach ins Klo zu spülen. Von ihr kam auch der Tipp, bei der Kehrwoche den ganzen Flur einfach unter Wasser zu setzen, um den Eindruck großer Tüchtigkeit und Reinlichkeit zu erwecken, statt bis zur Sehnenscheidenentzündung zu schrubben. Und die Tricks funktionierten. Nicht, dass die Schwäbinnen mich akzeptierten. Aber das Schulmeistern und Überwachen nahm erträglichere Ausmaße an. Sogar das Frösteln im Flur wurde seltener.

Mit der Zeit mochte ich Elsbeth. Sie war nicht wie die anderen schwäbischen Hausfrauen. Sie war menschlicher, umgänglicher. Nicht so verdammt sauber und perfekt. Nicht so verdammt – redlich. Und sie war einsam. Eberhard war meistens unterwegs, mein Mann auch, und so spielten wir manchmal Karten oder wir sahen zusammen fern.

An eine Sendung erinnere ich mich noch gut. Nicht, weil sie so außergewöhnlich gewesen wäre, sondern wegen Elsbeths Reaktion. Es war eine Sendung über Müll, genauer, über Abfallbeseitigungsanlagen. Sie zeigten eine Müllkippe in der Nähe, in der offensichtlich auch unser Hausmüll landete. Eine gigantische Kugelmühle, die den Abfall zermalmte, bis nur noch Brei übrig war. Normalerweise plauderten wir immer während des Fernsehens. Aber bei diesem Bericht starrte Elsbeth wie hypnotisiert in den Kasten. Ihr Mund stand halb offen, und die Augen hatte sie zu kleinen Schlitzen zusammengekniffen. Keine Sekunde ließ sie das Gerät aus den Augen, als wäre das, was da über Abfallbeseitigung aus dem trockenen Mund eines Fernsehfuzzis kam, die Offenbarung. Ihre Faszination war so groß, dass ich sie am Schluss des Berichts fast rütteln musste, um sie wieder in die Realität zu holen.

Und dann wurde sie krank. Richtig gesund war sie zwar nie, aber diesmal war es ernst. Zu ihrem Asthma hatte sich wohl eine Lungenentzündung gesellt, und sie kam auf die Intensivstation. Natürlich besuchte ich sie oft. Es ging ihr nur ganz langsam besser.

Eines Tages kam ich im Krankenhaus an, und Elsbeth saß weinend in ihrem Bett. Es war unheimlich. Sie weinte völlig lautlos. Kein Schluchzer, kein Schnauber, doch die Tränen rannen wie mein Kehrwochenwasser. Ihr knubbeliges, durch das Fett noch fast faltenloses Gesicht war völlig unbewegt. Nur aus den kleinen braunen Äuglein strömte es. Erst nach längerem Nachfragen erzählte sie. Sie hatte den Plan gefasst, nach ihrer Entlassung neue Betten zu kaufen. Höher als die alten. Solche mit verstellbarem Oberteil. Besser fürs Asthma, wegen dem sie fast im Sitzen schlafen müsse. Natürlich bei Bader. Da gab es die mit passenden Nachtschränkchen. Und Eberhard – »der Sauhônd, der blede, der Sembl« – hatte gemeint, sie solle damit warten. Der Arzt vermute bei ihr Krebs. Und da würde sich eine solche Anschaffung eh nicht mehr lohnen.

Ich war sprachlos. So ein gefühlloser Scheißkerl. So ein Arsch. Elsbeth meinte abschließend nur: »Aus ma Scheißhaufa wird nia a Subbaschissel!« Dann drehte sie mir den Rücken zu.

Traurig ging ich nach Hause. Da war sie jetzt über dreißig Jahre mit dieser miesen Ratte verheiratet. War vielleicht todkrank. Und statt ihr das schonend beizubringen, redete dieser schwäbische Knauser über Geld! Im Treppenhaus lief der Sauhônd mir über den Weg. Natürlich sprach ich ihn darauf an. Sagte ihm, dass ich sein Verhalten unglaublich fände. Wissen Sie, was er antwortete? Ganz ernsthaft sagte er: »Aufrichtig ond gradraus, guadmîdig bis dortnaus, aber wenn's sei muass, au saugrob: Des isch a Schwôb.«

Ich meine, was soll man dazu sagen? Was antwortet man jemandem, der noch nicht einmal merkt, was er tut? Sondern sich auch noch im Recht fühlt? In diesem Moment kam es wieder, das Frösteln. Aber diesmal war ich sicher, dass es nichts mit dem Flur zu tun hatte. Wortlos drehte ich mich um und ging.

Und wider Erwarten erholte sich Elsbeth. Es war kein Krebs. Sie kam auf Kur und dann wieder nach Hause. Wir waren alle erleichtert. Wie es schien, sogar ihr schrecklicher Eberhard. Obwohl der natürlich, wie konnte es anders sein, schon nach ein paar Tagen verreiste. Ich fand es unglaublich, dass er sie gleich wieder im Stich ließ. Sie war ja immer noch rekonvaleszent. Aber Elsbeth winkte ab. Sie käme schon zurecht. Der Sauhônd würde eh nur meckern. Und wenn ich oder mein Mann ihr nur ein bisschen beim Einkaufen und beim Müll helfen würden? Das taten wir natürlich.

Sobald ich morgens, mit diversen Tüten und Schlüsseln bewaffnet, zum Müllraum pilgerte, klingelte ich kurz, um Elsbeths Müll ebenfalls zu entsorgen. Am zweiten Tag gab sie mir ein merkwürdiges Müllpäckchen mit. Ich kannte ihren Müll. Das waren immer ganz normale Plastiktüten, ausgediente Einkaufstaschen von Lidl oder Aldi. Obenauf lag Zeitungspapier, um – wie ich ja mittlerweile gelernt hatte – den Müll vor allzu neugierigen Augen zu schützen. So sah Elsbeths Müll für gewöhnlich aus. Aber diesmal drückte sie mir ein gewickeltes Päckchen in die Hand. Ein zusammengeschnürter blauer Müllsack, mit Klebeband umwickelt. Und er war eiskalt. Wie frisch aus der Tiefkühltruhe. Aber vielleicht war er das ja auch. Vielleicht hatte sie ihre Truhe geleert und schmiss abgelaufenes Zeug weg. Obwohl das nicht zu ihr passte. Eine echte Schwäbin hatte keine abgelaufenen Sachen in der Kühltruhe. Da wurde doch alles sorgsam registriert und termingerecht verzehrt. Elsbeth war sparsam. Ich wunderte mich, sagte aber nichts.

Am nächsten Morgen folgte ein zweites eiskaltes, verhülltes Bündel. Am dritten Tag auch.

Als sie mir am vierten Tag wieder so ein Päckchen in die Hand drückte, fragte ich: »Sag mal, was schmeißt du denn da weg? Fühlt sich an wie aus der Tiefkühltruhe.«

Sie zuckte mit den Achseln, murmelte ein verlegenes »Hanoi« und knallte mir die Tür vor der Nase zu. Am fünften Tag hatte ich genug. Als sie mir wieder so ein seltsames Bündel in die Hand drücken wollte, verschränkte ich die Arme und sah sie nur an. »Was ist da drin?«

Merkwürdig verlegen sah sie an mir vorbei. Als sie merkte, dass ich mich nicht abspeisen ließ, winkte sie mich mit einem Seufzer herein. Ich folgte ihr in die Küche. Wie immer war alles blitzsauber und blinkte in der Sonne. Nach einem Blick, den ich nicht deuten konnte, öffnete sie ihren Tiefkühlschrank. Erstaunt sah ich, dass jedes Fach dicht bepackt mit diesen blauen Päckchen war. Alle hatten ungefähr dieselbe Größe.

»Was ist das?«

Müde zuckte sie mit den Schultern. »Des isch dr Eberhard.«

»Was?«

»Dr Eberhard! Er isch hald gschdorba!«

»Wann? Wie?« Ich war fassungslos. Wieder sah Elsbeth an mir vorbei. »Elsbeth, was ist passiert?«

Ganz leise kam es von ihr: »Î han ihm mit'm Beil s'Riebel ahgschlah.«

Ich merkte, wie mein Blut mit einem Ruck aus dem Kopf in den Körper sackte. Mir wurde leicht schwindelig, und mir fiel das Atmen schwer. »Du hast ihm den Kopf abgeschlagen?«

Ich muss ziemlich dämlich ausgesehen haben, denn sie antwortete leicht ungeduldig: »Des isch edd schlemm!«

Ungläubig starrte ich sie an. Was hatte sie gerade gesagt? »Du haust deinem Mann den Kopf ab, zerhackst ihn in handliche Portionen, und das ist nicht schlimm?«

Elsbeth zuckte die Achseln.

Ratlos sah ich in ihr Gesicht. Dieses gutmütige, runde Gesicht. Sie sah einfach nicht wie eine Mörderin aus. Schon gar nicht wie eine, die ihr Opfer auch noch auseinander hackt. Oder sägt. Oder wie sie das auch immer getan hatte. Da war doch bestimmt Blut gewesen. Überall. Automatisch sah ich mich in der blitzenden Küche nach Spuren um. Alles war so sauber, so ordentlich. Die aufgereihte Messersammlung blinkerte freundlich in der Sonne.

Wann hatte sie es getan? Bestimmt nachts. Während wir nebenan friedlich schliefen.

Ich fuhr mir mit der Hand über die Augen, um die Bilder zu vertreiben. Aber immer wieder sah ich sie vor mir, wie sie mit derselben Sorgfalt, die sie ihrem Rostbraten widmete, Eberhard tranchierte.

Mit Mühe konnte ich endlich die Bilder verscheuchen. Vor mir stand Elsbeth. Meine Nachbarin, meine Freundin. Eberhard war ein Arschloch. Gewesen. Sie war krank. Ich musste ihr helfen.

»Und jetzt?«, stieß ich tonlos vor.

Sie zupfte energisch ihren Pullover nach unten. Ich kannte diese Geste gut. Die machte sie immer, wenn sie etwas erledigt hatte.

»D'Kugelmühl.« Als wäre ich ein behindertes Kind, zwinkerte sie mich auffordernd an.

Sofort fiel es mir ein. Der Bericht im Fernsehen. Die Abfallbeseitigung. Die Kugelmühle, die den ganzen Müll bis zur Unkenntlichkeit zermalmte. Natürlich! Eine geniale Idee, um die Leiche loszuwerden.

Nachdenklich betrachtete ich die blauen Päckchen. Es waren so viele. Mehr als ein bis zwei pro Tag würden wir nicht loswerden. Das dauerte zu lange. Mit jedem Tag würde die Gefahr, entdeckt zu werden, größer. Und ehrlich gesagt war ich nicht scharf darauf, wochenlang mit Teilen des eisgekühlte Eberhard durch den Hausflur zu spazieren. Das musste schneller gehen.

»Weißt du was? Einen Teil stopfen wir in die Biotonne. Dann sind wir ihn schneller los.«

Elsbeth stieß einen kleinen Schrei aus. Mit weit aufgerissenen Augen stand sie vor mir und stemmte die Hände in die Hüften. »Du liabr Herrgodd! Des isch doch Floisch! Du kannscht doch koi

Floisch in'd Biotonn stopfa! Haidenai! Floisch in'd Biotonn!« Ihr Mund verzog sich, als hätte sie in eine Zitrone gebissen. »Plaschdik drômrôm und Floisch. In d'Biotonn. Ômeglich!«

Ich sah in ihre braunen, kleinen Augen, die vor Rechtschaffenheit funkelten. Langsam spürte ich, wie sich Gänsehaut an meinen Armen bildete, kribbelnd hochkroch. Bis mir ein eisiger Wind in den Nacken fuhr. Ganz kurz nur. Aber so, dass sich meine Schulterblätter zusammenzogen. Ich fröstelte.

Und auf einmal war mir klar, was dieses Frösteln bedeutet. Ich hatte Angst. Angst vor diesen Schwäbinnen. Vor ihrer Redlichkeit, ihrer gerechten Empörung bei Verfehlungen im Haushalt. Ihrer Kehrwoche und ihren Ärschle-Läppchen.

Ich hatte keine Angst gehabt, einer Mörderin gegenüberzustehen. Was ist schon eine Mörderin? Ich meine, was ist schon eine Mörderin gegen eine ganz normale schwäbische Hausfrau?

Biografisches und Schwäbisches von den Autorinnen

Ilse Burkert-Sauer, geboren im hohenlohischen Ilshofen, Ausbildung zur Erzieherin und Studium der Sozialpädagogik in Esslingen. Im Jahr 2002 veröffentlichte sie ihren Brackenheimer Apotheken-Krimi *Schauplatz Apotheke,* außerdem erschienen von ihr Kurzkrimis, u.a. »Absprung« in *Streifschüsse* (2003) und »Der Taschendieb« in *Spekulatius* (2003).

Als gebürtige Hohenloherin zählt Ilse Burkert-Sauer zwar zu einer regionalen Minderheit des Schwabenlandes, dennoch haben Spätzle, Rotweinschorle und die berüchtigte Kehrwoche auch in ihrem Leben einen Stammplatz eingenommen. Doch es ist der sanfte Blick hinter die schwäbischen Gardinen, den ihre Berufstätigkeit im sozialen Feld rund um Stuttgart ermöglicht, der sie leidenschaftlich zu ihren Geschichten inspiriert: heimliche Rachefeldzüge verkannter schwäbischer Hausfrauen, verschmitzte Diebinnen und eine moderne Stuttgarter Kriminalbeamtin, die sich mit den alteingesessenen Seilschaften in der Provinz auseinander setzen muss. Wo, wenn nicht im Ländle, kann man noch auf solche weiblichen Originale treffen?

Martina Fiess ist Präsidentin der *Sisters in Crime* Baden-Württemberg und lebt als freie Autorin in Stuttgart. Von ihr sind bereits mehrere kriminelle Kurzgeschichten veröffentlicht, darunter Perlen wie »Frauensolidarität« in *Teuflische Nachbarn* (2001), »Schwarze Ritter küsst man nicht« in *Greiffenstein. Mordgeschichten aus dem Burghotel* (2001), »Kleine Fische leben länger« in *Schlaf in himmlischer Ruh. 24 Morde bis Weihnachten* (2003) und »Grüne Träume« in *Crime Session* (2003).

Mehr als fünfzehn Jahre freiwilliges Exil in Stuttgart sind für die geborene Badenerin Martina Fiess Beweis genug: Ja, es lebt sich prächtig hier am Neckar, wo sich »Schaffen« und Genießen auf so einzigartige Weise die Waage halten. Wer edle Tropfen, originelle Nachbarschaft und wunderschöne Landschaften zu schätzen weiß, wird sich hier auch als »Reigschmeckte« zu Hause fühlen.

Madeleine Giese wurde in eine seit Generationen im Saarland ansässige Juristenfamilie hineingeboren. Ihre Urgroßmutter Madeleine heiratete einen Schwaben, der nicht nur den Speiseplan um so exotische Köstlichkeiten wie Maultaschen und Spätzle erweiterte, sondern auch die trockenen Bücherschränke mit Literatur füllte. Familienintern als »Achtelschwob« bezeichnet, erstaunte es niemanden, dass sie Schauspielerin wurde. Nach zwanzig Bühnenjahren (u.a. auch in Esslingen) und zahllosen Bühnentoden beschloss sie, die Opfer- mit der Täterrolle zu wechseln. Seit 2002 mordet Madeleine Giese selbständig und freiberuflich. Bisher sind von ihr *Das Spiel heißt Mord* und *Die letzte Rolle* erschienen.

Frigga Haug ist die zweite Tochter des Schwaben Heinz Langenberger und seiner badisch-berlinerischen Ehefrau Melanie, geb. Kassler. Was es ausmacht, eine Schwäbin zu sein, erfuhr sie bei den zahlreichen Besuchen beim Großvater in Stuttgart, wo sie mit zehn Jahren Hefezopf backte und von Hand Spätzle schabte. Sie wuchs im Ruhrgebiet auf, erlebte Faschismus und Kriegsende als Kind, besuchte dann ab 1948 ein Mädchengymnasium, studierte später in Berlin. Nach der Heirat und der Geburt einer Tochter promovierte sie in Psychologie und schrieb ihre Habilitationsschrift in Sozialpsychologie. Während der Studentenbewegung war sie Assistentin am Psychologischen Institut der Freien Universität Berlin und von Anfang an in der Frauenbewegung aktiv. Von Frigga Haug sind zahlreiche Buchveröffentlichungen zu Arbeit, Frauen und Lernen erschienen, sie hielt Gastprofessuren in Dänemark, Österreich, Australien, Kanada und in den USA. Bis 2001 war sie Professorin an der Hamburger Universität für Wirtschaft und Politik. Durch eine zweite Heirat ist sie rückverbunden mit Schwaben, wo sie heute mit ihrem Mann in Esslingen am Neckar lebt. Zurzeit arbeitet sie an der Herausgabe einer Zeitschrift, an einem Wörterbuch und ist mit zahlreichen anderen Aktivitäten beschäftigt. An »Kriminellem« sind von Frigga Haug bisher die beiden Krimis *Jedem nach seinen Bedürfnissen* (Ariadne 1997) und *Jedem nach seiner Leistung* (Ariadne 1995) erschienen.

Uta-Maria Heim wurde in Schramberg im Schwarzwald geboren und lebt heute in Schorndorf. Sie studierte Literaturwissenschaft, Linguistik und Soziologie. Neben Romanen und Kurzgeschichten schreibt sie auch Hörspiele, Essays und Features. Zuletzt erschienen von ihr *Ruth sucht Ruth* und *Schwesterkuss* (beide 2002). Ihre Krimis wurden mehrfach ausgezeichnet, so 1992 und 1994 mit dem »Deutschen Krimipreis« und 2000 mit dem »Glauser«. 1998 war sie als Stipendiatin der Villa Massimo in Olevano Romano.

Zur Attraktion Schwabens für eine Krimiautorin schreibt sie: »Stuttgart ist eine Stadt wie München, aber man verfügt hier über sehr viel weniger Selbstbewusstsein. Das schlägt sich natürlich auch auf die gefühlte Kriminalstatistik nieder. So schlecht sind wir aber gar nicht! Und was bedeutet das nun für den Krimi? Das muss sich erst noch zeigen. Die schwäbische Mentalität ist jedenfalls ein hochpoetischer Erzählstoff. Denn die unauflösliche Ambivalenz der Schwaben (das Land Baden-Württemberg wirbt mit dem Slogan ›Wir können alles. Außer Hochdeutsch.‹) macht Stuttgart zum idealen Pflaster für den psychologisch fundierten Kriminalroman.«

Silvija Hinzmann stammt ursprünglich aus Kroatien. Als Kind kam sie nach Stuttgart, wo sie noch heute mit Mann und zwei Kindern lebt. Sie ist seit elf Jahren als Übersetzerin und Dolmetscherin selbständig tätig. Sie ist Mitglied der *Sisters in Crime*. Von ihr wurden u.a. Kurzgeschichten »Begegnung in der Karlspassage« in *Frauen morden sanfter*, »Der Kinderfreund« in *24.12.*, »Der Tanz der Feen« in *Lichtgeschichten* (alle 2003) und »Vergissmeinnicht« in *Die allerletzte Diät* (2004). Mehr Informationen auf www.s.hinzmann.de.vu.

An den Schwaben schätzt Silvija Hinzmann besonders, wie gut sich ihre südländische Spontaneität mit der schwäbischen Zurückhaltung verbinden lässt. Bei gutem Essen und einem Gläsle Trollinger verschwinden Probleme fast von selbst. Sie ist den Reizen des Schwabenlandes und der aufrichtigen Freundschaft einzelner »Ureinwohner« seit langem erlegen und fühlt sich in der gemütlichsten Großstadt Deutschlands »oifach sauwohl«.

Anja Kemmerzell, geborene Böblingerin, studierte Germanistik und Politikwissenschaften in Marburg und Hamburg. Während und nach ihrem Studium arbeitete sie als freie Redakteurin und Autorin für verschiedene Verlage sowie die Nachrichtenredaktion des NDR Fernsehens. Als fest angestellte Lektorin verlagerte sie 1999 ihren Schwerpunkt auf Kinder- und Jugendliteratur und arbeitete in Verlagen in Hamburg und München. Seit 2002 lebt sie wieder nahe ihres Geburtsortes und ist für einen Stuttgarter Verlag als Lektorin tätig. Zusammen mit Else Laudan hat sie bei Ariadne den Krimischreib-Leitfaden *Das Wort zum Mord* (1999, [4]2004) veröffentlicht. »Happy Travel« ist Anja Kemmerzells erste Krimikurzgeschichte.

Renate Klöppel, geboren in Hannover, Ärztin für Kinderheilkunde, lebt seit mehr als zwanzig Jahren mit ihrem Mann im schwäbischen Teil von Villingen-Schwenningen und arbeitet in der Doppelstadt an einer Erziehungsberatungsstelle und einer Schule für Körperbehinderte. Als Vierzigjährige studierte sie an der staatlichen Hochschule für Musik in Trossingen mit Abschluss als Diplommusiklehrerin. Seit 1985 gibt sie als Cembalistin Konzerte mit dem Villinger Barockensemble. Schon seit ihrem zweiten Studiensemester ist sie Dozentin an der Musikhochschule Trossingen und zurzeit Gastdozentin an der Musikhochschule Stuttgart. Sie ist Mitglied der *Sisters in Crime.* Neben Sachbüchern veröffentlichte Renate Klöppel zwei Krimis: *Der Mäusemörder* (2001) und *Die Tote vom Turm* (2002), diesen folgte der literarische Roman *Der Pass,* ebenfalls im Jahr 2002. Ihr neues Buch, *Die Schattenseite des Mondes. Ein Leben mit Schizophrenie,* erscheint im Dezember 2004.

Katrin Kremmler, geboren in Stuttgart, aufgewachsen in Oberschwaben, Grundstudium in Tübingen, danach Flucht nach Berlin. Die Cartoonistin und Ethnologin absolvierte 2002 am Sydney College of the Arts ihren Master of Multimedia Design, lebt seither in Budapest und arbeitet an diversen Projekten. Ihre Krimis um Globetrotterin Gabriella Müller, die weltweit Gesetze, Herzen und Tabus bricht, genießen Kultstatus (*Blaubarts Handy,* 2001, *Die Sirenen von Coogee Beach,* 2003). Im Herbst 2004 erscheint neu bei Ariadne ihr aktuelles Buch, *Pannonias Gral,* ein multimedialer Krimi mit CD-Rom.

Tatjana Kruse ist Gesinnungsschwäbin. Sie lebt und meuchelt (nur auf dem Papier) in Stuttgart. Neben zahlreichen Kurzkrimis veröffentlichte sie *Die Wuchtbrumme* (2000), *Achtung: Wuchtbrumme* (2001), *Die Wuchtbrumme kehrt zurück* (2002) und zuletzt *Wuchtbrummenalarm* (2003). Für »Cool-Man schlägt zu« (erschienen in der

Anthologie *Der Mörder kommt auf sanften Pfoten)* erhielt sie 1996 den Marlowe-Preis für den besten deutschen Kurzkrimi. Sie ist Mitglied der *Sisters in Crime* und im *Syndikat*. Mehr Informationen finden Sie auf: www.TatjanaKruse.de.

Christine Lehmann, geboren in Genf, lebt seit ihrem vierten Lebensjahr in Stuttgart. Manchmal fühlt sie sich immer noch wie eine Reigschmeckte, aber eine, die auf den Geschmack gekommen ist. Aus Überzeugung Stuttgarterin, studierte sie an der Stuttgarter Universität Germanistik und Kunstgeschichte und wurde Nachrichten- und Politikredakteurin beim damaligen SDR, dem heutigen SWR. In ihrem ersten Krimi, *Kynopolis,* rennen Hunde die Hasenbergsteige rauf und runter, ihre kultverdächtigen drei Lisa-Nerz-Krimis spielen am Feuersee, beim alten Schlachthof und am Albtrauf. Außerdem veröffentliche Christine Lehmann etliche Krimikurzgeschichten und drei Romane, die sie Soft-Krimis nennt, zuletzt *Die Racheengel* (2003). Der Roman *Der Bernsteinfischer* wurde mit Heiner Lauterbach in der Hauptrolle verfilmt.

Verena Mahlow, geboren im Hunsrück, studierte Germanistik, Italienisch und Amerikanistik in Mainz, promovierte über Claire Goll, lebte längere Zeit in Paris, Rom, in den USA, Sizilien und auf Ibiza. Sie verbrachte als Kind die Sommerferien meist im schwäbischen Binswangen bei Heilbronn und liebte damals besonders die »Weibertreu«-Burg. In ihrem Leben gab und gibt es zahlreiche verwandtschaftliche – und zeitweise auch beziehungstechnische – Connections zu Göppingen, Ludwigsburg und Reutlingen. Sie arbeitete als Journalistin und Werbetexterin, sie lehrte als *assistant teacher* (am Middlebury College, VT.) und als *lettrice* (Universität von Messina). Für ihren Roman *Ein Mann für den Dreizehnten* wurde sie 1996 mit dem 1. Preis des Frauengeschichten-Wettbewerbs des Lübbe-Verlags ausgezeichnet, sie hat etliche Kurzgeschichten und Essays veröffentlicht. Verena Mahlow arbeitet heute als Schriftstellerin und Übersetzerin, sie lebt in erster Linie vom Drehbuchschreiben fürs Fernsehen.

Petra Pfänder, geboren und aufgewachsen in Dortmund, wird ihre Leidenschaft für den schwäbischen Wein noch dieses Jahr nach Baden-Württemberg, nämlich nach Mannheim, verschlagen. Nach einer Ausbildung zur Einzelhandelskauffrau studierte sie Film-, Fernseh- und Theaterwissenschaften und Germanistik und absolvierte eine Fachausbildung zur Journalistin für Pressestellen. Heute arbeitet sie als freie Journalistin für Print, TV und Hörfunk. Ihr erster Krimi *Die blaue Katze* erschien 2003 bei Ariadne.

Britt Reißmann, geboren in Naumburg/Saale, lebt mit Mann, Tochter und vier Haustieren in Stuttgart. Nach einer Ausbildung zur Intarsienschneiderin und einer weiteren als Sängerin verschlug es sie nach der Wiedervereinigung nach Stuttgart, wo sie nach einem Zwischenstopp im Hotelservice als Angestellte zur Mordkommission Stuttgart kam. Hier findet sie das perfekte Umfeld für Inspirationen zu ihren Kurzkrimis und hat Gelegenheit, die kriminellen Neigungen und andere Eigenschaften der Schwaben ausgiebig zu studieren. Ihr Fazit: Schwäbische Nachbarn sind die aufmerksamsten der Welt; sie beobachten alles, melden der Polizei sogar, wenn jemand am heiligen Sonntag Wäsche aufhängt, und tragen somit erheblich zur Verbrechensaufklärung bei. Britt Reißmann ist eine unheilbare Leseratte und Mitglied bei den *Sisters in Crime.* Unter anderem sind von ihr erschienen: »Toscana culinaria oder Das Schweigen der Hühner« in *Mord à la carte,* »König für einen Tag« in *24.12.* (beide 2003), »Wein, Weib und Gesang« in *Die allerletzte Diät* und »Im Strafraum« in *Tore, Punkte, Leidenschaft* (beide 2004).

Gudrun Weitbrecht, geboren in Hessen, aufgewachsen im Rheinland, lebt seit dreißig Jahren in Stuttgart, davon zwanzig mit schwäbischem Mann und Sohn in Stuttgart-Feuerbach. Nach einer Tätigkeit in einem medizinischen Beruf folgten mehrmonatige Sprachaufenthalte in Spanien und Mexiko. Sie schreibt seit vier Jahren Kurzkrimis und Kurzprosa und ist freie Fachautorin einer Automobilzeitschrift. Zuletzt erschien von ihr »Minne, Rache und Tod« in *Tödliche Touren* (2003) und »Flammen« in *Flossen höher* (2004). Obwohl »reigschmeckt«, ist Gudrun Weitbrecht überzeugte Stuttgarterin, nicht zuletzt wegen des zuerst meist zögerlichen, dann aber herzlichen Miteinanders, das so typisch für die Schwaben ist.